ZHONGGUO XIAOSHUO
100 QIANG

中国小说100强(1978—2022)

水与火的缠绵

池 莉 著

北京联合出版公司
Beijing United Publishing Co.,Ltd.

图书在版编目（CIP）数据

水与火的缠绵 / 池莉著. -- 北京 ： 北京联合出版
公司，2023.9
（中国小说100强）
ISBN 978-7-5596-7024-3

Ⅰ.①水… Ⅱ.①池… Ⅲ.①长篇小说－中国－当代
Ⅳ.①I247.5

中国国家版本馆CIP数据核字(2023)第106690号

水与火的缠绵

作　　者：池　莉
出 品 人：赵红仕
出版监制：张晓冬　范晓潮
责任编辑：徐　鹏
特约编辑：和庚方　张　颖
封面设计：武　一

北京联合出版公司出版
（北京市西城区德外大街83号楼9层　100088）
北京兴星伟业印刷有限公司印刷　新华书店经销
字数219千字　650毫米×920毫米　1/16　23印张
2023年9月第1版　2023年9月第1次印刷
ISBN 978-7-5596-7024-3
定价：68.00元

中国小说 100 强（1978—2022）丛书

编委会

丛书总策划

> 张　明　著名出版人
>
> 张　英　资深媒体人

编委主任

> 吴义勤　中国作协副主席
>
> 　　　　中国小说学会会长

编　委

> 吴义勤　中国作协副主席、中国小说学会会长
>
> 宗仁发　《作家》杂志主编
>
> 谢有顺　中山大学教授、中国小说学会副会长
>
> 顾建平　《小说选刊》副主编
>
> 张　英　资深媒体人
>
> 文　欢　作家、出版人

总　序

　　"中国小说 100 强"（1978—2022）是资深出版人张明先生和腾讯读书知名记者张英先生共同策划发起的一套大型文学丛书。他们邀请我和宗仁发、谢有顺、顾建平、文欢一起组成编委会，并特邀徐晨亮参与，经过认真研讨和多轮投票最终评定了 100 人的入选小说家目录。由于编委们大多都是长期在中国文学现场与中国文学一路同行的一线编辑、出版家、评论家和文学记者，可以说都是最专业的文学读者，因此，本套书对专业性的追求是理所当然的，编委们的个人趣味、审美爱好虽有不同，但对作家和文学本身的尊重、对小说艺术的尊重、对文学史和阅读史的尊重，决定了丛书编选的原则、方向和基本逻辑。

　　从文学史的角度来说，1978 年以后开启的新时期文学是中国当代文学的黄金时代，不仅涌现了一批至今享誉世界的优秀作家，而且创造了许多脍炙人口的文学经典，并某种程度上改写了 20 世纪中国文学史的版图。而在中国新时期文学的经典家族中，小说和小说家无疑是艺术成就最高、影响力最大的部分。"中国小说100强"（1978—2022）就是试图将这个时期的具有经典性的小说家和中国小说的经典之作完整、系统地筛选和呈现出来，并以此构成对新时期文学史的某种回顾与重读、观察与评判。呈现在读者面前的这套丛书是对1978—2022年间中国当代小说发展历程的一次全面、系统的整体性回顾与检阅，是中国当代文学经典化的重要成果，从特定的角度集中展示了中国新时期文学在小说创作方面的巨大成就。需要说明的是，与1978—2022年新时期文学繁荣兴盛的局面相比，100位作家和100本书还远远不能涵盖中国当代小说的全貌，很多堪称经典的小说也许因为各种原因并未能进入。莫言、苏童、余华等作家本来都在编委投票评定的名单里，但因为他们已与某些出版社签下了专有出版合同，不允许其他出版社另出小说集，因而只能因不可抗原因而割爱，遗珠之憾实难避免，而且文学的审美本身也是多元的，我们的判断、评价、选择也许与有些读者的认知和判断是冲突的，但我们绝无把自己的标准强加于别人的意思。我们呈现的只是我们观察中国这个时期当代小说的一个角度、一种标准，我们坚持文学性、学术性、专业性、民间性，注重作家个体的生活体验、叙事能力和艺术功力，我们突破代际局限，老、中、青小说家都平等对待，王蒙、冯骥才、梁晓声、铁凝、阿来等名家名作蔚为大观，徐则臣、阿乙、弋舟、鲁敏、林森等新人新作也是目不暇接，我们特别关注文学的新生力量，尤其是近10年作品多次获国家大奖、市场人气爆棚的新生代小说家，我们禀持包容、开放、多元的审美立场，无论是专注用现实题材传达个人迥异驳杂人生经验、用心用情书写和表现时代精神的现实主义作家，还是执着于艺术探索和个体风格的实验性作家，在丛书里都是一视同仁。我们坚信我们是忠实于自己的艺术理想、艺术原则和艺术良心的，但我们并不认为自己的角度和标准是唯一的，我们期待并尊重各种各样的观察角度和文学判断。

当然，编选和出版"中国小说100强"（1978—2022）这套大型丛书，除了上述对文学史、小说史成就的整体呈现这一追求之外，我们还有更深远、更宏大的学术目标，那就是全力推进中国当代文学"经典化"的历程和"全民阅读·书香中国"建设。

从1949年发端的中国当代文学已经有了70多年的发展历程，但对这70多年文学的评价一直存在巨大的分歧，"极端的否定"与"极端的肯定"常常让我们看不到当代文学的真相。有人认为中国当代文学达到了前所未有的高度和水平。王蒙先生在法兰克福书展上就说：中国当代文学现在是有史以来最繁荣的时期。余秋雨、刘再复甚至认为中国当代文学的成就远远超过了现代文学。也有人极端否定中国当代文学，认为中国当代文学都是垃圾。他们认为现代文学要远远超过当代文学，中国当代文学连与现代文学比较的资格都没有。比如说，相对于鲁（迅）、郭（沫若）、茅（盾）、巴（金）、老（舍）、曹（禺）这样大师级的人物，中国当代作家都是渺小的侏儒，根本不能相提并论，两者比较就是对大师的亵渎。应该说，与对中国当代文学的肯定之声相比，对当代文学的否定和轻视显然更成气候、更为普遍也更有市场。尽管否定者各自的角度和出发点不同，但中国当代作家、作品与中外文学大师、文学经典之间不可比拟的巨大距离却是唱衰中国当代文学者的主要论据。这种判断通常沿着两个逻辑展开：一是对中外文学大师精神价值、道德价值和人格价值的夸大与拔高，对文学大师的不证自明的宗教化、神性化的崇拜。二是对文学经典的神秘化、神圣化、绝对化、空洞化的理解与阐释。在此，我们看到了一个非常有趣的悖论：当谈论经典作家和文学大师时我们总是仰视而崇拜，他们的局限我们要么视而不见要么宽容原谅，但当我们谈论身边作家和身边作品时，我们总是专注于其弱点和局限，反而对其优点视而不见。问题还不在于这种姿态本身的厚此薄彼与伦理偏见，而是这种姿态背后所蕴含的"当代虚无主义"。这种"虚无主义"的最大后果就是对当代作家作品"经典化"的阻滞，对当代文学经典化历程的阻隔与拖延。一方面，我们视当下作家作品为"无物"，拒绝对其进行"经典化"的工作，另一方面又以早就完全"经典化"了的大师和经典来作为贬低当下泥沙俱下的文学现实的依据。这种不在同一个层面上的比较，不仅毫无意义，而且只能使得文学评价上的不公正以及各种偏激的怪论愈演愈烈。

其实，说中国当代文学如何不堪或如何优秀都没有说服力。关键是要进行"经典化"的工作，只有"经典化"的工作完成了才有可能比较客观地对当代的作家作品形成文学史的判断。对当代的"经典化"不是对过往经典、大师的否定，也不是对当代文学唱赞歌，而是要建立一个既立足文学史又与时俱进并与当代文学发展同步的认识评价体系和筛选体系。当然，我们也要承认，"经典化"问题是一个非常复杂的问题，并不是凭热情和冲动一下子就能完成的，但我们至少应该完成认识论上的"转变"并真正启动这样一个"过程"。

现在媒体上流行一些对于中国当代文学经典化冷嘲热讽的稀奇古怪的言论，其核心一是否定中国当代文学有经典、有大师，其二是否定批评界、学术界有关"经典化"的主张，认为在一个无经典的时代，"经典"是怎么"化"也"化"不出来的，"经典化"是一个实实在在的"伪命题"。其实，对于文学，每个人有不同的判断、不同的理解这很正常，每一种观点也都值得尊重。但是，在"经典"和"经典化"这个问题上，我却不能不说，上述观点存在对"经典"和"经典化"的双重误解，因而具有严重的误导性和危害性。

首先，就"经典"而言，否定中国当代文学早就不是什么新鲜事，对当代文学的虚无主义态度在很多人那里早已根深蒂固。我不想争论这背后的是与非，也不想分析这种观点背后的社会基础与人性基础。我只想指出，这种观点单从学理层面上看就已陷入了三个巨大误区：

第一个误区，是对经典的神圣化和神秘化的误区。很多人把经典想象为一个绝对的、神圣的、遥远的文学存在，觉得文学经典就是一个绝对的、乌托邦化的、十全十美的、所有人都喜欢的东西。这其实是为了阻隔当代文学和"经典"这个词发生关系。因为经典既然是绝对的、神圣的、乌托邦的、十全十美的，那我们今天哪一部作品会有这样的特性呢？如果回顾一下人类文学史，有这样特性的作品好像也没有。事实上，没有一部作品可以十全十美，也没有一部作品能让所有人喜欢。在这个问题上，我们应该明确的是，"经典"不是十全十美、无可挑剔的代名词，在人类文学史上似乎并不存在毫无缺点并能被任何人所认同的"经典"。因此，对每一个时代来说，"经典"并不是指那些高不可攀的神圣的、神秘的存在，只不过是那些比较优秀、能被比较多的人喜爱的作品而已。从这个意义上说，当今中国文坛谈论"经典"时那种神圣化、莫测高深的乌托邦姿态，不过是遮蔽和否定当代文学的一种不自觉的方式，他们假定了一种遥远、神秘、绝对、完美的"经典形象"，并以对此一本正经的信仰、崇拜和无限拔高，建立了一整套关于中国当代文学的伦理话语体系与道德话语体系，从而充满正义感地宣判着中国当代文学的死刑。

第二个误区，是经典会自动呈现的误区。很多人会说，是金子总是会发光的。但对文学来说，文学经典的产生有着特殊性，即，它不是一个"标签"，它一定是在阅读的意义上才会产生意义和价值的，也只有在阅读的意义上才能够实现价值，没有被阅读的作品没有被发现的作品就没有价值，就不会发光。而且经典的价值本身也不是固定不变的。如果一个作品的价值一开始就是固定不变的，那这个作品的价值就一定是有限的。经典一定会在不同的时代面对不同的读者呈现出完全不同的价值。这也是所谓文学永恒性的来源。也就是说，文学的永恒性不是指它的某一个意义、某一个价值的永恒，而是指它具有意义、价值的永恒再生性，它可以不断地延伸价值，可以不断地被创造、不断地被发现，这才是经典价值的根本。所以说，经典不但不会自动呈现，而且一定要在读者的阅读或者阐释、评价中才会呈现其价值。

第三个误区，是经典命名权的误区。很多人把经典的命名视为一种特殊权力。这有两个层面的问题：一，是现代人还是后代人具有命名权；二，是权威还是普通人具有命名权。说一个时代的作品是经典，是当代人说了算还是后代人说了算？从理论上来说当然是后代人说了算。我们宁愿把一切交给时间。但是，时间本身是不可信的，它不是客观的，是意识形态化的。某种意义上，时间确会消除文学的很多污染包括意识形态的污染，时间会让我们更清楚地看清模糊的、被掩盖的真相，但是时间同时也会使文学的现场感和鲜活性受到磨损与侵蚀，甚至时间本身也难逃意识形态的污染。此外，如果把一切交给时间，还有一个前提，那就是对后代的读者要有足够的信任，要相信他们能够完成对我们这个时代文学的经典化使命。但我们对后代的读者，其实是没有信心的。我们今天已经陷入了严重的阅读危机，我们怎么能寄希望后代人有更大的阅读热情呢？幻想后代的人用考古的方式对我们这个时代的文学进行经典命名，这现实吗？我不相信后人对我们身处时代"考古"式的阐释会比我们亲历的"经验"更可靠，也不相信，后人对我们身处时代文学的理解会比我们亲历者更准确。我觉得，一部被后代命名为"经典"的作品，在它所处的时代也一定会是被认可为"经典"的作品，我不相信，在当代默默无闻的作品在后代会被"考古"挖掘为"经典"。也许有人会举张爱玲、钱钟书、沈从文的例子，但我要说的是，他们的文学价值早在他们生活的时代就已被认可了，只不过很长时间由于意识形态的原因我们的文学史不谈及他们罢了。此外，在经典命名的问题上，我们还要回答的是当代作家究竟为谁写作的问题。当代作家是为同代人写作还是为后代人写作？幻想同代人不阅读、不接受的作品代代人会接受，这本身就是非常乌托邦的。更何况，当代作家所表现的经验以及对世界的认识，是当代人更能理解还是后代人更能理解？当然是当代人更能理解当代作家所表达的生活和经验，更能够产生共鸣。因此，从这个角度来说，当代人对一个时代经典的命名显然比后代人更重要。第二个层面，就是普通人、普通读者和权威的关系。理论上，我们都相信文学权威对一个时代文学经典命名的重要性，权威当然更有价值。但我们又不能够迷信文学权威。如果把一个时代文学经典的命名权仅仅交给几个权威，那也是非常危险的。这个危险表现在什么地方呢？就是几个人的错误会放大为整个时代的错误，几个人的偏见会放大为整个时代的偏见。我们有很多这样的文学史教训。在这个问题上，我们既要相信权威又不能迷信权威，我们要追求文学经典评价的民主化、民主性。对一个时代文学的判断应该是全体阅读者共同参与的民主化的过程，各种文学声音都应该能够有效地发出。这个时代的文学阅读，最理想的状态应该是一种互补性的阅读。为什么叫"互补性的阅读"？因为一个批评家再敬业，再劳动模范，一个人也读不过来所有的作品。举个例子：现在我们一年有5000部以上的长篇小说，一个批评家如果很敬业，每天在家读二十四小时，他能读多少部？一天读一部，一年也只能读三百部。但他一个人读不完，不等于我们整个时代的读者都读不完。这就需要互补性阅读。所有的读者互补性地读完所有作品。在所有作品都被阅读过的情况下，所有的声音都能发出来的情况下，各种声音的碰撞、妥协、对话，就会形成对这个时代文学比较客观、科学的判断。因此，文学的经典不是由某一个"权威"命名的，而是由一个时代所有的阅读者共同命名的，可以说，每一个阅读者都是一个命名者，他都有对经典进行命名的使命、责任和"权力"。而作为一个文学研究者或一个文学出版者，参与当代文学的进程，参与当代文学经典的筛选、淘洗和确立过程，更是一种义不容辞的责任和使命。说到底，"经典"是主观的，"经典"的确立是一个持续不断的"过程"，"经典"的价值是逐步呈现的，对于一部经典作品来说，它的当代认可、当代评价是不可或缺的。尽管这种认可和评价也许有偏颇，但是没有这种认可和评价，它就无法从浩如烟海的文本世界中突围而出，它就会永久地被埋没。从这个意义上说，在当代任何一部能够被阅读、谈论的文本都是幸运的，这是它变成"经典"的必要洗礼和必然路径。

总之，我们所提倡的"经典化"不是要简单地呈现一种结果，不是要简单地对一个时代的文学作品排座次，不是要武断地指出某部作品是"经典"，某部作品不是"经典"，不是要颁发一个"谁是经典"的荣誉证书，而是要进入一个发现文学价值、感受文学价值、呈现文学价值的过程。所谓"经典化"的"化"实际上就是文学价值影响人的精神生活的过程，就是通过文学阅读发现和呈现文学价值的过程。可以说，文学的经典化过程，既是一个历史化的过程，更是一个当代化的过程。文学的经典化时时刻刻都在进行着，它需要当代人的积极参与和实践。因此，哪怕你是一个对当代文学的虚无主义者，你可以不承认当代文学有经典，但只要你还承认有文学，你还需要和相信文学，还承认当代文学对人的精神生活具有影响力，你就不应该否定当代文学经典化的重要性。没有这个"经典化"，当代文学就不会进入和影响当代人的生活，就失去了存在的意义。每一个人，哪怕你是权威，你也不能以自己的好恶剥夺他人阅读文学和享受文学的权利。

从这个意义上说，当代文学的经典化当然是一个真命题而不是一个伪命题。在一个资讯泛滥的时代，给读者以经典的指引是文学界、出版界共同的责任，而这也是我们编辑出版这套书的意义所在。

最后，感谢张明和张英先生为本套书付出的辛劳，感谢北京立丰天文化传播有限公司、北京金圣典文化有限公司的资金支持，感谢全体编委和北京联合出版公司各位编辑，感谢所有对本套丛书的出版给予大力支持的作家和他们的家人。

是为序。

吴义勤

2022 年冬于北京

8

目 录
Contents

第一章

1

一架飞机，看上去小小的，像玩具，慢慢地飞过 1980 年 5 月的灰色天空，降落在武汉的南湖机场。京广线上的一列火车，又长又粗，黑乎乎带着千里奔波的风尘，莽撞又霸道，呼啸着，穿越汉口，跨越长江大桥，依傍着蜿蜒的蛇山，冲向武昌火车南站。江面上的轮船，无论是停泊还是起锚，都发出了呜呜的汽笛声；长长的锚链，哗啦啦从江面升起，哗啦啦钻入水中。武汉钢铁公司的烟囱群，突突地吐着黄色或者黑色的浓烟，半边天空的云层，因此浓重而沉郁。附近的石油化学总公司的烟囱里，吐出的则是火焰，这里的半边天空，因此明亮而鲜艳。这就是曾芒芒的出生之地和生长之地——城市。城市就是一种混响着的巨大声音，就是一种胡乱涂抹的浓重油彩。22 岁的女青年曾芒芒，她的 1980 年 5 月的某个星期天，就在这片混响与油彩中开始了。

这一天，天上下着温暖的细雨。曾芒芒对父母谎称她在工厂加班，因此获得了一个悠闲的星期天。曾芒芒斜躺在她单身宿舍的单人床上，阅读着法国作家罗曼·罗兰的小说：《约翰·克利斯朵夫》。

被子折叠得四四方方。枕头洁白。洁白的枕套是曾芒芒自己用钩针钩出来的，大朵大朵的云状牙边，镂空的枕面上是一句古语：梅花香自苦寒来。被子与枕头摞起来，把脑袋垫得舒舒服服。齐腰的长发，昨天晚上就洗过了，今天故意没有扎辫子，披散着，一根一根交错滑落，垂挂在枕头的花边上。胸襟上别了两枚新鲜的白兰花，时时暗香浮动。细腰过于凹陷，搭上一条银灰色的纱巾，酷似匪首那妖艳的压寨夫人。窗台上一盆玻璃海棠，繁华的小红花开满无名的相思。床边的凳子上，一只印着大红"奖"字的搪瓷茶缸，里面装满一杯开水，两只搪瓷碗，扣着一只二两的大馒头，一根香肠，十几根榨菜丝。这就是曾芒芒为自己准备的一天的伙食。

这套小说得来不易。曾芒芒答应给人编织一双绒线手套，约翰·克利斯朵夫才专属于曾芒芒一个星期。新出版的《约翰·克利斯朵夫》，一套四册，都是大厚本，定价4块3毛钱。曾芒芒买不起。曾芒芒的月薪才21块5毛。每个月的饭菜票需要15块左右，而女孩子又还有固定的花费。此外，书，学习资料，电影票，新手绢，同学来了请吃牛肉面，都是需要花钱的。而一个月到头，总是还想积攒两三块钱吧？攒一点点私房钱，是女孩子永远的隐秘游戏，一点点的积蓄，可以带来大大的快乐。《约翰·克利斯朵夫》得来不易，不属于曾芒芒，因此曾芒芒更馋。解馋的阅读因此更加紧张、沉迷又畅快。

献 给

各国的受苦、奋斗、而必战胜的自由灵魂

——罗曼·罗兰

这是扉页的题词。曾芒芒把这句题词抄录到了她的笔记本上，同时还把这句话顺过来，这么写了一遍：受苦的奋斗的自由灵魂必战胜一切！

《约翰·克利斯朵夫》是由中国最好的翻译家之一，傅雷同志翻译的。按说傅雷同志应该比谁都懂得，受苦的奋斗的自由灵魂必战胜一切。然而，傅雷同志却在"文化大革命"的初期，就与妻子朱梅馥同志双双上吊自杀了。据说，自杀之前，他们受到过红卫兵的冲击和侮辱。在"文化大革命"运动中，有多少人受到过冲击和侮辱啊。曾芒芒的父母曾分地和郝毓秀也受到了红卫兵的冲击和侮辱。就连只是在读小学三年级的曾芒芒，也受到了红小兵的冲击和侮辱。面对冲击与侮辱，有的人选择了死亡，有的人选择了生存。对于自由的灵魂，是消亡意味战胜？还是生存意味战胜？消亡要下多大的决心，生存又要下多大的决心？一个人为什么选择消亡或者生存？曾芒芒不明白。曾芒芒反复吟咏扉页的题词，她还是不明白。正是这种不明白，深深地诱惑了曾芒芒的阅读。

法国文学名著。窗外惆怅的春雨。22岁的女青年。被谎言掩护的阅读。慵懒无奈的侧卧。无所适从的忧愁。一条优美的身体曲线。不由自主的自怜自爱。"文化大革命"过去了。毛泽东主席去世了。一个时代结束了。结束是一种突然的停顿，停顿下来喘息，放松，反思，悔过。然而，突然的停顿总归会使养成的习惯茫然失措。初始的新时代，是万物复苏的原野，热烘烘，耳朵发烧，树木花朵和野草都在生长，看上去一片茂盛但实际上又是一片混乱。

曾芒芒大学毕业，参加工作一年多了。她却对自己的处境和未来，变得更加惶然。因为她对自己的一切，从来都是无可选择和毫无心理准备的。五年前，一个寒冷的乡村之夜，大队党支部书记，忽然召集知青们开会，让大家当场进行推荐选拔，以便完成向国家输送两名知青去读大学的光荣任务。下放才一年的曾芒芒，很不情愿地从热被窝里钻了出来。当她还在墙角冷得瑟瑟发抖，却意外地获得了最高的票数。第二天，一份武汉工学院的招生表格，就神话一般地出现在她面前了。一个月之后，曾芒芒就背着行李离开了农村，来到了武汉工学院，成为了一名工农兵大学生。曾芒芒学习的专业，也不是她自己挑选的。没有任何人征求她的想法和意见，曾芒芒在学校的公榜上，看见自己被分配到了动力系，专门学习液压传动。液压？是的。液压！液压是什么？据说是一种先进的工业动力技术。不管此前曾芒芒对这种技术是多么陌生，从此它就是曾芒芒这一辈子的安身立命之本了。曾芒芒得认真学习它，掌握它，然后运用它。每天八小时工作。然后，获得薪水。然后，用这份薪水吃饭，成长，结婚，生子，老去，死亡。武汉钢铁公司，一个十几万职工的国家大公司，人人都说它是最好的单位。公司直属冶金部，级别高，社会地位高，劳保福利好。仅仅是为了方便自己的职工上下班，就有自己专门的通勤公司和通勤车。武钢职工乘车，只需出示本公司的月票即可。逢年过节，免费发票，大卡车将准时地出现在某个地点，凭票发放鸡鸭鱼肉。尽管如此，曾芒芒的惶然之感依然挥之不去。一夜之间，下放知青变成工农兵大学生。一个月之间，麦子变成液压，校园变成工厂，女大学生变成技术员。一个来不及适应角色转换的女青年，每天夹杂在十几万人之中，朝他们的工厂进发。大家都是同样的成分。大家都是同样的气息。气息里都带着跑月票的汽油味。在公共汽车上，大家都谈论同样的话题——防暑降温分发的白糖已经生虫了，而春节分发的鸡蛋居然有一半是臭

的！十几万人的钢铁公司，同样的人太多了，同样的呼吸太多了，多
得成了一个庞大的统计数字，没有人对悄然加入这个统计数字的一个
普通女青年感到新鲜和好奇。帆布工装，翻牛皮大头鞋，硬邦邦的安
全帽。穿行于自动轧钢线的地下设备之中，观察各种仪表，检查液压
传动是否正常。车间门口永远有人打考勤。车间的墙壁上永远有抓革
命促生产的大标语。黑板报上永远是国际的大好形势摘要，祖国的大
好形势摘要，武钢的大好形势摘要，本厂的大好形势摘要，以及永远
飘扬的党旗、团徽和好人好事。所有这一切的一切，是给予所有人的。
是一个大的包围圈，一个大的环境。而曾芒芒自己呢？针对这个女青
年所发生的一切呢？在哪里？不知道。没有。不在哪里。曾芒芒的历
史和现实，一片空白和静默。

　　1980 年的 5 月，这种空白和静默达到了极致。"这种静默很奇
怪"——克利斯朵夫在小说中感叹。曾芒芒太同意了！只有小说能够
给予她强烈的共鸣。这种静默是很奇怪。周围很热闹，她却无法抓握
属于自己的东西。她从来都没有抓住过属于自己的东西。曾芒芒的眼
睛潮湿了。她想哭，却流不出泪水来。复杂的心绪暴雨般敲击着一扇
尚未开启的门，这扇门仿佛十分沉重。芒芒被阻隔了！曾芒芒的额角
生长着奶黄色的茸毛，目光纯净，短浅，怯生生的。她的脸颊过于饱
满。紧绷的皮肤，透出青春的血液，忽而绯红，忽而苍白。

　　这不是梦。这也就是梦。透明又不透明。看得见却摸不着。许多
苦恼，许多委屈，许多忧伤，都无法诉说。而户外的天空，飘洒着温
暖可人的细雨，单身宿舍院子里的紫砂玉兰，在雨中，以令人震惊的
速度开放。飞机的声音，在头顶响过，形成一道绝望的弧线，酷似鸟
儿远去的翅膀。轮船巨大的汽笛声，迂回久远，声声都震撼着窗玻璃，
引诱着人们自由流浪的渴望。四个女青年的单身宿舍，有三个回家休

息去了。整个单身宿舍的院子里，只有几只勇敢的蚯蚓，探索新春的路径。在曾芒芒的这个年纪里，人生所有的空间，都拥塞着期待，渴望，矫情，惶惑，胡思乱想以及流不出来的眼泪——这个星期天，直到黄昏来临，曾芒芒都手捧着一本《约翰·克利斯朵夫》。她只有阅读，她唯有阅读。

2

黄昏来临不久，曾芒芒的房门被叩响了。很响。很果决。她的母亲郝毓秀在门外高声叫道："芒芒！"

扣在一起的搪瓷碗被碰掉了。玎玲哐啷，一地破碎的搪瓷和破碎的青春之梦。慌乱的掩饰。小说藏在被子里。纱巾塞进枕头套里。穿上老蓝色的帆布工装。披散的头发抓一条手绢扎起来。"来了！来了！来了！"曾芒芒慌忙回应着。把搪瓷碗连同半个馒头一脚踢到床铺底下。把《液压传动原理》的专业书籍拿过来，翻开，反扣在床沿上。笔记本。钢笔。钢笔帽打开，搁在笔记本旁边。

房门打开得比正常情况迟了一点。母亲进门，满脸狐疑，锐利的目光四处搜索。曾芒芒的自尊心被严重灼伤了。她低下头，站在一边，用冷漠和沉默来保卫自己。

"芒芒，你到底在干什么？"

曾芒芒指了指床沿上的专业书籍。

"你在看书？"

曾芒芒点头默认。

"什么书?"

曾芒芒一步跨过去,飞快合上书的封面。封面上有一个书名:《液压传动原理》。

"芒芒!"母亲郝毓秀毫不留情地揭露说,"芒芒你今天没有加班,是吗?"

曾芒芒的心脏,忽然一阵紧缩,挣断了四周的维系,带着剧烈的疼痛,往深渊垂直坠落,眼看就要与地面撞击。母亲母亲,你可知道,这个年纪的芒芒,她的心脏是瓷器啊!

幸亏曾分地进来了!

曾分地是曾芒芒的父亲。他的驾临,使曾芒芒一阵目眩。她立刻意识到,她的生活当中,一桩非常重大的事情发生了。

曾分地同志,时任本市文化局党组副书记。就他47岁的年纪,就他解放之后才参加革命工作的资历,他的官也做得不算小了,所以曾分地同志的工作,一向都非常的忙碌。因此,曾分地同志从来都不深入女儿的具体生活空间。曾芒芒在农村做知青的一年多,曾分地没有去她下放的地方。曾芒芒的大学四年,曾分地未曾去过她的学校。曾分地只是给女儿写信。写那种积极向上的,革命进步的,简单抽象的信:曾芒芒,你好!你工作好吗?劳动好吗?学习好吗?身体好吗?积极要求进步了吗?关心国家大事了吗?注意团结同志了吗?注意谦虚谨慎戒骄戒躁了吗?此致,革命的敬礼!

而1980年5月的一个星期天,曾分地竟然与妻子一道,出现在女儿曾芒芒的单身宿舍了!曾分地穿着铁灰色的中山装,紧扣风纪扣以示为人严谨。他没有对女儿解释自己为什么比妻子晚到一步,那是因为他在一楼的男单身宿舍上厕所了。上厕所的事情不雅观,说出来不严肃。曾分地是不会解释的。曾分地任何时候的姿态,永远都是领导干部的那种端正和肃然。尽管曾分地进门就对女儿略微点了点头，以示他的和蔼可亲。曾芒芒却被父亲的突然出现吓傻了。只有决定最重大的问题，重要人物才会出面。党的高级领导层的惯例是这样，下面各级的领导干部也就形成了这样的习惯。成了习惯，就没有办法。曾芒芒他们家里，一向也就是这个习惯了。

父母的同时出现，在曾芒芒的世界里，是一件惊天动地的事情。她高度紧张起来。曾芒芒连忙去倒了两杯开水。双手捧着，一杯捧给母亲郝毓秀，一杯捧给父亲曾分地。得双手。得捧着。否则母亲一定会指责说：芒芒，怎么连起码的礼节都不懂呢！

他们来了。他们今天是特意来找曾芒芒谈话的。

郝毓秀一看到丈夫，就说："老曾，你以为芒芒今天真的加班了吗？"

曾分地到底是男人，他抓大事。他说："今天我们主要谈正事吧。"

郝毓秀说："撒谎是一个道德品质问题。"

曾分地说："至少我们应该首先谈正事。"

曾芒芒被要求坐下。坐下。双膝并拢。腰挺直。背部不许佝偻。目光不要躲闪，要大方坦然地正视对你说话的人。

坐下。谈话。气氛干巴巴。打开的收音机在发出那自顾自的盲目乐观的声音。炉子上没有烧开水，没有蒸汽在噗噗地顶起壶盖。没有左邻右舍不断飘过来的只言片语——机关宿舍的一排排红砖平房，在每个家庭之间只砌了一堵单薄的墙壁，所有的家庭等于是一个大家庭，所有的家庭都要注意不发出过分的声音。也没有胆小而又胆大的麻雀突然蹦到家门口，迅疾地叼走一颗干枯的米粒。坐下坐下，排除所有干扰，拒绝所有世俗，我们来谈谈。老师对顽皮的学生说：我们来谈谈。批判者对被批判者说：我们来谈谈。上级对下级说：我们来谈谈。

强者对弱者说：我们来谈谈。曾芒芒对这种"谈谈"的方式已经高度过敏。父母一摆开谈谈的架势，她的皮肤和指尖，顿时开始发麻。

曾分地首先开口，他是父亲。

父亲说："芒芒，在工厂工作了一年多，感觉怎么样？"

曾芒芒回答："很好。"

父亲说："和工人相处得融洽吗？"

曾芒芒回答："融洽。"

父亲说："工人阶级是无产阶级先锋队，是领导阶级，你作为一个技术人员，一个知识分子，一定要好好向工人阶级学习，千万不能翘尾巴。"

曾芒芒回答："好的。"

父亲说："写了入党申请书吗？"

曾芒芒说："还没有。"

父亲说："为什么？向党组织靠拢，可是衡量一个青年是否要求进步的根本标准。"

曾芒芒回答："我觉得自己做得还远远不够。"

父亲说："当然。你的这种说法，代表很大一部分青年的想法。这个问题我研究过了。我认为一个进步青年，首先严格要求自己，是正确的。然而，有没有向党靠拢的具体行动，也是一个重要的态度问题。所以，芒芒，我看申请书还是应该写的。"

曾芒芒回答："好的。"

父亲的话完了。曾分地说："我的话完了。现在你妈妈和你谈心。"

当着曾芒芒的面，曾分地与郝毓秀交换了一个他们自以为别人发现不了的眼神。曾分地拿了一只凳子，抽出一支香烟，拉开房门，到走廊上去了。房门随之关上，房间里头只有母女俩了。这也就是说，父亲在回避。他是作为一个男性在回避。男性的回避荫蔽了阳光地带。曾芒芒得到的是羞耻暧昧的暗示。昏暗处的东西总是肮脏的，见不得人的。曾芒芒不想与母亲单独呆在昏暗处。她们母女一贯都在阳光之下，几乎从来没有这么私下地单独相处过。一股干涩燎人的烟，从曾芒芒体内升起，在她的喉头火烧火燎。她克制地吭吭咯咯，涨红了脸蛋。

郝毓秀也吭吭咯咯了两声，清了清嗓子，舌尖探出来，滋润了嘴唇，喝了一口开水，无端地朝桌子上的那盆海棠花笑了笑，又去喝一口开水。郝毓秀也不习惯这么与女儿相处。她是新中国成长起来的青年干部，共产党的中坚力量，一直热烈地投身于党的工作和政治运动，她哪里有心思，哪里又有时间，与孩子琐琐碎碎呢？他们的孩子，不用他们操心，红旗下生，红旗下长，笃定了是党的孩子，党从托儿所就开始管理这些孩子们，托儿所，幼儿园，甚至星期天都可以不接回家，自然有尽职尽责的阿姨照顾。小学就有少年先锋队，中学有共青团组织，成年之后共产党就直接培养和管理了。

用郝毓秀的话说：他们家庭，是一个典型的革命家庭，从来不会发生无聊的事情。就连女儿初潮的来临，郝毓秀也无须过问。高中一年级的某一天，放学回家的路上，曾芒芒在公共厕所里发现自己的裤头红了。她不慌不忙回到家里，从母亲的抽屉里取了卫生纸，再去商店买了一条月经带，问题就解决了。当晚，母亲发现抽屉里的卫生纸不正常地减少了，第二天马上不动声色地增加了卫生纸的数量。她们母女之间，甚至连眼神都没有对视一下。生活琐事就是这么简单。他们一家三口，大家都正常地上班和上学，都关心国家大事，积极要求进步，努力在各自的工作中和学习上取得更大的成就。

当一个人全心全意投入到国家与革命的宏大事业之中，日常的个人琐事就总是显得平庸和堕落。可是，再宏大的事业，都需要后继有人啊。要后继有人，就意味着个人琐事的发生。这是多么难以面对的矛盾和难堪啊！郝毓秀再一次喝水，用手指拨弄了一下海棠。脆弱的海棠花，随即落下了一片红色的花瓣。当然，郝毓秀还是很快调整好了自己的心态，开口说话了，毕竟她是一位从事共青团工作的干部，谈话是她的专长。

"芒芒，"郝毓秀说："你爸爸的意见，他自己已经谈过了。我就不重复了。今天，我和你爸爸一起来看你，主要还是想提醒你：政治是统帅，是灵魂，是一个人的生命线。这一点，你务必要牢牢记住。'文化大革命'虽然结束了，可是谁敢断定从此就没有了比'文化大革命'更加声势浩大的新的政治运动呢？"

郝毓秀一旦开口谈话，就会滔滔不绝了。"芒芒啊，你不小了，已经走上工作岗位了，成家立业的重任就在眼前了，你要学会冷静地思考问题。我们家的经历摆在这里，如果你爸爸不是政治上过得硬，他就不会有平反昭雪，重新担任领导工作的今天。但是，如果你爸爸更早地获得了政治斗争的经验，他也不会到现在还只是副书记。他的政治觉悟和工作能力应该说是相当强的。当然，我也不是抱怨你爸爸。我只是想告诉你，芒芒，我们生活在一个新的时代，妇女不再是男人的附属品，不再需要他们养活。我只是希望你从父母的经历中获得经验。你明白了我的意思吗？"

曾芒芒点头，顺从地表示明白。其实她并不明白。郝毓秀的这一类谆谆教导，无数次地说过了。曾芒芒的耳朵根子都开始发烧了，父亲回避之后，母亲究竟要对她谈什么呢？

郝毓秀突然话锋一转，说道："另外，还有一些话，你爸爸作为男同志，他不太好和你谈。但是，他的到来，就表示了他对你的特别关心和重视。这次我们来，就是要特别提醒你的：你可以开始考虑个人问题了！"

郝毓秀把脸转向窗外，她自己首先就不好意思了。

个人问题！原来是这个：个人问题。

曾芒芒被呛住了，发出一阵猛烈的咳嗽。她抹着眼皮，一把抓过茶缸，咕噜咕噜地喝茶，她得浇灭喉头的火焰。曾芒芒明白了。她的父母今天要告诉她的是：曾芒芒可以和男性接触，可以谈恋爱了！这道禁令的解除，对于曾芒芒来说，的确来得太突然了。几年来，曾芒芒一直被父母严厉地规范。母亲一再敲打说：芒芒啊，你才 18 岁。芒芒啊，你才 19 岁。芒芒啊，你才 20 岁。芒芒啊，你才 21 岁。对于一个红色革命接班人来说，这一系列的年龄，对于个人问题，那是太早太早了。这风华正茂的年龄，必须全部投入革命事业，接受劳动锻炼，提高政治觉悟和思想水平。否则，这个人就是腐朽的，无耻的，荒淫的，下流的，小资产阶级情调的。

然而，曾芒芒今年不也才 22 岁吗？曾芒芒意外地愣住了。

中国人口爆炸，国家现在竭力提倡年轻人晚婚晚育。28 岁是国家倡导的结婚年龄。曾芒芒一直都觉得自己离 28 岁还非常的遥远。个人问题！这种提法，立刻就意味着异性出现在曾芒芒的世界了。曾芒芒真是害羞得慌。她把脸死死埋在茶缸里，慌乱地说："妈妈，我还年轻，以后再说吧。"

郝毓秀站了起来。走过去。打开了房门。曾分地默契地走了进来。

曾分地说："谈了？"

郝毓秀说："谈了。"

曾芒芒一口气喝干了一大缸开水。抬起头来，两边的嘴角印上了两道红红的压痕，两道压痕都往上翘去，好像是她开心的笑容。郝毓秀和曾分地看了看女儿的脸，笑了。他们笑得有节制。再有节制也明显地如释重负。

3

1980 年 5 月的某个星期天。曾芒芒的生活，突然进入了非常现实的阶段。

细雨还在飘洒。黄昏已经潜入夜幕。曾芒芒去食堂打来饭菜，三个人，一人一只搪瓷碗。吃食堂，只需要几分钟的时间。晚餐很快就结束了。飞机划破长空的频率，随着夜的降临，稀疏了下来。火车的轰隆和轮船的鸣笛，成了这个城市之夜的背景音乐。公共汽车的形象反而比白天突出多了。它们在马路上轰隆隆驶过来，轰隆隆驶过去，还不到站，煞车就拉得吱吱响。急于归家的乘客蜂拥而上，售票员用票板子哐哐地敲打着车窗，大着喉咙责备乘客怎么不早点回家，非得挤这最后的几趟车。曾芒芒以为，她的父母马上就会告辞。他们原则性的意见，女儿已经明白了。

把碗放下，呆一会儿再刷洗。父亲说：芒芒，你妈妈还有话说。

曾芒芒放下了碗，抹布却还捏在手里。她再次地坐了下来，再次进入又一个令人忐忑不安的悬念。曾芒芒再次地不明白，他们还要谈什么？

"是这样的。"从事共青团工作的女干部郝毓秀，此刻的谈话，已经非常流畅。

"芒芒啊，你爸爸今天与我来，是要解决重大问题的。我们不能够拿女儿的前途和未来开玩笑！首先，我们要解除你的疑惑。22岁，还年轻，谈及个人问题是否过早？不！芒芒，我们不是要你22岁，或者23岁就结婚。我们是要你开始考虑个人问题。开始了解和接触男青年。芒芒啊，我们的国家，经过了'文化大革命'，现在的人，变得非常复杂。如果不花时间了解和考察对方，将来结婚成家了，一旦面对政治风波和生活挫折，发现对方是一个非常不好的人，你怎么办？婚姻是终身大事，尤其对于一个女同志来说。燕子不是离婚了吗？她离婚的过程多么可怕和痛苦。因此，对于你的个人问题，我和你爸爸，是再三再四考虑过了。我们宁可让你分出一部分精力，来解决个人问题，也不愿意你将来遭受痛苦。老曾，是这个意思吗？"

曾分地说："是的。芒芒，你妈妈说得非常好。"

曾芒芒还是点头。她还是不明白她父母是什么意思。她的眼睛始终看着地面，直到被母亲强硬地要求抬起来。

"抬起你的眼睛！芒芒！这是非常严肃的重大的事情！"

曾芒芒的眼睛抬了起来。她的眼睛隐没了光泽，毫无表情，飘浮在半空中。

个人问题既然是一个问题，既然已经作为一个问题提上了议事日程，当然也就应该有一个相应的解决办法。受到丈夫赞赏的郝毓秀，振振有辞的谈话风格完全得以恢复。郝毓秀的牙齿很白，像石头一样给人以结结实实的质感，嘴唇薄薄的，唇纹浅浅的，红润油亮，形状很好看。母亲的嘴唇一直使曾芒芒暗中羡慕并自惭形秽。曾芒芒长得像她父亲，父亲没有红唇，颜色发紫，因此曾芒芒的嘴唇比一般年轻姑娘要紫得多。曾芒芒是一个紫色嘴唇的女青年，加上她平日的少言寡语，她便显得有一点与众不同。厂里的许多年轻人不敢随便和曾芒芒开玩笑。解决个人问题，对于现在的曾芒芒，是一个崭新的有难度的课题。

　　曾芒芒的父母，他们说他们非常了解自己的女儿。因此，他们不想让女儿盲人摸象，大海捞针，白费精力。这个问题的解决办法，他们已经有了十分周密的考虑和安排。曾芒芒与她的父母，成三角形，面对面地坐着。一只灯泡，照亮了他们的头顶和他们的谈话。他们的谈话，渐渐形成了会议的局面。

　　芒芒，现在我们要告诉你，选择对象应该考虑三个必须条件。首先，一定要出生于无产阶级家庭，要政治红，工作好，人品好，爱学习，爱劳动，当然，相貌也不能够太差。而且，现在国家又开始重视知识，所以，还是应该考虑文凭的问题。第二，开始交往，要保持距离，不要天天见面，不要弄得还没有确定关系，结果就闹得满城风雨了。男女相处，一定是首先注意互相学习，互相帮助，在政治上共同要求进步，切忌搞小资产阶级情调，以免引起领导和同事们的反感，影响了自己的进步。第三，现阶段主要进行接触和了解，绝对不能越轨！绝对不能对父母搞突然袭击，不能搞闪电式的结婚。

　　郝毓秀不能够满足于女儿的点头。她希望听到女儿的当面表态。

　　曾芒芒小声说："我记住了。"

　　郝毓秀说："很好！"

　　郝毓秀说："芒芒，我们希望你真的能够按照我们的要求去做，将来在你幸福生活的时候，你就会懂得父母的苦心。芒芒？"

　　曾芒芒说："如果……我一定按照你们的要求去做。"

　　郝毓秀笑了。这次的笑，是真正的笑，自然，放松，有一点胜利的满足。

郝毓秀再次与丈夫对视一眼。然后，她从背包里拿出了一个笔记本，认真地翻着，从某页取出了一张照片。原来，他们已经给曾芒芒物色了一个对象。名叫夏国辉，中共党员，部队转业干部，现任航空公司保卫科科长，目前正在读电视大学准备拿大学本科文凭。工人家庭出生，只有兄弟两人，其父是1949年以前参加革命工作的干部，比曾芒芒的父亲资格还要老，现任市商业局局长。

夏国辉相貌端正，身体健康，身高一米七十五，无任何不良嗜好。你看合适吗？芒芒。我们还是主张发扬民主的，如果你没有意见，下个星期天，由张阿姨带你去见面。

芒芒，可以吗？

不可以！曾芒芒差点脱口而出。我的天啊！曾芒芒也差点脱口而出。曾芒芒的下个星期天，她还是准备再躲在单身宿舍读《约翰·克利斯朵夫》的。这套书借阅的时间只有一个星期，后面还有许多人在排队等候。一套四册，只有业余时间才能够阅读，她的计划就是准备在下个星期天读完。另外，还有，事情发生得太突然了，太意外了，曾芒芒的脑海里一片茫然。不可以不可以不可以！

但是，曾芒芒不可以对她的父母说不可以。他们是父母。他们是权威。他们是领导干部。他们富有宝贵的人生经验。他们是在为女儿谋幸福。曾芒芒可以沉默。但从来就不可以对她的父母说不可以。

夜色渐浓。一场郑重而漫长的谈话，终于结束了。曾分地携妻子离去。他们夫妇肩并肩，共同撑着一把雨伞，消失在五月的朦胧春雨中。曾芒芒在走廊目送她的父母。曾芒芒用无声的语言为她的父母辩护：他们是为了芒芒好！他们是为了芒芒好！他们是为了芒芒好！

　　紫砂玉兰盛开了，巴掌大的花朵，在夜色中也娇艳欲滴，曾芒芒却再也无心为它们喝彩。蚯蚓在土地上留下的探索痕迹，微不足道得令人怅惘。黑乎乎的客轮，在长江上已经远行，带走了人，却带不走心。陆续有人返回单身宿舍了。一个男的，走到紫砂玉兰附近，忽然掀开他布满了斑点的油布雨伞，朝楼上看。曾芒芒立刻缩回了身体。她用力摔上了房门。

　　搪瓷碗破碎的瓷片，贴在地上，怎么也清扫不干净。曾芒芒用手去揭，一块小得几乎用肉眼看不见的瓷片刺进了她的手指头。一阵刺痛。用针去挑，出血了。曾芒芒把手指头含进嘴里，吮吸着自己的鲜血。眼泪不期而至，滚滚涌流。曾芒芒哭了。她扯掉了辫子上的皮筋，让头发披散开来。她把纱巾和小说都拿了出来。她抚摸着小说的封面。她想重新进入沉迷又畅快的阅读。不成了！苦恼的青春梦幻，在破碎的时候，却散发出了迷人的香气和甜蜜的味道，转眼间，却已经覆水难收。

　　一个名叫夏国辉的陌生男青年，只有登记照片那么大小，在一旁看着曾芒芒的举动。曾芒芒瞥了一眼小小的登记照片，只见一个陌生青年，头发是黑的，面孔是白的，衣服又是黑的。这是谁呢？

　　记住，下个星期天。上午。九点整。张阿姨在家等你！

　　曾芒芒个人的现实生活，就这样开始了。这是连一点点云朵、雾霭、清风、朗月、松涛、波纹、飞禽、异兽都没有的开始。不是国画，没有飞白之笔。实在得不能再实在。尽管曾芒芒一再说服自己应该服从和感谢父母，尽管她觉得这种见面也没有什么了不起，见面了也还是可以拒绝的。然而，曾芒芒还是被这种实在的方式逼迫得泪流满面。一个在温暖的春雨里，躲着阅读法国小说的女青年，一个对于飞机、火车、轮船、长江、岸柳、汽笛、紫砂玉兰和蚯蚓那么敏感的女青年，她正在梦中挣扎，幻想能够挣扎出一片属于自己的新天地，却被迎头一棒，发现自己还是被规定和被安排了。她觉得一切都是那么的不对劲。方才在阅读《约翰·克利斯朵夫》的那个女青年，她肯定不甘心就这么开始她的恋爱。

可是，不这么开始应该怎么开始呢？不知道。曾芒芒不知道。

第二章

1

　　下个星期天很快就到了。真巧，天空又飘起了温暖的春雨。曾芒芒要做的事情，却是另外一种了。春雨不再是阅读的情调，成为了需要用雨伞遮挡的自然现象。曾芒芒起了一个大早，把自己收拾得整整齐齐，然后撑起一把半自动雨伞，去了张阿姨家。曾芒芒让自己是深色的、传统的、保守的模样，让一把正在风行的半自动花雨伞表达自己的时尚。九点差十分，曾芒芒到了。她没有敲门。她又回头步行了五分钟，之后，转身，再次来到张阿姨家，这个时候，时间正好九点。曾芒芒习惯做一个守时的人。

　　啊呀，我们芒芒长成这么漂亮的大姑娘了！真是女大十八变啊！张阿姨匆匆忙忙地张罗着，每一句话都说得热气腾腾。咦，芒芒，你的嘴角怎么生了一个疔？这是上火了。春天，火气大。得喝点清火的汤。张阿姨把曾芒芒拉到桌子旁边，用胖胖的柔软的双手按下曾芒芒的肩膀。这是一碗冰糖百合汤。芒芒，你给我先把它喝下去再说！怎么？喝不下去？为什么？急于要见男朋友啊？急什么急？让他等等！男人这个时候都没有耐心，那么将来呢？芒芒啊，谈恋爱的时候，就是要沉得住气，要端点架子，要有点身份，要考验考验他。

曾芒芒苦楚地叫道："张阿姨啊！"

张阿姨说："好好，打嘴！现在人都还没有见面，的确不能够叫作谈恋爱。"

张阿姨呵呵笑着，飞快地洗脸，擦雪花膏，换出门的衣裳。好好好，我不说了。芒芒害臊呢。芒芒啊，我的孩子！你不用害臊，记住你张阿姨的话：一个好女人，就是要降得住男人。男人的本性，总归是一匹野马。你驾驭和驯服了这匹野马，你们就是婚姻美满。芒芒啊，幸福不会从天降，樱桃好吃树难栽。记住你张阿姨的话！

曾芒芒含着汤匙，目不转睛看着张阿姨，心里热乎乎的，但是她并没有记住张阿姨的话。对于恋爱、婚姻和家庭，曾芒芒丝毫没有体会，她记不住张阿姨的话。曾芒芒更加喜欢并更加留恋的，是张阿姨宽厚的母性与奔放的热情。春雨中，张阿姨不时地替曾芒芒弹去衣袖上的雨水，调整她的雨伞，生怕她淋湿。有一次，当一辆公共汽车横冲直撞过来的时候，张阿姨立刻把曾芒芒让到了人行道的里侧，而她自己，则挡在外侧，其实公共汽车是在马路上横冲直撞，与人行道还是有距离的。于是，曾芒芒的眼睫毛，猝不及防地，就被内心涌动的泪水沾湿了。如果她的母亲郝毓秀，是张阿姨这样的女人，那该是多么美好啊！

非常奇怪，曾芒芒的反感、别扭和抗拒，竟然悄悄地消失了。她乖乖地跟着张阿姨，来到了一个陌生的社区，与登记照片上的夏国辉见了面。

见面半个小时，曾芒芒发现了优秀男青年夏国辉的毛病。是一种生理毛病。夏国辉不停地打嗝。话说得越多，他的嗝就越是频繁。为了掩饰，夏国辉尽量把喉咙的动作控制得最小。他把从胃里冒出来的嗝，控制在口腔里，再由口腔里无声地吐出来。这个精心掩盖的过程令曾芒芒恶心。曾芒芒很快就起身告辞，夏国辉还希望曾芒芒留下她的通信地址。曾芒芒说：下次吧。夏国辉还不明白，紧追着问：下次是什么时候？

张阿姨立刻接过话头，说："我来安排吧。"

也就是半个小时，曾芒芒解决个人问题的第一次尝试，就宣告失败。曾芒芒父母的郑重其事和精心设计，当然也就随之宣告失败。

最为难过的，是介绍人张阿姨。她抱歉得无地自容，连连打自己的嘴巴。曾芒芒拉住了她的手。"没事啊。"曾芒芒说。张阿姨说："孩子啊，怎么没事呢？我怎么向你的父母交代呀！他们都是领导干部，最重要的就是社会影响。他们再三叮嘱，希望把事情办得牢牢靠靠，争取一次成功。你看看——"曾芒芒说："张阿姨，真是没事的。对我妈妈，我们不必多说什么了，就是我看不上对方，这还不是最好的理由吗？"张阿姨一把将曾芒芒揽进了怀里。"好孩子！我的好孩子！"张阿姨说。

贴在张阿姨的怀里，曾芒芒快活极了。夏国辉算什么呢？不就是一个陌生人吗？不也就耽误了她人生的半个小时吗？曾芒芒没有什么损失。曾芒芒反而因此获得一个张阿姨。

曾芒芒在张阿姨家吃了晚饭。吃得非常香甜。张阿姨不停地为曾芒芒夹菜。"孩子，多吃一点！"——曾芒芒就喜欢听张阿姨这么称呼她。如果曾芒芒有一个张阿姨这样的母亲，曾芒芒该是多么幸福啊！

曾芒芒为张阿姨在父母那里作了解释。个人问题，的确不好明确责任界限。女儿看不上对方，郝毓秀就不能够说什么了。为了弥补过失，张阿姨又为曾芒芒介绍了第二个男青年，名叫宋劲松。曾芒芒为了保持与张阿姨的联系，居然也接受了张阿姨的介绍。

宋劲松是一个公安干部，个人政治条件也很好，身材高大魁梧，相貌尤其生得英俊，一张方正的脸膛，眉毛是眉毛，眼睛是眼睛，就跟宣传画上的工农兵形象一模一样，只是家庭条件稍微差一点，兄弟姐妹多，母亲是家庭妇女。第一次见面，也只有半个小时。但是曾芒芒给对方留下了通信地址，并应允了第二次的见面。

曾芒芒与宋劲松交往了两个月。每周见面一次。总共看了两次电影。第一次是宋劲松主动购买的电影票。第二次，在购票窗口，宋劲松把裤子口袋的白棉布都掏翻了，里面没有钱。后面排队购票的群众发出很不客气的嘘声，曾芒芒赶紧递上了自己的钱。这是夏天了，电影院非常闷热，开映之前，卖冰棒雪糕的太婆，拎着冰棒桶，在走廊来回叫卖。冰棒——雪糕。冰棒——雪糕。几乎所有成双成对的年轻人都买了两支雪糕，宋劲松却能够视而不见地坐着。曾芒芒又干渴又觉得很没有面子，一个冲动，她不再顾及宋劲松，自己掏钱买了两支雪糕。宋劲松吃雪糕的时候，却是非常的坦然。下一次的约会，逛公园，几个小时之后，两人都饿了。宋劲松提议去餐馆吃点夜宵。到了餐馆，宋劲松一下子挤到人群中，占了一个座位，对曾芒芒说："我占座位，你去买票。我要一碗牛肉米粉，两根油条。"宋劲松再一次巧妙地躲避了付钱的问题。曾芒芒付钱买了夜宵。宋劲松吃得醋畅淋漓。

吃罢夜宵出来，两人走在马路上，男的高大英俊，女的苗条秀气，他们的模样很是般配，引得路人频频回头。宋劲松很是得意，他大胆地牵起了曾芒芒的手。曾芒芒扭过头，抬起眼睛，看了宋劲松最后一眼。然后，毅然决然地摔开了他的手。

与宋劲松的交往，曾芒芒也不是完全没有收获。生活中，人们往往说"大男人，小心眼"，此前曾芒芒不相信这是一个规律。现在她相信了。曾芒芒从此不再迷恋男性的高大魁梧了。

三年来，曾芒芒顺从地接受着张阿姨的介绍。在宋劲松之后，徐文革之前，曾芒芒还处过了一个叫作范宏的男青年。范宏在群众艺术馆工作，经常配合党的要求和社会形势，在大街的墙头，绘制宣传画；头发留得有一点长，脖子上挂一条红黑相间的格子围巾。范宏还自称热爱文学，经常写点诗歌。啊，炉火正红，长江正阔，革命时代多峥嵘。

曾芒芒问："什么叫作'时代多峥嵘'？"

范宏说："我也说不清。诗歌嘛，就是抒发一种情怀。"

曾芒芒逗他，说："抒发情怀也要语句通顺嘛。"

范宏说："诗歌的语句有诗歌的规律，比如：君不见，高堂明镜悲白发，朝如青丝暮成雪。通顺不通顺？严格地讲，也不通顺嘛。"

曾芒芒两眼望天，心中长叹。这个年轻人，说话怎么这么没有谱呢？他也敢举这个例子！也敢说李白这首精美绝伦的诗，语句也不通顺！

郝毓秀着急了，对丈夫曾分地说："五个了！"

三年的时间，曾芒芒从 22 岁长到了 25 岁。由张阿姨介绍的男青年，已经是五位了。最后的结果却是一个都没有成功。这是曾分地郝毓秀夫妇事先绝对没有料到的。

郝毓秀代表丈夫，找女儿进行了一次正式的谈话。

郝毓秀忧愁而严厉。她说："芒芒啊，这样下去影响太不好了！五个！难道五个青年就没有一个好的吗？每一个人，都有其长处和短处，总不能拿每个人的长处去比较另外一个人的短处啊！芒芒，难道你自己就没有短处吗？发现了人家的短处就吹，这种态度就有一点不严肃了。芒芒，你是我们的女儿，从小就有着良好的教养，无论在哪里学习、劳动和工作，都深受广大群众的好评。我和你爸爸，从来都不怀疑你会顺利地成长为革命事业的可靠接班人。但是，你在处理个人问题上，的确令我们意外和失望。现在我要首先检讨自己，我首先犯了一个错误。这就是：使用了张阿姨。为了投我们所好，她太溺爱和迁就你了！而她本身，素质就不高，婆婆妈妈。这种人根本不懂生活的真谛，是不可信任的。"

"妈妈！"曾芒芒说，"没有张阿姨的事情。"

郝毓秀说："芒芒，注意一点礼貌好不好？请你不要随便打断我的话，先听我把话说完。"

郝毓秀制止了女儿，继续说："当然，更应该检讨的，是你自己。芒芒，你参加工作四年多了。用一千多个日日夜夜的艰苦劳动，换来了厂里领导和车间同事们的高度评价，被选拔为公司一级的先进工作者。你的照片挂在公司办公楼旁边的橱窗里，你们公司的书记和总经理，出入都看得见。这是多么大的光荣，你知道吗？他们这些人是什么级别，你知道吗？他们是真正的高级干部啊！芒芒，你要珍惜这来之不易的荣誉，要争取早日加入党组织。你要清楚地认识到这一点：一个人如果生活作风不严谨，玩世不恭游戏人生，那是非常危险的！

最后肯定要被革命洪流所淘汰的！芒芒，我的话，你听进去了吗？"

曾芒芒看着自己的鼻尖，回答："听进去了。"

郝毓秀说："芒芒，我请求你，别这样盯着自己的鼻尖。说实话，我最见不得你的这个样子了，好像别人给了你多么大的委屈似的！你自己谈了五个男朋友了，让父母都害羞了，还算我们委屈了你吗？而且，25岁的大人了，难道你一点医学常识都不懂吗？老是这么盯着鼻尖，很容易盯成对眼的。对眼非常难看，知道吗？"

这一次谈话是在家里进行的。曾分地去外地开会了。郝毓秀再三要求女儿在星期天回家一趟。曾芒芒没有像往常那样，在星期六的下午就回家。她在星期天上午才离开单身宿舍，步行到江边，坐轮渡，来到汉口。曾芒芒回到家里，已经是中午了。吃过午饭，聆听母亲的批评与教诲。好在居住机关宿舍有一个好处，这就是郝毓秀不便发脾气，她把声音压得低低的，生怕邻居听见了，造成不好的影响。之后，曾芒芒连夜赶回了单身宿舍。她的理由是她不愿意明天早上上班太匆忙。

曾芒芒乘坐公共汽车来到江边的码头。一阵猛烈的江风，迎面吹了过来。街道两边的餐馆，已经封了炉子。粗壮的汽油桶改装的煤炉，拍上湿漉漉的煤粉，中间留了一只拇指粗的孔眼。这只孔眼红彤彤的，给昏暗的码头平添了恐怖。江边的路段又停电了。城市的供电总是这么紧张，你无法预料你要行走的哪一段街道是黑暗的。码头售票处挂了两盏马灯。墙面上张贴的法院布告卷了角。法院院长的名字不见了。死刑犯们名字下面的红色钩钩，在马灯昏黄的照明之下，都变得没有了颜色，好像这些罪犯忽然获得了赦免。有人趁黑暗之机，在跳板一端恶作剧，突然用力晃动，曾芒芒一个趔趄，差点摔倒，她及时地抓住了身边的铁索。铁索的冰凉刺透了温热的手掌，直达曾芒芒的肉体深处。长江也是昏暗的，庞大，阴森，难以捉摸，闻得到巨大的潮湿气息，却看不见一丝内容，活像一个巨大的阴谋。危险从这个城市的每一个黑暗角落，在向曾芒芒迫近。曾芒芒警觉着，冷冷地看一眼碰撞了她的人。她敏捷地闪开，独自一人，伫立在轮渡的机房门口，这里有亮光，有工作着的工人，有轰鸣的机器，还有强烈的震颤，这外来的震颤正好表达曾芒芒内心的感受。如果曾分地郝毓秀夫妇一旦知道，他们的女儿曾芒芒，除了五个男青年之外，还结交过一个锅炉工，他们会怎么样？

2

邝园是轧钢厂宿舍区的锅炉工，他是在不知不觉中，进入曾芒芒的生活的。邝园是湖北广济县人。小伙子一头天生鬈发，高鼻梁凹眼睛，一边往炉膛里送煤，一边吹口哨，汗水湿透了他薄薄的背心。薄薄的背心总是贴在邝园的胸脯上，那里的肌肉在一棱棱地滚动。邝园是个闲不住的快乐小伙子，一关上锅炉炉膛的门，他就去除灰，推着独轮小车，一路小跑，机灵地穿过去食堂打饭的人群，快活地威胁他们："同志们擦灰哪！擦灰擦灰哪！"除去了煤灰，邝园就去冲洗头发，然后带着更加卷曲的湿漉漉鬈发，在锅炉房门口，给人理发。理发担子是邝园自己的，他免费给人理发。邝园的剃刀在油布上镗得雪亮雪亮。邝园镗剃刀的动作如行云流水。许多工人端着饭碗，围在邝园身边，欣赏他的手艺。有人便说：有一句民谣真没有说错，天门（县）挑牙虫，沔阳（县）的三棒鼓，广济（县）专门出剃头的师傅。

曾芒芒听人说了这句民谣，不知为什么，立刻就记住了，回到宿舍，就学给同宿舍的姑娘们听。她们几个姑娘一块儿去食堂吃饭，也端了碗，去看邝园理发。快嘴姑娘黄汉香，把曾芒芒告诉她们的民谣说给邝园听了，并嘻嘻笑地问："真的吗？你们广济人都会剃头吗？"邝园朝黄汉香吹了一声口哨。黄汉香指着曾芒芒说："又不是我说的，是芒芒说的。"

曾芒芒说："说就说了，这有什么？这又不是什么坏话。"

邝园说："就是坏话也无所谓，死猪不怕开水烫。"

曾芒芒说："你也太自谦了吧，什么'死猪'啊。"

邝园又朝曾芒芒吹了一声口哨，这一声口哨格外嘹亮。

邝园开始称呼"芒芒"了。每天下班回到宿舍之后，曾芒芒都要拎着热水瓶，来锅炉房打开水。邝园说："芒芒，我来吧。"邝园接过热水瓶，为曾芒芒灌好开水，然后把热水瓶递给她。不久，邝园不把热水瓶递给曾芒芒了，而是为她直接送上单身宿舍的五楼。锅炉房有大量的热水，邝园为曾芒芒开辟了一块小天地，让曾芒芒在这里，尽情地洗涤她的床单、被子和蚊帐。一盆又一盆的开水，把曾芒芒的衣物，烫得洁白透亮。邝园不让曾芒芒的手过多地泡在水里。他说："芒芒，你要知道，女孩子的手，应该尽量减少在冷水里进热水里出肥皂水里泡。"听了这话，曾芒芒并不吭声，但是她温顺地收回了自己的手，抱在胸前，穿上邝园为她准备的长统套鞋。洗衣粉也是邝园从洗涤车间弄来的。洗衣粉非常神奇，在盆子里放上小小的一把，就可以泡洗满满一盆衣物。曾芒芒穿上长统套鞋，在盆子里使劲地踩，盆子里充满了白花花的泡沫，云朵一般，那不是肥皂可以达到的效果！曾芒芒就像一个穿着马靴跳舞的蒙古姑娘，在蓝天白云下面舞蹈，她常常兴奋得眼睛发亮，脸庞明丽如春。邝园的力气很大，将床单和被单的水，都拧得干干的。再抖开，放进盆子，将床单上浆。邝园已经事先准备好了米汤，从食堂讨来的。邝园总是喜欢把事情做得尽善尽美，他说这是剃头师傅的习惯。曾芒芒与邝园，两个人，展开长方形的床单，在太阳底下，使劲抖动，把床单抖得平平展展。之后，一个日头就晒干了。曾芒芒的床单，从来不曾如此地洁净和挺括，睡在这样的床单上，一翻身，床单就沙沙作响，摩擦着皮肤，非常舒畅。星期六的黄昏，邝园会在楼下高叫"黄汉香！我上来了！"邝园来到曾芒芒的单身宿舍，送来四张电影票，请她们宿舍的全体姑娘看电影。看电影的时候，邝园坐在黄汉香旁边，与她打打闹闹。看完电影，邝园请她们去吃夜宵。邝园当然不会让她们去排队买票。邝园让她们坐好，等着。再陆续给她们端来桂花糊汤米酒和热气腾腾的鲜肉小笼包。

邝园为姑娘们介绍说："包子下面铺的是松针，这样蒸包子，不仅不粘笼屉，包子还有森林的香气。"

曾芒芒忽然被邝园这句话中的某种东西打动了：森林的香气。

曾芒芒埋头吃包子，眼睛里面充溢着温热的液体，不是泪，是一种感动。

有一次，在夜宵之后回来的路上，邝园还是走在别的姑娘身边，说笑话，教大家吹口哨。黄汉香笑得捂住肚子，用拳头连连打击邝园。曾芒芒则要求自己去注意路边的树丛。路边的树丛在悄声细语，讲述着一种曾芒芒听不懂但是能够意会的故事。曾芒芒心烦意乱，不当心被横穿马路的铁轨绊了一下。邝园闪电般地出现在曾芒芒的身边，好像他根本就是伺候在曾芒芒身边，从来不曾离开过一样。邝园扶着曾芒芒，胳膊在颤抖。"摔到哪里了？"邝园那紧张得变了调的声音，暴露了他内心的秘密。

　　回到宿舍，姑娘们七嘴八舌。说：芒芒啊，原来我们在沾你的光啊！说：现在好了，你们已经当众直接接触了，以后就不需要我们掩护了吧？说：唉，邝园如果不是一个锅炉工就好了！说：天下的事情真是不公平啊，邝园这么好的一个青年，却是县城来的，才高中毕业，连一个技术工人都当不上，只是一个烧锅炉的。黄汉香睡觉了又爬起来，坐在曾芒芒的床头，盯着曾芒芒，问："芒芒，你真的要和邝园好吗？你可是干部子弟，将来的工程师啊！你们太不般配了！你们绝对不会有共同语言的！邝园他这是癞蛤蟆想吃天鹅肉！"

　　曾芒芒失眠了。她长大么大，还从来没有失眠过。她这才体会到，失眠就是无法入睡。眼睛闭着，却比睁开还看得清楚，脑子不肯安宁，乱七八糟地过电影。邝园，这个能干的快乐的锅炉工，在曾芒芒眼前，活泼敏捷地行动着。一夜又一夜。失眠。窗户发亮了才迷糊一会儿。眼睛周围形成了黑圈。浆洗之后晾晒干爽的被单。森林的香气。不过，的确，事实上，邝园就是一个只有高中文化的锅炉工。将来，曾芒芒如何对她的同学们介绍邝园呢？哪所大学毕业的？学什么专业？邝园的父亲是剃头师傅，挑着担子，走村串户，在泥泞的村口，替人理发。母亲是菜农，不识字，整天劳作在菜地里。邝园和他的父母，是一个另外的世界，一个曾芒芒丝毫不熟悉的世界。曾芒芒扪心自问：你想进入这个世界吗？她不想。她也许有新鲜感，但是真的不想进入。曾芒芒能够把邝园从这个世界带出来吗？也不能。曾芒芒觉得自己没有这个能力。芒芒不是一个强悍的女孩子，不是电影里面那种黝黑的吉普赛姑娘，有火热的歌喉，泼辣的红唇，奔放的长裙，母狮子一样的长长披发，可以卷走任何她喜欢的男子。曾芒芒对自己将来的配偶和家庭，当然还是有理想的。曾芒芒的丈夫，无论是从事什么工作，一定是卓有成就的。他将是一个深孚众望的人。他的同事中，有不少鹤发童颜的老人，他们是国家的栋梁，丈夫把她带到单位去，谦恭而又骄傲地对这些老人介绍说："这是我的妻子。"他们的家庭，明亮而安静，一尘不染，东西都摆放在应该摆放的地方。他们家里一定有长长的书柜。夜晚，床头的台灯亮着，他们夫妻洗过澡，头发洁净，指甲粉红，靠在床头，各自捧书阅读，偶尔会意地对视一笑。这位丈夫是谁呢？曾芒芒现在无法知道。但是现在的曾芒芒知道，他不可能是邝园。

太阳出来了。太阳又落山了。岁月在继续。曾芒芒渐渐不再失眠。有一段时间，曾芒芒不再去锅炉房打开水了。黄汉香善解人意，主动承担了替曾芒芒打开水的义务。一天，曾芒芒与大家一起去食堂吃饭，邝园等在路边，他一把扔掉送煤的铁锹，径直朝曾芒芒走了过来。曾芒芒当机立断地赶紧掉头，快步往回走。她走哇走，一直走出了宿舍的大门，跳上马路边正好停站的公共汽车，随它去向任何地方。邝园在曾芒芒掉头的同时，勒住了脚步，好像他被意外的子弹突然击中。少顷，邝园转身回到了锅炉房。邝园拉开炉膛的铁门，猛劲地送煤，铁锹在他手里飞舞，耍大刀一般地威风凛凛，炉膛的火，熊熊燃烧，火红壮美得无与伦比。

从此以后，邝园也就不再认识曾芒芒了。一切都渐渐地归于寂静。

几个月之后，邝园和黄汉香结婚了。邝园穿着崭新的衣服，头发吹得像一棵发育良好的卷心菜，将黄汉香用双臂托在怀里，从单身宿舍抱到了他们的新房。工人们在邝园的身后一路放着喜庆的鞭炮。邝园的父母和兄弟姐妹都来了，在食堂摆开了热气腾腾的酒席。老人当着大家的面，给黄汉香戴上了祖传的玉镯。邝园那满脸皱纹的母亲，在黄汉香脸上慈爱地抚摸，惹得许多姑娘当场抽泣起来。然而，邝园和黄汉香的家，也就是一间八个平米的宿舍，在筒子楼里。他们没有厨房，做饭就在房间门口，楼道被煤烟和油烟熏得跟隧道一样黑暗。当然，他们绝对地不可能有长长的书柜。也绝对不可能一尘不染。床头也没有台灯。房间只有一只灯泡。洗澡要等到星期六晚上，宿舍区的公共浴室开放，平时就用搪瓷脸盆，简单地洗洗屁股和脚，随即关灯，上床，睡觉。再几个月，黄汉香生了一个大胖儿子。邝园的自行车后面，绑起了一只自制的婴儿椅，看上去是那么安全可靠和舒适。星期天，邝园的自行车，前面的三角架上坐着他老婆，后面的婴儿靠背椅里，是继承了他乌黑鬈发的儿子。他们一家三口，从宿舍的院子里骑车出发，到附近的青山公园去玩耍。回来的时候，黄汉香的头上，戴着野菊花编扎的花环。看来邝园憋着气，一定要把他清贫的日子，过出一些滋味来。在单身宿舍里的曾芒芒，不止一次地看见了在太阳下出游和归来的邝园一家三口。曾芒芒的心里，一片怅惘。安静，然而怅惘。

　　曾芒芒处理个人问题处理得身心交瘁。她的疲倦程度超过了她父母的想象。因为她的父母不知道邝园。实际上曾芒芒接触了六个男青年，而不是五个。或者说其实只接触了一个，这就是邝园。曾芒芒只是和邝园，才触及到了男女情感的微妙之处。然而，刚刚开始，她就务实地撤退了。怅惘也是一种疼，一种钝钝的落寞的疼。

3

　　谈话是中国人政治生活的一种主要方式。车间党支部组织委员找曾芒芒谈了话。组织委员平日和曾芒芒挺熟的。谈话的时候就不熟了。

老蓝色工装，故作郑重的脸，班组休息间的门，一定得对外敞开；正在房间休息的同志，请大家出去一下。纷纷出去的同事，都故意回避曾芒芒，怕她难为情。

这样的开场铺垫，已经让曾芒芒难为情了。组织委员说：曾芒芒同志，我代表党支部，找你正式谈话。我们这一次发展新党员，你还得往后靠一靠，曾芒芒同志，你工作踏实，遵守纪律，团结同志，吃苦耐劳。组织希望你在今后的工作中，更加努力，更加扎实，不要在无谓的生活小节方面，分散自己的精力。组织找你谈话，是对你的严格要求和高度信任，希望你能够做到有则改之，无则加勉。好吗？

曾芒芒说："好的。"

无谓的生活小节！关键在这里。曾芒芒抓得住这种谈话的实质。大篇的肯定和表扬都是安慰和掩护，"希望"这个词语的后面才是问题所在。党组织认为，曾芒芒的生活小节出问题了。他们派了组织委员来敲打她。曾芒芒并没有积极要求加入党组织，但是党组织不会放过每一个青年。

车间主任也找曾芒芒谈话了。车间主任与组织委员的做法惊人的相似。谈话一旦开始，脸上就挂上了面具。一脸的公正与严肃，讳莫若深，门要敞开，同志们，请大家出去一下。曾芒芒再度地难为情了。大家都出去回避，唯独她被留了下来。

曾芒芒同志，你是我们厂推荐到公司的先进工作者，按说这个季度的季度奖金，应该给你一等奖。可是，在你们小组背靠背的评选中，大家只给了你三等奖。我们车间干部尽力而为地做了大家的思想工作。但是，工作做不下来。所以你只能够得到三等奖。我们希望你能够宠辱不惊，能上能下，多多检讨自己，严肃认真地对待个人生活，争取在下一次把威信提高上去。

曾芒芒点头。曾芒芒的眼睛看着自己的鼻尖，点头。车间主任比母亲大度，他没有指出曾芒芒的眼睛盯着鼻尖是一种恶习。他看都不看曾芒芒，与她保持着相当的距离，谈话结束，拔腿出门。

看来曾芒芒的个人生活不严肃了。看来她相处了六个男青年的经历，已经变成故事了。她们车间的好几个青年人，不惜周折，下班以后，特意乘车跑到曾芒芒她们的宿舍区食堂吃饭，为的就是想瞧瞧谁是邝园。宿舍的姑娘们，在夜半的枕头边，悄声告诉曾芒芒，说厂里好多人在背后议论曾芒芒。他们说：一般人都不敢高攀的曾芒芒，怎么和一个锅炉工好上了！夜半三更的曾芒芒，听着听着，就哭了。

生活作风问题，这是一个最羞耻的问题。所有的人，都宁可犯政治错误，而不愿意犯生活作风问题。因为政治错误毕竟还是有思想的人才会犯的，而生活作风错误，那就等同于流氓了。生活作风错误属于道德败坏，个人品质腐朽，有乱搞男女关系的嫌疑。曾芒芒是一个优秀的青年。曾芒芒在哪里学习和工作都会获得人们的赞赏。曾芒芒当然不会犯什么生活作风错误。可是，他们毕竟真的找曾芒芒谈话了。

被领导谈话之后，群众就会用敏感的目光看待你了。曾芒芒就要故意做出昂首阔步谈笑风生的姿态，表示自己的清白了。曾芒芒平时不那么昂首阔步和谈笑风生的。现在她必得昂首阔步和谈笑风生了。曾芒芒自己都有一点不太认识这个故作亢奋的自己了。

曾芒芒夜晚的睡觉，不再踏实，她不止一次地从噩梦中惊醒。一个似曾相识的噩梦，老是缠绕着她。醒来之后，情节不再连续，只是隐约记得与群众性的批判斗争大会有关系。那是"文化大革命"中的场景，一个女人，被剃了阴阳头，在群众大会上批斗。此起彼伏的口号，森林般的手臂。一只大脚，偷偷地朝女人的腰间踹了过来！疼痛的却是曾芒芒。曾芒芒躲闪着，大叫着，挣扎着坐了起来。曾芒芒呆呆坐在自己的床头，满头大汗，腰间隐隐作痛。要费很长的时间，才可以清醒过来，然后喜极而泣，因为那个女人不是芒芒。宿舍的电灯已经被拉开，宿舍的姑娘都被曾芒芒吵醒。有姑娘走过来，仔细端详曾芒芒，举起巴掌在她面前晃动。有一天半夜，曾芒芒瞪着眼睛，对面前晃动的巴掌说："别晃了。刚才我已经吃过了。"三个姑娘吓得大叫起来，手拉手，衣衫不整地奔逃出去，敲遍了所有单身宿舍的房门。这是因为她们的单身宿舍流传着一个恐怖故事，故事发生在某学院学生宿舍，宿舍里一个看起来非常正常的姑娘，患有梦游症，她每天半夜，都会悄然起床，悄然出门，去生理解剖室，茹毛饮血，生吃尸体的内脏。而曾芒芒在半夜里，忽然承认她"刚才已经吃过了"。

有一个胆小的姑娘，找到厂行政科，要求调换房间。姑娘的理由是：曾芒芒疯了。她的脑子出毛病了。

人人都说社会是复杂的。人人都说你踏上社会就会知道。踏上社会就会知道什么呢？现在曾芒芒有一点领悟了。社会有一个很奇怪的游戏。尽管你洁身自好，并无索取，他们还是要给予你。他们一定要把每个人纳入一种饲养和给予之中。然而，他们又把这种饲养和给予设置得神秘鬼祟，就像戏弄小孩子：给糖你吃。不给糖你吃。假如你把手背好，腰坐直，安安静静听阿姨的话，那就还是给糖你吃。这次的糖，就不给你吃了，要给别的小朋友了，请摸摸自己的脑袋想一想，为什么这一次不给你吃呢？你是不是做坏事了？把你的坏事坦白出来，那就还是给糖你吃。其实如果你真的坦白了坏事，那就从此没有你的糖了。

脆弱的小朋友，一定当面就会被戏弄得哭鼻子。曾芒芒没有当面哭鼻子，她比小朋友要坚强一些。可是她也还不够坚强。她心里特别难受。在车间和班组，一看见找她谈过话的干部，她的心里就咯噔咯噔地乱跳。同事们在一堆窃窃私语，看见曾芒芒过去，他们就不说了，立刻转换成大声的说话。每逢此状，曾芒芒就一阵阵恶心，想呕吐，举步犹疑，走过去还是不走过去呢？没有别的路，还是得硬着头皮走过去。车间更加巨大了，好似丛莽；四处透风，虫豸乱蹿，令芒芒的背脊凉风飕飕。本来就枯燥冰冷的机器，变得格外枯燥冰冷。灰色的架满钢梁的厂房房顶，成了密不透风的天空，令人窒息和绝望。曾芒芒没有办法继续上班工作了。在心情最糟糕的一天里，曾芒芒吃过午饭就发生了强烈的胃痛。厂医说是胃痉挛，给她喝了颠茄合剂。然而接下来，曾芒芒又腹泻了，哗啦啦的水样便，泻得离不开厕所。半天就把小脸蛋泻黄泻干了，酷似一只风干的萝卜。医院的诊断结果是：精神性腹泻。大便培养没有找到大肠杆菌，没有金黄色葡萄球菌，厂里的食堂没有发生食物中毒。曾芒芒非常认可这个诊断。她知道自己不能再去车间了。

4

　　曾芒芒唯一的去处，就是上北京看望爷爷。

　　爷爷曾分田拥有一个自由的辉煌的世界。爷爷是他们曾家的伟人和奇迹。他们这支曾姓家族，世世代代从事小农耕作，房无一间，地无一垄，受尽了他人的欺凌和屈辱。轮到爷爷这一辈，出现了爷爷这么一个调皮的男孩子。他天生就不是一个老实的农民了。他上私塾，读闲书，把家里积累的辛苦钱偷出去，喝酒，赌钱，摇头晃脑地泼墨挥毫，吟诗作赋，酷爱惹是生非，替村里的光棍汉子抢寡妇。历史的机遇似乎也偏袒他。第二次国内革命战争开始了，爷爷如鱼得水，毫不犹豫地抛下了年轻的妻子和幼小的孩子，投身到战争之中。爷爷的英明伟大之处在于，他既没有选择蒋介石总统的国家军队，也没有参与任何地方军阀的武装，更没有利用军阀混战的局面，成为趁机大发横财的土匪。爷爷加入了貌似弱小的红军，这是共产党的队伍。他跟着红四军，打土豪分田地，闹土地改革，闹减租减息，使得穷苦的农民们，一夜之间都获得了自己养命立身的土地。曾家的历史，便从爷爷这里开始改写了。爷爷不仅改写了曾家的历史，还改写了曾家的取名规矩。酷爱诗歌的爷爷，获得了在私下传阅的毛泽东的《清平乐·蒋桂战争》一词，他欣喜若狂，爱不释手，过目成诵。当即兴致勃发地决定，曾家祖宗依照族谱和辈分，为后代取的名字，到他这里，可以休止了！爷爷不顾整个家族的强烈反对，对曾家的名字，来了一个彻底的革命。《清平乐·蒋桂战争》的最后一句，是"收拾金瓯一片，分田分地真忙"。爷爷为他自己改名，叫作曾分田。获得了土地之后出生的儿子，取名曾分地。爷爷还武断地决定，将来曾分地的第一个孩子，名字一定得叫曾忙。曾家的三代人，要铸成曾家历史上最有意义的纪念碑：分田分地真忙！

胡闹的爷爷坚决坚持自己的胡闹。他用新的名字，正式注册当上红军。1934年，毅然离开福建家乡，跟随工农红军的主力军团第一方面军，进行了二万五千里长征，硬是步行到了陕北。爷爷曾分田，豪迈地四海为家，穿枪林过弹雨，砍头只当风吹帽。然而，爷爷赢得了这个世界。爷爷成为了共产党的一位高级军事将领。新中国成立之后，定居在中国的首都北京城，拥有了一座古老的四合院。每年秋天，他院子里的枣树上结满了红枣，柿子树上结满了柿子，石榴树上结满了石榴。爷爷的儿子们，都被他带出了家乡，离开了田野，读书识字，参加革命工作，成为革命干部，迎娶有文化的城市姑娘为妻。到了爷爷的孙子辈，他们在城市里出生城市里长大，脚尖都没有沾过泥土，是纯粹的城市人，不再面朝黄土背朝天，不再被人看不起，也不再为吃穿发愁了。曾家再也没有穷苦人了。爷爷！

曾芒芒幸运地成为了曾分地的第一个孩子。其实，她的名字，早就被爷爷取出来了，从1933年开始，就等待着她。1958年的春天，当曾分地把他第一个女儿的名字，严格地遵从父亲的旨意，取名"曾忙"的时候，爷爷批评了他的儿子："浑球！"爷爷说："要动动脑筋啊，也要动动感情啊，这是一个女孩子啊。女孩子要温柔，要娇丽一点的嘛！把'忙'加个草字头，再用上叠音，叫'芒芒'，多好听啊！"

曾芒芒是爷爷的故事。是爷爷恣意妄为的典型表现。是全家人百讲不厌的笑话。爷爷是新中国，同时也是自己曾家的开国元勋。他具有所有开国者的气派和风度。爷爷的个子并不特别高大，就尺寸来说，他比他的儿子曾分地还要矮半个头。但是事实上，曾分地在他父亲面前，好像永远地矮半个头。爷爷曾分田沉着，镇定，世界上发生任何事情都不能让他惊慌。爷爷松弛，爱好新鲜名堂，喜欢开玩笑，有军人式的粗口。爷爷一旦作出决定，便杀气腾腾，说什么就一定是什么，他妈的，脑袋掉了也不过碗口大的疤！爷爷抽烟，一辈了都抽，坚决不戒烟！爷爷不坐抽水马桶。坐抽水马桶他拉不出大便！爷爷要蹲坑。蹲坑，全部露出屁股，嘴唇上叼根香烟，那才过瘾！爷爷的小女儿燕子，结婚五年没有孩子，遭到丈夫的嫌弃。大家说：怎么办？爷爷说：怎么办？很好办，离婚！婚这个东西，能结就能够离！离了再找，此处不留，自有留爷处！

芒芒，芒芒，你的血管流着爷爷的血液呢！

登上北去的列车，并不是一件容易的事情。武昌火车南站人山人海。站前广场上，布满了密密麻麻的人。人们焦急又无奈地坐着，或者索性躺着，枕着自己肮脏的包袱和旅行袋，头发蓬乱，面目污秽，浑身散发着积日没有洗漱的污浊气味。随地吐痰，到处是果皮纸屑。南腔北调，扯着嗓子互相叫喊，在自己的口袋里碰上了小偷的手，迸发惊声尖叫。车站后面的火车，突突突地大口喘息，让人感觉胸口发闷。此起彼伏的汽笛，没有章法毫无顾忌地嘶鸣。几乎任何线路的火车票，都被抢购。暴力充斥售票大厅，推推攘攘，唾沫横飞，瞪着六亲不认的血红眼睛，衣领扯烂了，脖子上鼓突着青筋和指甲的划痕。武汉本来就是南来北往的中转站，现在，每时每刻又涌来了成千上万的南下打工者。曾芒芒来到武昌南站，一下公共汽车，她就傻了。

如果是平日的曾芒芒，她会退缩回去的。而此时此刻的曾芒芒，她绝不退缩！曾芒芒必须去北京！她必须去一趟爷爷家！曾芒芒被闷在水里头了，她无论如何得换一口气，否则，她就会死掉。曾芒芒毫不怀疑自己会随时死掉，她在日记里已经写好了遗书。

写好遗书，不再怕死的人，她是一定要登上列车的。

曾芒芒在武昌南站的广场边缘，静静地观察了几分钟。一个设计，立刻就诞生了。曾芒芒买了一张送客的站台票。然后，离开车站，顺着大街步行了大约十余分钟，看见了公共汽车六场。公共汽车六场有一个大门，门房里坐着看门的老师傅。曾芒芒对门房老师傅亲切地笑笑，就大大咧咧地闯进去了。进场之后，曾芒芒直接朝纵深走去，凭借着她对于这个城市熟悉的方位感，十分顺利地寻找到了与铁路相隔的围墙。围墙上早就有缺口，这是无数人跳墙的结果。曾芒芒四下望望，只见远处有人。曾芒芒装出行若无事的样子，然后突然动作，一抬腿从围墙上翻了过去。结果只是沾了一裤裆的灰，大腿根有一点酸疼。曾芒芒拍拍灰尘和泥土，再装出行若无事的模样，溜溜达达，沿着铁轨往回走，一直走到站台上。曾芒芒用站台票假装送客，登车之后就不再下来了。时间一到，列车按时开动了。这是意想不到的成功。曾芒芒被人们紧紧拥挤着，身不由己地竖立在列车的过道里。窗外是丘陵起伏的田野，放牛的老农在纳闷地挠着脑袋瓜子。是的，曾芒芒自己都不敢相信，飞速的列车正遵从着她的意愿，把她送向北京。从这一刻起，曾芒芒的情绪开始好转。她坚信自己到底是爷爷的孙子，到底还有着主宰自己命运的果敢与力量。

爷爷曾分田派了他的警卫，一个年轻黝黑的战士，在北京火车站接站。举着一张白纸，上面是爷爷亲自用毛笔写的三个大字：曾芒芒。爷爷的毛笔字，摹仿的是毛体——毛泽东的字体。爷爷学得不到家，就会把字写得龙飞凤舞。曾芒芒在北京火车站的接站口，拥挤在人群中，一眼就看见了龙飞凤舞的自己。曾芒芒忍不住咧嘴笑了。爷爷79岁了，又是将军，他是不方便来接站的，可是他的字来了，见面就把他的孙子逗开心了。

爷爷曾分田背着手，站在四合院的枣树下，迎接他的孙女曾芒芒。爷爷洗白的军装，精心修剪的八字胡，头发花白，短短的，却密密麻麻，健健壮壮，仿佛茂盛的麦茬子，仿佛新的麦子马上就要从这生机勃勃的茬子里冒出来。曾芒芒一看见爷爷，就明白红奶奶为什么死活就跟定爷爷了。

"芒芒，一下火车就看见你的名字了吧？最醒目吧？字写得漂亮吧？当然，还是没有我的孙女儿漂亮。早知道你已经长得这么漂亮，我会写得更漂亮一些。"爷爷嗓音洪亮，满不在乎地自吹自擂，说话间就朝孙女儿伸出了自己的双臂。

可惜曾芒芒过于腼腆。拥抱——这种亲昵的举动，对于曾芒芒来说，是这么生疏，这么令她羞怯，这么无力承受。她跑过去，握住了爷爷的手，把爷爷的拥抱扭曲成了一种古怪的动作：她侧面的身体在爷爷怀里轻轻地碰了碰。爷爷没有在意。爷爷不拘小节，笑逐颜开。红奶奶跑出来了。爷爷的第二任红奶奶，在包饺子，双手沾满了面粉，衣服和头发上散发着韭菜黄浓郁又冲人的香味。红奶奶说："芒芒啊，芒芒啊，一晃几年都不来看我们，好狠心的孩子啊，真是想死我们了！"曾芒芒同样叫起来："红奶奶红奶奶，我这不是看你们来了吗？"

来了好！来了好啊！不来我埋怨谁去呀！红奶奶撒娇了。红奶奶说一些亲密话语的时候，嗓音里就会窜动起一股曲里拐弯的风，一种嗲嗲的风，谁听了心里都会暖暖的痒痒的。红奶奶的后面，又跑出了她的女儿燕子。燕子的学名叫作曾芬芳，但是所有的人都叫她燕子。燕子也是两手的面粉，一身韭菜黄的香气。

燕子叫道："芒芒啊！"

曾芒芒叫道："燕子啊！"

燕子说："芒芒好漂亮了呀。"

曾芒芒说："哪里有燕子漂亮啊！"

燕子只比曾芒芒大六岁，小的时候经常在一起玩耍和逗打，她们姑侄俩从来就是没上没下的。燕子用手指掐了一下曾芒芒的脸颊，曾芒芒反手就回敬了燕子一下，并且还恶人先告状，嚷道："爷爷，燕子怎么这样地没轻没重啊！"

燕子说："嗨，这妮子，几天不见，简直反了！"

曾芒芒说："当然反了，我的爷爷不就是会造反吗？"

爷爷说："芒芒说得好！说得好啊！"

曾芒芒一到北京爷爷家里，就有话说了，就可以笑笑嘻嘻的了，就机灵了，活泼了，常常语出惊人了。整个人，就活过来了。

爷爷曾分田，率一家四口，围坐一起，热热闹闹地吃饺子。他们和曾芒芒说话。问寒问暖。问东问西。学习，工作和生活。工作单位满意吗？每月工资多少钱？怎么花销？感觉事业有前途吗？谈恋爱了没有？他们看着曾芒芒，眼睛都舍不得移动，饺子都从筷子上滑掉了。说着说着，曾芒芒哭了。说着说着，曾芒芒又笑了。红奶奶叹气，摇头，生气，用筷子头叩击桌子。燕子跳起来：岂有此理！简直滑天下之大稽！天方夜谭吧？她按捺不住地直嚷嚷，霸道而尖厉的声音划痛了曾芒芒的耳膜，曾芒芒却异常高兴。曾芒芒的所谓六次恋爱，在这里，被全部否定了。这算什么恋爱？手都不曾碰过。认识了，然后又不认识了。与锅炉工邝园的交往，充其量也就是革命友谊罢了。能够建立友谊的人们，当然就是互相有好感的，没有对应的好感，何谈友谊？我们歌颂友谊地久天长，正是因为它包含着许多难忘的好感啊！现在的人，还懂不懂生活啊？啥叫生活作风问题？我们党对于生活作风问题，那是有严格定性标准的，哪里可以随便扣帽子，打棍子。生活作风问题也可以随便胡说的吗？曾芒芒，这么一个纯洁的女青年。有经验的人，看她一眼就够了，就都知道这个女青年有多么单纯了，怎么能够把她与生活作风问题联系起来呢？简直是大笑话嘛！燕子是现役军官，即便穿着家常便服，也丝毫遮盖不了她的军人气派。她的眉毛往上挑，眼睛往下斜，毫无顾忌，蔑视一切，大口大气地说：曾分地糊涂，郝毓秀更糊涂，工厂那些基层干部则是糊涂加糊涂。现在的干部怎么是这样的了？完全是官僚作风，形式主义，草木皆兵，害人害己！

红奶奶拍案而起，质问道："我们无数的革命先烈，抛头颅，洒热血，换来了今天的红色江山，这些干部们，怎么就不懂得珍惜呢？怎么就不懂得要坚持科学的马克思列宁主义毛泽东思想呢？怎么就不懂得要进步，不要倒退呢？在芒芒的个人问题上，不就是充分表现了一种可怕的倒退吗？这不是比封建主义还封建吗？"

微笑不语的爷爷，就着饺子喝酒，一直饶有兴致地看着三个女人热热闹闹。最后，他站起来，把曾芒芒带到他的书房，说："芒芒，给爷爷研墨。"

曾芒芒为爷爷曾分田研磨了香墨。爷爷铺开宣纸，抄录了宋代词人苏轼《定风波》。爷爷曾分田把《定风波》送给曾芒芒。爷爷让曾芒芒将这首词朗诵一遍，曾芒芒羞涩地笑着，一时间开不了口。爷爷主动地为大家背诵了这首词。

> 莫听穿林打叶声。何妨吟啸且徐行。
>
> 竹杖芒鞋轻胜马。谁怕。一蓑烟雨任平生。
>
> 料峭春风吹酒醒。微冷。山头斜照却相迎。
>
> 回首向来萧瑟处。归去。也无风雨也无晴。

爷爷要说的话，全部都在这首词里了。曾芒芒不敢说她全都明白，至少她领会了关键的意思。曾芒芒喜欢爷爷的文韬武略。喜欢爷爷这种诗情画意别具一格的表达方式。这个夜晚，曾芒芒躺在安静的客房里，身体舒展，精神愉快，踏踏实实地入睡了。客房里的枕头套子，恰好与曾芒芒一般大的年纪，上面绣着1958年的歌谣：戴花要戴大红花，骑马要骑千里马；唱歌要唱跃进歌，听话要听党的话。枕头芯里面装的谷糠壳子，脑袋一动，耳边便窸窸窣窣地作响，酷似温柔的悄声细语。红奶奶的这只枕头，不知道为什么，让曾芒芒这般熟稔和安心。曾芒芒在入睡之前，已经完全恢复了自信。她相信自己没有犯任何错误。假如说她有错误的话，那也就是：她应该自己寻找男朋友。她应该更活跃一些，更大方一些，更坦然一些。她应该主宰自己的命运。

第三章

1

于是，高勇出现了。

高勇似乎早就守候在前面的三岔路口，等待着曾芒芒的路过。当曾芒芒走到这里的时候，以她的年龄，以她的经历，以她的心情，以她的认识，她会正好看中高勇。曾芒芒与高勇的关系，似乎还没有开始，就已经被决定了。

这天，一群男女青年，在轮渡上，从武昌到汉口，他们要去参加一个婚礼。肖克的婚礼。肖克是曾芒芒大学的同班同学。全校著名的人物。"浪淘沙"诗社发起人。诗人，写了若干首朦胧诗，见过著名的天才诗人顾城。肖克留长发，穿拖鞋上课，大声打嗝，着一条无人敢穿的喇叭裤，其裤腿足足有一尺八寸，走起路来就像清洁工扫地。肖克要结婚了。要结一个惊世骇俗的婚。他的恋人大他七岁，二婚，拖个十岁的小孩子，是五芳斋甜食馆卖汤圆的女服务员。肖克的婚姻遭到双方家长的强烈反对，女方的母亲甚至和女儿断绝了母女关系。但是，肖克坚决要结婚，因为爱情俘虏了他。是的，"文化大革命"结束了，四人帮被粉碎了，大学恢复了高考，电台恢复了爱情小说连续广播，新华书店不断有国外的文学名著上柜，少壮派胡耀邦成为了中共中央总书记，武汉三镇大街上的高音喇叭，早就不再是耿莲凤张振富渲染繁荣的歌声：山也笑水也笑，毛主席革命路线指航向，形势无限好哇；是台湾校园歌曲了，是谢莉斯王洁实了，他们唱的是"阳光，沙滩，海浪，仙人掌，还有一位老船长"了。是的，中共中央在广东沿海地区建立了经济特区，试图探索新的富国强民之路。是的，中国的确在发生变化，你可以来一点点无伤大雅的新潮和反叛了，你可以在小巷子里寻找到一个大胆的裁缝，为你缝制一条标新立异的喇叭裤或者老板裤了。然而，不就是仅此而已吗？所有的变化更多是理论上的，就像新闻总是停留在报纸上。对于他们这群青年男女，武汉还是武汉，公共汽车照常拥挤。单位还是单位，一层层的干部照样管着你。父母还是父母，规矩还是规矩。真正敢于拿自己终身大事开玩笑的，也还是只有肖克。

这是秋高气爽的一天，武汉市的大街小巷里，隐约飘过桂花的甜香，这是城市对于它的居民发出的难得的微笑，很容易让人心情舒畅。大家的挎包里装着送给新婚夫妇的礼物：成对的枕巾，成对的塑料肥皂盒子，玻璃茶具，毛巾，笔记本，钢笔，《朦胧诗选》。女同学买的是一床软缎被面，几个人凑份子集体购买。她们认为，新婚礼物嘛，还是软缎被面最喜庆最昂贵，尽管她们知道肖克对软缎被面这种华美的礼品毫无兴趣，那么新娘子也会毫无兴趣吗？这倒是一个悬念。大家深受肖克的刺激，胡乱猜测，议论纷纷，男同学们互相眨眼睛，说些隐讳得很拙劣的话，浅薄地暗指性的问题：或许30多岁的成熟女人就是要比年轻姑娘有味道呢？或许她们就是会比年轻姑娘"懂"得很多呢？大家阴阳怪气地笑着，眼睛闪闪发亮，女同学脸腮涨红，装作没有听见。

曾芒芒当然也装作没有听见。她站在船舷边，面对着浩瀚长江，心情复杂难言。婚姻，爱情，性，背后议论，谣传，流言，玩笑。所有这一切，搅和在一起，把曾芒芒弄糊涂了，轻浮和不洁之感，始终挥之不去。

高勇也站立在船舷边，也面对着长江。他与曾芒芒之间，隔着两个陌生乘客。高勇是在半路参与这支队伍的。他们的队伍中，只有联络人认识高勇。在江边，高勇从一辆公共汽车上下来，瘦小的钢铁诗人高声叫道："高勇！高勇！我们在这里！"于是大家都知道了高勇的名字。于是高勇也就自然地加入了他们一伙。于是，曾芒芒与高勇，有了一个简单的普通的对视。一路上，高勇寡言少语，心思重重，总是落在人群的最后面。某一时刻，曾芒芒会忽然觉得有一双目光刻意地扫过她的后背，但是她没有回头搜寻，那只是本能的感觉在作用，好比一阵轻风吹过。

一只手出现了。曾芒芒首先看见的是一只手。高勇的手。这只手伸到她的面前，递给她一小块面包。蓝天在他们的头顶上，江水在他们的脚下面，远处是长江大桥和大桥两侧的龟蛇二山，山上树木葱郁。黄鹤楼正在重新修建，脚手架包裹着一个美好的期盼。因为这一天的阳光格外明丽，特别清澄，武汉市最美好的一面，被集中地展现了出来。高勇的手，加入了这种展现。它是修长的，健壮的，优美的，它肤色洁净，血管清晰，骨节有棱有角，它指甲椭圆又光滑，透出健康的粉红色。曾芒芒赶紧闭了闭眼睛。她听见了自己的心跳，就在喉咙口子上。她感觉自己的血液改变了方向和流速，都朝这只俊美的手汇聚。

秋天的长江，波浪细碎轻柔，浪花里，出现了一群江豚。船舷边的乘客不断有人惊喜地叫道："江猪仔！江猪仔！"江豚在武汉的俗名叫江猪仔。江豚酷似黑色的乳猪，肉乎乎的，油光水滑，天真而欢快。有人把馒头掰碎了扔到了江里。也有人恶作剧地吐口水。曾芒芒摸了摸挎包，想给江豚喂点食物，可惜她的挎包里什么食物也没有。就是在这个时候，高勇将一小块面包送到了曾芒芒的面前，而且还隔着两位乘客。高勇隔着两位乘客，将手臂长长地伸了过来。他并不说话，只有动作，他的身体也跟着朝曾芒芒这边倾斜，好似一种无言的诉求。在此之前，从来没有任何男性的手，在阳光下，如此细致殷勤地为曾芒芒展现。而曾芒芒，从来都以为，男人的手，也就是手而已。

两位乘客退开了。高勇靠近了。曾芒芒接过了面包。与此同时，曾芒芒明白了她的背后，今天落下了谁的目光。曾芒芒将面包一点点地撕碎，撒向在江面上嬉戏的江豚。江豚很高傲，似乎根本不为所动。它们在江水面翻滚着，自顾自玩耍，憨态可掬，不由得人不开心。曾芒芒笑了。高勇也笑了。他们并没有对面，却都知道对方在微笑。

在一年四季中最为平静的秋天，在长江最为温和的季节，曾芒芒冷静地意识到，她的生活中，有一件重大的事情发生了。

2

从北京回来，曾芒芒将那盆枯萎的海棠，从窗台上清除掉了。然后，她去了青山公园的花圃，又买了一盆海棠。不再是玻璃海棠，是竹节海棠。竹节海棠花朵成簇，叶子很大，叶面上有鲜明的白色圆点，仅仅赏叶就非常好。海棠是一种相思花，叶面上滴滴都是相思泪——卖花的人这么说。他是一个满脸麻子的老头，看起来一副愁苦相。对曾芒芒说话，却是既文雅又友善。曾芒芒立刻掏钱给他，买下了竹节海棠。曾芒芒搬着盆花，三步一停，五步一歇，气喘吁吁。马路上的清洁工停下她那把巨大的竹子扫把，好奇地看着曾芒芒。曾芒芒并没有什么与谁相思。她只有一种空茫的相思情调，伤感，却不见得伤心。

一切都过去了。张阿姨成了曾芒芒的忘年之交。曾芒芒绝对不再稀里糊涂地接受别人介绍的对象了。她会自己找到一个男朋友的。她是爷爷曾分田的孙子，她有这个能力。她希望看准一个成功一个。她再也不想涉嫌生活作风问题和道德品质问题。再也不想父母与她进行过于郑重的谈话。她不想精神性腹泻，不想突发胃部绞痛，更不想夜夜做噩梦。曾芒芒的人生理想是正常上班，下班，认真工作，乐于助人，与大家坦诚相处，让友谊环绕身边。她的理想是在安宁的星期天早上睡一个懒觉，然后听半导体，看小说，让洁净的长发自由地披散。她的男朋友也应该是在这个城市长大的年轻人，与她说同样的武汉话，也与她说带本地口音的武汉普通话，他们不会因为口音不同，妨碍了交流而别扭和尴尬。她想她的男朋友最好与她学历相当，工作也相当，高高的个子，生得体体面面，一来就主动为她们宿舍打开水。夏天他将主动买雪糕，看完电影吃夜宵的时候，他将主动去排队买票。这样的男朋友怎么样？就非常完美了。曾芒芒就会对他说："我同意。"他们将向社会公开他们的恋爱关系，他们大大方方地约会，逛马路，看电影，积攒结婚用品，然后成家，然后互敬互爱，白头到老。如此这般，那么，谁还可以指责曾芒芒呢？那就是不可以的了！曾芒芒将来一定会获得大家的高度尊重，成为一位德高望重的女工程师。这位女工程师无论说话还是办事，都可以保持自己的意志和风格，再也没有谁敢轻易地伤害她。回首向来萧瑟处，也无风雨也无晴。想必就是这么一个境界了吧——曾芒芒把她的一辈子都盘算好了。曾芒芒面对她的海棠花，稳稳当当地盘算着，她感到自己成熟多了。

三年前，曾芒芒也曾无数次地乘坐轮渡，也曾无数次地与男女同学结伴而行，那些过程却都像梦一样，迷迷糊糊就过去了。现在，曾芒芒的意识前所未有地清醒。这一趟轮渡上，有重大的事情在发生了。她那空茫的相思情调，其实是一只正在寻找枝头的小鸟。

3

一艘下上海的客轮，缓缓地驶过渡轮，一大一小两艘轮船保持着一定的距离，绅士一般彬彬有礼。客轮远去之后，巨大的排浪打了过来，把渡轮打得哗哗作响，渡轮大幅度摇晃了起来。轮渡猛一摇晃，高勇赶紧扶了扶曾芒芒，但随即，便收回了他的手。高勇懂得体贴女人但很有分寸。高勇肯定不准备说话了。他嘴唇紧闭，表情肃穆，远望着，高深莫测，好像不是去参加一个婚礼，而是在酝酿某个特别巨大的秘密行动。中国的辛亥革命，就是在武汉这个城市发生的。那是72年前的十月份，一夜之间，暴动，爆炸，杀戮，千年的封建帝制被奇妙地推翻了。乍看起来，高勇相貌普通，但是近距离地观察，高勇几乎可以算得上一个好看的男青年，身材虽然单薄却不矮小。在一群多话、好动、少见多怪、动辄兴奋的男青年中，高勇显得比别人深沉多了。只有他的手，暴露了他下意识的敏感和紧张。那俊美的双手，将船舷抓得紧紧的，紧得骨节苍白，青色的血管在皮肤下面迷路了一般，彷徨地朝各个方向求援。曾芒芒忽然觉得高勇那么地面熟，似曾相识。原来高勇已经先于自己的形象，潜伏在了曾芒芒的盘算和理想之中。

假如高勇一直沉默的话，曾芒芒一定要主动说话。

然而，曾芒芒不想主动说话。

可是，掌握自己命运的标志之一，也许就是在关键的时刻，能够主动开口说话。

芒芒啊，你该怎么办？

北京是那么遥远。爷爷，红奶奶和燕子在哪里呢？即便他们在这个城市，那又如何？父母在伤女儿的脑筋。单位监视着年轻的液压技术员。邝园的儿子会满地跑了。长江兀自流淌，只与江豚共欢。城市的墙面刷上了新的法院布告，又有一批坏人被枪毙了，据说子弹五毛钱一颗，得由罪犯家属掏钱，那种不堪与痛苦也许就是犯罪的代价。当然得做好人。当然得学会掌握自己的命运。

渡轮突突的马达声骤然低了下来，船立刻变得缓慢。水手走了过来，熟练地拿起了粗大陈旧的缆绳，漠然地等待渡轮接近趸船。时间分分秒秒地过去，飞快，轮渡就要抵达。抵达之后，便要走上汉口那蛛网般复杂的道路，南辕北辙的可能性几乎不用怀疑。高勇依然沉默，镇定，嘴唇紧闭。唯独他的手，将船舷抓得更紧了。

也就是高勇的手，因其坦白而丰富的表情，终于说服了曾芒芒。

一声沉重的"当"，碰撞，收紧缆绳，轮渡驯服地贴上趸船了。一楼的跳板和二楼的舷梯，被哐铛哐铛地放下，人们站了起来，蜂拥到门口，前胸贴后背。曾芒芒和高勇，自然地回到了他们的伙伴中，一群年轻人，你推我搡，打打闹闹，准备下船。

曾芒芒忽然问高勇："你几班的？"

高勇意外地愣愣，立刻回答："我不是你们学校的。"

曾芒芒问："肖克的诗友？"

高勇答："不。我不写诗。"

再说什么呢？曾芒芒不知道了。曾芒芒只知道她没有获得相应的回答。高勇不应该是这样的回答。显然高勇自己也认为他不应该是这样的回答，他露出了歉意和焦急的表情，但是他的嘴唇紧闭。他们俩被人群簇拥着，往外移动。人们一旦挤出了船舱，便逃生一般飞奔上岸。整体的人群忽然瓦解，很快地消融在城市的建筑之中。

曾芒芒绝望地问了一个随便的问题："去参加婚礼的吧？"

谁料高勇却说："不，去阻止婚礼的！"

曾芒芒的眼睛亮了。什么？

高勇迟疑了一刻。尽管迟疑了一刻，他还是抓紧时间告诉了曾芒芒：今晚的新娘子名叫高兰。她就是高勇的大姐。高勇又迟疑了一刻，有点破釜沉舟地说：他们是同母异父的姐弟。

最后一刻，曾芒芒收获了她觉得应该出现的结局：高勇交付于她一个私人的秘密，她点头收下。仓促之中，他们毕竟还是建立了一条自己的通道。

这一天，肖克的婚礼照常进行，高勇没有能够阻止事态的发展。高勇把肖克带出去了一会儿，很快就进来了。高勇又把新娘子高兰带出去了一会儿，也是很快就进来了。从新郎新娘的表情上，大家看不出任何变化。倒是高勇，第二次出去就没有再回来。他提前离开了。他没有特意来与曾芒芒说声再见。

　　肖克在一个中等专科学校任教。学校住房条件很差，约莫七八个平方米的一间房，由学校从前的猪圈改造成的，低矮而潮湿，房顶上只盖了油毛毡。婚礼就在这低矮的房间里进行，没有张灯结彩，也没有什么大红的喜字。没有家长和亲戚。来的都是同事和朋友。肖克还是穿着他著名的喇叭裤，长发都没有洗干净，有几缕油腻腻的鬓发总是贴在他的脑门上。倒是高兰非常出色。她穿了一件崭新的绯红色衬衣，领子上有镂空绣花。衬衣极其合体，好像就是为了烘托她的身材而发生的。高兰的胸脯有一个格外丰满的凸起，纽扣在她做某些动作的时候，时不时被撑开一下。高兰的纽扣一裂开，所有人的目光都会在瞬间发生一种变化，好像电压不稳的时候，灯泡的时明时暗。高兰会走路。她的腰肢一闪一闪地扭动，使得身体的曲线水一般流动。高兰的长相与高勇有相似之处，只是比高勇多几许妩媚，也是洁净的象牙白肤色，漆黑的头发，挺直的鼻梁，当她不说话和没有笑容的时候，有一种凌人的盛气，这副神态，也和高勇一模一样。新娘子高兰，让到场的女同学全部相形见绌。她们不是太瘦就是太胖。高兰却是窈窕和丰腴，她身体的线条全是圆润的，使人觉得手感一定很好。高兰比他的弟弟高勇敏感多了，她知道她得罪了丈夫的女同学。她对女同学们格外热情，热情得近乎于讨好。她把"大白兔"奶糖特意挑了出来，挨个分发给女同学，殷切地叮嘱女同学把"大白兔"吃下去，这是真正的高级牛奶糖，两颗就可以冲泡成一杯鲜牛奶，营养价值很高的。"大白兔"在市面上非常紧俏，如果哪位女同学需要，高兰愿意给她们开这个后门。高勇却连一声再见都没有与曾芒芒说，就离开了。

肖克的所谓新潮婚礼，就是喝茶，吃糖果，嗑瓜子和说话。大家以为至少与传统的婚礼一样，最后还会有一个喜筵，结果没有。最后大家的肚子都饿瘪了。只有曾芒芒对于这个婚礼表示了高度的兴趣。在她的坚持和说服之下，大家耐心地观看了肖克的新潮的结婚仪式。所谓新潮，当然就是对于磕头、拜天地和进洞房的反叛。肖克是广西人，一贯酷爱诗歌和民歌。他的结婚仪式，就是朗诵他自己的诗作和表演民歌对唱。肖克十分陶醉于自己的仪式，摇头晃脑地朗诵了他自己的诗歌新作，据称是在昨天夜晚创作的，诗歌冗长而不知所云。为了不冷落新娘子，大家用掌声欢迎新郎新娘的民歌对唱。肖克神秘地宣称这是一个保密节目，也就只为他的同学们表演。接下来，肖克搂着高兰的腰，为大家对唱广西歌剧《刘三姐》里面的一段民歌：世上只见藤缠树哇，哪里见过树哇缠藤，青藤若是不缠树，枉过一春又一春。他们很快就唱完了。同学们一律地莫名其妙。肖克说话了。肖克说：这首民歌是非常巧妙的双关语，暗示了非常具象的性关系，性意识极强并诱导性极强。他为中共认可这部歌剧感到振奋，这说明中国的窗户，还是有打开的希望的。为了纪念他们的爱情和婚礼，他从浩瀚的民歌海洋，特意地挑选了这一首。我的朋友，你们难道不觉得吗？这首民歌堪称色情经典。

女同学脸红了，连说：呸呸！婚礼结束了。

男同学们凑了份子，集体请女同学吃夜宵。他们来到著名的福庆和米粉馆，一人一碗牛肉米粉。大汤碗，洁白的米粉，大片的牛肉，金色的红油覆盖着热腾腾的原汤。大家吃得香极了。大家都说从来没有吃过这么香的牛肉米粉。大家都说福庆和万岁。肖克这个狗东西，把大家饿坏了。大家不满地嘲讽说：他的婚礼倒真是让我们永生难忘了。

对于曾芒芒来说，肖克的婚礼的确让她永生难忘，它的确掀开了她生活中最重要的一页。并且，很奇怪，对于歌剧《刘三姐》中唱词的记忆，原本都是模模糊糊的。而今天之后，肖克夫妇唱过的这段民歌，曾芒芒牢牢记住并且已经会唱了。

三天之后的一个傍晚，高勇来到了曾芒芒的单身宿舍。有人敲门，曾芒芒抢着去开，果然是高勇。曾芒芒胜利了！

曾芒芒没有流露出胜利的喜悦。她很平常和自然。好像与高勇认识了一百年。她为同宿舍的三位姑娘淡淡地介绍说："这是我大学同学的朋友高勇，这是高勇的朋友——"

高勇接过去说："常声远。"

首次配合，他们配合得还算默契。在此之前，曾芒芒不认识常声远，也不知道常声远与高勇是不是朋友。当然，曾芒芒感觉常声远一定是高勇的好朋友。不是好朋友，高勇不会带他来见曾芒芒。事实上，常声远正是高勇的好朋友。他们是大学同学，不同专业，但是同在学校篮球队。高勇打前锋，常声远是后卫。常声远自然也很默契，他似乎进门就明白了自己扮演的角色并且立刻到位，他主动地与曾芒芒打了招呼，他说："你好。"曾芒芒也说："你好。"他们点了一个头，对了一个眼神。曾芒芒这里送过去了感谢，常声远那里表达的是不用谢。这是高勇与曾芒芒的正式见面，两人的关系，前途未卜。两个人都非常地小心谨慎，不想被多嘴的姑娘们看出一点破绽。曾芒芒是受过伤的，高勇呢？也曾经受伤吗？

两个男青年摇晃着身体进来，两人个子一般高，双胞胎一样。坐定之后。曾芒芒才发现，常声远皮肤要黑一些，眼睛要小一些，双手的骨节粗大，巴掌一搓，老茧摩擦得咕咕响。再坐一会儿，曾芒芒又发现，常声远要善于应酬得多。女单身宿舍的闲聊，基本都是常声远在与姑娘们周旋。喜欢说话的常声远为高勇争取了空间和时间。高勇却与曾芒芒说不出多少话来。高勇翻翻她床头的小说，翻翻她的专业书籍，明知故问地说："喜欢看小说啊。"而曾芒芒，只消点点头就够了。

半个小时之后，高勇和常声远告辞离去。

曾芒芒的恋爱，就这样，平淡无奇地开始了。平淡无奇得连她自己都有气无力。

然而，这就是恋爱。因为第二天傍晚，高勇又来了。

高勇又来了。常声远在他的身后。高勇给曾芒芒带了一套法国作家大仲马的小说《基督山伯爵》。是借给曾芒芒看的。曾芒芒高兴地说："谢谢。"常声远从挎包里拿出了一包瓜子和花生，放在桌子中央，请大家都来吃。常声远说："老是喝你们的茶，不作点贡献，太小气了吧？背后要被你们骂了吧？"

姑娘们嬉笑起来，说：常声远真是小心眼啊，谁骂你们了？

常声远说："那怎么我昨天离开之后，眼皮一直都在跳啊？"

姑娘们说：谁知道你的眼皮为什么跳啊，是不是得罪女朋友了？是不是揉进沙子了？

一回生，二回熟，加上常声远送给了大家一堆的小吃，单身宿舍消磨单调时光的方式，立刻就恢复了。大家闲坐，聊天，讲新闻，说逸事，天南海北，愤世嫉俗。三个姑娘，七嘴八舌，都抢着说话。她们坐在各自的床沿上，一个钩花，一个织毛线，一个拿着方块毛巾，反复学习旋转的技巧。从前她在毛泽东思想宣传队，模仿表演过东北的二人转，有一点旋转毛巾的技术基础。她近期的狂热理想是：这方毛巾可以在她的任何指头上飞快旋转。姑娘们的刘海弯弯一排，覆盖在前额，用金属毛线针烫的，梳理得非常精心。唯独曾芒芒没有刘海，她的头发都往后梳，光滑的头发，光滑的前额，额前是细柔微黄的茸毛。曾芒芒也不抢着说话。曾芒芒平时就不抢着说话，现在就更不抢着说话了。现在她只要与高勇说话。高勇很少说话。他是腼腆还是深沉？曾芒芒太需要了解了。

了解一个人需要时间。曾芒芒唯一的就是害怕时间过去得太快。害怕高勇在沉默寡言中呆上半个小时就走。其实他们可以呆几个小时，只要不超过半夜 12 点。这一次，曾芒芒的担心是多余的。常声远比她更加了解形势。他掌握着局面，竭尽所能地延长了大家相处的时间。

姑娘们都乐于与常声远说话。

常声远，你做什么工作？

我做水生物研究工作。

研究鱼吗？

不是鱼，是豚。

豚不是鱼？江豚不是鱼吗？

不是鱼啊，江豚不是又叫江猪吗？是兽类。

兽类吗？啊！太深奥了！

姑娘们咯咯咯咯地傻笑。高勇不愿意自己的朋友受到嘲讽，他插嘴道："他马上就要去读研究生了。"高勇说话很认真。姑娘们却还是大笑，说："好啊！向研究生致敬！向时代的弄潮儿致敬！"

高勇说："他不是你们说的那种时代弄潮儿。"

常声远说："让她们说吧。就算是吧。我读研就是为了甩掉工农兵学员的帽子，就是为了镀金，我怕被时代抛弃。你们看，这么承认行吗？"

姑娘更加开心，也更加肆无忌惮了。

高勇你做什么？

技术员。电器设备技术员。

工农兵大学生吧？

是的。

当然是的，一看脸上表情就知道是工农兵啊。

一看怎么就知道呢？

一脸的失宠啊。如今高考恢复了，新的大学毕业生出炉了，怕自己不吃香了呗。

高勇张口结舌了："我没有什么表情吧？"

常声远拔刀相助："好好好！姑娘们真是铁姑娘，厉害！到底是工人阶级，到底是领导阶级，阶级觉悟了不得！心又明来眼又亮。工人阶级领导一切，这口号提得好。"

好个屁！说得好听，当官的才领导一切！

粗话来了。三个姑娘有两个说粗口说得非常家常便饭。常声远不是对手了。他揉揉鼻子，偷着笑，请求举手投降，好不好？

姑娘们明显喜欢常声远，一致认为他聪明善良又可爱。高勇则一般，不风趣，有架子，算是一个单纯的年轻人吧。三个姑娘，好像都已经喜欢上常声远了。夜半三更，她们还无法入睡。议论说：假如要选择男朋友，常声远这个人真是很不错。不过，三个姑娘又都承认：常声远太会讨女人喜欢了。这是一个永远的矛盾，女人喜欢会讨好的男人，可是会讨好的男人又使女人缺乏安全感。

芒芒，你认为呢?

曾芒芒没有吭声。她假装睡着了。曾芒芒不想和她宿舍的姑娘们讨论高勇和常声远。姑娘们哪里知道她与高勇的感觉。曾芒芒非常欣赏高勇的单纯。她觉得单纯是一种接近高贵的品质。高勇沉默的模样，酷似外国电影当中那些贵族。常声远是聪明善良又可爱，可是，他似乎天生就是高勇的随从。对不起，常声远。曾芒芒为自己的想法暗自向常声远道歉，但是，她还是无法不把常声远当作高勇的随从。常声远就是作为随从登场的。为了高勇得到他喜欢的女朋友，常声远替高勇做得多么周到。谢谢声远！高勇就是这么称呼常声远的，曾芒芒也可以这么称呼了。

芒芒的男朋友，将拥有并保持刚出娘胎的那种纯洁。芒芒是他的第一个女朋友并且还将是他此生唯一的女人。这个男朋友，只能是高勇。

高勇第三次来到曾芒芒的宿舍，就是他一个人了。他换上了干净衬衣，背着挎包。拿出一本书，递给曾芒芒的同时用目光暗示了她一下。曾芒芒翻开书，里面是两张电影票。曾芒芒赶紧合上了书本。高勇则客气地与姑娘们道再见。他将会在外面的马路边等候曾芒芒。高勇装出来换书的样子，其实是约曾芒芒单独出去看电影。曾芒芒心领神会，赶紧换衣服，洗脸梳头。曾芒芒在公共的盥洗室慌张地洗涤着，脸蛋红扑扑的。高勇行事是这么地谨慎，芒芒非常喜欢。

他们在铺满落叶的人行道深处相会了。他们不坐公共汽车，步行，去一家稍远的电影院看电影。他们不想在他们的关系还没有确定之前，被人们发现，然后被大家议论得满城风雨。他们要给对方尽可能地留出选择的余地。

"常声远呢？"

"他不来了。"

"为什么？"

"这还用说吗？"

"替你考察女朋友的工作结束了？"

"芒芒，不要这么说。"

"开个玩笑而已。高勇，常声远给你的建议是什么？"

"曾芒芒绝对是个与众不同的好姑娘，不要失去了她。"

"这是他说的？"

"是他说的。"

"你是怎么想的？"

"我也是他这么想的。"

"所以就来请我看电影了？"

"是的。"

"你对我没有你自己的看法吗？更加具体的看法？"

"当然有。不过，我不善于表达。"

"高勇你太谦虚了吧？"

"真的，我真的不善于表达。"

这是他们认识以后最长的一段对话。高勇到底是腼腆还是深沉？曾芒芒还是拿不准。

电影院到了。

他们正朝电影院走过去。他们将一块儿进入大门。在所有与他们同时进入电影院的陌生人的意识中，都会把他们当作情侣。他们自己也会。他们将肩并肩坐在并排的椅子上，胳膊肘可能会经常触碰。他们将在电影院划出一方无形的空间，属于他们共同所有。银幕上的故事和光亮将直接与他们的空间对接。很难说电影会对他们的关系发生影响，但是看电影本身就发展了他们的关系。看电影其实就是一件事情。是他们开始共同去做的一件事情。一对男女开始共同做事情了，他们的关系应该就不一般了。

第四章

1

转眼就是深秋了。日子过得很平静。平时大家都按时上班工作。一周看两次到三次电影。电影票总是高勇购买。高勇总是在人行道的深处等候曾芒芒。偶尔在电影散场之后，他们去吃点夜宵。当然，也是高勇主动掏钱买票，然后持票去窗口领取食物。但是高勇端着两碗米粉，或者两碗馄饨，穿过拥挤的人群走过来，他总是会把碗里的汤泼洒出来，手忙脚乱，不是差点滑一跤，就是弄脏了自己的衣服。高勇做家务琐事的能力显然比较弱。曾芒芒不忍心看着高勇笨手笨脚的样子，她站了起来，去迎接他。此后，基本就是曾芒芒去窗口领取食物了。由于是自觉自愿的，曾芒芒没有怨言。只是，她已经在接触男青年，在谈恋爱的过程之中，生活却如此的平静，未免使曾芒芒大惑不解。

感情生活，应该如此平静吗？

高勇的手，沾上肉汤汤汁了。曾芒芒赶紧将自己的手绢递给他。

高勇坐在曾芒芒的对面，用曾芒芒的手绢，认真地擦去手上的汤汁。曾芒芒看着高勇的手在自己的手绢里摩擦，她看着，她看得心醉神迷，她忍不住叫他的名字："高勇！"

高勇说："什么？"

餐馆里的食客，总是非常拥挤，众人总是在高声喧哗。等候座位的食客，将皮包抱在胸口，紧贴餐桌站着，眼睛盯着吃客的嘴巴和筷子，恨不能替他们一口把东西吃了。高勇有点烦躁不安。他再一次地大声问道："你说什么？"

曾芒芒颓然地说："我没有说什么。"

曾芒芒没有说什么。许多东西是说不出来的。生活平静得让人发闷，难过。

忽然，有一天，曾芒芒决定去常声远的单位看看。看看什么？看看江豚。看看常声远在干什么。看看常声远对于高勇的真实感觉。看看水生所这种单位是什么模样。等等吧。反正忽然一下，曾芒芒头脑发热，心血来潮了。她满脑袋转动着各种荒唐的念头，并且想走就走，轻而易举地对车间主任撒了谎，出门就跳上了公共汽车。

这天，常声远正在为江豚作体检。一只巨大的圆形水泥池子，清凌凌的水，五只江豚在畅游。一只被抬到池子旁边，躺着，像黑色的猪娃，乖乖地让常声远按摩着。常声远穿着渔夫装，从脚到腿到胸脯，都套在黑色橡胶里。他胳膊上的袖子撸得老高，头发上脸上身上都溅满了水珠。"欢迎光临！"常声远说，意外的惊喜从他的眼睛深处掠过，"吓住了吧？我活像一个屠夫是不是？"

曾芒芒老实地说："是。"曾芒芒再三央求让她摸一摸江豚。在经过了常声远的允许之后，曾芒芒小心翼翼地用指头轻轻触摸了江豚那光滑的皮肤。新鲜感刺激得她快乐地叫了一声"呀!"后来，常声远的工作结束了。他们到他办公室去坐了一会儿，喝了茶。常声远为曾芒芒沏的是当年的上等毛尖，不是商店出售的普通花茶，曾芒芒喝不出来。她丝毫没有品茶的经验。曾芒芒不经允许，翻看了常声远的论文草稿，她大声念出了论文的标题:《论淡水豚与海豚的哨叫声》。常声远强行制止了曾芒芒。他用力捉住她的手，夺过了她擅自拿走的文章，批评她的无礼，因为她没有征求作者的同意。曾芒芒则分辩说她觉得这个题目很有趣。曾芒芒在常声远的单位食堂吃了晚饭，好吃极了。常声远他们水生所的食堂，供应的多是鱼类菜肴，并且价格便宜得令人羡慕。晚饭后，他们在水生所的鱼塘边散步。水生所坐落在东湖一角，院子里头有大片的研究用鱼塘，还有南望山的半个山坡。鱼塘边开满了淡黄色的野菊花，在黄昏时分散发着慵懒的清香。曾芒芒采花，兴高采烈。接着，他们打了两局羽毛球。开始常声远让着曾芒芒，懒散地打着和平球。曾芒芒不干了。常声远只好使出一些精神来，一不当心，就击出了强劲的一球，羽毛球射出如响箭，呼呼作响，势不可挡。曾芒芒仓皇得无法接球，只得伸手去抓。两人大笑。曾芒芒不肯见好就收，输了还赖，结果运动得一身大汗。常声远担心湿透的内衣让曾芒芒感冒，便带她去他们工作间里头的淋浴室冲了一个热水澡。洗澡出来，曾芒芒只得穿上常声远的运动衣和外套。曾芒芒有生以来第一次穿男人的衣服，忍不住咯咯傻笑。常声远用研究室的烘箱烘烤曾芒芒的内衣。在等待内衣烘干的时候，他们坐在办公楼后面南望山的山坡上，眺望夕阳。深秋的夕阳又大又圆，彤红彤红，却红得柔和，没有一点刺眼的光芒;它四周的云层却是重峦叠嶂，色彩斑斓，不安分地变幻和涌动着，在东湖的湖面上映出了夸张的倒影。东湖太大了，大得如海洋一般看不到边际，强烈地对比出了湖边那几幢楼房的孤单和清冷。武汉市的这个侧面，是它最优美的一面。夕阳，湖水，树林，楼房，清凉的空气，悠远的长空，响着鸽哨的鸽群来回盘旋。看不见的飞机和轮船，都只是在城市的背景里，响过它们独特的声音。曾芒芒今天玩得太高兴了。她很久很久，或者几乎可以说她从来没有，玩得这么放松、放肆和开心。

曾芒芒说："声远，高勇爱玩吗？"

曾芒芒突然袭击了，她太想了解一点真实的情况。

常声远说："他爱玩。他的篮球打得很好，象棋下得很好，游泳也游得很好。"

曾芒芒说："我不是这个意思。"

常声远回避了曾芒芒的话锋，继续夸奖他的好朋友："高勇是个才子，他多才多艺。"

曾芒芒更直接地问："高勇谈过女朋友吗？"

常声远说："真是对不起，我觉得这个问题不合适我回答。你可以与他本人谈。"

曾芒芒说："声远啊，你太狡猾了！我也是你的朋友，你用不着这么谨慎！"

常声远说："那就算我狡猾吧。对不起芒芒，我有自己做人的准则。"

曾芒芒说："好吧，我换一个问题，你谈过女朋友吗？"

常声远说："我当然。"

曾芒芒说："很好。谢谢你的坦率。你们都28岁了，没有谈过女朋友，是不能让人相信的，除非有毛病。"

常声远笑笑，不说话，从地上捡了一颗小石子，扔得远远的。

曾芒芒把手揣在外衣的口袋里，她摸到了常声远的皮夹子，还没有征得同意，就擅自掏了出来，打开了钱包。常声远又笑了，他没有制止曾芒芒。连曾芒芒自己都不闹不懂她这天怎么会如此任性和顽皮。平时的曾芒芒，注重礼貌，温和谦让，绝不冒犯他人的私人领域，绝不探听他人的隐私。可是她在这一天，就是想冒犯和惹恼常声远。常声远却总是微笑，任其撒野。皮夹子被打开了，一个女青年出现了。常声远和许多男青年一样，把女朋友的照片放在皮夹子里头，随身带着。这是一张放大的头像，漂亮的脸蛋，眼睛瞪得亮亮的，洁白的牙齿露了出来。她的笑容非常故意，因为她自信她是世界上最漂亮的女人。

她叫什么？

林晓玲。

在哪里工作？

怎么？查户口吗？在银行系统工作。

她本人比照片漂亮还是没有照片漂亮？

差不多吧。

你们多长时间了？

两年多了吧。

关系公开了吗？

也差不多吧。

高勇知道你们的事情吗？

那当然。

那就是高勇不懂事了，高勇应该和我一起，请你们看个电影，或者吃顿饭。

谢谢了，这也不能够怪高勇，高勇是一个志向远大的人，注重大是大非，怎么会考虑到这些日常琐事。我们男人，一般都不会那么细心的。

你这么了解高勇吗？

那当然。

声远，你说话不要这么滴水不漏好不好？为什么总是不忘记为高勇说好话呢？

对不起，我不是故意的，因为高勇的确不错。

好了。替我向你的女朋友林晓玲问好。我祝你们快乐，幸福，共同进步，白头偕老！

谢谢。我也同样地祝福你和高勇。

他们忽然客气起来。同时他们也都觉察到了这种客气的虚假和冰冷。他们不说话了。夕阳完全隐入了地平线，云朵暗淡了，也安静了。他们离开山坡，回到办公室。曾芒芒在另外一间办公室换上了她自己的衣服。这间办公室架满了各种仪器，玻璃缸里泡着豚类的肢体标本，标本呈死肉的颜色，奇形怪状，曾芒芒感到不寒而栗。

常声远把曾芒芒送到了公共汽车站。他们默默地站在站台上，等候曾芒芒应该乘坐的那路公共汽车。地上到处是行人随手扔下的垃圾。梧桐树叶从枝头三三两两地坠落，又被马路上的车轮碾碎。街道的恶劣环境却影响不了蚂蚁的心情，它们在粗大的梧桐树干上排成一列，勤奋地搬运过冬的食物。曾芒芒出神地观察蚂蚁，常声远说："车来了。"

常声远迅捷地挤上车，占了一个座位。曾芒芒上去之后，常声远让她坐下，自己连忙下车。公共汽车人满为患。男人们都非常粗暴。他们凭借力气率先挤上车，心安理得地抢占了座位。少数仁义道德者与多数老弱病残者，全部拥挤在过道里，随车颠簸。车厢里窜动起一股臭气。

他们忽略了互道再见这一礼节。可怜的脆弱的礼节。

车开动了。曾芒芒站起来，把座位让给一个抱着大肚子的孕妇。孕妇感激涕零。这又是平日的曾芒芒了，注重礼貌，温和谦让，乐于助人，同时还很注意不要强词夺理，不要对他人的隐私好奇。从小以来，人人都说曾芒芒是个好孩子。曾分地郝毓秀夫妇一直为他们对于女儿严格的教育深感骄傲。

2

以共同看电影为主要内容的约会，在继续进行。有时候，高勇的胳膊无意压住了曾芒芒的胳膊，他说：对不起。但是并没有挪开。高勇的胳膊贴紧的程度，好多次都让曾芒芒误以为他的手要寻找她的手了。可是高勇的手始终没有动。电影结束，银幕转暗，灯光大作。高勇全身松弛下来，双手使劲摩擦，甩动，关节作响，好像刚才一直在忍受高度的紧张。只要高勇没有动作，曾芒芒就绝对矜持。她的模样总是落落大方，坐姿端正，双腿并拢，两手互相叠着，放在自己的大腿窝里。电影院里面非常混乱，人们迟到，早退，随便抢占别人的座位，争吵，交头接耳地说话，喊喊喳喳地嗑瓜子，噗噗地吐瓜子壳，腿撇得大叉八开，脚搭在前排座位的椅子上。一旦银幕上出现男女接吻的镜头，下面顿时嘈杂不堪：鼓掌，吹口哨，有人大叫："流氓！"有人大叫："警察捉住了！"于是观众一片哄笑。高勇从来不笑。他对这些现象嗤之以鼻，有时候也会忍无可忍，突然冲动，站起来把胡乱叫喊的人拽出去。曾芒芒仅仅不太同意高勇后面的做法。因为这些人根本不值得高勇动手。一旦动手，总要发生一场恶斗。曾芒芒不愿意看见高勇狼狈不堪，流鼻血，挂花。

在电影院，曾芒芒常常产生一种庆幸之感。她运气不错，找到了高勇。如果她的男朋友，与她看电影的时候，忽然暴露出了下流粗野的一面，那该是多么可怕的事情啊！

在若干次电影的开始之前和散场之后，曾芒芒和高勇，获得了单独的交谈机会。从而，逐渐地，曾芒芒了解到了高勇的家庭成分和基本情况。高勇的家庭成分沿袭父亲的成分，他们家庭成分很好，是穷人，城市贫民。但是高勇随母姓。他父亲是入赘，上门女婿是不传姓氏的。高勇母系的情况就复杂一点，是富人，他的外公，赫赫有名，便是解放前武汉市的纺织大王高秉承。高家在汉口法租界的吕钦使街，曾经拥有一座洋楼。不过高家的问题也不是很严重。高秉承一贯爱国，属于武汉市的开明士绅。抗日战争的时候，献金国母宋庆玲，为国军购买了一架飞机。宋庆玲亲笔题词，表彰了高秉承的拳拳爱国之心。亲笔题词，也就相当于护身符了。接踵而来的是解放战争，当共产党打败了国民党之后，高秉承又向共产党政府捐献了自家的洋楼。后来这幢洋楼便成为了中国人民政治协商会议武汉委员会的所在地。高秉承曾经连续荣任市政协常委，直到他安然去世。由于人民政协是中国人民爱国统一战线的组织，是中国共产党领导的多党合作和政治协商的重要机构，是中国的一项基本政治制度，正是由它，向全世界展现中国社会主义民主制度的优点和特点，所以高秉承先生，自然属于统战的对象，备受尊重，自然也就可以安然去世，自然也就荫庇了他身边的小女儿高德静。高勇的母亲高德静，学金融出身，做会计工作，也曾经做过一届市里的政协委员。在历来的政治运动中，她一直都没有受过太大的冲击。

曾芒芒觉得她有一点知道高勇为什么有一双俊美的手了。

曾芒芒问："你哪里与你外公相像？手吗？"

高勇脱口而出："你怎么知道？"

曾芒芒说："我就是知道。"

很好。高勇又赢得了宝贵的一分。曾芒芒心里暗自喜欢。曾芒芒喜欢自己男朋友的家庭有名望，有大人物，有气派，有胸怀，有良好的教养。谁又不喜欢呢？

高勇的父亲任天育，地位就远逊于他的岳父了。多年来，他也就是武汉市十一女子中学的校长，凡大小政治运动，必受打击。不过奇怪的是，任天育校长最终总是能够官复原职。历史上，十一女子中学是一所教会中学，原名圣德女中。"文化大革命"期间改名叫爱武中学，粉碎"四人帮"以后改叫第十一女子中学，据说现在中国改革开放了，将来要与国际接轨，任天育校长的女中，极有可能恢复原名。圣德，曾芒芒想：好名字！与这个名字联系在一起的是：落地窗帘，钢琴，校服是乳白色上衣，深色背带裙，一律短发。队列非常整齐。吃饭非常规矩。一排排坐着，挺起胸脯，下颌收进去，咀嚼的时候要闭紧嘴巴，不得叭唧叭唧。手指伸出来，去取菜盘，又白嫩又纤细又有弹性。如果人生从头再来，曾芒芒一定要读圣德女中！

高勇在谈到他父亲的时候，总是说"任天育校长"。他对他父亲玩笑式的称呼里，含着一种随意的亲密，而他谈及他母亲高德静，他的肃然起敬里面，却带着一丝难以觉察的抵触和畏惧。曾芒芒对于男朋友，是否考察得过于细致了？可是她必须细致，她吃一堑长一智，她是曾分田爷爷的后代，她要把每一件事情都做得漂亮，何况这是她的终身大事。

哦对了。高勇是他父母的独生儿子。他上面有两个姐姐。大姐高兰，执意嫁给小她七岁的诗人肖克，母亲高德静与她断绝了来往。二姐高梅，也出嫁了，嫁与汉阳区工商局的一个干部，生有男孩一个，一家三口，居住在汉阳。

"芒芒，你还要知道什么吗？其实他们都和我们的关系无关。"

曾芒芒说："是的，高勇。按说，谁都与我们无关。但事实上，谁都与我们有关。你可以不说了。我不需要知道什么了。我什么都不用知道，只是我父母他们想知道。女儿交往的男青年，出生于一个什么样家庭？接受的是什么样的家庭教育？他们是肯定要有所了解的，你可以理解吗？"

高勇连忙说："那是。那是。我不是那个意思。"

"你不是哪个意思？"

高勇语塞。

曾芒芒也不再继续说话。

他们的对话，从最初相识的轮渡上开始，就总是发生突然的短路。高勇少言寡语，说话直截了当。曾芒芒敏感，嘴巧，好弦外之音，得理不饶人。一不小心，他们的对话就钻进了死胡同。随即，双方沉默，用沉默表示各自的退让。因为高勇非常希望曾芒芒成为他的女朋友。

"为什么？"

"因为你很好。"

"我什么很好？"

"你各方面都很好。"

当然，曾芒芒也非常希望高勇成为她的男朋友。为什么？很清楚，情况明摆着，因为她的人生，行进到这个阶段，急需一个男朋友。

到这里，基本意向和趋势就都出来了。曾芒芒征求高勇的意见，她想把他们的交往告诉她的父母，以便获得家长的认可和支持。芒芒认为，他们的交往，已经算比较频繁了，到了这种程度，假如还不告诉家长，她觉得有点不妥，觉得有点偷偷摸摸似的，这样会让家长平白无故地担心。你认为呢？高勇表示同意。如果曾芒芒的父母认可了高勇，高勇是否可以将曾芒芒带回家去见见他的父母呢？曾芒芒也表示了同意说："那是应该的。"

有一天看完电影出来，他们站在人行道的梧桐树下，清醒理智，彬彬有礼地交换了意见。他们都感觉得出这种交换的公平合理，同时又感觉出了一点公事公办、明码实价的尴尬味道。不好说什么了。他们无聊地四下看了看。电影散场之后的行人，都在匆匆忙忙地往家里奔，好像个个都后悔不该来看这场电影。冷寂的马路，在不明亮的路灯底下显得颜色惨淡。

"我该回去了。"曾芒芒说。

高勇说："是。"

高勇没有说送曾芒芒。但他有行动。高勇走在曾芒芒的身边，跟随着她，走向她们单身宿舍。他们一般是乘坐三站路的公共汽车来看电影，回去则是步行。一般谈恋爱的人都这样。大家管这叫轧马路。只有轧马路，才能够保证两个人有时间和空间单独交谈，大街两边的楼房、店铺、遮荫树和路灯，都不会干预他们。只要他们不违反交通规则，交通警察也会与他们相安无事。戴红袖章的治安联防队员，更注意监视公园的树丛。他们知道一般正常人不会在大马路上作出有伤风化的举动。唯一的担心是马路洒水车，它会在他们说话说得忘形的时刻，毫不留情地经过他们身边，用能量极大的水洒，把他们与马路边的灰尘和垃圾，一起横扫。恋爱便会突然受惊，被强行中断，刚才说哪儿了？忘记了。

深夜的风，已经比较凉了。路过大马路空旷的十字路口，曾芒芒感到一阵阵寒冷。但是她没有吱声。她觉得高勇应该想到这一点。高勇没有想到，不主动问她，她就绝不吱声，冻死也不吱声。曾芒芒越走越快，高勇也就跟着越走越快。高勇的头上冒出热气，手心出汗了。他拍了拍手，散发热气。曾芒芒裹紧了自己的外衣，这个动作恰好高勇没有看见。途经一段围墙的时候，他们差点撞上一对靠在墙边拥抱的情侣。本来他们以为是围墙的柱子。他们被吓得一惊。那对情侣比他们更吃惊，赶紧闪开，女的唰地蹲下身体，把脸埋在大腿上，再用胳膊抱住脑袋。对不起，我们不是联防队员——曾芒芒话到嘴边，又咽了回去。这句话不妥当！在经过了漫长而严厉的禁欲时代之后，这种偷偷摸摸跃跃欲试的情爱放纵，比受惊的野兔还要惶恐，对它说什么话，都是一种惊吓和伤害。高勇揽了揽曾芒芒的肩，示意她赶快走过去。装着没有看见，赶快走过去。好的！他们还是有默契的！面对这个社会，面对这个现实，他们的默契会忽然出现，就像马路上某盏昏暗的路灯，突然大亮。尽管出乎他们的意料，但是照亮了他们共同的道路。遗憾的是，高勇的手只是碰了碰曾芒芒的肩。只是碰了碰。高勇的手，甩动在他自己的身边，昂首阔步，光明磊落，不会受到任何阴暗的猜测。曾芒芒只会比高勇更在意名誉和贞洁，因为她是女性。所以曾芒芒绝对不会吱声。夜晚的街道空空如也，行人寥寥，但是他们都知道这是城市的假象。城市的每一扇窗口都是监视别人的眼睛。

他们唰唰地走着，距离不远不近，都不说话，活像间谍电影中假扮的夫妻，此行的目的就是要去窃取机密情报，因此心中别无他念。偶尔，道路的方向有变化的时候，他们的衣服会碰在一起，摩擦一下，发出轻轻的一声"沙沙"，好像一只看不见的夜猫，蹿过昏暗的街道，隐没于无边的黑暗之中。每当这种时刻，曾芒芒的心就会梗梗地难受一下。

3

曾芒芒与高勇的人生大事，按部就班地进行着。现在进入了与双方家长见面的一幕。

高勇先到曾芒芒家。中国人的风俗习惯是男方首先要被女方的家长挑选。没有结婚的姑娘，总归是高傲的。这就是民间所谓的"抬头嫁姑娘，低头接媳妇"。"文化大革命"移风易俗的风暴，怎么也没有能够把这种观念荡涤干净。曾分地郝毓秀夫妇觉得这样做的确是有一点俗气，但是他们又不得不这样做，因为这关系到他们女儿终身的幸福。

曾分地到底是多年的干部，他很快就为他们的行为找到了理论上的依据。曾分地这么劝慰妻子："关于这个问题嘛，我也是有所研究的。民间风俗习惯，其力量之强大，之根深蒂固，超过了我们的想象。虽说我们共产党员是彻底的唯物主义者，要倡导新风尚，要带头移风易俗。但是，我们也是人不是神嘛。"

于是，夫妇俩决定在一个星期天的中午，请高勇来家里吃一顿便饭。在这顿便饭之前，郝毓秀紧急行动，到处拜托同事和朋友，悄悄撒开了一张巨大的调查之网。他们托人去红旗服装总厂，了解了该厂总会计师高德静的表现和情况。本来，郝毓秀听芒芒说高勇的母亲是一个会计，她还有一点不以为然。经过了解，高德静原来是总会计师，掌握着五家分厂的生产计划和经济命脉，又还曾经担任过市政协委员。郝毓秀就觉得这个女人不可小看了。况且高德静有两次婚史。第一个丈夫，在解放前夕跟随国民党去了台湾。第二任丈夫才是高勇的父亲。一个嫁过两个男人的女人，品行总归不能算十分端庄吧？好在高德静是高秉承的女儿。高秉承的德高望重，在武汉市是有口皆碑的。但愿高秉承给了他女儿良好教养。任天育的情况，曾分地本来就知道一些，不用过多了解。文化与教育，这两条战线很近，许多大的运动和活动，都是被安排在一起的。曾分地与任天育都见过对方多次，只是没有说话而已。任天育搞教育很有一套，政治上也比较可靠，生活作风相当严谨，是教育战线公认的德才兼备的中学校长。否则，高秉承当年怎么会挑他做自己养老的上门女婿呢？

经过各方面情况的汇聚和总结，曾分地郝毓秀夫妇松了一口气。看来，高勇的家庭情况还不错。不过，还不是最理想的。按他们女儿的家庭出身，良好教养，淑女性格，秀丽的容貌，大学文凭，优越的工作，应该可以挑选更匹配的对象。高勇的这种家庭出身，从根子上，总归与芒芒的不一样。他们会不会蔑视芒芒呢？从前的富人，现在被共产党收拾了，表面上好像被整得服服帖帖，其实骨子里头还是瞧不起穷人的，这是阶级仇恨，不以个人感情为转移的。当然，富贵家庭出身，说出去总归很有面子，再怎么是无产阶级当政的国家，人们对富人永远都存在艳羡之心，特别是现在，20世纪80年代了，中国在竭力提倡一部分人先富起来。那就见一见再说吧。

妈妈，问题有这么复杂吗？

当然。你太年轻了，根本不懂得阶级斗争的复杂性。郝毓秀说。

芒芒的个人问题与阶级斗争有关系吗？

怎么没有？你太幼稚了吧？世界上绝对没有无缘无故的爱，也没有无缘无故的恨！高勇为什么追求你？你弄清楚了吗？你心中有数吗？没有数吧？你都与他看电影了，单独与他交往了，你弄清楚自己看上他什么了？你也说不出一个所以然来，这不是太草率了吗？

郝毓秀真是恨铁不成钢啊。女儿古里古怪的，要么一问三不知，要么一句话把你顶回去。现在的孩子，怎么会这么不懂事！郝毓秀她们25岁的时候，都做母亲了，还整天忙于工作，做许多人的思想政治工作，投身于各种社会活动和政治运动，就是他们这辈年轻干部，掀起了建设社会主义新中国的阵阵高潮。现在的孩子，真是太简单太幼稚了，也难怪帝修反把中国和平演变的希望，寄托在中国的第三代和第四代身上。

妈妈！曾芒芒说："如果你们做父母的，真是为女儿将来的幸福操心，何不现在就给女儿一点幸福——少在这里上纲上线。"郝毓秀气得把头一扭。曾芒芒也气得把头一扭。母女背对着背，都不肯上桌吃饭。一直回避着女儿个人问题的父亲，终于从幕后出来了。曾分地用来回踱步和不断喝茶，冲淡了他最初的羞涩。最后他破釜沉舟地开口了。曾分地说："芒芒，本来，你们女孩子的事情，与妈妈商量就够了。作为父亲，我对日常琐事真是没有什么经验。不过，从我们家现在的形势看来，我要是再不出面，事情就很不好办了，我也就显得太不负责了。好吧，芒芒，我来说一个意见，妈妈呢，不用说的，她所做的一切，都是为了孩子好，这一点，芒芒要理解也要承认。所谓水往下流，可怜天下父母心嘛。芒芒呢，也还是比较理解父母的苦心的，她做事情，也是比较认真的。让高勇来见我们，这是对我们负责和对自己负责的表现。只是面对没有经历过的事情，我们大家都难免有一些不知所措。对吧？那么，我们大家都坐下来，冷静一点，面对客观事物，分析分析，看看我们主要应该抓什么样的主要矛盾。你们认为如何？"

一个新的局面开始了。起初郝毓秀还不敢相信地看着丈夫。在听他说话的时候，郝毓秀越来越振奋，眼睛放出光亮来。她的丈夫终于放下了架子！这男人终于成熟了，改变性格了，采取高姿态了，知道体贴她，支持她了，郝毓秀激动得几乎要抹眼泪，不过她绝对是一个流血流汗不流泪的女人，否则她早就被丈夫感动得受不了了。

曾芒芒对于父亲的反应是：点点头。平静地点点头。曾芒芒对她的父母，过去 25 年来的主要交流方式就是点头，将来也许还是点头。曾芒芒一点激动不起来，父亲的出山，她觉得是一件太正常不过的事情。过去的父亲，是不正常的。为什么共产党的干部，在家里都要严格地划分男女界限，连女儿的事情，都要回避，这个她永远都不懂。

曾芒芒不懂的事情还多着。她不懂她的父母，除了对高勇的家庭出身起劲地调查、了解和分析之外，对于与高勇的见面，怎么就丝毫没有感情上的冲动？到时候真的就是吃便饭吗？当然就是吃便饭。不需要在家里做一两个好菜吗？谁做？谁有这个时间和精力？到时候，就去机关食堂端菜好了。再说了，值得那么郑重吗？只是见见面而已，又不是举行什么决定关系的仪式。芒芒啊，你慌乱什么？把家里收拾得这么整齐给谁看？放下你的抹布吧！作为一个革命青年，就不应该这么小里小气的。关注原则性的大问题，好吗？

曾分地郝毓秀夫妇一致认为，对于女儿的男朋友来说，原则性的大问题，应该是：思想进步，工作勤奋，有强烈的上进心，道德品质良好，身体健康没有任何遗传性疾病，懂得尊重女方的父母，懂得体贴和关心女方。最重要的一点是，他将来是否有前途。

星期天的上午到了。曾芒芒准时出门，到某路公共汽车站，接到了高勇，并把他带到了自己家里。高勇背着他的挎包，挎包还是平时的空虚模样，最多装了一两本书而已。高勇是空手进门的，没有带任何礼物。高勇是免俗？还是故意疏淡一点，怕引起曾芒芒父母的警觉，从而产生对于他们关系程度的猜想？曾芒芒不知道。曾芒芒不吱声。曾芒芒走在前面，高勇走在后面。高勇不问她任何问题，曾芒芒也不提出任何问题。反正今天已经到了，必须让她的父母，见见高勇了。

来了？来了！曾叔叔。郝阿姨。高勇径直坐进曾芒芒家新添置的沙发里。他傻傻地笑了笑。木然地呆了一刻，拿起了桌子上的一张报纸。曾芒芒的家是新居两室一厅。厅不大，沙发靠着一边的墙壁，餐桌靠着另一边墙壁。餐桌两边是凳子。平日都是曾分地和郝毓秀坐沙发，曾芒芒坐在凳子上看报纸。沙发比凳子要舒服和高级，这是显而易见的。高勇进来就落座沙发，把曾分地和郝毓秀逼到了餐桌旁边的凳子上。郝毓秀的脸，威严而冷淡，不断向高勇发出各种询问，像一个生了气的老师。曾分地首先问候了高勇的父亲，使高勇获得了稍稍的松弛，在沙发上挪动了一下屁股。几杯茶，都冒着寂寞的热气，没有谁喝，茶叶在透明的玻璃杯中升降沉浮。曾芒芒拿一只小板凳，坐在父母与高勇之间，转述和解释双方都不太清楚的一些问答。曾分地与郝毓秀的提问，海阔天空且出其不意，从国际国内的形势到个人对于未来的打算，从人生的理想前途到对现实的客观态度，从事业到家庭，从身体健康到单位的同志关系，几乎囊括了世间一切事物。高勇被问一句，就回答一句。他的每个回答，都简短得不能再简短。当郝毓秀带着女儿去食堂买饭菜的时候，高勇就埋头阅读报纸，从报纸的第一个字看起，包括日期、天气预报和印刷厂的名字，他都看得仔仔细细。曾分地也看报纸。两个男人都看报纸。

路上，郝毓秀讥讽地说："这就是高秉承的外孙？"

吃饭的时候，郝毓秀不顾丈夫制止的眼色，还是公开地表示了她的两点遗憾。第一，高勇不是共产党员；第二，高勇的文凭只是工农兵大学生，这个文凭恐怕将来不过硬。固然我们芒芒同样也存在这两点遗憾，但是她毕竟是一个女孩子。一般女孩子。男同志在社会上，建功立业机会还是多得多。正因为我们芒芒有这两个方面的遗憾，我们就希望她的男朋友能够弥补。一个家庭，只要男同志的事业干得很出色，就非常好了。就像我们芒芒的爸爸，尽管我也是革命干部，也有自己的重要工作。你说呢？高勇。

高勇使劲点头。

郝毓秀说："阿姨说了这么半天，年轻人你好歹有几句话嘛！"

曾芒芒小声说："妈妈，高勇不爱讲话。"

郝毓秀严厉地训斥女儿："你懂不懂基本的礼貌啊？请不要随便插嘴！我不是在和你讲话！"

曾分地费劲地开了一句玩笑，试图为女儿解围。他说："闷头鸡啄米吃，口口都是实在的。看来高勇是一个务实的年轻人嘛。"

曾芒芒意外地看了父亲一眼，送去了自己的感激。不过父亲的玩笑没有人理会。郝毓秀还是盯着高勇不放。高勇脸皮绷得紧紧的，又苍白又单薄，一碰就要破的样子，简直惨不忍睹。曾芒芒只能看着自己的饭碗，好像咀嚼到了一粒沙子，出于礼貌，她不能够当面吐出来，又不甘心真的咽进去。

最终，高勇还是被郝毓秀逼出了一句话。他说："阿姨，今后我会努力的。"

高勇的声音却是出乎大家意料的镇静，镇静里头不难听出一份倔强。

便饭到此结束。高勇几乎没有动箸。从食堂端回来的几盘菜，还是没有待客的气氛。曾芒芒看着贫瘠的菜肴就难为情。高勇离开之后，曾芒芒跑到自己房间，趴在床上哭了。郝毓秀也哭了。郝毓秀更委屈。她说："你还哭什么？你看你找的男朋友！第一次上门，空着两手，也太不懂事了吧？我给了饭他吃，主动和他说话，已经够给他面子了！你看他那架子大得，那么难得开口！我女儿这么好的姑娘，什么样的人找不到，要他？"

可是，下周周末，曾芒芒回家。父亲曾分地对她说："你妈妈和我的意见统一了，我们还是尊重你的意见，如果你愿意和高勇相处，就继续处吧。同意你和高勇相处。你妈妈冷静之后，从各方面衡量了一下，觉得高勇也还行。现在优秀的青年实在是太少了。"

轮到曾芒芒到高家，过程轻松得出奇。也是一个星期天。高勇的母亲高德静安排的是晚饭。曾芒芒事先就买好了一提兜水果和两盒点心。高勇到车站来接曾芒芒，为她带路。高勇接过了礼物，替曾芒芒拎着。曾芒芒观察了一下高勇的反应。高勇没有反应。他没有因为曾芒芒带来了礼物而发觉自己对曾芒芒父母的失礼。因为这一点与高勇吹掉吗？还是男人原本就粗心，有待日后提醒和培养？曾芒芒不知道。她想起了常声远。她觉得常声远一定不会这么做。但是芒芒不应该在这种时候想到常声远！常声远是林晓玲的男朋友。是高勇的好朋友和她的朋友。常声远的父母在反右的时候离婚了。母亲和妹妹至今杳无音信，父亲再婚，离婚，又再婚。一个支离破碎的家庭。曾芒芒不喜欢支离破碎乱七八糟的家庭。

高勇的父亲任天育，见面就为曾芒芒铺平了道路。

任天育说："哦，芒芒，我认识你爸爸。只是万万没有想到，你对于你爸爸的继承，居然是这么地取其精华，去其糟粕。如果你爸爸长得像你，他就是武汉市局一级里面最英俊的书记了。"

这才轮到高勇出面介绍他的父亲："芒芒，这就是任天育校长。"

任天育校长拍了儿子一巴掌。笑了。曾芒芒也不由得笑了。曾芒芒没有想到自己进门就会扑哧一笑的。高勇家的住房，比曾芒芒预想的大得多。大而气派，令曾芒芒心里暗暗吃惊。这是法租界的洋楼公寓，旧社会留传下来的老房子，空间很高，有天花板。玻璃窗内还有一层奶黄色的百叶窗。大客厅。每一扇房间门都高大，庄重，严丝合缝。茶几上的玻璃一尘不染。沙发背上装饰着洁白的镂空钩花茶巾。高勇的母亲高德静，从一个房间里走出来，款款走到客厅中央，老远就含着微笑。曾芒芒说："高伯母好。"高德静说："芒芒请坐。"高德静没有过分的亲热，也没有丝毫的冷落；与曾芒芒相对而坐，只说一些简单的日常话题：你工作辛苦吗？父母身体好吧？你爷爷他老人家高寿啊？

坐了还不到十分钟。任天育校长宣布晚宴开始。

在曾芒芒看来，把这顿晚饭说成晚宴并不夸张。一大桌子的菜，令人眼花缭乱，鸡鸭鱼肉样样都有，丰盛得令曾芒芒不能不为自己家的那顿饭感到惭愧。晚宴由任天育校长亲自下厨。任天育校长自称美食家。他像介绍自己的作品一样，把每一道菜的优点都要讲解一番。他自己几乎不吃东西，他欣赏，他看见大家吃就高兴得不行。高德静礼貌而又很有节制地为曾芒芒布菜。"高勇，应该是你给芒芒布菜呀。"布菜！这是曾芒芒家里从来都不曾使用的语汇，他们家无菜可布，食堂的菜可以直接打到饭碗里。

高勇回答他的母亲："人家会吃，太多礼了人家会不自在的。"高德静说："这浑小子！总是有理！"高勇与他母亲说话，有一种故意的冲撞，曾芒芒从中感觉到了一种溺爱与被溺爱的高度默契。这是高勇极其隐蔽的一面，在曾芒芒面前是从来没有的。也许连他自己都是无意的。曾芒芒还是觉察到了。据郝毓秀的调查，高秉承家族来自于东北。"浑小子"是北方语言中对于顽皮男孩子的爱称。母亲与儿子之间，使用他们祖宗遗传的家乡语言，让别人感觉到他们有一个自己的世界。

浑小子高勇吃得香香的，扒饭很快，在他自己家里如鱼得水，并以为曾芒芒也一定如鱼得水。尽管任天育校长使劲鼓励曾芒芒，曾芒芒还是只敢小口小口咀嚼。她只敢这样。也只能这样。

饭后，大家都有热茶一杯，几片饼干。曾芒芒喝了一口茶，高德静问："喜欢红茶吗？饭后喝红茶好，暖胃。"

曾芒芒区别不了红茶或者绿茶。曾芒芒一贯喝白开水。有时候渴极了，也喝他爸爸茶缸里面的茶，那茶是褐黄色，里面有茉莉花。高德静笑了，说："那是花茶。"任天育校长说："有人专嗜花茶的。"高德静笑出了声，说："那当然。"

曾芒芒听不懂他们的话，但觉出他们的对话不是没有针对性的。

高勇与他父母说话自由平等，还有一种无意的骄纵。他说："嗨嗨嗨，行了。我们可以走了吧？"

"当然可以。现在外面不安全，老是到处停电。你们早点走吧。高勇一定要把芒芒送到宿舍之后再回自己的宿舍。"高德静吩咐得非常周全。任天育校长对他妻子说："你放心好了，高勇他很明白，如果他把芒芒半路扔下，他就再也找不到这么好的姑娘了。"高勇说："谢谢任校长！"曾芒芒脸红了。大家都笑容满面。再见。再见。曾芒芒送的水果和点心在茶几上，没有谁动过，孤零零的，就像遗留在陌生人家里的小狗。再见。

出来不远就是江边了。曾芒芒深深呼吸了一口长江的空气。

高勇不无得意地问："我家轻松吧？"

曾芒芒说："你的意思是我家太沉重？"

高勇突然发现了自己的失言。"不。"他说。高勇立刻收敛了自己无意中表现出来的优越感。他又不说话了。他嘴唇紧闭，忠于职守地陪伴着曾芒芒。

曾芒芒解释道："高勇，我不是在指责你。"

高勇说："我知道。"

不，你不知道。曾芒芒从高勇随口的回答中，完全可以断定高勇不知道。高勇家的气氛是轻松的，比芒芒事先预计的要轻松多了。可是，在这种表面的轻松背后，有一种让芒芒发虚的沉重。有的人虽然唠叨，苛求，要求多，但是他的意图，你就很容易理解了。有的人非常客气，礼貌，热情，你的精神却倍感压抑。高勇妈妈的那笑声，喝花茶就那么值得她笑吗？高勇不知道，芒芒最渴望的，就是遇上一个像张阿姨那样的妈妈。郝毓秀不是，现在看来，高德静也不是。今天丰盛的晚餐，就算关闭了芒芒最后的希望之门。因为一个女人，除了自己的母亲和婆婆，她就不可能再有妈妈了。女人的理想之一就是想有一个好妈妈。这一点，高勇显然无法知道。高勇也没有知道的愿望。到了轮渡码头，高勇就买了一大堆地方小报。"法制速递""案例分析""惊天大案回头看""银行金库神秘魔影""八旬老翁猥亵十八个幼女""腐败干部真情告白""百慕大三角洲再现魔幻"。改革开放的大潮在武汉市只有雷声，没有雨点。据说中央按兵不动，不敢随便放开中原地区这个特大的工业城市，生怕中国最重要的交通枢纽搞乱了。所以，到了1983年，武汉市最先锋的开放行为，也就是地方小报横行，水货牛仔裤遍地，路边布满个体餐饮的靠杯酒。高勇抽烟。高勇坐在轮渡上，一边抽烟，一边看报纸，津津有味。曾芒芒则观看轮渡上兜售旅游鞋的表演。轮渡刚一启动，一个镶了金牙的男子，突然冒了出来，很响地拍了两下手，说："各位先生，各位小姐，各位叔叔，各位阿姨，各位爷爷，各位奶奶：啊，我们同船过渡，五百年修。啊，现在我们从汉口到武昌的青山，要坐 45 分的船。坐着也是白坐，我给大家的寂寞时光添个热闹。啊，俗话说得好：在家千日好，出门一时难。告诉大家一个丢人的事情，三天前，我在香港做生意，人家大老板，开着小轿车来接我。我刚要上车，啊！我的乖乖隆地咚，鞋坏了！……"

长江大桥的灯光在远方闪灼。由于大桥桥体被夜色模糊了，灯光成了悬空的一排，很奇妙，与金牙男人的神话相映成趣。轮渡快到码头的时候，金牙男人的旅游鞋卖出了七八双。每双十五元。他说本来的价格是 150 元，但是他拿的是批发价，又不要付柜台租金，又不要付商场租金，又不要付售货员工资，还逃避了商业税，他也就凭良心赚一点烟钱算了，因为大家同船过渡，这是五百年才修得的缘分。

高勇，你相信这个人的话吗？

这个人说了什么话？

哦，曾芒芒说。她想：高勇啊！

第五章

1

　　汉口胜利街街口的"小美地"副食商店，开辟了一个咖啡厅，或者说是恢复了咖啡厅。这个消息是高勇提供的。高勇家几十年来都居住在租界区，比较熟悉附近的情况。据说"小美地"在30年代初期就非常著名了，以烘烤西式点心著名，咖啡和冰激凌也很有味道。高勇说："30年代过来的人都知道，'美女'牌冰结涟嘛。"高勇说30年代说得非常自然，蛮有把握，好像就是他自己经历过的记忆。新中国成立以后，"美女"牌冰结涟就消失了。"文化大革命"开始之后，"小美地"的店牌也因为有封资修的嫌疑，被砸烂了。几年之后再度开张，店名叫胜利街副食品商店。商店也还出售新鲜西点，品种单调，也就是面包、蛋糕和哈斗，夏天增加冰棍和雪糕。冰激凌和咖啡，则消失了好多年了。就在最近，这家副食商店装修一新，恢复原名"小美地"，恢复了50年代以前的咖啡厅，为顾客提供品种繁多的新鲜西点、现磨咖啡和美女牌冰激凌。高勇充满怀旧的向往，对曾芒芒讲述了这段往事。曾芒芒对此一无所知，他们家一直居住在机关宿舍，机关宿舍远离江边租界区。而 30 年代早期，曾芒芒的父亲在福建上杭的一个小乡村呱呱落地；曾芒芒的爷爷，则脚穿草鞋，走在艰苦卓绝的长征路上。不过，曾芒芒喜欢听高勇的描述。尽管高勇的描述客观简短，曾芒芒还是能够感觉到高勇的热情在他的血液里头奔放起伏。这个时候的高勇，是多么血肉丰满啊！他们决定，把常声远和林晓玲请到小美地聚一聚。

　　一个星期天的下午 4 点，高勇带着曾芒芒，常声远带着林晓玲，准时地会聚到了小美地咖啡厅。高勇为林晓玲介绍了曾芒芒，常声远为曾芒芒介绍了林晓玲。两个姑娘友好地点头微笑，同样矜持地坐下。咖啡厅阳春白雪的情调使大多数市民不习惯，除了少数怀旧的老年顾客，许多人都是在咖啡厅门口探探头，眼睛咕噜转一通，走了。高勇一行四人的到来，使服务员受宠若惊。服务员过于客气和周到的服务，又使他们四人受宠若惊。高勇挑选了靠落地玻璃窗的火车座，不知怎么的，曾芒芒和林晓玲自然就并排坐了，高勇当然也就和常声远并排坐了。是高勇点的食物。有蛋挞，蛋糕，哈斗，肉松小面包，咖啡，冰激凌。高勇每挑选一样点心，都要征求大家的意见。他认真的眼睛轮流与其他三个人的眼睛接触，说："可以吗？"

　　大家都说可以可以。曾芒芒不喝咖啡。林晓玲立刻附议，说"我也不喝"。高勇问她们为什么？曾芒芒的原因是她从来没有喝过现磨咖啡。林晓玲说她是因为喝了咖啡影响睡眠。常声远打趣他的女朋友说："是吗？我怎么不知道你有这问题？"林晓玲薄薄的脸皮立刻布满红晕，牙齿咬住嘴唇，嘴唇青了。她说："你怎么知道？你舍得请我来小美地吗？你请我喝过现磨咖啡吗？真是的！"好好好，对不起，掌嘴！常声远说。林晓玲扭过脸去，面对窗外。常声远偷偷对高勇和曾芒芒做了个鬼脸。

高勇的情绪少有的好，大家的磕磕碰碰对他没有丝毫影响。他快乐地搓着手，建议曾芒芒还是喝一点咖啡，他说："香啊！"曾芒芒说她虽然没有吃过肉，但看见过猪在地上走，她知道咖啡很苦。"加糖啊，加奶啊，"高勇说："小美地的现磨咖啡曾经非常有名，香极了！方糖和牛奶，也都是专配的，不是一般的砂糖和奶粉。毛主席教导我们：你要知道梨子的滋味，你就得亲口尝一尝。"一股内在的激情，始终贯穿和支配着高勇。曾芒芒出神地看着高勇，她简直被他迷住了。"好，"曾芒芒说，"我喝。"林晓玲还是不喝。常声远说："尝尝吧，你看芒芒都喝了。"林晓玲说："你不用劝我了。我这个人就是这样的性格，说不喝肯定就是不会喝的了。"

这天下午，只有高勇如鱼得水，在蜡烛、花瓶、餐巾、窗纱、墙布、音乐和小巧的糖罐、奶罐、咖啡杯、咖啡杯托盘、咖啡勺之间游刃有余。其他三个人都有程度不一的生疏，连小美地的服务员，都会笨拙地磕磕绊绊。高勇的气派与娴雅征服了所有的服务员，服务员们唯高勇的话是听。但是高勇并没有一丝一毫的颐指气使，他温和、宽厚、随意、礼貌和谦恭，一双俊美的手，在墨绿色的方格子桌布上，不停地忙碌，为大家递送点心、方糖和牛奶。常声远懒散地靠在椅背上，呷着咖啡，眯眼看着高勇，就好像在看一道风景。"芒芒，我说过我的朋友是一个非常优秀的男人，对吗？"

曾芒芒的意念已经游离到远方去了。她只觉得有人叫唤了她的名字。她仓促地回答道"嗯"，但是她眼中无人，一时间找不准叫唤她的是谁。林晓玲斜挑了常声远一眼，发出了一声干笑。

这一天的全部意义在于，高勇和曾芒芒的关系正式对外发布了。

2

　　曾芒芒和高勇的恋爱关系，就此公开。他们以一周为周期，进行约会。周一到周六，大家都上班。周六下午下班之后，见面，或者看电影，或者不看电影。周日在一起，或者去公园，或者不去公园。不去公园的话，他们就在曾芒芒的单身宿舍度过。两人都看书，把房门虚掩着，以便随时进来的同宿舍的姑娘们，可以证实他们恋爱的纯洁性。他们用电炉或者电热杯煮点吃的。曾芒芒在公共的盥洗室洗涤衣物，高勇在一边笨手笨脚地帮忙，递个脸盆递个桶。楼栋的保险丝烧断了，高勇就出去换上更粗的保险丝。他是学电器设备的，对付烧断的保险丝，那是小意思。十几间单身宿舍的姑娘都出来了，在一边，抱着肩膀，观看高勇熟练的操作。高勇的手，受到普遍的关注。姑娘们很是羡慕曾芒芒。

　　曾芒芒的男朋友公开了。大家都知道了。他叫高勇，是从前武汉市著名的派力司大王高秉承的外孙，相当于孙子的外孙。高勇大曾芒芒三岁，也是工农兵大学生，在武昌热电厂工作，是电器设备的技术员，将来的工程师。人家双方的家长都见面，认可了。真是天生的一对佳偶。秘密阶段结束了。同事们都很友善。高勇来了，同宿舍的姑娘们就找借口躲了出去，把空间留给了他们。看电影不跑远了，就在对面的电影院。两人穿得整整齐齐，把脸洗得干干净净，一前一后走出来，遇上熟人就打招呼，互相点头微笑。曾芒芒终于苦尽甜来了。通过她自己的暗暗工作，艰苦努力，她终于展示了自己的道德品质和生活作风，她是一个非常正常的非常端正的无可挑剔的姑娘。然而，奇怪的是，曾芒芒忽然发现，很快就没有人对她的事情感兴趣了。再也没有谁背后议论她。他们车间，也没有人特意跑到武昌热电厂或者她们的单身宿舍来看高勇。他们的车间主任，只是在曾芒芒递交结婚申请书的时候，才泛泛地问了一句"什么时候给我们吃喜糖啊？"

一个人的成就感，怎么在他取得成就的同时，就已经在消失了呢？

高勇又买了电影票。还是《卡桑德拉大桥》。原来他酷爱看电影。什么电影都看。一看就很投入。

曾芒芒说："你去看吧，今天我不去了。"

"为什么？"

"不为什么。"

"不为什么是什么意思？"

"意思是不想看，这部电影我看过了。"

"好吧。"高勇理解而宽容。但是一个人也是要去的。电影票很紧俏，价格也不便宜，谁都不应该浪费，他没有理由不去。曾芒芒一个人呆在宿舍里，望着窗外的月亮，久久不能够回过神来。她命令自己：看书！看书！看书！可是她就是不能够看书。

他们走在大街上。高勇的鞋带松了。高勇到路边去系他的鞋带。等了好久的曾芒芒一回头，发现高勇还蹲在那里。高勇的鞋踩在一张报纸上了，报纸上是一版国际新闻，高勇顺便就看上报纸了。高勇在公共汽车上看报纸。在轮渡上看报纸。在一个目的地与另一个目的地之间，高勇用报纸填满等候和过程。高勇对这个城市熟视无睹，报纸是他唯一看不厌倦的风景。

偶尔，高勇的眼眸深处，会忽然闪动灵光。那是在人群里，发现了一张特别漂亮的女性面孔。有一次，高勇无奈地陪曾芒芒进商场购物。当他们路过化妆品柜台的时候，柜台售货员，一个嘴唇涂得喝了鲜血一般的少妇，恰好弯腰去捡失落在地的什么东西。她那一瞬间的弯腰，就像对高勇奉献般地捧出她肥腴的乳壕。高勇赶紧拉下眼帘，遮住了他自己放射的灵光。与此同时，他的身体摇晃了一下，失去了刹那间的平衡。

肖克结婚的那一天，在去汉口的轮渡上，高勇怎么没有看报纸呢？曾芒芒百思不得其解。那天高勇看着她，目光长远，专注，若有所思。曾芒芒可以肯定，那天，她没有发现高勇眼眸深处的灵光。

当同宿舍的姑娘们笑嘻嘻地，别有深意地说：高勇芒芒啊，关好房门，今天我们不再回来了。之后，高勇真的就上去，关好了房门。他细致地插着门闩，仿佛他正在车间进行着他的工作。曾芒芒站在高勇的身后，被他的动作和神态弄得非常尴尬。曾芒芒常常因为高勇对于关好门窗的重视、认真和缓慢，难以为情得无地自容，而高勇以为芒芒纯粹是女性的害羞。拥抱总是不那么和谐，两人站立不稳，跟跟跄跄，有时候，他们的胳膊忽然发生了冲突，看上去好像两人在打架。就高勇的个头和体重而言，曾芒芒觉得他可以把她托起来，电影里头的这种画面非常美丽动人。但是，高勇从来就没有托举的冲动和迹象。高勇总是把芒芒扑在他的身体下面，压得曾芒芒喘气都很困难。曾芒芒以为亲嘴就是嘴唇相碰。高勇却把舌头强行地伸进了她的口腔。起初曾芒芒觉得这样非常不卫生，但是她没有说出来，她怕是自己少见多怪，孤陋寡闻。后来事实证明，曾芒芒的确是少见多怪，孤陋寡闻。

后来燕子告诉芒芒：接吻有多种方式。有英国式的。有法国式的。有深吻和浅吻之分。吻手背可以仅仅出于礼貌，而吻额头，那多半是长辈对于晚辈的祝福之爱。

亲热的时候，高勇从来不说话，还常常闭着眼睛。他的手，就是他的语言。高勇的手，多半是探询的，温和的，有节制的。偶尔也有慌乱和放肆的时候。但是这种时候，高勇就像是他的手的家长一样，会立刻出面制止手的放肆。高勇的手，垂了下来，自觉地离开了曾芒芒身体的敏感部位。高勇带着他的手，坐到窗前，推开窗户。窗外的马路对面，是一棵高大的法国梧桐，太阳把它们摇曳的树叶，投成阴影在高勇脸上晃动，仿佛在警告高勇。

高勇不用警告，他曾经明确地对曾芒芒表示：芒芒是一个非常纯洁的处女，品貌端庄，安静贤淑，勤劳智慧，他从内心深处敬重她。芒芒将是他终身的伴侣和相敬如宾的妻子。在没有正式领取结婚证书之前，他是绝对不会动她的。

曾芒芒又感动又怅然，她记得她当时的回答是：谢谢！

谢谢什么？谢谢高勇的理想。

高勇的理想是美丽的：贞洁的处女新娘，美丽的洞房之夜，一切都是崭新的。

就这样，冬天过去了，春天过去了，秋天又来了。窗外，马路对面的那棵梧桐树，树叶黄了，开始随风飘落。飘落得叫人心酸。

难得遇上了一个亲密无间的时刻，曾芒芒的心思，终于冲破约束，脱口而出："高勇，你有过女朋友吧？"

高勇说："何以见得？"

曾芒芒说："你怎么会接吻？"

高勇说："接吻还有什么会和不会吗？本能嘛。"

曾芒芒说："高勇你没有回答我的问题。"

高勇说："什么问题？"

曾芒芒说："你有过女朋友没有？"

高勇说："芒芒，老天做证，你是我今生今世的唯一。我要和你结婚！"

曾芒芒陶醉了。其实她的问题，高勇还是没有回答。但是曾芒芒已经陶醉了。陶醉之后，平静地醒来，面对的则是一个新时代。大家总是喜欢说我们迎来了一个新时代。现在才是一个新的时代。曾芒芒他们轧钢厂新进的设备，就是西德沃马克钢铁公司80年代的最新产品，与设备配置在一起的是专家。专家需要高薪，宽敞的住房，免费度假，第三世界国家的劳动补贴以及污染补助。如果说曾芒芒他们这些工程技术人员之中，有能够顶得上金发碧眼德国专家的人，总公司将会给予优厚的奖励。这是前所未有的新政策，与改革开放配套，与国际企业行为接轨。高勇他们热电厂，大爆新闻，由于良好的效益，他们厂在全系统首先实行高额奖金制度。沿海改革开放的风气，频频吹来。内地去沿海打工的人潮，滚滚而去。机会好像早晨的露珠，猛眼一看，到处都是，挂在草尖叶下，闪闪发光，动人心弦。然而，在上班的八个小时里，你还是面对着熟悉的机器，满手的机油，灰色的厂房，休息间的墙壁上，石灰剥落了，肮脏的痕迹，东一道西一道。王师傅生病了，我们大家去看望他。车间主任发火了，我们今天乖一点吧。曾芒芒，你什么时候给我们吃喜糖呢？

快了。没有房子。

高秉承家会没有房子？

我们不愿意和父母住一起，高勇他们厂正在分房子呢。

在太阳底下，在大白天里，露珠消失了。生活还是旧的。一切都是习惯了的一套。啰里啰嗦的，副词一串又一串的，比同样的汉语句子长几倍的德语，是那么容易学习的？还有人家用德语积累的技术和经验，是那么容易掌握的？别开国际玩笑了！曾芒芒品貌端庄，安静贤淑，勤劳智慧。她总是能够及时排除液压系统的故障。她团结同志，参与工人们的闲聊，不过从来不会失言或者失态。不会说是高勇的母亲不乐意他们在她的房子里结婚居住。再高兴的事情，曾芒芒也不会敞开嘴巴傻笑。别人再无道理，曾芒芒都能够让人把话说完。她太沉得住气了。可是，可是可是，高勇眼眸深处的那道灵光，从来没有在她身上闪露过。

给常声远打个电话吧！一般都是号码拨到最后一个，电话还是放下了。曾芒芒不知道与常声远说些什么，纯粹是心情在拨号码。也有一次，不小心，号码拨全了，常声远接了电话。常声远在读在职的研究生，办公室有电话了。

常声远说："喂。"

曾芒芒说："喂什么喂！"

常声远说："心烦了？"

曾芒芒说："是的，烦死了！请问你什么时候结婚？"

常声远被噎住了，说："我现在暂时不结婚，我想专心读研。怎么哪？你们要结婚了？"

曾芒芒说："不！"

曾芒芒扣上电话，眼里冒出了泪花。她对常声远怎么就不品貌端庄安静贤淑勤劳智慧了？她随心所欲，蛮不讲理，胡说八道。

这个星期天，常声远来到了曾芒芒的单身宿舍，与高勇下象棋。常声远被高勇杀得人仰马翻，但是他毫不沮丧。曾芒芒很安详。为他们沏茶。为他们去食堂打饭。饭后，他们三个人一起在马路上散步。常声远给他们讲笑话。邓丽君的歌曲从路边人家的窗户里飘出来：记住我的情，记住我的爱，记住有人天天在等待，我等待着你回来，路边的野花——不要采！曾芒芒不明白这种怨妇歌曲，为何要唱得如此欢快。

常声远说："哪里是怨妇，假装怨妇，人家两口子在调情呢。"

高勇严肃地说："声远！"

高勇必须保护曾芒芒的纯洁。

唯一的一次危险和刺激，来自于邝园。曾芒芒和高勇，在宿舍食堂吃饭之后，闲逛。三三两两的闲逛者中，忽然出现了邝园。"高勇你好。"邝园老朋友一般与高勇打招呼。高勇首先怀疑的是自己的记忆力，他不敢贸然冷落邝园。"你好！"他说，用了更加老朋友的口吻。这种假装的礼貌使高勇显得古板和虚假。邝园嘲弄地笑起来，说："高勇，你并不认识我，可我认识你。"邝园随即对曾芒芒说："我想单独和你的男朋友说几句话。可以吗？"邝园彬彬有礼，眼睛黑漆漆地看着她，装出从来没有与曾芒芒说过话的样子。

曾芒芒没有经过这种架势，她已经没有应答的能力了。高勇说："当然可以。芒芒你先回宿舍吧。"

高勇跟着邝园走向花园深处。曾芒芒一口气冲上五楼，跑进宿舍。曾芒芒扑倒在床上。又爬起来。跑到盥洗室，踮起脚朝花园深处张望。五分钟比五年还要漫长。十几分钟的时候，曾芒芒心跳过速。半个小时的时候，曾芒芒流泪了。她握着拳头，咒骂邝园。她后悔没有抢先告诉高勇她和邝园的那段故事！谁知道邝园怎么丑化她啊！时间过去将近一个小时，曾芒芒再也支持不住了，她跑到楼下传达室，打电话向常声远求助，当着传达室老头的面，泣不成声。常声远说："芒芒！芒芒！不要哭，没有问题的。绝对没有问题的。"曾芒芒说："声远，你要相信我！我的过去真的是没有污点的。无论别人怎么说，请你一定相信！"常声远说："我当然相信你！"常声远再三保证，他绝对相信曾芒芒的清白和纯洁，并承诺，如果高勇受到了别人的挑唆，他一定做通高勇的思想工作，为芒芒洗刷耻辱。

一个多小时以后，高勇吹着口哨，轻快地推门进来。高勇与邝园下了一盘象棋。高勇大获全胜。高勇的确不认识邝园，但是邝园从棋友那里听说了高勇的威名。邝园是慕名挑战，棋风倒也骁勇顽强，不过终究不是高勇的对手。高勇从小在青少年宫学棋，是从过名师的。一般业余爱好者，哪里是他的对手呢？这个邝园，棋德倒是不错，输得爽快，也输得大气，就是脾气太硬了。高勇为了给他面子，说："不打不成交嘛，以后我们就是朋友了。"邝园却说："谁想和你交朋友？只不过是会你一遭而已。"

狗日的邝园！曾芒芒的心里，也还是会骂粗话的。可是她的四肢，已然瘫软。

3

竹节海棠又死了。曾芒芒照顾不到它了。也许相思的极致就是死亡。不然，怎么有诗曰：一寸相思一寸灰？灰就是死亡的证明。曾芒芒的相思死了。

周六，全世界都知道高勇在曾芒芒的房间里，没有人会来敲门。

公开了的正常恋爱，明摆着只有一个结果，那就是婚姻。正常的结果就那么让人索然寡味吗？他们厂现在对资料室的小顾兴趣最浓，全厂都在轰轰烈烈地谈论她的事情，因为未婚的小顾忽然肚子大了。厂方找小顾谈话，追查男方是谁。小顾的交代是：她不知道男方是谁，有一天晚上加班，她在回宿舍的路上被人强奸了。小顾是一个机灵俏皮的女孩，会在被人强暴之后不吭气吗？大家都不相信她的交代，都认为她是在保护某个男人。小顾被厂方送到医院，强行做了引产。小顾还不愿意引产，大哭大闹，要留下孩子。大家特别震惊，这就是稀罕事了，一个未婚姑娘，谁会要孽种呢？当然，计划生育部门就更不允许了。正常的婚后生育都需要事先批准指标，单身姑娘哪里能够生孩子！这是国策都不允许的事情！小顾在职工医院做引产的那天，妇产科走廊人山人海，挤满了看热闹的人。小顾没有顾及看热闹的人，没有用白色的被单盖住脸，她就那么哭着，哭得昏天黑地。负责照顾小顾的共青团干部回来告诉大家：真是没有想到小顾这么不要脸啊！曾芒芒也被厂里安排，去医院照顾了小顾一天。小顾披头散发躺在病床上，眼睛肿成了一条缝，脸色苍白，浮肿的五官好像都错了位。她无声无息地躺着，一动不动，活像一只被玩坏了的玩具娃娃。曾芒芒找到医院的公用电话，找到了正在车间工作的高勇。曾芒芒问高勇有没有时间去汉口的筱桃园煨汤馆，给小顾买一罐鸡汤？高勇正在工作。他很同情小顾，但是他离不开他的岗位。曾芒芒又给常声远打了电话。常声远也在与导师一起工作。但是他说他能够请假。一个半小时之后，常声远拎来了一罐筱桃园鸡汤。在照顾小顾的这一天，曾芒芒什么都没有打听，她只是劝小顾分两次喝完了鸡汤，为小顾洗涤了血污的衣物，整理了病床旁边的床头柜。临走把小顾扶起来，靠在床头，为小顾梳理了头发。她梳理得很慢很轻，花费了半个多小时。病房的一位乡下产妇警告曾芒芒，说女人在月子里是不能梳头的，特别是像小顾这种半途丢了孩子，又大出血的产妇，只要梳了头发，就会落下月子病，一辈子头痛。所以曾芒芒梳理得很慢很轻。头发梳理好了之后，小顾把她的头，靠在曾芒芒的怀里歇了好一会儿。第二天上班，厂办公室把曾芒芒叫去，让她汇报一下小顾的情况，小顾说了什么没有？有没有什么新动态？有没有陌生男人来探望小顾？曾芒芒摇摇头，她没有从小顾那里掏出任何情况。她就没有去掏！

现实就是这样，你不正常生活，他们绝对不会饶恕你。你正常生活，他们又如此地漠视你。曾芒芒如何建设自己美好的生活呢？

一个人的美好生活，是否一定要从解决个人问题开始？小顾不就是没有从解决个人问题开始吗？然而小顾很悲惨。怎么才算解决了个人问题呢？

谁说的：受苦的奋斗的自由灵魂必战胜一切！

罗曼·罗兰说的。罗曼·罗兰肯定没有在中国呆过。在中国呆过了，谁敢打保票说必战胜一切？最多也就敢说"一蓑烟雨任平生。也无风雨也无晴。"说这话的苏轼，和重复这话的曾分田爷爷，他们是中国最潇洒的人。现在谁敢说自己是苏轼？曾家整个家族的人，谁又敢说自己是曾分田？恐怕没有谁敢。

寒冬到了。领了工资，高勇又要去探望他的大姐高兰。曾芒芒愿意与高勇一起去。高德静还没有恢复与大女儿高兰的关系，高兰的生活，难免拮据。婚前，高兰每天下午，都带着儿子回家吃饭。高德静不收他们母子的饭钱，还时常给外孙子买点衣物文具什么的。与肖克结婚之后，他们夫妻的工资，合到了一起，由高兰开支家庭用度。从表面上看，肖克支持了高兰，替她分担了儿子的抚养。而实际上，肖克乡下的亲戚，不停地轮流居住在他们家。肖克的家乡，在湖北西部的恩施山区，偏远贫穷。肖克是长子，下面还有三个弟弟，父母体弱多病。仅仅是肖克的父母，在这一年多里，就来了五趟，前后居住了半年多，吃饭、看病等等一切花销，都是高兰支撑。高兰坚决不肯随着高勇回家向她的母亲低头认错。高兰她没有错！母亲高德静，不也是第二次结婚吗？她应该理解她的女儿。任天育校长不是高兰的父亲，尽管他心肠很好，一直善待高兰母女，但是高兰不能要他的钱。他的钱是应该交付给他妻子的，如果他真的爱妻子，他就不可以对她撒谎。如果他资助了高兰，他不就得编排他的工资到哪里去了吗？高兰希望她自己母亲的第二次婚姻，是幸福美满的。她绝对不会去做有损于母亲夫妻感情的事情，哪怕一点点小事。任天育校长非常了解高兰的性格，但是他却绝对不能不管高兰母子。他的资助，总是通过高勇，传输给高兰。高兰自然接受高勇的礼物。舅舅给外甥买礼物嘛，那是不能够不接受的。每一次，曾芒芒陪高勇去看望高兰，高兰都是欢声笑语，满面笑容，绝对不让场面冷清下来。但是，高兰的笑容周围，是越来越深的皱纹。她消瘦了。额角出现了白头发。她总是细心地把白头发掖在黑发里头，打几个卷，用一只有机玻璃凤凰发卡，别在鬓角。看上去，高兰既大胆又时髦，好像她弄的是一个特别别致的发型。

在曾芒芒的参谋之下，高勇这一次下决心，用父亲给的钱加上自己的一些钱，给高兰买了一只北京取暖炉。烧蜂窝煤，有烟囱，可以提高房间温度的那种炉子。肖克的房子太单薄了，地势低洼，又朝北，晒不到太阳。一到冬天，高兰的一双手，便生满了紫色的冻疮。小孩子皮肤更脆弱，她儿子的冻疮不仅手上有，脸上、脚上都是疮疤累累。

高勇和曾芒芒，抬着沉重的铸铁炉子和好几节烟囱，来到高兰家。

高兰一看，大惊，拦在门口，不让他们进家门。高兰说：谁让你们买这么贵的东西？给我去把它退了！

高勇语言短，急得直叫：大姐！

曾芒芒急中生智，说："大姐，不就是一堆破铜烂铁吗？不是买的，是我们公司发的，代替烤火费，钢铁公司，这种东西多的是。"

高兰严厉地问高勇："芒芒说的是真话？"

为了高兰母子不受冻，高勇只好为曾芒芒圆谎。他说："是的。你还不了解她吗？她是说假话的人吗？"高勇比曾芒芒说得自然，没有她那么着急和心虚，原来高勇在关键时刻，也会撒谎啊。高兰这才笑逐颜开，连忙跑过来帮忙。

肖克回来了。现在的肖克，完全变样了。他的长发剪短了，是很老实的平头，裤子也不喇叭了，戴着眼镜，斯斯文文的。他苦笑，说当老师还是应该有一个老师的模样。高兰张罗了饭菜，四个人坐下来吃。高兰专门给肖克一碟花生米，肖克喝上白酒了。高勇不喝白酒。曾芒芒也不喝。高兰说今天特别高兴，她就喝一口吧。肖克把酒杯递给高兰，高兰忽然一仰脖子，把一杯白酒干了。一会儿，高兰吃吃地笑起来，望着肖克，眼波流盼，好好地，眼眶里面，却又滚出了大颗的眼泪。肖克爱怜地抚摸着高兰的肩膀，说："看看，喝猛了吧？发酒疯了吧？"肖克说着说着，自己却干起杯来。他举杯敬高勇，自己喝了。又举杯敬曾芒芒，自己又喝了。肖克让高勇和曾芒芒放心，这一点酒，对于他，那是小意思。酒逢知己千杯少啊！肖克就是表现得这么好了，他们还是那样对待他。肖克是一个诗人，哪里会轻易就范于这个腐朽虚伪的社会呢？可是，他看着他的爱人受苦受穷，看着他的父母兄弟受苦受穷，他心里难受啊！好吧，大丈夫能屈能伸，他肖克也会装孙子，他剪掉长发，撕掉喇叭裤，写了入党申请书，义务劳动总是抢在最前面，每天都保持着对全体教职员工的微笑。点头，哈腰，早到十分钟，打开水，做清洁。然而，涨工资还是没有肖克，提升干部还是没有肖克。因为肖克是工农兵大学生。工农兵大学生不就等于不学无术的白卷大王张铁生吗？连他班级的学生都联名写信给学校，希望学校给他们调配正规的大学毕业生作为他们的老师，因为他们想学一点真正的知识和本领，以便接好无产阶级革命事业的班。肖克怎么办？肖克不差呀！肖克是诗人，发表了若干篇诗作，现在的大学生，有几个比得上他？然而，正规大学新来的毕业生，就是备受重视，人家的工资就是比他高，最近还又提了一档。我操他妈的！毛主席都说：出身不由己，道路可选择。现在，他们还给不给人活路啊？是历史让他成为工农兵大学生的，这个社会，怎么能够把历史沉重的包袱，放在个人的肩上呢？

说话间，邻居敲门，一个中年妇女进来借一调羹盐。肖克和高兰都抢着站起来。肖克把自己家的盐罐子整个塞到中年妇女手里。"用吧，用吧，尽管拿去用吧，借什么借？大姐。你要是还回来，我们就要生气了。盐嘛，高兰他们单位多的是。"肖克说。

肖克，一个不食人间烟火的校园诗人，竟然变得这么婆婆妈妈，如此会做人了！高兰说：这个中年妇女是学校一位副校长的老婆。她常来借日常用品。一借就会忘记归还。你们看肖克多会胡说——高兰他们单位有的是盐——不假，餐馆当然有的是盐了，可是高兰能够随便拿回家吗？那是公家的呀！高兰就这么没有觉悟？就这么下贱？就这么没有人格？连食盐都偷？笑话！

面对肖克，曾芒芒简直不敢相信自己的眼睛。她感慨地看看高勇，寻求同感，高勇的脸色白里透青，眼睛发雾，肌肉颤动，好像突然发作了疟疾。曾芒芒顿时恍然大悟：高勇在单位也遭受了与肖克同样的经历。只是他什么都没有告诉曾芒芒。

现在的社会，对不学无术来了一个矫枉过正，文凭热越来越厉害，单位用人，工人转干，干部提拔，甚至男女之间介绍对象，都非常讲究文凭了。现在大街小巷都是大学招生布告，电视大学，函授大学，成人大学，职工大学；大学代培班，大学研究生班，大学速成班，大学作家班，等等，等等，名目繁多，都在火热地招生。曾芒芒的车间主任，本来是一个只有初中文化程度的工人，目前去读研究生了，半脱产，学政治经济学，一年半之后毕业。将来他在个人档案的表格上，就可以理直气壮地填上研究生文化程度了。他的升迁，就有了一定的保证了。最近上面下了有关文件，据说高教部要求，从事专业技术工作的工农兵大学生，都要分期分批地回炉学习。然而，曾芒芒的液压传动专业水平，肯定比他们的车间主任强。除了大学的专业学习之外，曾芒芒在工作中一直都在努力钻研和学习。她是一个做什么就想把什么做好的人，是一个有上进心的女青年，这一点，认识她的人谁都知道。可是，谁认识她呢？谁知道她呢？她个人档案里头的表格，才是她的形象代表。高勇也是一样。但是，他们其实都不是他们自己的表格。中国！我的中国啊！一哄而上。什么都是一哄而上。十几亿的人，一哄而上。闭着眼睛想想，情景真是可怕。

从高兰家出来。曾芒芒不说话。高勇也不说话。他们肩并肩走在大街上。曾芒芒的皮鞋鞋底，敲打着冻得紧邦邦的大地，每一声都像忧愤的叩问。路过了天主教堂。教堂大门紧闭，里面漆黑，悄无声息，上帝睡着了还是保持着沉默？有几个人知道它本来的名字是圣若瑟教堂？高勇知道。江汉关大楼的钟声响了，1921年的英国钟，最初的音乐是《伊丽莎白女王万岁》，大楼收回主权之后的音乐是《钟声》，"文化大革命"时候高奏《东方红》，现在恢复了《钟声》。当——

当——当——钟声洪亮，圆润，温厚，却有着强劲的穿透力，把残酷的时间概念，渗透到了这个城市的每一个角落。电车转弯的时候，不当心，辫子掉了。劈里啪啦的火花，撕裂着城市的夜空。他们不用说话。他们说话也没有用。

1985 年的元旦到了。在这喜庆的节日到来之际，高德静想与未来的儿媳妇曾芒芒，单独说说话。曾芒芒忐忑不安地跟随高德静进了他们夫妇的卧室。高德静走在前面，却像长了后眼睛。她头都不回，就对刚刚进门的曾芒芒说："请你关上房门好吗？"曾芒芒立刻转身去关上了房门。高德静自己坐在床沿上，让曾芒芒在她对面的凳子上坐下。这是一张梳妆台的凳子。梳妆台很古老，紫红色，到处镶贝，贝片剥落了不少，油漆也处处剥落，但是因为高德静长期的精心擦拭，梳妆台的每一根线条都油亮光滑，具有一种没落的高贵。高德静穿着中式立领毛衣，披发稍微做了几卷大波浪，双得深深的眼皮缓缓抬起来，直直的鼻梁上有一道刚毅的光芒。高德静与曾芒芒喜欢的一位电影明星的气质多么相似啊。舒绣文，三十年代的影星，总是从容不迫地取下她的斗篷，里面是一身华贵的旗袍。曾芒芒未来的婆婆高德静，真是具有观赏性啊！高德静不说话多好。高德静一说话，曾芒芒就胆怯。她说话太字斟句酌，太意味深长，也太毋庸置疑了。

芒芒，你和我们高勇，相处的时间不短了。按年头，是三年，按实际时间，也有一年多了。我们对你，还是非常满意的。你是一个好姑娘。我们高勇对你也是一往情深。你们结婚的意思呢，高勇也好有几次向我们透露过了。芒芒，现在可以这么说吧，你们的恋爱关系应该是确定了。对吧？

曾芒芒点点头。曾芒芒心里更加忐忑不安。其实芒芒希望高德静有什么事情，直接和她的儿子谈，而她与芒芒，就这样客客气气好了。平时大家不见面，周末或者节假日，芒芒陪高勇回家，为任天育校长帮帮厨，家里人一起吃顿饭。这就够了。

高德静手里忽然多出了两样东西。一只海鸥牌 120 照相机，一件奶黄色羊毛衫，都是崭新的，还带着包装。高德静把它们推向曾芒芒：芒芒，这是我们送给你的礼物，请你务必收下。我们中国人的风俗习惯总是难以改变的，我儿子选择了你，我们家长同意了他的选择，我们就应该给你一份见面礼。这是一份薄礼，略表高勇父亲和我的心情。

显然，这份礼物不薄。曾芒芒有生以来，还从没有谁送过她如此贵重的礼物。然而，礼物代表"我们"选择了"你"。曾芒芒想起了 1983 年 10 月的轮渡，是曾芒芒选择了高勇。高勇一定没有把这个细节告诉他的母亲。不过，算了，这没有什么。只要相爱，谁选择谁都是一样的。这么贵重的礼物还是令曾芒芒慌乱，她急忙站了起来，说：谢谢。

高德静摆摆手，示意曾芒芒坐下。不用谢，高德静说。高德静的声音听起来是那么沉重。会晤并没有到此结束。

芒芒啊，现在已经是 1985 年了。高勇今年下半年，就是 30 岁整了。古人有云：三十而立，按说高勇应该成家了。成家立业嘛，这也是我们对你们的期待和希望。可是现在，有这么一个小问题。你们是先成家后立业呢？还是先立业后成家？更具体地说，高勇作为一个男子汉，是否应该首先在事业上，再上一个台阶呢？再具体一点，高勇是否应该考虑，先考研了再说呢？所以，我想单独和你谈谈我们女人的一个私房话。你们的关系，发展到什么程度了？可以告诉我吗？

曾芒芒忽隆一下血往上涌。如果不是卧室光线昏暗，曾芒芒不知道她的脸往哪里搁。曾芒芒无法回答高德静的问题。高德静所指的程度是什么呢?

高德静等待了一刻。没有回答。她换了一个更加露骨的说法:恕我冒昧,你和高勇——你还是处女吗?

曾芒芒用手捂住了脸。但是她立刻非常肯定地点了点头。

很好!高德静用赞赏的口气说:太好了!芒芒,你真是一个纯洁的姑娘!既然这样,你们就没有什么累赘了,我们也就很好作出决定了。我建议,你们暂时保持这种良好的健康的友谊,高勇立刻开始复习,参加今年的研究生考试。现在的研究生是允许结婚的。因此高勇考上之后,再结婚也不迟。前后也就是相差几个月的时间。立业成家,两桩大事都不耽误。芒芒,你看呢?

曾芒芒松了一口气。原来不就是建议高勇考研吗?高勇自己早就在考虑考研的事情了。高德静完全可以在饭桌上,和大家一起探讨。现在他们工农兵大学生,在社会上遭到普遍的轻视,这是谁都知道的事实。高德静实在不必这么神神秘秘。

曾芒芒说:当然很好啊。

那就太好了。高德静说:那你就给高勇说说你的意见。芒芒啊,从现在的形势看,高勇的考研的确应该是头等大事。硕士研究生读完再读博士,那就成为真正的学者了。看看国外那些诺贝尔奖获得者,那些有成就有地位有名望的人,有几个不是博士出身?中国现在改革开放了,不再是过去了,我敢断言,不出十年,一定是知识的天下。人类要发展,肯定离不开知识。邓小平他老人家已经说得很清楚了。拨乱反正是在纠正什么?就是在纠正对于知识的蔑视。芒芒,我了解我们高勇。这孩子虽然少言寡语,不善用文学语言表达感情。但是他一直都拥有着美好的理想和情操。对于美好的事物,他总是那么向往,那么喜欢，那么如鱼得水。芒芒啊，你看看他对于你的选择，不是说明了他的性格吗？人家给介绍了多少女孩子，多少女同学追求他，你看他就是坚持自己的标准，直到你的出现。将来如果高勇是博士了，芒芒啊，你就是博士夫人。社会地位，住房，工资，出国讲学，所有的待遇都上去了。将来你们一定生活得非常幸福和美满。高勇的外公，若是九泉有知，一定会瞑目长睡了。

高德静用双手捂住了嘴，闭上了眼睛，不让自己流泪。她心潮难平，大口大口地呼吸着。

曾芒芒明白了。

谁的心里，都埋藏着自己的理想。有的时候，自己的理想不一定符合现实，所以只得埋藏，深深地埋藏。今天，高德静让她内心的理想见到了阳光。现在，机遇的确是在闪现，高德静敏感地捕捉到了。因此她比曾芒芒激动多了。博士与博士夫人是高德静的理想，不是曾芒芒的。曾芒芒从来没有想到这一点。然而，曾芒芒不能不佩服她未来的婆婆高德静，她的话，她的分析，她的建议，听起来都非常有道理。只要暴露出埋藏的理想，谁的理想都动人。

当曾分地郝毓秀夫妇听说了高德静夫妇的建议之后，拍手叫好。郝毓秀感叹说：到底是大户人家的底子啊！然而，郝毓秀不满意的是：高德静太狡猾了！她在玩弄手段，欺负她的年轻幼稚的女儿。考研，这么好的事情，她有什么不便对他儿子说的呢？只是她怕芒芒拖高勇的后腿，首先要镇住芒芒，软硬兼施地哄住芒芒。芒芒啊，你这个婆婆，太精明了！将来要是碰上了我，对不起，我是不会客气的。我绝对寸土不让。我要让她知道，我郝毓秀的女儿，是不能欺负的！曾家的后代，是欺负不了的！曾家的爷爷，连江山都打下来了，她高德静还在我们面前，玩这种手段？

阶级斗争真是无处不在。

曾芒芒在与母亲说话的时候，并没有停止打扫清洁。她快速地为家里打扫了清洁，熨烫了父亲的一条毛呢西裤。把炒好的肉末雪菜装进了罐头瓶子里，放进挎包。她要回武昌的单身宿舍去了。她对阶级斗争没有一点兴趣。她不喜欢高德静的方式，也不喜欢郝毓秀的方式，她喜欢张阿姨的方式。张阿姨总在操心芒芒什么时候结婚。要结婚了，孩子。你们年纪不小了，孩子！人要尊重自然规律！再把高勇带来吃顿饭吧，我还得多接触接触他。高勇不说话，让人不好了解。芒芒啊，我怕他配不上你啊！

为什么张阿姨不是曾芒芒的妈妈呢？

遗憾的是，曾芒芒看望张阿姨的次数，越来越稀少了。她没有时间。

孩子无法选择父母，这又是多么遗憾的事情啊！

1985 年的早春时节，高勇开始复习，准备考研，还是考他自己的专业。曾芒芒也跃跃欲试。但是她没有提出自己的想法。高勇开始复习之后，与同宿舍的同事合谋，争取到了一间单独的单身宿舍，这样，高勇就有更多的时间和空间用于复习了。于是，他们就不再遵循过去的约会时间了。曾芒芒几乎每天下班之后，都直接乘车来到高勇的宿舍，为他去食堂打晚饭，或者用电炉熬一点肉汤鱼汤什么的，增加高勇的营养，然后为高勇洗涤衣物，整理床铺，然后，再乘车回自己的单身宿舍。他们两个单位的宿舍区，相距五站路，骑自行车需要一刻钟。曾芒芒不敢在夜晚骑自行车，夜晚街头的小流氓太多了。

回到宿舍，曾芒芒开始学习德语。

曾芒芒有一点赌气地开始学习德语。为什么没有人意识到曾芒芒也想考研呢？

一个人成熟的过程，真是一个遗憾的过程。曾芒芒感到，令人遗憾的事情，越来越多了。

第六章

1

这是一个疯狂的春天。早春过后,一场春雨一场晴。温度跳跃式地上升。花草树木跳跃式地生长。街道两旁的梧桐,昨夜的枝干还一副铁骨铮铮的模样,早晨就是毛茸茸醉迷迷的了。街头巷尾的地皮,不久前还是黑的,一眨眼,全绿了。武汉大学的樱花开了。东湖的桃花开了。植物园各种各样形形色色的花,全都竞相开放。车间办公室的桌子上,不知道是谁,在喝水的玻璃杯里,养了一枝翠绿的柳条和一枝含苞的紫荆花。以前怎么就没有感觉到这么浓烈的春的消息呢?

春游时兴起来了,许多单位的共青团或者工会,出面组织了职工的集体春游。像武汉钢铁公司这样的大型公司,还出动了自己的通勤车,把一车一车兴高采烈的职工,送到东湖去踏青。轮渡更加拥挤。公共汽车也更加拥挤。长江大桥上的车辆,首尾相接,只能蜗牛一样爬动。人们穿着出门的衣服,戴着商标还没有撕掉的太阳眼镜,胸前挂着照相机，胳膊上挎着日本"三洋"牌录放机，背上背着羽毛球拍子，挎包里塞满了卤鸡蛋和面包，在马路上等候公共汽车，又耐心又焦躁。任何公共汽车过来，人们便像潮水般地淹没了它。武汉这个城市也疯了。好像它忽然发现它从前一直都没有享受过春天，现在公然地变本加厉了。武汉市原本是个码头城市，南北交汇，迎来送往，一年四季都是热热闹闹，熙熙攘攘的，寒冬也都是春天。随着1858年11月的第一艘英国巡洋舰溯江而上，深入汉口，更热闹的季节开始了。西洋建筑，钟楼，教堂，酒吧，回廊，音乐，舞女，阳伞，烫发，裸臂，赛马，海员俱乐部，水兵，"哈罗"，三轮车夫都会用英语招徕顾客。一个季节就是百年，漫长的日子造就了城市的市民性格。人来疯就是这个城市的性格特点之一。人来疯就是人越多越起劲。比如一般的武汉人进餐，他一定是不会寻找安静的餐厅的。越是人满为患，酒气熏天，吵吵嚷嚷的餐厅，食客越多。三皇五帝到如今，这个城市几乎从来就没有安静过。它总是战场，总是兵家必争之地，总是文人墨客聚会之处。只有一个人，在他的一生中，公开地，固执地，狂热地，坚持不懈地表示着对于这个城市的酷爱，这就是毛泽东。毛泽东主席一趟趟地来武汉，一回回地住东湖，东湖仿佛就是他的家。长江成了他的游泳池。为什么？不知道。毛泽东的诗词写道：万里长江横渡，极目楚天舒。原因还是不知道，毛泽东的行为给这个城市增添了一种神秘。

只要有一点的机会，就要获得最大的快乐，武汉人不肯再放过春天了。叫卖牛仔裤的地摊，从汉口的汉正街，一直流动到东湖梨园的大门。油炸臭豆腐和热干面的小吃摊子，紧紧跟随着人流。小餐馆和小旅社，跟春天的小草一样，绿到了小巷最深处。武汉不是广东，没有获得中央的政策，没有正式对外开放。可是武汉人自己对自己开放了。有一点愤懑，有一点委屈，有一点忌妒，有一点伤心，有一点自暴自弃，有一点叫花子过年穷快活。忽然地，日子就是不一样了。到处热气腾腾，乱乱糟糟。人人都亢奋，没头苍蝇一样。所有这些感觉连同春暖花开带来的燥热，羽毛一样骚扰着人们的感觉神经。深夜无法入睡。没有人会无动于衷，最冷静的人，也无法无动于衷。

高勇会突然放下书本，走到门外，站在走廊上。他一动不动，站在走廊上，任温热的春潮扑面而来。一件为单身汉们在阴冷的宿舍御寒的军大衣，破旧，油腻，从高勇的肩上，慢慢地，滑落下来。

曾芒芒倚靠着门框，双臂交叉，搁在胸前。她也一动不动，看着高勇的背影；军大衣的悄然滑落，像一个难言的哀求。

高勇除了八小时的工作，就是埋头书本，闷了一个多月了。常声远说：这样不行，得放松放松，出去走走！

在高勇曾芒芒邀请常声远林晓玲吃过小美地之后，常声远多次邀请高勇和曾芒芒了。今年的春天这么好，不行！高勇你得带芒芒出来踏个青。考研是什么？考研不也是谋求幸福的手段吗？幸福就在眼前，那是不应该放过的。高勇，你这个酷爱美好的人，现在是怎么哪？这种考研，对你不是小菜一碟吗？

高勇啪地放下钢笔，说："好吧！玩去！"

常声远林晓玲，高勇曾芒芒，一行四人，来到了东湖公园。他们沿着湖边散步，指指点点，观赏花草树木。他们在草地上打羽毛球，淘汰制；便宜了常声远和高勇，他们凭借力气就可以永远淘汰他们的女朋友。有自行车出租。常声远租了三辆。只有林晓玲不想骑自行车绕湖一周。东湖公园太大了，骑自行车太累了，会累得一身大汗，头发也会被吹乱的。林晓玲的头发梳理得非常整齐，好像还化了妆，因为她看起来格外明眸皓齿。曾芒芒却太想骑自行车狂奔。绕着湖水，狂奔，脚就像自己的翅膀，飞过两旁的笔直的碧绿的池杉和一蓬蓬娇艳的夹竹桃。半个小时之后，他们三个人大汗淋漓地回来，林晓玲坐在草地上，打着花阳伞，朝他们招手。林晓玲换装了，毛衣换成了粉红色的夹克。夹克是刚刚开始流行的最时髦服装，鲜亮的粉红色，林晓玲酷似一朵春天的花。拍照。林晓玲摆出各种姿态，常声远为她拍照。曾芒芒死活不肯穿上林晓玲的衣服拍照。就这样，曾芒芒羞涩地说：我就这样拍。曾芒芒腼腆极了。她就这样，一头被风吹乱的头发，坐在湖水边，望着镜头，笑容僵硬。林晓玲挎着常声远的胳膊拍照。林晓玲在背后蒙着常声远的眼睛拍照。林晓玲巧笑莺莺，美目流波，引得游客纷纷回头看她。林晓玲的大胆依偎，让常声远红脸了。高勇的脸也红了，但是他没有表情，像个忠实于职守的摄影师，不厌其烦地跟着他们奔跑，认真地为他们拍照。高勇也主动要求曾芒芒与他合影。曾芒芒欣然同意。林晓玲为他们挑选的背景是桃林，桃林繁花如云，曾芒芒站在高勇身边。常声远为他们拍照。林晓玲在一边导演。他们的姿势太古板了！两人靠近一点，再靠近一点！咳，这两个人！常声远说："高勇，芒芒耳朵旁边是什么？树叶吗？"高勇转头去看芒芒的耳朵，常声远就在这一刻按下了快门。他们都笑了。这是一张最生动的照片。

这一次，常声远坚决要请高勇和曾芒芒吃饭，就在东湖岸边的听涛餐馆。由于食客太多，人声鼎沸，他们靠窗边坐着，也听不到涛声。常声远和高勇喝啤酒，一人一碗，吃面条的大瓷碗。林晓玲喝橘子汽水，曾芒芒喝什么？曾芒芒沉吟了片刻，说："啤酒。"常声远给了她一通热烈的掌声。"好！"常声远结结实实地叫道。曾芒芒从来没有喝过啤酒。啤酒也是随着中国的改革开放流行起来的事物，与咖啡一样，啤酒在过去的中国，只是一种情调，一种小小的奢华。曾芒芒端起碗，喝了一口，原来啤酒的味道是这样的，她想要的，就是一个知道。常声远建议林晓玲喝一点，林晓玲害怕地说：不。曾芒芒的脸蛋，从颧骨开始，一点点地红艳艳起来，她望着她的三个朋友，时不时地莞尔一笑。高勇生怕曾芒芒喝醉了。他接过了芒芒的啤酒碗。

林晓玲兴奋地尖叫一声，她遇上熟人了。一大群，男男女女，面红耳赤，轰轰烈烈上到二楼，都是林晓玲他们银行系统的同行。大家围了过来，开玩笑，请他们的行业之花——林晓玲同志，向大家介绍她的男朋友。常声远站了起来，向他女朋友的同行们致意。林晓玲说：他呀，常声远呀，工作在中央在汉的单位嘛，什么单位？穷单位，中科院的一个研究所呗。目前正读硕士研究生。有什么呀，运气好呗。要是谁让我代职读研，我不也是研究生了。考研就考研呗，有什么了不起。得了，什么郎才女貌，牙齿被你们酸掉了！

快乐、骄傲与满足，在林晓玲的故意谦和之中。曾芒芒又把啤酒拿了过来，低下头，小口小口地品尝。曾分田爷爷喝酒，喜欢吟诗助兴，唐朝诗人李白说：人生得意须尽欢，莫使金樽空对月。其实人生不得意，更应该尽欢。既不得意，又不尽欢，那还有什么活头？

曾芒芒也遇上熟人了。东湖公园到处都是熟人。邝园的老婆黄汉香，与她的姐妹几个，拖儿带女在游玩。她们在一处山坡上，铺开若干张报纸，围坐一起，中间堆满她们自己带来的食品。卤鸡蛋，卤豆腐干，花生米，辣椒，榨菜，烧饼，保温桶，小号开水瓶。扑克牌撒落一地。黄汉香把儿子招了过来。她和邝园的儿子，三岁多了，一头讨人喜欢的天然鬈发，眼睛活像邝园，长长的睫毛，扑闪扑闪。黄汉香得意地吩咐：儿子，叫阿姨！阿姨好！黄汉香说：芒芒啊，不介绍一下？这是你的男朋友？她故意冲着常声远说。常声远比高勇面黑，个子稍小。林晓玲指指高勇：人家这个漂亮小伙子才是芒芒的男朋友啊！黄汉香大笑。她早知道高勇。她要嘲笑曾芒芒，出出曾芒芒的丑。芒芒，恭喜恭喜，我想你的男朋友，不是博士就是硕士，不是硕士至少也是大本吧？什么时候给我们吃喜糖啊？邝园的事情你知道吧？这狗东西，脾气太糙了！受不得委屈受不得气，别人看不起他，他还看不起别人呢！一个工人，又没有文凭，又没有家庭背景，有什么本事啊？还就是横！办了留职停薪了！不要铁饭碗了！去深圳打工了！说了，不混出个人样来，就不回来见我们母子俩。这狗东西！谁要他混出什么人样来？舒舒展展不受气就行了呗。黄汉香亢奋得手舞足蹈，笑得像哭，她怎么哪？

春天！

春天。风和日丽。东湖的碧波是一匹玻璃绿的缎子。一艘桐油油过的小木船随风飘动。舵手是一位冷峻的黝黑的瘦削的老人，双手泥塑的一般，表皮堆砌，虬结，绽裂。

林晓玲伏在曾芒芒肩头上，耳语道："芒芒，说真的，那个漂亮的小男孩，会不会让你联想到，那要是你的孩子该多好吗？"

曾芒芒的心湖被搅动了一下。邝园！她说："会。"

燕子来了一趟武汉。燕子从部队转业了。设法弄到了国家经贸委的一份工作，还设法让单位把她派驻到深圳。燕子烫发了，衣服穿得金光亮霞，据说是港派风格。燕子总是走在大家的前面。她已经不愿意在家里请客吃饭，坚持要去餐厅。

"广东那边连吃早餐都不在家里，人家叫作吃早茶。好多生意都在餐厅谈，从早茶开始就会朋友，一边吃一边谈生意。不在一起吃饭，没有环境，没有情调，没有气氛，怎么谈生意？谁现在还在家里请客？"燕子劈里啪啦地说。

燕子非得请哥哥曾分地、嫂嫂郝毓秀去餐厅吃饭，还非得让曾芒芒和高勇作陪，还强烈要求曾芒芒和高勇带好友来，说是吃饭人少了不热闹。于是，高勇带了常声远和林晓玲。林晓玲又带来了她的一对同事，也是一对恋人。这顿饭吃到尾声，燕子拿出了一大把造型新颖的电子手表。正宗的日本原装货，走私进来的，燕子的战友在海关，开后门给她弄了这么一点，才十块钱一只。看看，这可是手表啊！最高档的用品啊，一块破上海手表，也要125元，这手表才十块钱一只啊！这种便宜，只可能在深圳发生。机不可失，时不再来啊！

郝毓秀坚决不买，再便宜她也不买，她甚至连手表都不接过来看一看，因为她能肯定这是违法行为。曾分地倒是接过了手表，观赏了一下，又还给了燕子，说："还不错。不过我们家的总管是芒芒她妈，我是从来不买东西的。"

燕子的鼻子哼哼着，说："我知道你们是什么德行。我也知道你们做官到了局级，就不会上街买东西了。够呛！所以中央不会选择内地搞改革开放啊，谁指望你们对新生事物还有什么敏感性啊！"

曾分地郝毓秀夫妇，极其不高兴，又不便挂脸。曾家所有的人，只有燕子特殊，曾分田爷爷的小女儿，又是行伍出身，习惯了横行霸道。常声远赶紧出面救场，主动要求购买三块电子手表。燕子立刻放下哥哥嫂嫂，三块吗？三块！声远，你真是聪明人！你绝对买对了！一分钟不到，燕子立刻就叫常声远为"声远"了。燕子生长在北京，一个典型的北京人，热情全堆在嘴皮上。常声远将三块电子手表，都给了林晓玲，让他们姐弟三人，一人一只，都感受一下来自深圳的新时尚。林晓玲的一对朋友，也蠢蠢欲动。男女青年低头商量了一阵子，买了两只，当时就戴在手腕上了。一边戴一边叽叽咕咕笑。燕子含着筷子，大发感慨，说：啊呀！看看，多么崭新的时代啊！中国人这才叫扬眉吐气了，买手表戴手表，就跟做游戏好玩一样。多开心啊！

高勇的表现比较犹豫。他和芒芒都有手表。他们的经济又不是很富裕。高勇更没有必要随波逐流。曾芒芒明白高勇有他的道理。但是燕子的脸色很难看，所以高勇还是应该买。曾芒芒在餐桌下碰了碰高勇的腿。高勇这才说：我买一只好了。燕子客气地给了高勇一只手表。高勇把手表递给了曾芒芒。曾芒芒戴手表的时候，高勇埋头喝茶去了。

燕子临走的时候，在火车的月台上，把曾芒芒叫到身边，对她说："我可告诉你啊，芒芒，高勇这个人可不咋地啊！我都看不中，你爷爷和红奶奶肯定看不中！你还得意？自己找的，能耐得你，有什么经验啊？那个常声远，不比高勇强多了吗？你没有长眼睛啊！"

燕子你别胡说！声远是高勇的好朋友！声远人家早就有女朋友！声远不就是世故一点而已吗？高勇不就是买你的手表不爽快吗？

那你太小看我了，芒芒！高勇他不买这块手表，对我丝毫无损！燕子说：声远仅仅而已吗？不，你太没有经验了。他们是完全不同的人！燕子说：好吧芒芒，现在的你，热恋头上，我的话，你是听不进去的。你记住这个日子吧。今天是1985年4月20。今天我回深圳。我哥哥开后门给我买的火车票。你，我的侄女，送我上的火车。高勇不咋地！这就是姑姑给你下的断言。芒芒，有你泪流成河的那一天！

火车开动之后，燕子从车窗里送出一句话：甩了他！

下雨了。唰唰的春雨，淋湿了墙头法院新近张贴的布告。第一个巨雷从遥远的天际滚动过来，穿越城市的楼群，发出压抑已久的怒吼。大地颤抖了。窗户框子咯咯响。大街上的人们收缩着身体，急匆匆寻找归宿。正在移动的雨伞，忽地被一阵狂风掀翻，伞面下露出一双非常惊讶的眼睛。法院的布告，也被风一片一片地撕碎，大雨将碎片踩蹒在马路旁边肮脏的下水道中。警车鸣响着警笛，毫不减速地冲了过去。马路上水花四溅。在全中国范围内，首次进行的从重从快严厉打击刑事犯罪的行动，战果从长长一排的法院布告上显示出来了。杀了一大批，关了一大批，管了一大批。武汉市捕获并枪决了这个城市传说中的杀人狂。杀人狂原来是一个娃娃脸的小伙子，出身于良好的工人阶级家庭，孝顺父母，性格随和，有正常工作。他自己制造了手枪，然后在光线迷蒙的清晨，或者鸟儿归巢的黄昏，在橱窗边枪杀清扫马路的女清洁工、在人行道上枪杀独自散步的老教授，还有无辜的少年。布告词富有法律意义的正义感，比如"性质恶劣，影响极坏，民愤极大，不杀不足以平民愤"之类，但是事实部分简单，抽象，笼统，没有告诉人们，杀人狂枪杀与他毫无关系的人，究竟是什么原因。冤有头、债有主是一条古老的传统规则，现在就这样被一个娃娃脸小伙子轻易地破坏了。找不到原因，人们就无法避免结果，谁都觉得自己处于危险之中。城市变得与荒野一样不安全。大街，小巷，楼房，橱窗，马路边的林荫道，看上去都不可信任。早上出门上班，无缘无故就会产生朝不保夕之感。

社会治安的确是空前地混乱。人们开始怀念 50 年代的淳朴风气。也怀念"文化大革命"时代的精神纯洁。那是夜不闭户，路不拾遗啊。那年月，人们都恨不得把自己的东西当作捡来的，交给警察叔叔，以表示一颗忠于毛主席的红心。可是现在呢？就在前不久，曾芒芒他们总公司小公大楼门前的橱窗玻璃，被人无声地砸碎了，里面陈列的 50 张先进生产者的照片，统统被盗，其中包括曾芒芒的照片。曾芒芒是一张放大的普通登记照，要笑不笑的，看不出年龄，像 20 岁，也像 40 岁。谁需要这些照片呢？相信没有人需要这些照片。简直是无聊！破案的警察气愤地说。连警察都只能这么说，案子怎么破？无聊也成为了暴力的动机吗？

曾芒芒的照片落到了谁的手里？被怎么处置了？如果按照物质不灭定律来说，曾芒芒的照片将永远流浪在一个未知的世界里。想想也还是挺可怕的事情。

城市涌进了大量的陌生人。滞留在轮船码头、火车站和长途汽车站的陌生人，开始向市中心和居民区蔓延，由于找不到公共厕所，他们急了，就在商厦的拐角处，背过身子拉开裤裆就撒尿，气得来逛商厦的女孩子们一脸赭红，嘴巴噘老高。夜晚，蹲在楼房墙角的民工，你无法知道他们仅仅是想用自己的劳动换来一口饱饭，还是准备铤而走险。而对于民工们来说，被耽搁在一个陌生的城市，每一栋黑暗的楼房都是巨兽。民工们心里比谁都害怕，谁也都害怕蹲在墙角的民工。大家都充满狐疑，紧张地盯着对方，擦身而过。

张阿姨再三叮嘱曾芒芒：夜晚走路，如果有人在你背后说"喂"，你千万别回头！

孩子啊，不是万不得已，夜晚就不要出门了！

一定有新的事物在生长，一定！这个春天，不是以往的春天。所有的迹象都说明了这一点。

2

一个天气阴暗的晚上，曾芒芒从高勇的宿舍出来之后，去了职工大学。武钢职工大学与社会上一样，开办了许多外语班。高勇集中精力复习之后，他们基本不看电影了，这样，曾芒芒也挑选了一个德语班。每周三个晚上上两节课，每个月交费9元。这笔学费是开发票的，可以由学生所在单位给予报销，当然那必须事先经过单位领导的认可。曾芒芒没有去找厂领导要求报销，她觉得自己想学一门外语，与单位没有什么关系。曾芒芒梦想自己有一天会一鸣惊人。这个梦想从小就有，但是从来没有实现过。倒是培养了曾芒芒默默做事情的习惯。每一件事情，她都默默地做。希望做得最好，然后一鸣惊人。曾芒芒默默地做事情了，比如她的工作，但是也还是从来没有产生一鸣惊人的效果。就算一鸣惊人是一个埋藏在心底的理想，可以吗？曾芒芒告诉自己：当然可以。

晚上九点半，曾芒芒放学了。大家挤在教室门口，羞涩地用德语道再见。出门之后，大家都改说中文了。不好意思，用外语开口，总是不好意思，生怕大家笑话和反感。好了，再见。从职工大学到曾芒芒的单身宿舍，有捷径小路，过了大街，从一家商店旁边的小巷进去，步行12分钟就到了。进入小巷之后不久，一个男人跟踪了曾芒芒。小巷的路灯坏掉了许多，相隔老远才有一盏昏黄的照明灯，男人鬼一般的影子，一会儿就投射在曾芒芒的脚前。曾芒芒加快了脚步，男人也加快了脚步。前面是铁轨。轨道两边是树丛。四周无人。男人粗重的呼吸已经听得到了。曾芒芒魂飞魄散。快来人！这是一条道路，应该有人行走，请快来一个过路人吧！可是，就是不见来人，铁路眼看就要到了。男人已经近在咫尺！曾芒芒突然转身，男人也突然停住了。一张模糊的惊恐的男人脸。曾芒芒没有停顿，她擦过男人的肩膀，朝大街飞跑。男人追上来了吗？曾芒芒不知道。她耳边是自己的脚步声和风声。曾芒芒跑得极快。出了小巷口子，就有公共汽车在大街上行驶。曾芒芒与公共汽车并肩跑着，使劲摇手。她运气好，遇上了一个恻隐犹存的司机，他带住了煞车，打开了车门。曾芒芒一个健步，攀上缓缓行驶的公共汽车。安全了！曾芒芒大口大口喘气，扶着栏杆，向司机道谢。公共汽车把曾芒芒又送回了高勇的宿舍。

平静下来之后，曾芒芒又觉得可笑。因为她不能确定那个男人是否在跟踪她。更不能确定男人与她，到底谁怕谁？男人为什么惊恐不安呢？曾芒芒不知道。这太可笑了。但是曾芒芒不敢再冒这个险。高勇也不敢了。

这一夜。曾芒芒没有回去。本来，高勇是要送曾芒芒回去的。走到宿舍门口，他们谁都没有伸手开门。高勇扳过曾芒芒的身体，把她拥在了怀里。

问题开始变得复杂起来。高勇的单身宿舍有四张单人床。由于是假装还有四个人在居住，离开的三个人，床铺都没有卷起来，任何一张床都可以睡人。他们商量说：为了芒芒的安全和为了替高勇赢得时间，芒芒就在这里睡觉吧。他们紧紧依偎着，商量。高勇说："你可以随便睡哪一张床。"曾芒芒说："好的。"他们还是紧紧依偎着。曾芒芒的身体，开始发出细细密密的震颤。高勇更加搂紧了曾芒芒。他在芒芒的耳朵后面悄声说："别怕，睡觉吧。你先睡觉。我继续看书。我不会的！我要遵守自己的诺言！"曾芒芒点头。频频地点头。他们还是没有分开。高勇的呼吸炙烤着曾芒芒。高勇说："你想睡哪一张床？"曾芒芒说："随便。"高勇说："我不会的！我不会的！"高勇的声调，完全是在祈祷某种力量的支持。他顶不住了。

曾芒芒和衣躺下来了。

高勇也和衣躺下来了。曾芒芒躺下之后，高勇坚持看书，坚持了大约十分钟。

他们一人一张床，面对面，中间间隔一张书桌的宽度。夜深人静。天没有了，地也没有了，城市消失了，空间在缩小，缩小，最后，世界的直径小到只有一张书桌宽了。

芒芒，睡得习惯吗？

还可以。

你还没有睡着？

没有。你呢？

也没有。

穿着衣服睡觉会很不舒服的，芒芒，你还是脱掉吧。

好的。你呢？

我？我当然也脱。

脱吧。

脱吧。

为什么连衣服都不脱呢？

是啊！

他们笑了起来。他们说话的语气很客气，笑声怪怪的。他们坐起来，各自脱外衣。他们把脱掉的衣服都放在椅子上，这把椅子在他们的中间，他们伸出胳膊放衣服的时候，手指都快要碰上了，好像对方有着强大的磁场，他们的衣服是温热的，堆在一起，起了化学反应，一股浓烈的身体气味弥漫开来。

高勇忽然过来了。高勇说："睡在一张床上又有什么！不就是站着拥抱的卧倒吗！"

曾芒芒瑟瑟发抖。她无所适从。她从来没有在床上，夜晚，只穿着单薄的内衣，被一个男人，整个儿搂在怀里，哪儿哪儿都贴着。

床上的拥抱，绝对不是站着拥抱的卧倒。高勇自己话音未落，就失去了理智。高勇的身体器官，全面出击，好像电影里面的机器人，一旦通电，全身上下的功能键，都唰唰地挺立起来。曾芒芒本能地反抗，盲目地反抗，柔和与害羞地反抗。哪里有反抗，哪里就有压迫。压迫与反抗，互相刺激，把这场男女两性玫瑰色的战争，愈演愈烈，推向高潮。最后，当兵临城下的时候，曾芒芒惨叫了一声。这声惨叫使高勇如遭棒喝，他顿时清醒，丢盔弃甲，偃旗息鼓。

道歉。流泪。流泪。道歉。对不起！对不起！这不是还没有领结婚证吗？我们怎么能够这么做呢！这不是在准备考研吗？怎么能够沉湎于儿女私情呢？两人的良心都受到了道德的谴责。高勇送上手绢。曾芒芒抽吸鼻子。渐渐地，两人平息了下来。松弛。疲倦。两人高风亮节地依靠在一起，打了一个盹，天就亮了。赶紧起床，都得按时上班呢。曾芒芒飞快地洗脸，梳头，整理床铺。走廊上响起杂乱的脚步，单身汉们都在抢着上厕所和使用公共盥洗室。曾芒芒出门之前，高勇先开门出去望风，走廊上好不容易才出现一个没有人的空当，高勇挥挥手，曾芒芒鱼一样轻快地溜了出去。

八个小时之后，他们又见面了。这次的见面，好像久别重逢。关紧房门，拥抱，互相端详，他们发现对方的变化都很大。对不起！他们互相说，但不清楚针对什么在道歉。直到手指去抚摸对方的脸颊，直到发现对方的脸颊上遗留着克制的痛楚，才忽然明白，是刻板的理智在向火热的感情道歉，是理论在向实践道歉，是头脑在向躯体道歉，是人为的规矩在向自然的本能道歉。

你好吗？

你好吗？

芒芒啊，我担心了整整一天，我想你今天不会遇上杀人狂吧？

是吗？真是奇怪，我整整一天也是提心吊胆，高勇，你猜猜我担心什么？

什么？

担心突发地震！

芒芒！

围墙倒塌了，篱笆倒塌了，理智，理论，思想，规矩，全部坍塌。肉搏战重新开始。这一次的战争回归了本来的面目，还原为游戏。痛！曾芒芒说。高勇又退缩回去。还是赔礼道歉，还是有一点眼泪。埋伏，窥视，等待，蠢蠢欲动，央求，不知怎么的，后来就都笑了。求证悬念其实是一件非常有乐趣的事情。果然，床单上展现了几点处女之血。两个人看了看那几滴血，都有几分放心，又有几分诧异，好像儿时听过的神话故事，终于显露了真迹。两个分享了秘密的人，忽然就感觉到了同谋般的亲密。曾芒芒的头，紧紧贴在高勇的脖子窝里。高勇将曾芒芒凌乱的头发，一丝一丝理顺。高勇那双备受曾芒芒青睐的手，如愿以偿地搁在了曾芒芒的脸上。它优雅地滑动，令人心醉。一根椭圆的、饱满的、纹理细腻的指头，慢慢地、清晰地、有情有义地抹去了曾芒芒眼角的泪珠。为了邀约再次的抚摸，泪珠立刻欢快地冒了出来。他们心领神会地笑着。脚纠缠着脚，手交错地握着，掌心对着掌心，被单蒙过头顶，眼睛不许睁开。高勇这才悄悄地诉说了他的衷肠：他每一次看见芒芒，都要长久地勃起。老是这么硬着，他的小腹都胀痛起来了。他觉得自己都要生病了。他是30岁的男人了，再不能够过上正常的性生活，恐怕对身体非常不利。

曾芒芒内疚了。对不起！她惶恐地说。会生病吗？芒芒以前根本不懂啊。这与她 27 岁的年纪有什么关系呢？27 岁是不小了，可是谁会告诉她这种隐秘之事呢？同学之间的玩笑都很抽象啊，新华书店一直就没有这方面的书出售啊！

月满则亏，水满则溢。知道这句成语吗？

芒芒知道。可是，她怎么也没有想到男人也是同样的道理。如果说男人的生理规律是水满则溢的话，那么，男人在青春期发育以后到结婚之前，漫长的时间，没有女人，怎么办呢？另外，天下还有那么多的光棍和鳏夫，他们怎么办呢？好吧，外国有妓院，中国呢？如此说来，中国该有多少男人要生病呢？高勇啊，别吓唬芒芒了！

高勇说："芒芒，芒芒，你这个傻姑娘！我吓唬你干什么？用手啊。男人都有手啊。芒芒，把手给我。来，帮我握着，对！就是这样，别害羞啊！"曾芒芒怎么能够不害羞？她害羞死了。她死过去了！高勇这前所未有的柔情，这前所未有的小意，每句话都湿漉漉地饱含水分，饱含着浇灌芒芒的强烈欲望，与他平时的干巴巴完全判若两人。曾芒芒受不了了，比刚才更加受不了。芒芒的脸，手，全身的每一寸皮肤，都燃烧起来了。心脏狂跳，肉体深处热潮涌动。最原始的冰雪开始解冻融化，茅草青青，一道小溪潺潺流峡谷。高勇欣喜若狂，发出了孩子般亲昵的呼唤与呻吟。这一次的深入与接纳，自然得天衣无缝。处女之血，如鲜花盛开，触目惊心。阴晴圆缺，日月交辉。人世间的许多道理，原本杂乱无章，此时此刻，忽然融会贯通。曾芒芒苏醒了，长大了。谢谢你！我要真诚地谢谢你！我也要真诚地谢谢你！

相敬如宾。举案齐眉。盖上被子，别受凉了。要喝水吗？我来替你去拿。芒芒！高勇！天哪天哪，这份恩情让他们如何消受啊！

结婚。他们必须结婚了！曾芒芒的月经推迟了 10 天，把他们吓坏了。未婚先孕，那还了得！得向组织交代，得写检讨，得受处分。太可怕了。国家提倡的晚婚年龄，他们早就到了。考研是重要，难道比人的生命更重要吗？不！其实结婚了再考研更加合情合理。结了婚就获得了法律的保护。两人有了自己的家。安安心心。想怎么做就怎么做。高勇的复习一定就不会像这样，杂乱无章了。我们结婚吧？我们结婚！他们忽然觉得，这一下，总算把头绪理顺了。

这个春天得结婚，原来事情应该是这样的。

曾芒芒向单位递交了结婚申请书，单位高兴地批准了她的请求，出具了介绍信，盖上了大红印章。高勇来到了曾芒芒的单位。他们一起，到曾芒芒熟悉的各个部门和车间班组，请曾芒芒的同事吃过了第一轮的喜糖。曾芒芒也去高勇他们的单位，走了同样的程序。高勇他们热电厂正在分配职工的住房，如果高勇没有结婚证，根本就排不上队。曾芒芒亮相之后，高勇就被排上了，只是要求他们尽快把结婚证交上来。好的。高勇说。高勇以为结婚证是不难领取的。

他们暂时放下了考研复习。兴致勃勃，准备先把结婚证办了，再与双方的家长见面，再尽量简单地举行婚礼。如果厂里的住房没有分配下来，就先在高勇家结婚住下。高勇家娶媳妇，自然也是要在家里准备一间新房的。尽管高德静一直没有正面表示同意他们在家里结婚，但是高勇知道，那是因为其一，母亲在逼他考研；其二，母亲想为高兰留一个住处。母亲坚信：高兰的第二次婚姻绝对长不了，高兰迟早要哭着回来的。可是，芒芒，高勇说：你就别管新房的事情了，我娶你，自然是娶到我高家了。高勇以为，母亲高德静，再刚愎自用，儿子真的要结婚了，那高家当然还是得吹吹打打迎娶新娘的。至于住房，可以日后再调剂，单位肯定要给高勇住房的，别说论资排辈等也等得到，现在高勇在厂里，显然是最重要的技术骨干了。

然而，一进入具体的办事过程，他们才发现，现实与他们以为的完全不一样。首先，结婚证迟迟无法领到。他们第一次去街道办事处，还喜气洋洋的，挎包里带了喜糖和瓜子。结果恰好是星期四的下午，街道办事处在进行雷打不动的政治学习。办事员们在读报纸，打瞌睡，不办公。曾芒芒拿出喜糖，硬着头皮，央求人家通融一下，给办理一下，因为他们是特意请假来的，单位离这里很远，厂的生产任务也很忙。人家根本不理睬，冷冷的脸，懒洋洋的，捧着茶杯和报纸，只是指指黑板上面的通知。黑板上写着：政治学习，谢绝办公。高勇突然忍受不了了，他火气冲冲地说："既然不办公，政治学习还有什么用？"

人家也不客气了，立刻还击说："这话很反动啊！你们不就办个结婚证吗？急什么？孩子要出来了？"

曾芒芒急了，要哭了，说："你们不办就不办，侮辱人干什么？"

高勇飞起一脚，把黑板踢翻了。这一下，高勇可闯了大祸了。街道办事处，是一级政府机构。高勇肆意损坏国家公物，藐视政府工作人员，干扰政治学习，这已经触犯法律了。街道办事处的人都出来了，拉拉扯扯，把高勇强行关进了他们的办公室。对曾芒芒说：让单位来领人吧。单位不来，我们就送交派出所了。高勇在办公室里暴跳如雷，叫喊，要曾芒芒绝不低头，看他们把他怎么样？他倒要看看，到底谁违法了？一个政府，不为他的公民正常服务，还私自限制公民的人身自由，他倒要看看究竟谁在违法？

毛主席教导我们：为人民服务。

什么叫作为人民服务？

街道办事处的人集体愤怒了。咦呀嗨，世界上还真有不知天高地厚的人呢？说着就给派出所打电话了。报警。办事处被骚扰了！有人在国家机关无理取闹！派出所与街道办事处很熟。要抓人吗？当然要抓！真抓？真抓！要不带铐子？当然要带！这家伙可翻了！一定得首先打消气焰。

曾芒芒吓坏了。跑到马路边，找了一部公用电话，给常声远打电话。常声远不在办公室，开会去了，要开一天的会。曾芒芒又跑了回来。放下自尊，把挎包里的糖果瓜子都倒在人家的办公桌上，赔礼道歉。眼见得效果不佳，曾芒芒只得拿出了另外一手，找到办事处的主任，进行委婉的解释，在解释的过程中，暴露出高勇的家庭背景和曾芒芒自己的家庭背景。他们不是一般老百姓的孩子，他们的家长都是有地位，有级别的，在武汉市，都是树大根深的。他们的家长一旦动怒，这个街道办事处也不是没有麻烦的。这是我爸爸曾分地的办公室电话号码，这是高勇他爸爸办公室的电话，主任，你可以随时与我们的家长联系，以便一起教育和帮助高勇。曾芒芒臊着脸，说着自己听到都肉麻的一些话。可是，不说不成啊！

事情终于被曾芒芒摆平了。结婚证当然没有领到。在回去的路上，两人都非常沮丧。

高勇说："芒芒，我不喜欢你哀求他们！"

曾芒芒说："那怎么办？我倒是觉得你不应该突然发火。"

高勇说："我还不是为你？他们侮辱了你！"

曾芒芒说："即便受了侮辱，也不能鲁莽行事啊！"

高勇说："好！我鲁莽。我鲁莽！对不起，我鲁莽！行了吧？"

曾芒芒的眼泪，哗地就流下来了。高勇不理睬曾芒芒的眼泪，背过身去，气喘如牛。公共汽车到了曾芒芒单身宿舍这一站，曾芒芒也不理睬高勇，自己就下车了，他们本来是要一起回到高勇宿舍的。等高勇反应过来，只来得及叫了一声"芒芒！"。公共汽车"哐"地关门了，毫不通融地带走了高勇。高勇也并没有在前面一站下车，再步行回来，赶到曾芒芒的宿舍来找她。

他们闹僵了。僵得很厉害。都认为是对方不讲道理。常声远出面调停，在两边都巧言令色，才使他们和好如初。

然后，继续办理结婚证。他们起用了家庭户口，设法换到了汉口的一个街道办事处，宁可舍近求远，为的是不再受气。两人约好时间，一起请假，从武昌跑到汉口，先坐公共汽车，再乘轮渡过江，再换乘公共汽车。到了街道办事处，他们被告知证件不全。结婚，仅有恋爱双方的申请书和单位介绍信，那是不够的。男女双方必须要在指定的妇幼保健医院做婚前检查，只有婚前检查获得了通过，他们方可领取结婚证。他们辗转到这家被指定的妇幼保健医院，却连医院的大门都没有进去。他们在院子里就碰上了一个号啕大哭的女青年。据说是因为处女膜破裂而受到了非常难堪的羞辱。医院不仅要求男女双方当场写下检讨书，还得通报双方的工作单位。因为医院有责任让他们的单位知道这一对青年人的道德品质有问题。

曾芒芒扭头就离开了医院。高勇垂头丧气地跟在曾芒芒的身后。他们在炎热的大马路上匆匆走着，汗流浃背，最后却发现他们不知道要走到哪里去。

曾芒芒说："高勇，我希望你设法在这家医院找个熟人开后门。"

高勇说："我？怎么找？"

曾芒芒说："如果我知道怎么找，还要你去找吗？"

高勇说："你这就有一点咄咄逼人了。"

曾芒芒说："我咄咄逼谁了？"

高勇举了举巴掌，表示歉意，不敢再言语。两人相对无话，良久沉默。天色已晚，两人黯然分手，各自回到各自的父母家去吃晚饭。

最大的意外，还是双方家长的激烈反应。这对并不友好也并不和谐的家长，在儿女婚事上的反应，几乎一模一样：怎么？你们在打结婚证？你们没有征得我们的同意啊！现在的儿女怎么这么不懂事呢？居然自己两个人，说结婚就去打结婚证了。这是怎么回事啊！不是说得好好地要复习考研的吗？什么？先结婚后考研？那怎么可能呢？太幼稚了！结婚可不是儿戏啊！结婚是要有相当的物资准备和经济准备的！结婚需要投入多大的精力啊！而且一旦结了婚，小两口新婚燕尔，卿卿我我，迷恋热炕头，还有什么考研的心思？你们啊你们！年纪也不小了，也该懂得把握自己的命运了，看看现在这社会形势吧，国家改革开放了，到处要人才！要知识！要文凭！不怕得罪你们的话，你们这工农兵大学生的毕业证，已经拿不出手了，已经在被淘汰了。你们怎么就不觉得有紧迫感呢？现在是多好的时代机遇啊，大学校门敞开着，社会大力提倡着和扶植着，干部的提升在年轻化高学历化，国家在鼓励知识分子先富起来。你们怎么这么傻呢？如果你们一定要结婚，当然，我们也不能够阻拦。但是，你们现在的经济状况这么薄弱，住房都没有，不觉得还没有准备好吗？

最后的话，就是非常露骨的暗示和威胁了。

就传统习惯和社会现实来说，儿女结婚其实是父母的责任。只有为儿女完婚，儿女才算成人了，父母的携带之手，也才能够松开了。儿女结婚，既是父母的责任，也是父母的脸面。虽然说这么一些年来，西风渐进，也有开明的少数人，父母不管儿女，儿女不管父母。但是那毕竟是少数人，而且也多半出于一些特殊的原因。现在的年轻人，毫无经济实力，每个月的工资，刚刚维持自己的吃饭，在单位都是集体居住，个人地无一垄，房无一间，他们结婚成家，不依靠父母怎么成？因此说，父母对于儿女婚姻的决定权，是不容冒犯的。他们的暗示与威胁，不是空话，是实实在在的危险。

轮到曾芒芒和高勇震惊了。他们原本以为，不管怎么样，他们决定结婚的消息，对于父母，都应该是一个喜讯。喜讯！场面应该是笑逐颜开，啊！真的？太好了！祝贺你们！我的孩子！结果不是。现实与想象完全是天上地下。父母遭受了意外的打击，脸垮得老长：什么？什么什么？结婚——现在？

曾芒芒还是怀着一腔的娇羞，羞答答才与母亲说出口。紧接着就当场痛哭，捂着脸跑出了家门。高德静发脾气了。她对儿子拍了桌子。高勇也发脾气了，也对母亲拍了桌子。高德静明确宣布：除非高勇考研成功，否则，他不可以考虑婚事。高勇也明确宣布：是我结婚！妈妈！结婚是我自己的事情！我愿意先结婚再考研。高德静说：那好！那你请便吧，高家可不欢迎庸庸碌碌、不思进取的子孙！高勇针锋相对地说：你不就是赶我出门吗？高家的子孙从来不怕任何人的威胁和制裁！高兰不怕，高勇更不怕。哪怕他在这个世界上没有立锥之地，他也要结婚！是的，时间还长着呢，他倒是要看看，到底谁做错了事情，到底谁庸庸碌碌了，到底谁会众叛亲离！

高德静血压突然冲了上来，晕倒了。

春天！

3

结婚原来是一件非常严肃和非常公众的事情。

结婚的确牵涉到了许多具体的问题。两个人要成立一个家庭，这就意味着，他们需要一个属于他们的空间，这就是住房问题。住房问题之后，还有进行和维持日常生活的物质条件。要有日常用品充满这个空间，而日常用品，都得用钞票买得来；而钞票在哪里呢？麻雀虽小，五脏俱全。家庭是社会的一个完整细胞。社会对于家庭是有要求的。谁要是赤手空拳，在大街上结婚睡觉，那是不为社会所许可的。高勇，我们且不说考研不考研的事情，现在一提考研你就反感，好像我们做父母的太急功近利，所以现在，我们不说考研，好不好？那么我以上的话，仅供你参考——任天育校长说。

曾分地与高勇的谈话比较简单，分量却重：高勇啊，一个男同志，做什么事情，首先要有责任感，要合情合理，不能太离谱。你要和芒芒结婚，很好！那至少也应该尊重她的父母，首先与他们打个招呼啊！

郝毓秀和高德静，两个母亲，嘴巴就琐碎了。她们都委屈得一塌糊涂。不停地诉说。找丈夫谈话。找高勇谈话。找曾芒芒谈话。互相之间谈话。还找来常声远谈话。感情冲动起来，郝毓秀就忘形地拿出了干部派头，高德静则痛哭流涕。历史被彻底搅动了，孩子啊，你们可知道，母亲十月怀胎，一把屎一把尿地抚养你们到今天，经历了多少艰辛吗？你十岁那年，忽然发高烧，父母整夜整夜守着你，你还记得吗？在学校里，和同学打架，父母给人家赔礼道歉了多少次，还记得吗？女孩子，让人多操心啊，瘦弱，哭夜，缺钙，三天两头生病，到处托人到北京买糕干粉，到上海买蜂蜜。光是每天清早替你梳理那把头发，扎小辫，妈妈耽误了多少次早饭啊！要不现在怎么有胃病呢？六十年代的饥荒，为了保证你们吃饱饭，父母都饿得患了营养不良症。一系列的政治运动，要不是为了你们，谁会去装孙子？谁会低头认罪？

孩子啊孩子！现在你们居然说结婚就结婚，像话吗？

常声远成为了最忙碌的人，在高家、曾家和高勇芒芒之间，奔走与斡旋。林晓玲活跃的性格，伶俐的口才，获得了最充分的施展。不像话！不像话！太不像话了！她当着郝毓秀的面，责怪曾芒芒；当着高德静的面，责怪高勇。好了——林晓玲说：阿姨啊，他们不吭声了，知道错了，我来替他们赔礼道歉吧。

自然，常声远林晓玲还是支持高勇和曾芒芒结婚的。毕竟他们是好朋友。毕竟他们是同龄人。他们深深地同病相怜。林晓玲还替曾芒芒解决了婚检证明的问题，她小姨的同学，正是那家妇幼保健医院的妇科主任，后门一开就通了。曾芒芒不用为自己破裂的处女膜担忧了。但是，她在林晓玲面前怎么也抬不起头来。在大街上，曾芒芒请林晓玲吃冰激凌，自己埋头哭着，眼泪喷涌得像洒水车。林晓玲说："没事啊，芒芒，你是和你的男朋友，又不是和别人乱搞。"林晓玲哪里明白曾芒芒的感受，她不想让她最隐秘的感情被公开，不想她与高勇之间那小小的世界被撕裂。她活生生地感觉到，某些珍贵的东西，因为公开和撕裂，正在逃逸和流逝，再也找不回来了。

自他们开始办理结婚手续，最初的那种柔情蜜意，就没有再现了。他们依然睡觉。但是就是睡觉而已。高勇心情烦躁，发泄是他的主题。曾芒芒的河流封冻了。没有足够的阳光，她无法融化。他们不说话。高勇匆忙草率，曾芒芒毫无感觉。之后，他们彻夜商量具体事宜。抱怨父母，抱怨社会，也检讨自己，还互相埋怨。大家都闹得很不愉快。婚姻缘起的那道美丽彩虹，悄然地褪去了颜色。

但是，结婚是必须的。他们坚决要结婚。结婚成了一场较量。高勇不肯认输，曾芒芒也不肯。他们觉得，这是他们最起码的人生权利。

为了维护自己最起码的人生权利，他们坚持着，奔走着，斗争着。父母撒手不管，他们自己操办。他们都不相信他们自己就结不了这个婚！于是，事无巨细，桩桩件件，他们都得去面对了。奇怪的是，所有的事情，哪怕是购买家具，都艰难曲折，难以办理。商店里的家具，但凡被他们看中的，都是陈列品，摆出来做样子的，如果想要，就得找熟人，开后门，弄到家具票。你有这方面的熟人吗？没有。你呢？我也没有。面面相觑。

他们两人，冒着酷暑严寒，在大街上走啊走啊，进这家商店，出那家商店，坐在橱窗的边沿歇息，曾芒芒的脚脖子酸痛得再也走不动了。那么，就随便吧。曾芒芒言不由衷地妥协了。高勇不妥协，他认为，家具将与他们生活一辈子，他们每天睁开眼睛就看见它，如果不喜欢的话，那将是很可怕的事情。其实曾芒芒同意高勇的观点，她赞赏他这观点，可是她实在没有力气也没有办法了！

他们反复地商量，争论，枯坐，恼怒，再互相迁就。他们一趟一趟地挤公共汽车，抓紧冰凉的扶手，巴掌抓得脏乎乎的。公共汽车实在太拥挤了，一等就是半个多小时乃至一个小时。有些男人蛮横地将曾芒芒从公共汽车的门口挤开，以便自己上车。高勇因此与别人打架，两个男人都打鼻青脸肿，曾芒芒在一边急得跳脚。武汉，这个庞大的城市，号称九省通衢，水路、铁路、公路四通八达，现在，他们才发现，它是如此拥挤逼仄，寸步难行，条条路都是陌生的、诡秘的，都不会让你轻易通过。生长在这个城市的曾芒芒和高勇，原来以为自己对这个城市非常熟悉，了如指掌，就跟自己的家一样。现在，也才醒悟到，从前他们根本就没有进入这个城市的内在结构之中。社会是什么？社会就是这些楼房，棚屋，陈旧的窗户，锈迹斑斑的铁栏杆，冬青围墙后面死气沉沉的办公室，昏黄的路灯，鲜红的公章，报纸，广播，文件和冰冷的面孔；是布票，棉花票，粮票，油票，煤票，糖票，火柴票，豆制品票，鸡蛋票，肉票；这些票，严格依据城市户口的人头发放，要单独立户，必须城市青年的结婚证才能够办理，城市青年的结婚证，必须严格依据个人申请、单位证明、家庭户口、婚检报告办理；单位证明依据个人档案，婚检证明依据处女膜，家庭户口依据父母的出身。因此，一个人从出生开始，就注定了要受制于父母，受制于单位，受制于处女膜，受制于户口，受制于所有这些票证，否则，一个生命就无法成长。只有结婚成家了，你才会拥有自己独立的户口与票证，然而，没有票证你怎么结婚？衣食住行，你如何获得准许？曾芒芒与高勇，他们以前几乎没注意这些构成他们生存环境的细节，现在处处碰壁，于是注意了，于是发现了，于是感到毛骨悚然了。前辈们的老生常谈，显示出了他们的预见性和英明之处：社会是非常复杂的，初出茅庐的年轻人，千万不能等闲视之啊！

结婚怎么可能就是男女两个人之间的事情呢？他们是太幼稚了！

他们不敢等闲视之了。

武昌热电厂，正式找高勇谈话，不同意高勇目前去参加考研。如果他要考研，那就不能够为他保留公职。想带工资和工作关系去读研，那是不可能的。别人有这样的情况，那是别人单位根据自己的需要而决定的。什么那个常声远的例子，你就不用给我们说了。常声远就在他们自己所里读研，导师就是所长，既学习又工作，当然由单位付学费，也不存在重新分配的问题。我们是企业单位，和他们有本质上的不同。关于成人接受高等教育的各种政策，单位可以自行调整。高勇现在在厂里的工作状况良好，厂里非常重视他，重大的设备检修，那是一定需要他的。先进生产者的称号，连年都给了他。奖金的档次，一直都是最高的。车间主任的接班人，厂党委也在考虑他。这次住房分配，分数也打得比较高。高勇还要怎么样呢？

高勇不敢说怎么样。高勇只是说：知道了，厂长。

高勇对厂长必须恭顺，厂长正在分配他的住房。高勇可以做到的只是保留自己的意见。回家之后，高勇对曾芒芒发誓：等着瞧，我是一定要考研的！我高勇，别的本事没有，念书的本事还没有吗？等着瞧吧，等我把婚事办妥了之后，一定考研！

高勇把抽了一半的香烟，在窗台上，狠狠碾灭了。高勇开始抽烟。食指和中指被焦油熏上了一点烟黄色。原来高勇也就抽着玩玩，可有可无，近来抽起规律来了。

高勇带曾芒芒去常声远他们水生所，参加了一场篮球友谊比赛。水生所青年队对邮电科学院青年队。曾芒芒戴一顶大草帽，坐在一边观看比赛。高勇还是打前锋，常声远还是打后卫。高勇上半场锐气十足，频频进球得分。下半场摔了一跤，便渐渐萎靡，状态不佳。曾芒芒充当了高勇的啦啦队，扯着嗓子使劲叫道：高勇，加油！高勇，加油！高勇听到曾芒芒的叫声，但是还是恢复不了好状态。跤摔得不重，他太情绪化了。不过，最终的比分还是水生所胜出，虽然以微弱的比分胜出。常声远和他的同事们纷纷感谢高勇，他们喝啤酒，吃油炸小鱼，以示庆贺。高勇的情绪又渐渐好了起来。

曾芒芒握着半瓶啤酒，去和常声远碰了碰，红着眼睛说了一声："讨厌！"

常声远什么都没有说，只是和她碰了碰杯。脸上是他日常的那种随和的笑意。

自从林晓玲为曾芒芒领取了妇科检查证明之后，曾芒芒一直回避和常声远说话。她知道林晓玲一定会非常兴奋地告诉常声远：喂，你知道吗？芒芒的处女膜，破了。

讨厌！这算什么事啊！事情能不能不是这样啊！芒芒身体里面最个人的一片薄膜，能不能和所有人都没有关系啊！谢谢声远。常声远今天表现得行若无事。今天他没有安排林晓玲到场。

午后，篮球场上有小孩子打陀螺。常声远、高勇、曾芒芒三个人走过去的时候，不由自主地停下了脚步，孩子们的快乐吸引了他们。曾芒芒小时候是会玩这个的。她走过去，找小孩子借了鞭子和陀螺，绕好了，往地上一放，陀螺旋转了起来。可是，陀螺很快就蔫了。曾芒芒使劲地用鞭子抽哇抽，陀螺却拒不受力，只是自己蔫蔫地旋转着，眼看就要倒下。曾芒芒挥着鞭子，气急败坏。陀螺还是不理睬曾芒芒，旋转到一个草窝窝里，睡了。曾芒芒很没有气度地扔掉了鞭子，惹得小孩子们一阵讪笑。走了几步，曾芒芒忽然蹲在地上，抽泣了起来。她没有眼泪，光是抽泣。一抽泣，就控制不住了，最后抽泣得近乎歇斯底里。对于这个世界，芒芒把握不了了。一点把握都没有了。谁都可以欺负她。原来具有的把握能力，现在也丧失殆尽了。她尽在丢丑。可是她找不到原因。

高勇非常吃惊。"芒芒！"高勇大惑不解地说，"不就是一个陀螺吗？不就是一个陀螺吗？至于吗？"

常声远沉默。

一阵凉风吹过，篮球场上的树叶簌簌滚动。尽管知了还叫得很响，又一个秋天到了。

猝不及防地，曾芒芒又犯了一次精神性的胃绞痛和腹泻。

曾芒芒好好地在岗位上工作，忽然弯下腰去，蜷缩在地上，再也站不起来。又是痛得豆大汗珠往下滚，水样便泻得脸蛋蜡黄。又被紧急送到职工医院的急诊室去挂水。

躺在急诊室并不洁白的床单上，任人摆布。一个脾气不好的护士烦躁不安，第一次的输液针，扎的角度不好，回血不畅，液体很快开始渗漏，曾芒芒的胳膊上鼓起了一个大包，很痛。扎针的时候，曾芒芒就提醒过一句，说："回血不畅。"护士呵斥她道："你是医护人员？还我是医护人员？"等到护士不得不拔出输液针，重扎一次的时候，她恼羞成怒，再次呵斥曾芒芒："你不要乱动好不好！"曾芒芒抹下眼皮，老实地躺着，不敢再说话，因为她不想再被扎一针。事物的表面逻辑与它的内在逻辑，在许多时候，是不一样的。一个人应该尽早学会阳奉阴违。

高勇赶来了。坐在病床沿子上，看报纸。要喝水吗？不。曾芒芒在输液，她不渴。高勇只是看报纸。高勇这样的人在医院照顾病人，他比谁都尴尬。因为他觉得病人在医院，有了医护人员的治疗和护理，他就很多余了。

为了让高勇不那么尴尬，曾芒芒主动与高勇说话。过去，曾芒芒觉得她父母的谨慎和刻板非常可笑，比如，郑重交任务张阿姨，给芒芒介绍男朋友。比如，一定要高勇先考研后结婚。比如，高家不接纳高勇小两口在家里居住，他们也绝对不会接纳。现在，曾芒芒开始理解她的父母了。是很可笑。但是客观环境规定了他们，他们只能这么做，也只会这么做了。唯一不可笑的是爷爷和红奶奶，他们总是举重若轻，信手拈来，潇洒飘逸。却原来爷爷不在这个社会规范之中。这个江山都是他们打出来的，谁敢规范他们？从朝鲜战场回来之后，爷爷和红缨公然同居了。老家的结发妻子一张状子把他们告到了法院，法院立刻判决了爷爷和他结发妻子的离婚。法院院长是爷爷的战友，连他自己都正在与乡下的妻子离婚。那是英雄的天下，英雄的时代，英雄们身上还留着弹孔。他们为党为国家为人民出生入死地过来了，他们占领了城市，农村的小脚妻子已经是多年不见，那么生疏，那么保守、那么土气和那么遥远，怎么能够共同生活呢？在革命中与有文化的漂亮姑娘产生的革命爱情，又怎么能够轻易放弃呢？革命是为了什么？就是为了打破旧秩序，建立新生活啊！50年代初期，那是新中国的一个离婚高潮，诸多的高级干部们纷纷离婚。离婚在那个时代非常简单，不到一个小时，爷爷就把婚离了！革命行为的本身，就是越轨、突破、创新啊！有几个革命者，不是天生反骨，不是生性浪漫的呢？

高勇摸了摸曾芒芒的额头。曾芒芒不发烧。

如今，战场转换了。高勇啊，我觉得战争潜入了日常的生活，看不见的硝烟令人窒息，谁都可能在转瞬间变成你的敌人。你只能仓促应战。仓促应战必定因为缺乏经验和缺乏心理准备而屡战屡败——对吗？

高勇眨着眼睛，敷衍曾芒芒。这是医院急诊室，保持安静，芒芒。

高勇，你有失败感吗？我怎么觉得自己非常失败。

嘘，芒芒，这是医院急诊室。

刚刚被推进来的一个小小少年尖叫起来，好像突然发现被人追杀。不！我不——我不打针！不打！不打！不打！不——阿姨，轻点，轻点……小小男子汉屈服了。

第七章

1

　　领取了结婚证的当天，他们一回来，高勇反手就把房门插紧了。高勇二话不说，理所当然地，扯下了曾芒芒的裤子，急不可耐地就进去了。还是痛啊！曾芒芒说。高勇没有理睬，没有退缩。结婚证就是性的宣言书和通行证。高勇理所当然得有一点厚颜无耻了。为了这纸来之不易的结婚证，曾芒芒放弃了反对，但她也并不同意，她只是不愿意在今天这个日子里太扫兴。可是，的确很痛。曾芒芒很痛。她在心理上毫无准备，生理上也毫无准备。这无准备之痛，甚至远远超过初次的破裂。高勇却来势凶猛，他在刹那间高昂起了头，紧皱着眉，脸相痛苦异常，酷似一匹暴烈的野马。野马仿佛突然被狠狠抽打了一鞭，顿时奋不顾身地向前冲去。

　　狗日的——结婚证！

　　高勇痛苦而又快乐地叫喊道。整个过程，他发出了这唯一的感慨。

　　曾芒芒早就被冲撞得人仰马翻，连滚带爬。她顺手抓住一切可以支撑她的东西，竭力地使自己稳当一点，不那么狼狈。椅子哗啦一声倒地了。高勇听而不闻。曾芒芒咬着牙，不叫唤了。对于这种疼痛，芒芒领悟得很快：这种疼痛之于女人，那是命中注定。高勇是感受不到的，永远感受不到。那么好了，放弃对于高勇的这项要求吧。他们领取结婚证了。他们是夫妻了，他们是得用某种方式证明与庆贺。曾芒芒说服着自己，希望自己能够夫唱妇随地配合高勇。然而，一切都已经结束。野马早已经奔腾过去，芒芒被遗弃在路边的尘埃里。

转瞬之间，静默来临。高勇悬崖勒马，然后如泥委地。此时的高勇，比本来的他，更加干巴巴的，有几分万念俱灰的颓废。曾芒芒期待着，她以为高勇还要说话的，就像以前，那种湿漉漉的滋润人心的话。却不料，高勇的眼睛变得蒙蒙眬眬了。忽然，高勇的眼皮一碰，睡了。高勇说睡着就睡着了。鼾声升起来了。头歪在枕头上。嘴巴合不拢，一颗晶亮的唾液，噙在嘴角，欲流不流。这是一种彻底放心的，安心的，放松的，放纵的睡觉。因为有了结婚证了。

这个时候，曾芒芒的身体，却渐渐地醒了。芒芒的身体发热了。一种迫切的欲望与亢奋，非常莽撞地不期而至，令芒芒无法理解和相信自己。曾芒芒悄悄挪开身体，爬了起来，坐在床的另一头，抱着膝盖，看着熟睡的高勇——她的丈夫。

曾芒芒狠狠地掐了掐自己的大腿。火辣辣的疼痛和由这疼痛点燃的火焰焚烧着芒芒。曾芒芒从蚊帐上挂着的一面小镜子里，忽然看见了自己的眼睛，她吓了一跳。这个女人的目光炯亮，赤红，摇曳，宛如火炬。

原来，性的经验，不是那么简单，不是那么明晰，也不是那么容易获得的。高勇以前没有睡觉，并不能说明他以后不睡觉。这次他就睡觉了。并且立刻就睡着了，快得没有过程，好像睡眠是个游泳池，一个猛子扎进去就成了。芒芒其实也还不了解自己，一直以来，芒芒都以为自己是一个开明的尊重科学的女性，她并不把性行为看得有多么神秘和猥亵。现在她却发现，性就是神秘和猥亵的，还是蛮横和功利的。感谢中国的改革开放，近期出版了不少关于性知识的书籍，它们羞羞答答、含含糊糊地对已经 27 岁的曾芒芒教导说，性应该是一种享受，在夫妻生活中，夫妻双方应该互敬互爱，互相体贴，使双方都获得夫妻生活的快乐。都！获得快乐！这就是说，芒芒有权利获得快乐。芒芒是想获得快乐的，芒芒可不想做那种保守的女人，一辈子，不痛不痒地就过去了。遗憾的是，芒芒没有体会到什么快乐。她体会到的是，她是一个难以进入的女人，一个缓慢的女人，一个干涸的女人。她的源泉，在冰封雪盖的高原，不知道需要多少阳光与温暖才能够融化，然后才能够流淌。她无法与高勇同时到达某个目的地，她甚至不敢肯定自己是否存在目的地。领取了结婚证之后，高勇不再约束自己的狂热和贪婪。他每次都是野马奔腾，酣畅淋漓，然后一个猛子扎进睡眠之游泳池，一场好睡！而芒芒，要么毫无感觉。要么过好一会儿，才开始浑身发热。这发热酷似小时候的感冒发高烧，烧得鼻孔热乎乎的，昏昏欲睡，格外温暖，幻觉奇异。发高烧的最初味道真是很好的，热乎乎的昏睡掺杂着奇异的梦幻，都是片断，鱼鳞一样闪光。非常可惜，妈妈总是搬起芒芒的头，强行喂她吃药，一颗阿司匹林，很快就退烧了。退烧了，清醒了，汗湿的衣衫冰凉地贴在后背，口里寡淡无味，吃什么都不香。现在倒好，不用吃阿司匹林，芒芒也很快就退烧了。

退烧之后，口里也是寡淡无味，吃什么都不香。而这一切，还无法对人诉说。永远无法诉说。假设能够诉说，又有什么作用？曾芒芒忽然想起了"恶有恶报，善有善报"这句话，她认定自己一定是前生做了什么坏事，今生遭到了报应。

决定结婚的起因受到了质疑，结婚证却已经成立了。结婚证归曾芒芒管理，弄丢了这种证件是相当麻烦的事情。曾芒芒打开箱子，把它放进了最底层。大红的结婚证在芒芒手里停留了很久，芒芒端详着它，看它是否能够激起芒芒内心的热情。没有。一丝一毫都没有。

高勇的复习考研已成过去，他现在张罗着结婚事宜。高勇再也不好意思继续接受同事的恩惠，他们单身宿舍又变成了几个单身汉共同的家。热电厂的住房还没有分配下来，才第一榜，就有人提着柴油桶闯进领导办公室，要与厂长同归于尽；需要公榜三次，才算定论。高勇等不及了！高勇现在到了外面，眼睛里头只有民居。芒芒啊，怎么别人都有自己的家呢？高勇说。他坐在蛇山的古楼洞上，出神地看着列车开过去，计算一趟列车的经过，需要多少时间，他要让巨大的力量伴随轰隆隆的声响，把他难熬的时间带走，拖过去，拖到永恒之中。他甚至羡慕铁路旁边搭盖的低矮棚屋。他把曾芒芒采的一束野菊花，献给了棚屋之中一扇锁着的门。因为这家的男人比他有勇气，带着自己的女人，哪怕生活在这种恶劣的环境里。高勇向曾芒芒解释自己献花的古怪行为的时候，潸然泪下。

已经尝到过甜头的性生活，重新受到限制，渴望变得分外强烈。高勇无法克制自己的欲望。他再也不能满足于一周一次的见面。他们的约会，变成隔天一次。匆忙中，只能做着性游戏。如果他们两人的宿舍都有人，高勇就把曾芒芒带去轧马路。他们专门寻找僻静的小街小巷。寒风凛冽，高勇穿一件军大衣。他用军大衣作为掩护，把曾芒芒顶在潮湿的墙角，飞快地完成他的男性使命。曾芒芒每次都像受惊的兔子，到处张望，她在性游戏中的角色，也就相当于哨兵了。

还有一段时间，他们常去江边的桥头堡底下。在巨大的桥头堡与江水之间的栏杆上，趴满了情欲难熬的情侣。一对对的男女，都有着高度的默契，只要自己脸贴脸，不管背挨着谁的背。大家非常友爱又互不交流。他们此起彼伏地在这块风水宝地上撒下他们的激情。哦，亲爱的长江和亲爱的长江大桥！但是好景也不长，有人举报，不久就来了巡逻的警察，专门呆在这里，查禁有伤风化的行为。

高勇走投无路。语言更短了，表情阴郁，脸上时常露出困兽的表情。曾芒芒认为，高勇的自制能力是差了一点，但是这也不是高勇的错。高勇也遭到报应了。

曾芒芒顾及不了自己的感受了。高勇那隐秘的哀伤打动了她。其实他们不是已经有结婚证了吗？法律上不是已经承认他们是夫妻了吗？那么，他们是可以居住在一起的了，只要有空间。算了！投降吧！向所有的障碍投降！曾芒芒豁出去了。她拿出了一点玩世不恭的劲头。

"高勇，我想找我的爸爸妈妈谈谈？让他们允许我们暂时到我们家住住，我的房间，反正是我的，反正空着也是空着。"

高勇说："不成！"

"要不，我去和你母亲谈谈？你在你们家里的房间，不是也空着吗？"

高勇说："不成！"

"那么这样吧，借借声远的房间，他读研以来，不都是一个人住吗？"

高勇不可忍受地大声说："不成！"

行了，芒芒！曾芒芒你知道吗？高勇最欣赏芒芒的，就是她的纯洁与坚贞。高勇不能够让任何人对曾芒芒产生一点点不好的看法。曾芒芒不是一般的女人，是他高勇的妻子啊！他妻子的形象谁都知道，是一位温文尔雅、冰清玉洁的女子。高勇再受不了，他也不能损害自己妻子的形象。他不要她去乞求任何人！在没有他们自己的新房之前，曾芒芒绝对不应该和高勇在她的父母家、公婆家以及好朋友家睡觉。这是绝对不能够出现的事情。是的，是高勇要芒芒，是高勇急不可待。然而高勇却是由衷地喜欢芒芒的沉静与忍耐。高勇是个伪君子！芒芒，高勇宁可做个伪君子，也不要别人看轻了他的妻子曾芒芒！芒芒绝对不是一个随便的人，不要装出玩世不恭的样子了，芒芒就是芒芒，芒芒就是一个老实的女人，一个冰清玉洁的女人！

曾芒芒伏在高勇的肩头，泪水滚滚而下。正是报应了，高勇欣赏芒芒的，正是芒芒的老实。芒芒老实得难以进入，反应缓慢，迟钝干涩。高勇的歌功颂德，句句都刺伤了芒芒的心。然而，曾芒芒又是这么喜欢高勇的歌颂。芒芒矛盾地喜欢着这矛盾的一切。她的眼泪矛盾地流着。她的一双眼睛，一只流着苦水，一只流着蜜糖。难怪人类长了两只眼睛！

俄国诗人普希金有一首著名的诗，这么写道：假如生活欺骗了你，不要忧郁，也不要愤慨！不顺心时暂且克制自己，相信吧，快乐之日就会到来。

我们的心儿憧憬着未来，现今总是令人悲哀：一切都是暂时的，转瞬即逝，而那逝去的将变为可爱。

诗人与诗歌是全人类的财富。问题是俄国的诗，符合中国的国情吗？

普希金的这首诗歌写于 1825 年，时年 26 岁。一个出身于贵族家庭的年轻小伙子。既然与欺骗了你的生活这么好打商量，诗人怎么会与人决斗而亡？普希金死亡的那年 38 岁。曾芒芒不知怎么想到了自己的年龄。她今年 27 周岁。而今年已经是年底了，翻年她就进入 28 周岁了。高勇翻年进入 31 周岁。曾芒芒距普希金的死亡只有十年，而高勇只有 7 年。普希金才 38 岁就已经是非常著名的诗人，拥有大量的作品，还有轰轰烈烈的爱情。但是，他还是告别了生活。

2

元旦前夕，为了庆贺元旦，武昌热电厂的住房分配，公布了第二榜。那天高勇带着曾芒芒一起去看榜。高勇榜上有名。然后，他们就没有在食堂吃饭，而是去了热电厂附近的小饭馆。一屁股坐在饭馆里，要了炒肉丝和炒鸡蛋。一口气点了两个荤菜，实在是因为太高兴了。二榜有了，三榜问题就不大了。况且二榜在元旦前夕出了，三榜就不会遥远了。就像诗写的那样：冬天来了，春天还会远吗！

如果现实让我们极端失望，我们就吟诗吧！

现实当中，庆贺元旦，接下来的春节，那就更需要庆贺了。春节是中国人最隆重的节日，一般单位都要给职工一点表示。热电厂，肯定是公布第三榜！

好了。吃。趁热吃吧。房子一到手，咱们举行婚礼。结了婚就好了。日子就熬出头了。结婚是一个句号，将终止所有争论不休的问题和矛盾。让他们矛盾和争论去吧！小夫妻关在自己的家里，从此不再担心他人随时闯进来。想想都自由！想想都美好！自由万岁！干杯！没有酒。酒太贵了。还是不要花这个钱吧。结婚用品还差许多呢。用开水代替也是一样的。嗨，来人，给两杯白开水好吗？

老板，开小餐馆的菜农说：老板，没有开水。还没有烧开水呢。只有烧酒，老板，喝点酒吧，老板，这么好的菜。

高勇顿了一刻，说："那就上酒！"

那就上酒，嗨，还是叫同志，或者叫师傅，不要叫老板，这里不是广东，我们也不是老板。

老板，酒来了！

芒芒，你也喝一口？

曾芒芒点点头，接过酒杯，喝了一口，眼睛就泛出了泪花。农民酿的烧酒，冲极了。高勇说："好！"

饭后散步，在一片一片丘陵的田野里。这里是城市的边缘，田野无法舒展，显得局促，老实，萧瑟，陈旧，苍茫。天际的沉默，被倔强的树枝划破。有迷人的炊烟气味飘过来，村庄在看不见的地方。工厂在他们身后隆隆地响着。那是他们的工厂，使他们觉得熟悉和安全。高勇抱住了曾芒芒。他要。曾芒芒的心软了。高勇都快 31 岁的男人了，他应该拥有正常的性生活。曾芒芒还是受惊的兔子。她无法不是受惊的兔子。她脑袋四处张望，下半身却还是勉为其难地给予了配合。实际上，曾芒芒出门之前，把结婚证揣在了身上。治安联防队员是会随时随地冒出来的。这些人都是上来就抓人，先羞辱和打骂了再说。有了结婚证，事情就好办多了。最多也就是被人嘲笑说你们夫妻怎么就好这口野味呢？好野味就好野味吧。

每当曾芒芒偷偷摸摸地做这些准备工作的时候，她自己都会被自己感动。尽管高勇不知道芒芒的心思有多么细密，她在采取怎样的保护措施。曾芒芒还是觉得他们在同甘共苦！是的。同甘共苦！燕子说得轻巧：甩了他！

由于血缘的关系，儿女与父母的僵持，总是会自然转化。曾芒芒高勇的结婚证也领了。高勇单位的房子也要分配了。马上又是新的一年了。曾芒芒进入 28 岁，高勇都 31 了。曾分田红奶奶在多次的信件和电话里，训斥了儿子媳妇。老好人任天育文火功夫，慢慢平息了妻子的怒火。于是，曾分地郝毓秀和任天育高德静，姿态都发生了变化，认可并开始参与儿女的婚事。假如他们的儿女，结婚的时候，真的不理睬他们，那他们真是要伤心得受不了了。

在一段时间里，曾芒芒的父母和高勇的父母，他们频频举行他们自己的会晤。他们在一起，抚今追昔，感叹世风日下，人心不古，子女不孝。他们批评了他们这一对子女的糊涂和缺乏革命意志。他们断定在不远的将来，这对孩子是一定要后悔的。所以，从原则上，他们都不能过于迁就孩子，不要为他们大肆操办婚礼，不要让他们错误地以为，他们的父母就那么软弱可欺。孩子啊！他们的父母可不是普通老百姓，没有多少文化，只知道一味溺爱孩子，孩子结个婚，父母恨不得掏空自己一辈子所有的血汗钱。不！他们绝对不会那么愚昧。他们只会象征性地送一点贺礼，表示他们的祝贺。婚礼一定从简。再说他们都是国家干部，至少得响应国家的号召，勤俭节约，喜事新办。总之，天要下雨，娘要嫁人，这是没有办法的事情。结婚就结婚吧。按年龄当然也是应该结婚了。但是，千万不要让孩子被他们的胜利冲昏了头脑。一定要从简！要让他们自己体会生活的艰辛与建立家庭的不易，让他们吃点苦头，然后，也许，他们才会发奋。

原则定下了之后，两位父亲撤退。剩下的具体问题，由两位母亲商量解决。一次又一次，在阳光充足的下午，郝毓秀和高德静，常常见面于滨江公园。晒着冬日的太阳，磋商子女的婚礼大事。在高勇考研的问题上，她们是盟军；在从简办婚事的原则问题上，她们是朋友；在除此以外所涉及的具体问题上，她们都是敌人。

两位母亲都非常有教养，互相微笑，让座，恭维对方显得比本来的年龄年轻，而自己却衰老得不成样子了。接下来，她们便在具体问题上唇枪舌剑，寸土不让。

高德静他们只准备给孩子们一千块钱。

一千吗？一千够什么用？

一千不少了！许多工人家庭，还没有这么多钱呢！

可是郝毓秀他们还准备给两千呢！如果女方家里都给两千的话，恐怕伤了男方的面子啊！一般总是得让娶媳妇的男方多花一点钱嘛，这是给面子啊！

咳，现在新社会，讲究男女平等，高家不会那么迂腐了。如果曾家还讲旧规矩，讲面子，那得要准备多少嫁妆啊！是不是你们悄悄准备了？

滨江公园在长江边上，举目就是江面。冬日的江水，退得远远的。轮船静静地停泊。巨大的铁锚，却抓在岸土上，像一只巨大的蜘蛛。这是哪艘船的锚呢？世界上的许多事物为什么都这么地别扭，什么才可以叫作顺理成章呢？

行啊，高德静同志，我们就不讲旧规矩了。什么事情，都按自己的良心办吧。既然你们高家不接新人进门，婚礼就在我们家举行了。我们就这一个孩子，这孩子又是他爷爷的掌上明珠，他爷爷是一定要从北京赶来的。

芒芒的爷爷来参加婚礼，我们当然表示热烈欢迎。郝毓秀同志，不讲规矩，还要讲个人之常情吧？我们儿子结婚，我们家不举行一个婚礼仪式，说得过去吗？

那就要看话怎么说了。尽管我们都是靠工资吃饭的国家工作人员，我们也还是会尽量资助孩子们办婚事。你不要以为我们没有办嫁妆，嫁妆那还是办了不少的，床单和铺盖，早就在积攒。反正我们家是把女儿当儿子了，所以肯定得举行婚礼。

那我们就管不了那么多了。总之我们家举行婚礼，那是名正言顺的。我看你们家亲朋好友，一起吃顿饭，也就可以了，非得说什么婚礼呢？哪有一个女孩子，举行两次婚礼的？这不是糟践自己的女儿嘛。再说了，我们做父母的，给孩子办办嫁妆哪，给点资助哪，都是应该的，就不用显摆了。你们当官做干部，现在是很实惠的。我们高家，几十年来，财产也捐献得差不多了。也只能尽力而为了。

想想也真是窝囊，我们芒芒这女孩子，好好的，一直都是那么有理想，有追求，性格稳重又大方，自己事业本来就不错，现代化轧钢厂的技术员。一谈恋爱，就糊涂了。看来，还是我们把关不严啊！这孩子太老实太善良也不成，糊涂啊！

是啊，谈恋爱就是容易糊涂。现在就别提这个了。世上没有后悔药卖的。我们高勇不也是吗？过去哪里这么庸俗啊！

今天就到这里？

今天就到这里吧。

再见。

再见。

郝毓秀和高德静，始终都还保持着基本的礼貌。然而，回到各自的家里，她们就大发脾气。郝毓秀指责高德静资产阶级本性难改，剥削思想太严重了！又想要面子好看，又舍不得为孩子们作一点贡献！简直太可恶了！世界上居然有这样的母亲！芒芒，你真的要嫁这种家庭吗？怎么一直都不告诉我们，高德静是这种女人呢？我可告诉你，芒芒，结婚仪式，绝对要在我们家举行，你爷爷可是要专程从北京赶来的啊！

高德静则指责郝毓秀完全是小农意识，自以为是干部，大口大嘴说话，仗势欺人！高勇，我的儿子，你给我听好了。你给我们找了这种连土腥气都没有洗掉的亲家，也就罢了。最多我们不和他们来往而已。但是，你们的婚礼仪式，那是肯定要在我们家举行的。男婚女嫁，天经地义，这个道理，你可不能糊涂。一个男人，可不能耳根子太软啊！你们执意要先结婚，我们还是退让了。假如你连婚礼都不在家举行，高勇，我告诉你，那你就是要你妈的老命了。

高勇只有听着。曾芒芒也只有听着。

郝毓秀有一次还哭了。母亲的哽咽使曾芒芒又震惊又辛酸。除了毛泽东去世、周恩来总理的出殡以及四人帮被粉碎，郝毓秀还从来没有当着孩子红过眼睛。曾分地也很气愤。他推心置腹地忠告女儿，说："芒芒啊，你还是太年轻，经历得太少了。这么多年来的经验告诉我，人和人之间，还是亲不亲，阶级分啊！"

曾芒芒问高勇：怎么办？

高勇摇头。抽烟。他不知道。到时候再说吧。

别的问题都好办。曾芒芒性格好，大度，再大度一点，不计较高德静，也不与自己的父母认真。耐心地听着。就是这样的姿态：耐心倾听。在这一点上，高勇表示要虚心向曾芒芒学习。不与父母争论了，不在他们面前坚持自己的观点了，大度，再大度一点，耐心倾听。曾芒芒还得经常回家为父母做家务，高勇一个男人，可以不做。所以他还有躲避的一招：尽量少回家。

唯独婚礼仪式的问题无法解决。怎么办？不知道。他们的困难已经太多了。他们真是进入了一个新的时代，他们的父母都有自己的思想与观点，而且还精力充沛个性倔强，而且还都是为了子女好。父母的意见你无法置之不顾，正如父母他们自己说的：如果不是为了子女好，他们干吗要自找气受呢？他们受这么大的气，子女还不领情，不听话，做父母的还有什么意思？做父母的价值和幸福，不就是靠孩子来体现吗？孩子啊，你们可不能辜负了父母！现在的父母，都有自己工作、单位和事业，他们不要你们花多少钱来赡养，关键的是，孩子得从精神上多多关注和满足父母。

一本新近创刊的家庭杂志上说：50 年代生人的新课题——现在你把父母怎么办？

杂志上的一篇文章认为：这一代父母是被革命异化了的父母。

他们不再是传统意义上的父母，又还不是经过了工业现代化以后的父母，这个问题非常复杂，孩子，你们把他们怎么办？

曾芒芒在厂图书室发现了这本杂志之后，借回来送给高勇，希望他认真阅读。

开始高勇还不以为然，谁知道一读就放不下了。宿舍有人的女朋友来了。高勇拿着杂志来到院子里的路灯底下，靠在灯柱上继续阅读。他执迷地阅读着，眉头紧皱，若有所思，香烟的烟雾从他的头顶上袅袅升腾。高勇活像被鬼魂附体了。

3

只有爷爷，好像他总是能够驾驭生活。爷爷把电话直接打到车间来了。电话那边首先说话的是爷爷的警卫，电话这边是车间主任。警卫说：这里是北京长途电话，请找曾芒芒接听。车间主任惊讶地又生气地说：找谁？喂——找谁？

车间的这部长途电话，搁在车间主任和车间党支部书记的两张办公桌之间。是他们两位正职干部才有资格和权利使用的电话，一般都是总公司的领导们找他们有重要或者紧急的事情。在这部电话里面说话的人，是不可能找一个普通年轻人的！

车间主任还在说：你说你找谁呀？

警卫说：你们车间有曾芒芒吗？

车间主任说：有啊，可是——你是谁！

警卫说：曾芒芒北京的爷爷找她听电话！

爷爷不耐烦了，接过了电话，对车间主任说：我是芒芒的爷爷，我可以和我孙女儿说几句话吗？

啊，首长！车间主任结巴了。首长！首……长，可以可以当然可以！

曾芒芒跑过来，拿起黑色的话筒看了看，她还是不敢相信这是真的。爷爷！曾芒芒对着话筒叫道。其实芒芒知道这是真的。芒芒的爷爷会做出任何你想象不到的事情。爷爷笑了起来。曾芒芒对着话筒使劲地抹泪。她叫道："爷爷啊！"

爷爷说："芒芒，我真希望在你结婚之前，能够亲眼看看高勇这个孩子。燕子说他不咋地呀。"

曾芒芒说："爷爷，燕子怪高勇买她的手表不痛快。"

爷爷说："芒芒，你们如果有可能，就在婚前让我看看高勇。如果你们工作忙，实在没有可能，那么在我去武汉参加婚礼的时候，你先带高勇来接站。我只需要从火车站到家里这段距离，就可以判断一个年轻人了。万一高勇确实不咋地的话，咱们就不举行婚礼了，退婚就成了。没有过门，没有举行结婚典礼，事情好办！可以吗？芒芒。"

爷爷是太好玩了。爷爷把所有的事情都看得那么简单。爷爷是81岁的老人了。真是逗人，也真是喜人。曾芒芒说："可以呀！爷爷。芒芒一切都听你的！"

曾芒芒不是哄着爷爷，她就是愿意一切都听爷爷的。红奶奶一切都听爷爷的，他们这对老人相亲相爱的，过得多好啊！可惜，曾芒芒的世界和爷爷的世界，它们不是同一个世界。芒芒现在逐渐明白这一点了，芒芒不知道爷爷是否明白，这是最根本的一点。

当然，曾芒芒的同时代人，也还是有人，对于生活充满了驾驭之感。林晓玲就是。林晓玲来找曾芒芒借照相机和羊毛衫。她与同事出差北京，想在北京拍照留念。拍照嘛，就应该多换几件毛衣。林晓玲非常喜欢高德静送给曾芒芒的羊毛衫。常声远没有母亲，所以林晓玲就没有婆婆送她羊毛衫。不过有常声远送她羊毛衫就够了。有朋友借给她羊毛衫就够了。林晓玲对曾芒芒眨眼睛，做鬼脸，说："我宁可不要这件漂亮的羊毛衫，也不要那种婆婆。"林晓玲可是领教了曾芒芒的婆婆和妈妈的厉害的。林晓玲还庆幸自己的母亲是个没有多少文化的家庭妇女。林晓玲的母亲，爱孩子爱得比山高比海深，这份母爱让她变成了一个小孩子，就是儿女的呵斥，她都笑眯眯喜滋滋地领受。曾芒芒宿舍的姑娘们欢迎林晓玲坐坐，就像她们欢迎常声远一样。姑娘们认为：看了这么多对谈恋爱的对象，包括她们自己，还就数常声远与林晓玲，郎才女貌，随和大方，都讨人喜欢。林晓玲被大家夸得乐呵呵的，情绪顿时高涨。她用脚尖钩过一只小板凳，坐下，两腿撇开，手里抓了一把瓜子，用洁白的门牙，流利地嗑着，随口把瓜子壳，一下一下地吐到脚边。林晓玲无拘无束，肆无忌惮，动作潇洒，一气呵成。

林晓玲说："是啊，不是我自己夸自己有福气呀，我是真有福气！说想找个好工作吧，分配到了银行。说想找个好对象吧，别人一给介绍，就是常声远。本来说常声远人也还好，工作单位说起来也挺好听，可就是文凭一般，工农兵大学生。可是你正遗憾吧，他考研了。还就在本单位读研，带工资，有奖金，多好哇！本来也还有一点不满足的，觉得他没父没母的，太清冷和孤僻了吧？后来一接触，我的妈，可真是太好了！正因为常声远苦出身吧，他就特别珍惜你对他的好，特别会体贴人，什么都听我的。而且吧，现在我体会到，没有公婆，其实太好了。少多少麻烦啊！现在的老人，可不是从前的老人——一辈子辛辛苦苦就是为了儿子娶个媳妇。现在吧，真怪，保持了优良传统的老人吧，像我妈，她偏巧没有钱；但凡有钱的，都失去优良传统了，自私自利得很，就知道要求子女这呀那的。你们看看芒芒，可怜的，焦头烂额吧？哎呀。我真是非常满足了。我运气怎么这么好呢？"

姑娘们说：这么好的运气，请客！请我们吃牛肉粉去。

林晓玲说：走啊走啊，我还正想吃牛肉粉，就怕没有人陪呢！

于是大家锁上房门，一起走出去，说说笑笑去吃牛肉粉。到了餐馆，曾芒芒抢着去买票，因为她觉得林晓玲是她的客人，她是地主，当尽地主之谊。被林晓玲奋力拦住了。林晓玲差点要生气了，说：我这个人就是这样的，说了请客就一定是要请的。曾芒芒便让她买票去了。姑娘们围在一起吃红油牛肉粉，香喷喷的，林晓玲让大家凑过头来，告诉了姑娘们一句私房话：姑娘们不是总想知道她什么时候结婚吗？实际她已经算是结婚了！现在她基本上住在常声远宿舍了。他们结婚证也领了。只是为了不分散常声远的精力，暂时不举行操办婚事。他们打算等常声远拿到学位的时候举行婚礼，来一个双喜临门。

姑娘们急切地问：喂，你们好吗？

林晓玲嘻嘻哈哈笑着：很好！

那个，事情，他，做得，好吗？

你们怎么不问他去？——好啊！

林晓玲漂亮的大眼睛忽闪忽闪，流光溢彩，一丝愁云都没有。幸福生活好像就是她的囊中之物，只要她探手去取就是了。

相比之下，姑娘们人人都非常不幸了。每当林晓玲来过之后，这一夜，曾芒芒的宿舍，准是一片长叹短嘘。

第八章

1

尘埃渐渐落定。所有节外生枝的问题，该出现的，都出现了。出现了，面对了，难受了，哭泣了，终于也就不那么可怕了。武昌热电厂住房分配的第三榜，果然在春节之前公布了。高勇获得了一套一室一厅的住房，尽管是二轮旧房，但毕竟是独厨独卫啊！现在剩下的就是具体事务了：等待住房的钥匙交接，整理旧房子——打扫卫生，粉刷墙壁，把窗户玻璃擦得亮亮的，再把家具、床铺一件一件搬进去——现在社会上开始时兴装修住房了，他们装修吗——再说吧。总之，然后，就可以举行结婚典礼了。人生的一桩大事，就要完成了。一个社会细胞即将诞生。这个城市的夜晚，将又多一盏安定的灯光。一男一女可以在自己的床上，安然睡觉了。这就是婚姻的意义吗？

这个时候，曾芒芒和高勇他们本身的问题，却突出地暴露了出来。

他们话不对茬。他们非常容易误解对方的意图。他们的约会经常出错。曾芒芒始终还记得他们初次见面的情形。秋高气爽，桂花飘香的一天，他们一伙人去参加肖克高兰的婚礼。实际上，高勇早就开始注意到曾芒芒，但是他不说话。在轮渡上，他们几乎是比肩站在船舷边。高勇不说话。高勇的手比高勇的嘴巴会说话。轮渡就要靠岸，机会似乎要消失，是曾芒芒主动开口的。曾芒芒不想主动开口，但为形势所迫，还是主动开口了。这是他们的第一次对话。第一次其实就预示了他们的将来。当时高勇的答话就毫无感觉，干巴巴的，不给一点余地。曾芒芒把高勇的腼腆，当作了深沉。

周日，上午10点钟，他们约好在公共汽车的青山公园站见面。曾芒芒按时到来。曾芒芒在车站等了将近半个小时，不见高勇。而高勇，却在前面的青山剧院站，等候曾芒芒。他们两人就这么久久地等待着对方。是曾芒芒首先觉得他们的约定出了岔子。于是，曾芒芒步行一站路，去青山剧院站寻找高勇。可是就在曾芒芒来到青山剧院站的这一刻，高勇正好离开车站，到路边的商店买香烟去了。等高勇买了香烟回来，曾芒芒已经急急返回青山公园站。曾芒芒怕自己的猜测错了，怕在她离开的时候高勇来了，怕高勇在半路遇上意外事件了。曾芒芒急得一路小跑，渗出了一头的汗水。然而，高勇并不在青山公园站。又是半个多小时的等待！大马路上灰尘滚滚，新鲜而干净的衣服、皮鞋和心情，都蒙上了灰尘，脏了！口也渴了，肚子也饥饿了，还需要上厕所了。而公共厕所都在僻远的小巷里头。曾芒芒只得再一次步行到前面的车站去看看，一边走，还一边频频回头看看原来的车站，生怕高勇的忽然出现。不料，在青山剧院站，高勇靠在车站站棚的柱子上吸烟，看报纸，表情悠闲。曾芒芒一直走到他的面前，他才发现了她。

曾芒芒气急败坏。问："你怎么在这里呢？"

高勇答："我不在这里在哪里？你怎么才来呢？"

曾芒芒不是才来！曾芒芒已经在大街上流浪多时了！看看曾芒芒这副流浪者的肮脏模样吧！

这个站原来就叫青山公园站嘛。

可是现在这个站早就改叫青山剧院站了！

芒芒，你不要这样，你并没有说明是新站还是老站啊！

我干吗要说明呢？它现在不是青山公园站，而我们是现在在约会啊！你这个人，怎么就这么不严谨呢？

我不严谨吗？你去问问常声远，你去我们单位调查一下，我不严谨吗？再说，约个会，还需要考虑得那么细致吗？

不细致这不就是出错了吗？

这是多大的一个错呢？这不还是碰到一起了吗？只是时间晚了一点。值得发这么大火吗？

只是时间晚了一点？同志！两个多小时啊！再说，这仅仅是时间的问题吗？如果不是我来回地找你，我们能够碰见吗？我的腿都走断了，一身臭汗，心急如焚，你却在这里悠闲地抽烟，看报纸。

你看你这个人！假如我也满世界去找你，那不是更容易错过吗？我当然只能在这里等候了。

高勇只能等候。这就是他的姿态。他等候，用抽烟看报纸打发时间。曾芒芒寻找。曾芒芒来回奔跑，心急如焚。曾芒芒摸不到高勇的思想脉络，不可能知道他在什么地方等候。这种错过，像命运的显现一样令人惊悚。

曾芒芒生气地跑开，站在人行道的树下，抱着自己的肩，远远地看着高勇。首先的冲动就是：登上车去，独自离去，一走了之。但是，最终她还是说服了自己。曾芒芒说服自己：高勇是你的男朋友，人人都知道他是你的男朋友，你与他吵闹得再厉害，他还是你的男朋友，他是你自己找到的，他被你父母认可了，他们对他有看法，但是还是认可了，他的父母也认可了你，他母亲显然不是很喜欢你，但是也还是认可了。他们也被社会认可了，社会为他们分配了住房。结婚证也领取了。肉体关系也发生了。芒芒，你能够一走了之吗？

再看看高勇吧。高勇站在人群中，不也还是比许多人高大俊朗吗？这一大街的人，都是陌生人，个个都急躁不安，对他人都很不客气，当然没有谁会忍受曾芒芒的质问和愤怒，唯有高勇，还是朝她走过来了。曾芒芒奔向另一棵树。高勇的脚步停顿了一下，又还是朝她走过来了。他们的关系不能够改变了。改变只会引起更大的争吵和痛苦。这样吧，曾芒芒再往更远处的一棵树那里去，如果高勇继续跟着过来，那就算了。就不要太过分了。芒芒，你自己的牙齿都会咬自己的舌头呢。算了。宽厚一点。做个好脾气的女人吧。

高勇继续跟过来了。他脸色阴沉，但还是跟过来了。

一切便都又从头开始了。一个错误接着一个错误。用后一个错误宽容前一个错误。

这次的约会，非常重要，春节的假日过后，他们要庆祝住房的获得，并商量住房装修与婚礼的具体事宜。去哪里？离开汉口。远离父母。便于晚上回宿舍。高勇你说去哪里？芒芒你说吧，你比我有情趣，会找地方。那好吧，那就只有去蛇山公园了。只有蛇山公园比较幽静。好吧，蛇山公园。曾芒芒说：记住，明天上午九点，蛇山抱冰堂。为了避免错误，特意强调：抱冰堂！清朝湖广总督张之洞题匾的抱冰堂！

再一次地强调：张之洞啊！

高勇说："知道了。张之洞。"

然而，次日上午九点，当曾芒芒欣然出现在抱冰堂的时候，又没有见到高勇的人影！这是1986年的春天了，他们处对象三年多了！现在马上就要在真正的意义上结婚成家了。为了庆贺，曾芒芒背了一只特别大的包，带上了卤菜和酒。蛇山上，黄鹤楼下，大江东去，他们两人要山河作证。尽管困难重重，他们还是同甘共苦地过来了。新的生活画卷，在今天的遐想之中，缓缓展开吧。曾芒芒要尽情遐想，要认真商议，要真正地结婚，要幸福与快乐！曾芒芒穿上了节日的盛装。她穿裙子了！春寒料峭，曾芒芒还是勇敢地穿上了裙子！这是曾芒芒在漫长的时间里，为自己精心准备的服装。她用洁白的膨体纱，编制了一件衬衣式样的毛衣，八幅的大摆裙，是用薄薄的法兰绒缝制的。衬衣扎在裙子里头，细细的腰！就照着美国电影《罗马假日》里面的女主角奥黛丽·赫本的打扮模仿的。改革开放以后，1953年的美国《罗马假日》，在中国公演了。活泼美丽的安妮公主成为了城市姑娘模仿的对象。男主角格里高利·派克那优雅，风趣，油头粉面，善解人意的传统绅士派头，让中国姑娘们大开眼界，心醉神迷。

九点半了。没有高勇。10点半了，还是没有高勇。曾芒芒坐在抱冰堂的台阶上，裙摆与风衣的衣襟，蹭在干枯的苔藓上。风在山林吹过。飞机嗡嗡轰响，不见踪影，好像远方在进行一场绵延的战争。抱冰堂被"文化大革命"破坏之后，多年失修。不过虽然是颓墙败瓦，气势却在，精神也在，翘檐的骄傲与倔强，是不会向岁月屈服的。字迹也还是那么古朴遒劲。冬抱冰夏握火！张之洞题道：冬抱冰夏握火。当年，张之洞廷试中二甲，后被慈禧太后慧眼识珠，亲自破格提拔为一甲探花。假如没有老佛爷的提携，张之洞是否还要继续以"冬抱冰夏握火"自励自勉呢？在中国的人生哲学里，忍耐是一种境界。所以"忍"字头上一把刀，还是刀锋，刀的刃。忍耐！曾芒芒一动不动地坐着，怀里抱着渐渐冷去的酒菜。"忍"字头上一把刀，这是真的。忍的时候，心尖尖都痛。

原来，高勇也按时来到蛇山了。他等候在黄鹤楼前面的一片空地上。抽烟，看报纸，远眺。远眺烟波浩渺的长江。高勇所在的地方，原址有一座奥略楼。奥略楼也是由张之洞亲自取名题匾的。然而，早在50年代中后期，修建长江大桥的时候，奥略楼就被拆毁了。高勇这一次的错误，在于他过于地认真。高勇对于历史典故，并不熟悉。抱冰堂与奥略楼，他都无印象。因此，临行之前，高勇求教了他的父亲任天育校长。要说蛇山上张之洞题匾的著名的楼宇，那当然就是奥略楼了。当年蒋介石、张学良等许多达官贵人，游览武汉，没有不在奥略楼前留个影的。

曾芒芒欲哭无泪。

高勇的解释之一是：他是汉口人，从小在汉口长大，对于武昌的公园比较生疏。

高勇的解释之二是：他不是学历史也不是学中文的，他是学电器设备的。他只是记住了张之洞。

文不对题。曾芒芒觉得这将是永远的文不对题。她都不知道她如何理解高勇的解释。问题不在于失约和错过，在于两个人对丁这个世界的感觉与判断完全不一致。

曾芒芒匆匆地走了。她一直走到江边，将卤菜和酒拿出来，一一地扔进了长江。跟在曾芒芒身后的高勇，脸色一点一点变得铁青。他对曾芒芒的激烈动作，保持了高度的缄默。曾芒芒在江边伫立了一刻，回头上了一辆公共汽车。高勇则一动不动。载着曾芒芒的公共汽车开走之后。高勇点了一支香烟，坐在江边，一直把这支香烟抽完。

　　也有和平的时候，都很谦和，态度都很好。看对方也都比较顺眼。都表示害怕争吵。他们认为：他们要记取每一次争吵的教训。不要孩子气了。反正约会这种形式已经就要成为历史了。他们领取了结婚证，照理就是夫妻了。夫妻是一种人生永远的伴侣。夫妻要精诚团结。日常生活很平淡和琐碎，他们都要当心一点！高勇会尽量争取正确理解对方的话语和意图。曾芒芒也别太情绪化和文学化。格里高利·派克仅仅存在于1953年的《罗马假日》里。安妮公主就是突然出现在高勇面前，高勇还是会选择穿膨体纱上衣和法兰绒长裙的曾芒芒，他不相信电影和小说里面的女人。他更喜欢战争片，更欣赏武器、战火、格斗和死亡。至于现实生活，中国人的现实生活，他希望他的一生，能够整洁，干净，安稳，衣食无忧，可以保持一点自己的爱好、兴趣和个性；当然，事业有成那就是锦上添花了。他们最好不要站在马路边，无谓地争吵，浪费美好时光。他们这一辈子，要互敬互爱，求大同存小异，携手前进，和睦相处，白头到老。

　　和平的时候，曾芒芒彬彬有礼。高勇也彬彬有礼。彬彬有礼的脉脉温情像一层薄雾，未来的前景被过滤之后，看上去是那么光滑平坦。他们自己都有些感动了。

2

　　春雨纷纷的某一天，是曾芒芒的生日，她28周岁了。大家都很忙碌，没有谁记得她的生日。只有燕子从深圳寄来了一张华丽的生日贺卡：祝你生日快乐！

这是曾芒芒生平第一次收到生日贺卡。也只有深圳才有这种华丽的贺卡，也只有在深圳的燕子才会这么时髦。深圳，这个从前的小渔村，居然成为了城市时髦的发源地。燕子好时髦，固然总是给芒芒一种可笑之感。但是收到生日贺卡，芒芒的内心里总归还是非常高兴的。过了两天，深圳又寄来一张生日贺卡，燕子挑选了一种截然相反的风格，雅致的浅蓝色基调，一束麦芒，一剪柳丝，正在穿越柳丝的是一只燕子。大约这就是燕子别致的落款。贺卡说：祝你生日快乐，祝你永远快乐！燕子燕子！燕子很多话，燕子很聒噪，燕子很霸道，燕子有点自私自利，但是，曾芒芒还是喜欢燕子。她多么喜欢燕子与她玩的小把戏啊！芒芒的父母，根本就没有记忆孩子的生日。他们家从来就不做生日，革命家庭，从来就没有那个闲工夫，也没有那种闲情逸致。高勇本来是刻意记过芒芒的生日的，最近被庞杂的琐事冲昏了头脑。曾芒芒深感遗憾，但是她要求自己把遗憾埋在心里，不要去责怪高勇。

芒芒慢慢地了解高勇了。高勇是一个单纯的男人。某一件事情，按部就班地进行着，他可以做得有条不紊，比如他的工作。电器设备的线路都是非常单纯的事物，看上去眼花缭乱，实际上每一条线路都是按部就班的，都有着铁定的规律，都被已经发现的定律规定着。高勇非常善于沿着这些线路前行。高勇在工作的时候，显得非常冷静和干练，具有一种男子汉冷峻的优美。曾芒芒曾经去过热电厂，去过高勇的车间，在旁边注视过工作着的高勇。工作着的高勇给曾芒芒带来了满足。曾芒芒珍惜这些满足，生活给予她的满足是太少了。因为这满足，曾芒芒可以宽容其他的不满。她早就知道生活不是尽善尽美的。

芒芒没有理由要求生活对她尽善尽美。现在，高勇在修整他们来之不易的住房。房子的下水道堵塞。电线老化容易引起短路。墙壁上都是污点和蚊子的血迹，用石灰粉刷都覆盖不了，得刮掉墙皮，重新上灰，然后再粉刷。地面曾经被刷过猪肝色的油漆，如今斑斑驳驳。油漆匠说那也得刮掉，得用高标号的水泥做一层地平，然后再刷油漆，刷成木纹的油漆，那才谈得上好看。他们请的油漆匠是一个在现实生活中并不多见的唯美主义者，他坚持要用高标号的水泥做一层地平，否则，他说："你们就请别人做吧，要我做，我就要做得最好，我要那天来参加婚礼的宾客，人人都说地板好。"曾芒芒笑了，赶紧表态，说他们愿意做地平。高勇挠头了：这样的话，事情就太多了。墙壁得几道工序，地面还得几道工序，可是地面不就是被踩在脚下的吗？有必要那么精致？油漆匠说："我随你们的便。"曾芒芒生怕失去这个油漆匠，她说："那当然还是精致的好！"高勇无可奈何地说："那好吧。"不到二十平米的房子，好像很大很大，非常空旷和荒芜，到处都亟待修葺和建设，有限的资金像小溪一样日夜流淌，令高勇愁上加愁。高勇都开始穿错袜子了！高勇穿着两只不同颜色的袜子，指甲长得老长，指甲缝里满是污垢，头发根子里满是灰尘，缺乏睡眠的眼睛红刺刺泪汪汪的，活像害了眼病。曾芒芒在高勇的头发里首次发现了白头发。起初她以为是水泥沾在高勇的发丝上了，她伸手去弹，结果发现弹不掉，原来是几根白头发。曾芒芒没有告诉高勇他有白头发了，她自己知道就行了。在这种情况之下，高勇当然可以忘记曾芒芒的生日。

曾芒芒能够坦然接受高勇的遗忘。芒芒不要自己太小心眼，要做一个宽容的女人。允许男朋友忽略她的生日。允许父母遗忘她的生日。允许警察没有找回她的被窃照片——却找回了绝大多数人的照片。允许车间评给她最低等的奖金。允许林晓玲长期借她的羊毛衫忘记归还。允许德语老师突然袭击地考试。允许小语种学习班学费擅自提价。允许同宿舍的姑娘坐在她的床上梳头，将头皮屑撒落在她的床单上。允许婆婆高德静对他们的婚事表现出高度的冷漠。曾芒芒唯独不允许自己生气。芒芒28岁了，不是小姑娘了，不要动不动就生气。

曾芒芒28周岁这天的上午，11点多钟，高勇来到了曾芒芒的单身宿舍。他进门之后，坐在床上，往被子上一靠，就睡着了。高勇累极了。一身的石灰和油漆气味。曾芒芒精心布置的水果、点心、菜肴和一瓶果汁酒，还有正在焚烧的檀香，等等，高勇都没有给予应有的注意。但是，高勇醒来之后，还是慢慢发现了今天的与众不同，他摩拳擦掌地说："啊，有好吃的，要犒劳我吗？"

曾芒芒说："是的。今天我要犒劳你。"

高勇拥抱了曾芒芒。他说："芒芒，你总是把一切都安排得这么好，这么有情调，我真是太喜欢了。以后，我们每天都可以过这样的日子了！"

曾芒芒说："是啊。"

曾芒芒微笑。始终微笑。她不谈她的生日。她希望高勇慢慢觉察，慢慢发现，记忆复活。今天我要犒劳你。用芒芒的生日犒劳你被生活压榨出来的可怜白发！

没有盐！临到开了电炉，铁锅都冒烟了，这才发现没有盐了。今天有六道菜肴。是曾芒芒精心设计的。图一个吉利，取六六大顺之意。在狭小的单身宿舍做六个菜，的确是不容易，的确容易顾此失彼。我们原谅自己的错误，怎么都可以将就，可是没有盐是不成的。

锅里先放水吧。先把汤煮上，高勇出去买盐。下楼，拐弯，出院子，过马路，斜对面就有一个副食品商店。万一这家商店没有盐——当然它不会没有盐——假设万一它没有盐，就再过一条街道，斜对面是一个更大的副食品商店。高勇，快点！高勇回答：知道了。

接下来发生的事情是：高勇并没有马上回来！

开始，曾芒芒以五分钟为一个单位等候，接着，芒芒批评了自己的急躁，改为以十分钟为一个单位等候。不着急！不要上火！耐心等候！当半个小时过去，当一个小时过去，事情的性质就起了变化了。是不是发生意外了？曾芒芒再也坐不住了。不祥的预感在迅速膨胀。外面的世界多么混乱啊！车祸每时每刻都在发生。而每一起车祸，在发生之前，谁都不认为那是可能会发生的事情。刚刚还与熟人说过话的人，转身就被一辆大卡车撞飞了。曾芒芒他们车间的老胡，人坐在仓库里，却被炼钢车间铁水爆炸的铁屑，射穿了颅脑。那铁屑冲破了车间的一道玻璃窗，又冲破了仓库的一道玻璃窗，直指老胡。这是谁敢相信的事情呢？曾芒芒忽然就嗯嗯地哭了起来。她一边哭着，一边穿上外衣，飞快地奔下楼去。

就在一楼，曾芒芒与正要上楼的高勇撞了一个满怀！

高勇拎着小小的一袋食盐，夹着香烟，哼着小调，怡然自得。高勇不明白曾芒芒火急火燎去干什么？又为什么哭泣？

曾芒芒飞快转身，飞快地上楼，她不敢开口说话，她怕自己在院子里就哇哇大哭。

高勇！你干什么去了？

我不是买盐去了吗？

买盐需要这么长时间吗？

哦——原来是为这个呀。我看今天你高兴，我也高兴。我顺路玩了一会儿。

玩什么？

下棋。

下棋？和谁？

不认识。一个老头。路边摆的残棋。

高勇！你知道我在等你吗？

芒芒！不要这样好不好？我这么辛苦，我放松一下不行吗？

高勇！你把盐送回来了再去下棋不行吗？

芒芒！盐有什么重要的！我是兴致所至，难道一个人兴致忽然来了的时候，还必须提醒自己首先中断一下自己的兴趣，经过请示汇报之后，再来继续他的兴致吗？如果这样，那还叫什么兴致所至呢？

啊高勇！说得好！原来这就是他对于生活的要求和理想：可以保持一点自己的爱好，兴趣和个性！高勇没有错！然而高勇更应该首先懂得人情世故，他应该明白，如果他下楼购买小东西，却一个小时不回来，他的女朋友或者说妻子，该是如何地担忧！

得了！芒芒你少来这一套！高勇谢谢你的担忧！你担忧什么呢？担忧炒菜没有盐吧？担忧我不听你的命令？请问到底是谁更不懂事？我的一切行动都必须受制于你，一切都必须向你请示汇报，我的个人行为一定要按照你的时间表走吗？告诉你，高勇可不是小绵羊！高勇不想做一个气管炎（妻管严）！

曾芒芒七窍生烟。干渴，生烟，委屈之极，喉头发涩，竟然一句话也说不出来了。高勇一屁股坐下了。气呼呼的。取出香烟就要抽。曾芒芒从高勇的唇边夺走了香烟，扔出了五楼的窗口。高勇愣在那里了。紧接着，曾芒芒又拿过了那袋食盐，唰地扔出了五楼的窗口。没有一套共同的语言体系可以与高勇分辩，唯有行动可以表达一切。高勇"虎"地站了起来。高勇双目怒睁，拳头紧握，逼近曾芒芒。高勇进逼到曾芒芒面前，停住了。他想揍她吗？他的热气一阵阵扑到她的脸面上，带着肉食动物的腥气。这是曾芒芒第一次闻到这股腥气，她全身战栗起来。不是害怕。芒芒不怕高勇。芒芒只是战栗，大概也是动物的生理反应。

高勇没有揍人。高勇突然吼叫起来。他吼叫道："不过了！不就是不过了吗？他妈的有什么了不起！"高勇的胳膊挥动起来，幅度很大，好像跳起了一个奔放而壮丽的舞蹈。他一把扯掉了崭新的桌布。桌布上精心摆放的所有东西，忽然拥有了生命一样活蹦乱跳起来。一阵混乱的响声。随后一声巨响，这是房门发出的声音。

宁静降临了。曾芒芒睁开了眼睛。高勇不见了。单身宿舍的中央，站着的是曾芒芒自己。芒芒的双脚，插在一片狼藉之中。红红绿绿的蔬菜挂在她的衣服上和头发上。鸡蛋清和鸡蛋黄在两张漂亮的生日贺卡上流淌，一张是燕子寄来的，另一张大约还是燕子寄来的。芒芒，祝你生日快乐！祝你永远快乐！

分手的局面就这样出现了。

曾芒芒决定与高勇分手。或者说以曾芒芒的理解，是高勇首先决定了分手。不过了！高勇由衷地奔放地说道。曾芒芒感觉到了他内心的真实。但是，曾芒芒没有草率从事。她忍耐了一周。让自己平静下来。曾分田爷爷有一句名言：除了在战场上，凡事都不要立即作出决定，做傻瓜，不吭声，放一放，再决定。

爷爷的名言是大白话，缺乏文学色彩。当初曾芒芒将它抄录在笔记本上面的时候，嘻嘻笑笑地很不以为然。现在曾芒芒就照爷爷的话去做了。

做了一周的傻瓜之后，曾芒芒果然彻底平静下来了。扪心自问，她承认，芒芒夺走男人的香烟，错了；扔掉男人的香烟，错了；扔掉食盐，也错了！只有一点，曾芒芒没有错：他们必须分手。曾芒芒和高勇，绝对不是同一类人。关键的时刻，他们总是无法对话。他们长期文不对题。他们是两列对开的火车，面对的永远是交错。如果永远是交错，何必不趁早分手呢？何况，芒芒并不迷恋男女私情。她一点不迷恋。床上不好玩，一点不好玩。

曾芒芒给高勇打了一个电话。曾芒芒说："高勇，对不起，我脾气不好，让你受委屈了。现在是这样的：如果你在乎房子呢？我们可以不必马上去办理离婚登记；如果你不在乎呢？我们就约定一个时间，去把手续办了。"

曾芒芒听见自己的声音在耳机里传送，从容，淡漠，肯定，好像是另外一个人在说话，冷静又果断，不纠缠任何细节，这一点，酷似曾分田爷爷的风格。曾芒芒到底是曾分田爷爷的后代。

高勇好久好久没有说话。

曾芒芒久久地等待着回答。

高勇没有回答，也没有放下电话。曾芒芒把电话搁下了。咔嗒。电话扣上了。心田忽然辽阔了，麻雀扑扑飞起，叽叽喳喳——轻松，随便，傻头傻脑，随心所欲。这有多么多么好啊！

从这一天开始，曾芒芒宿舍的蚊帐垂挂下来，边沿都扎得紧紧的。据说曾芒芒的妈妈生病了，她每天下班之后，都赶回家照顾妈妈去了。高勇再也找不到曾芒芒了。曾芒芒不接电话。曾芒芒也不收信件。高勇写给曾芒芒的信，统统都签上了"查无此人，投递错误"，被邮局送了回来。高勇不敢去曾芒芒的家里，更不敢去曾芒芒的单位。这两个地方，是最危险的地区，他们分手的蛛丝马迹，一旦在这两个地方被公开，就再也不会有挽回的余地了。

高勇还是留了余地的，曾芒芒却不打算留余地了。她够了。她不想再装贤惠了，不想努力学做好女人了。什么是好女人？去他妈的，她还是做她自己吧！

3

有一天中午，下班了。曾芒芒拿着饭盒，与同事们一起去食堂。他们是现代化的工厂，厂房高大，大道经纬分明，宽阔又平坦，道路两边栽种着层次分明的遮荫树、灌木和花草，夹竹桃在春天的艳阳里，盛开着艳丽的花朵。大群穿着同样工装的青年男女，从大道上走过来，说说笑笑，昂首阔步，一看就是快乐的。曾芒芒夹杂在她的同事们中间，甩动着一头短短的秀发，精精神神，步伐充满弹性，青春又漂亮。

常声远出现在大道的路边。

声远你好！

芒芒你好！

天气真好！

天气是真好！

声远，请你不要做说客了，两个人的事情，别人是不明白的。

芒芒，我不准备做说客。是的，高勇告诉了。高勇也希望我来找你。但是，也还是我自己愿意来的。

那我请你吃饭，一起去我们食堂吧，体验一下咱们工人阶级的生活。

还是我请你吃饭吧。如果你还有休假可以使用，如果你的工作允许，请假吧，我带你去吃好东西！

阳光灿烂，花团锦簇，浅蓝的天空，白云如絮。以手遮额，抬眼望望，看见万物都在葱郁地生长。同事们已经走远，把芒芒留在了马路边。曾芒芒28岁了，还从来没有谁对她这么说"我带你去吃好东西！"。"我带你"，这三个字有一种迷人的色彩。赤橙黄绿青蓝紫。我带你——你放松。我带你——你享受。我带你——无须你操心。我带你——就让我伺候吧。我带你！

好吧，朋友，你带我，我就走。

曾芒芒请好了假出来。常声远就带她上了12路公共汽车。中途再转车43路。一路都是常声远买好了车票。到了。常声远说。这是常声远单位的附近了。东湖的湖畔。餐馆名叫水上人家，专门做鱼类菜肴，私人开的餐馆，服务态度特别好，好得有点甜，甜得有点腻。常声远选择了靠窗户的一张餐桌，坐在这里，视线里满是清波凌凌的湖水。

常声远说："芒芒，你点菜吧。"

曾芒芒说："声远你少来。让我点菜？你知道即便是出于客气，我也会尽量节省。"

啊！常声远说："将军了！"

曾芒芒说："那还不将军。好不容易有这么一个机会宰你。"

常声远说："谢谢！"

"谢谢机会。"常声远说，"那我就要利用这个机会好好表现一下了。"

他们快乐地斗嘴。从他们认识的最初一刻开始，他们就快乐地斗嘴。人人都认为曾芒芒是一个不与人斗嘴的老实姑娘。曾芒芒平日是不与人斗嘴。她要么不多话，要么一五一十从头道来。曾芒芒不机智，不灵动，不俏皮，她稳重，朴实，大方，秀丽。曾芒芒说笑话，没有多少人能够发笑。曾芒芒说笑话的时候首先自己会发窘。可是，曾芒芒不饶常声远。从来都不饶。常声远却乐意。他乐意芒芒的不饶。他们见面就要说真话，都忍不住要把对方的真相逼出来。曾芒芒在全世界都是大家认识的那个曾芒芒，在常声远这里就不是那个大家都认识的曾芒芒了。红烧鱼头，豆腐炖泥鳅，油炸小酥鱼，清滑肚裆，鱼丸汤，糖醋鱼，松鼠鳜鱼。好了！这个曾芒芒有一点刁蛮。直到常声远点菜点得过于铺张了，她才说话。声远你少摆谱吧，只要一个汤，两个菜。红烧鱼头和豆腐炖泥鳅就足够了！常声远窃笑起来。我的姑奶奶，到底还是感动你了！芒芒啊，整人也不是这个整法啊？你要我三个月勒紧裤带不吃饭啊！这样吧，油炸小酥鱼还是要。当点心吃吧，吃不了，兜着走，带回去给宿舍的傻姑娘们尝一尝。

谢谢！我带你！我带你去吃好东西。常声远的安排总是令人放心，无可挑剔。

芒芒，在上菜之前，请允许我来一点赶时髦的小仪式好吗？

来吧，谁怕？

常声远端上来了一只定做的生日蛋糕。常声远将蛋糕盒子打开。蛋糕上面写着：祝芒芒生日快乐！在曾芒芒生日的那天，常声远出差在外。可是他并不敢忘记朋友的生日。姑娘们总是非常在乎这种小恩小惠的，所以常声远一定要弥补，他可不愿意让芒芒对他耿耿于怀一辈子。28 根蜡烛，常声远一一点燃。芒芒，许个愿，然后吹蜡烛吧。常声远自嘲地说："模仿这种洋仪式，到底还是有点害臊的。快一点，芒芒，别让我无地自容啊！"

曾芒芒没有许愿，也没有吹蜡烛。她往餐桌上一伏，哭了。

窗外，是湖水。弯弯的拱桥，把湖水与湖水连接在一起。水鸟在湖面上嬉戏，它们自己是那么自由也把自由之感传达给了别人。公共汽车远离这里。但是发动机出了故障，一再发动，一再发动，仿佛一阵阵绝望的喊叫。绝望的喊叫总是可以传得更远。飞机是城市如影随形的鬼魅。它的轰鸣总是不断震动着你的酒杯，你的饭碗，你的筷子，你的耳鼓，你的思想与你的情绪，在你无意识中给你灌输一种被围困感。曾芒芒泪眼婆娑。每一颗泪珠都五光十色，那是她复杂难言的心情，同时还映照出了这复杂难言的世界。常声远扭头望着湖水，不说话，不笑，只是悄然伸出他的手，抹了一把曾芒芒的泪。

男人总还是忍不住要重复一句酸腐而古老的诺言："不管怎样，我想我总是可以照顾你一辈子的。"

女人也还是无法不被这种酸腐而古老的诺言所打动。

相对无言，唯有泪千行。

可以上菜了吗？

当然可以了。

酒过三巡。还是要谈正事的。常声远说："芒芒，我还要说说你讨厌的话题了。"

芒芒，我和高勇情同手足，胜过兄弟，这你是知道的。我不能够辜负高勇的信赖。所以，我还是要做一做讨厌的说客。不过，芒芒，如果你实在不愿意听，任何时候，你都可以离开。

高勇非常非常地爱你。他一时冲动，得罪了你，他再三地表示，愿意向你赔礼道歉，并且保证以后不会再这么鲁莽。

芒芒，你真的了解高勇吗？你真的认真分析过他的优缺点吗？平心而论，高勇这人，真的不错。他教养良好，心地善良，人品高贵。他最大的优点，也就是我所说的高贵，就是他从来都不算计任何人。高勇是绝对不坑人的。我认为。在中国人当中，高勇的这种品质，非常难能可贵。

高勇可能过于单纯。也许单纯到行为方式过于简单。但是他毕竟还是一个单纯的人。从我们国家几千年的历史，和建国以来这一系列的政治运动来看，都是尔虞我诈的阶级斗争史。人们都是那么复杂和狡猾，工于心计，把别人往死里整，甚至有时候都不为什么个人利益，仅仅是因为一些愚昧的观点和想法。在每一场政治运动中，多少家庭离散，多少夫妻反目成仇。夫妻之间的互相揭发和斗争，往往就成了最重要的证据。芒芒啊，这些事实，实在让人不寒而栗。实在是无法不让人联想到自己，联想到将来的。在我们的一生中，我们不知道还会遇上多少政治风浪，如果遭受别人的打击，那是可以理解的，只要有一个温暖的家，有一个品德高尚的丈夫或者妻子，我相信再大的风浪，也可以咬牙度过。然而，如果致命的伤害来自于自己的亲人，那就等于往心窝子里捅了一刀，谁还有活路呢？鉴于历史的经验和教训，我个人以为，挑选终身伴侣，最重要的还是人品，而性格和脾气，是次要的。人非圣贤，孰能无过？现在的社会现实又是这么地让人憋气，现实生活的每一步都这么艰难，谁会没有脾气呢？你想想，你自己的牙齿咬伤自己的舌头，何况两个独立的人呢？

常声远说："我的话完了。我的话，不一定有道理。仅供参考。"

常声远自己举杯，咕噜咕噜喝完了一大杯啤酒。然后以手支额，揉着眉头。

忽然，一滴眼泪落在餐桌上。这是男人之泪。常声远抓住了曾芒芒的手，紧紧闭着眼睛，说："芒芒啊！我真是不知道怎么办才好！我不知道！我真怕害了你，为难了你，误导了你，委屈了你。芒芒，我怎么做，才能够保证你幸福和快乐啊！"

芒芒怎么知道呢！

芒芒怎么敢说呢？常声远又怎么敢说呢？他们都是品德高尚的人。至少他们都认为自己是品德高尚的人。至少他们都在努力做一个品德高尚的人。

曾芒芒唯有哭泣。曾芒芒无声地恸哭。无声，只有双肩在抖动。

国家！我们这个国家！你永远都无法预测它将会有多少政治运动，它要打倒哪一些人而又要把哪一些人下放到艰苦的农村去！凡有人群的地方，都有左中右。谁是左派，谁是右派？这是必须分辨出来的。中间派也要受到批评，逍遥也就是一种消极！夺取政权难，巩固政权更难！总是有人想篡党夺权，总是有人企图改变中国的颜色。美帝国主义是纸老虎。一切反动派都是纸老虎。林彪不是摔死在蒙古的温都尔汗了。以江青为首的"四人帮"不是被粉碎了。那么大的人物，也没有什么了不起的。发动群众是共产党的法宝。人民战争是汪洋大海。历史的经验告诉了我们许多惨烈的人生故事。傅雷夫妇双双上吊自杀。作家老舍跳湖了。曾芒芒他们厂的宋总工程师，反右运动中被妻子揭发，打成右派，妻离子散，现在也难得有一个笑脸，逢人就点头哈腰，哪怕是路边捡破烂的拾荒人。现在中国改革开放了，是的，但是谁敢保证将来呢？反右运动的最初，不就是热烈地鼓励大家大鸣大放吗？临战前的阵地，往往最平静——这是爷爷曾分田的经验。让你们表演吧，让你们暴露吧，到了时候，无产阶级专政的铁拳就会突然举起来，把你们砸得粉碎！高勇会揭发曾芒芒吗？不！他不是那种人！他从来没有政治野心，没有整人的欲望。这一点，曾芒芒还是有把握的。那么将来漫长的夜晚，芒芒是否就会获得安稳和香甜的睡眠呢？不知道。大概会吧？

那么，就让他文不对题吧。两个人之间的文不对题，相对一个不稳定的国家，一个危机四伏的漫长人生来说，那当然只是小问题。一旦面对国家与民族的大是大非大曲折大坎坷，高勇在买盐的路上去下棋，这太鸡毛蒜皮了。这怎么能够成为一对恋人分手的理由呢？恋人需要出于什么样的理由才应该分手呢？不知道。

只是小问题吗？不知道。不知道怎么办？就是不知道。这个问题太复杂太沉重太大而无当了！曾芒芒只知道哭。伤心地哭。她的心被谁伤害了，不知道。心就是被伤害了，在生生地疼痛，所以唯有哭。

别哭了，芒芒。常声远说："芒芒，芒芒，别哭了！别哭了！就当我什么都没有说，好吗？"

曾芒芒咬牙切齿地说："你说了！"

这是常声远最痛苦的一顿饭。他该说的没有说，不应该说的全说了。

第九章

1

下雪了。一场大雪下了两天两夜，改变了整个城市的面貌。城市变得洁白，线条柔和，空气清新。马路上的汽车都变得客客气气，从容不迫。孩子们到处打雪仗。人行道的冬青树旁边，三三两两的人在拍照。拍雪景的人们，脸蛋红得跟猴子屁股似的，煞是喜气。人人都在说：好哇好哇，瑞雪兆丰年啊。这话听多了，心里暖融融的，好像大家都是一个村子里的父老乡亲。枯燥的城市，也就悠然地增添一些乡村的诗情画意。曾芒芒和高勇的婚礼，在这个喜庆的季节里举行了。尽管这诗情画意在城市一掠而过，像一只并不留念家乡的飞鸟。

婚礼仍旧不是年轻人自己的。首先还是关乎双方家长的面子。高家和曾家关于婚礼的意见，又提上了议事日程。一轮又一轮的磋商，争论激烈。

家庭杂志上面的那篇文章，在全国激起了强烈反响，本市的社会贤达人士，在本市的报刊杂志上纷纷撰文进行批评。文章的主要观点说：怎么能够草率地不负责任地说什么革命异化了这一代父母老人呢？难道父母严格要求子女，从政治上、思想上、作风上关心子女，是不应该的吗？可见资产阶级自由化的思想是无孔不入的！在现在的年轻人中，个人主义，自由主义，拜金主义，享乐主义，都有抬头的趋势，这是需要全社会高度警惕并给予抨击的。舆论如此，曾芒芒和高勇不想给自己找麻烦，他们不再抱怨父母了。他们懒得抱怨了。在这一点上，他们倒是心心相印心照不宣的：就咬紧牙关负担他们吧！

高德静决定喜事新办，不以男方为主，不搞请客摆酒，不搞隆重迎娶。她和丈夫的具体意见是这样的：婚礼的形式也还是要的。吉利的日期也还是要挑选的。像这样的雪后初晴，气候就很好，他们挑选了一个双号的吉利日期：12月28号。这一天，他们将邀请高家的至亲好友，到家里来吃个喜酒。高勇和曾芒芒，到了日子，穿戴整齐，出席喜筵，给父母和大家鞠个躬，敬敬酒，送送糖果。这就很好了。这也算得一个布告吧，好让高家的人知道高勇结婚了，至少让高家的人认识了高勇千挑万选的妻子是谁。

郝毓秀的意见与高德静针锋相对。郝毓秀说，他们夫妇当然力主喜事新办。他们的思想和观念，难道还不如资本家的思想进步？所以，曾家也不大摆酒席，也是准备请至亲好友，聚在一起，热闹热闹，庆贺庆贺。至于日期，他们提倡顺其自然，不要迷信什么单数双数黄道吉日。长者为尊吧，北京的曾分田爷爷，82岁的老将军了。等大雪化了，交通顺畅一些了，天气不那么冷了，老人家方便哪一天到武汉，曾家就决定哪天举行婚礼。曾分田爷爷他老人家的眼睛是最亮的，这个孙女婿，还得让爷爷过目才是。既然高家只是吃饭，不搞迎娶仪式，那也就无所谓了。只不过曾分田爷爷要在事先看看孙女婿，那么正式的结婚典礼，还是在曾家举行吧。当然，曾家欢迎亲家前来参加婚礼。

高德静任天育夫妇与曾分地郝毓秀夫妇，在儿女的婚礼之前，穿着体面，在汉口的小美地咖啡厅举行了正式会晤。双方轻言细语。言语出奇的温和与毒辣。各不相让的结果，达成了一个玩弄语言技巧的协议：双方家长都同意只有一个婚礼，但是可以分两个部分分别举行。之后，他们把他们商量的意见转达给了各自的儿女。他们都认为，分两个部分分别举行婚礼，实质上还是一种故意的分裂与敌视。

所以，高德静提醒儿子：高勇，我可告诉你啊，你的岳父岳母真不是东西！

郝毓秀也警告了女儿曾芒芒：芒芒，你婆婆真不是个东西！

他们对于对方的看法和评价，竟然也是出奇地一致。除了任天育校长。郝毓秀夫妇还是承认任天育校长的敦厚和冲淡。高德静却正好觉得自己丈夫的最大缺点就是老实无能。

高家和曾家的婚礼，都反复强调了他们的私人性。这样不仅排斥了与对方的联合，也排斥曾芒芒和高勇的朋友和同事。因此，曾芒芒和高勇，还得在他们自己的新房里，以新郎新娘的身份，再举办一次婚礼，以满足他们的朋友和同事。这样，一场婚礼，分成了三个部分，在这个城市的大江南北分别举行。事情想想都觉得不伦不类，而且想想都觉得劳心累人。曾芒芒不想这么办。高勇也不想这么办。问题是，一切都由不得他们，他们必须这么办。他们不这么办，就没有向社会交代他们已婚的身份。其实他们的结婚证早拿了。在新房的床上也睡过了。婚礼还得举行三次。他们没有了结婚纪念日。他们不知道哪一天应该算是正式结婚日。

高勇，你在乎我们以后没有结婚纪念日吗？

我不在乎。高勇说：无所谓了。我们这代人嘛，反正已经被他们搞得乱七八糟了。

高勇没有问过曾芒芒。

曾芒芒却是在乎的。一个婚，结得乱七八糟，无法确定结婚纪念日。曾芒芒总是觉得很遗憾。亲眼看着自己的生命中留下一个无法弥补的遗憾，芒芒烦躁不安，走神，对高勇的叫唤充耳不闻，水杯与嘴唇错过，茶水淋湿了前胸。然而，遗憾还是照常发生着，一个人阻挡不了历史。

婚礼之前的几个夜晚，他们奔波得非常劳累。高勇的脑袋一挨枕头，就睡着了。曾芒芒睡不着。她怎么也睡不着，一直睁着眼睛到黎明。她的眼前，总是缓缓闪现别人的婚礼，中国式的红盖头，红蜡烛，羞涩的初夜，唢呐，花轿，鞭炮。西洋式的教堂婚礼，洁白镂花的曳地婚纱，教堂，一本正经的牧师，结婚戒指，蜜月。还有一对银发皓首的老人，在那种豪华饭店里，为他们的金婚纪念日，举起晶亮的酒杯，那酒杯里，是透明的深红色的葡萄酒。所有这些优美的片断，全部都来自于小说和电影，现实生活中从来没有过。曾芒芒的年龄，注定她已经错过了，或者还没有遇到那些经典的结婚仪式。她的婚礼，毫无形式上的美感，荒诞不经。

高家为儿子结婚资助的一千元钱，是高德静亲手交给曾芒芒的。高德静总是忙于工作，不可能抽出专门的时间。于是她约曾芒芒在她存款的那家银行储蓄所交接。曾芒芒按时到达，高德静已经取好了款子。高德静在储蓄所里头，通过玻璃门窗，注视着曾芒芒慌里慌张走进来。高德静把一只牛皮纸的信封递过去，这是他们单位的专用信封。曾芒芒一声不吭地接过了信封。在这一瞬间，曾芒芒蓦然想起了邝园的父母，想起了在邝园和黄汉香在他们宿舍食堂的婚礼场面，想起了邝园的白发母亲慈爱的笑容和她给黄汉香戴上祖传玉镯的情形。曾芒芒回头见了高勇，就把信封扔了过去。高勇还是把信封交还给了曾芒芒。高勇叹了一口气，抚摸了一把曾芒芒的头发，他不想责备自己的母亲，但是他为自己母亲冰冷的态度向芒芒致歉。

任天育校长从会议上挤出了一点时间，来到热电厂宿舍，乐呵呵地参观了儿子媳妇的新房，也放下了一只信封。并对高勇和曾芒芒说："这是一点心意，你们小两口知道就行了。"任天育校长的信封里头是两千元现钞。

郝毓秀夫妇的两千元钞票，是用郝毓秀单位的信封装着的，信封上写了贺词：曾芒芒　高勇新婚致贺。落款是爸爸曾分地，妈妈郝毓秀。特意用毛笔写的。本来，郝毓秀说：他们是想更加隆重的，但是鉴于高家的态度，他们只能这样了。否则会让高德静以为他们曾家多么巴结这个女婿。实话说，他们并不怎么满意这个女婿，高勇配不上他们的曾芒芒。置办嫁妆一类的事情，郝毓秀没有亲自出面办理，她委托了张阿姨。请张阿姨做芒芒娘家的全权代表。张阿姨非常乐意，说她自己简直求之不得，她就是喜欢办喜事。张阿姨负责，一趟一趟地，把郝毓秀为女儿积攒的四床棉絮，也就是两床垫絮，两床盖絮，运送到了曾芒芒的新房。张阿姨自己又送了曾芒芒两套棉絮。张阿姨认为，现在社会上情况不错的家庭，女儿出嫁，一般都是八铺八盖，曾芒芒再怎么的，也应该有个四铺四盖。四铺四盖的嫁妆，就不便宜了，如果高德静懂事的话，他们男方就应该相应地购置收录机电视机了。"行了。别说废话了。"曾芒芒赶紧阻止了张阿姨。高勇权当没有听懂张阿姨的话。或许他真的没有懂。

就这样，一般需要上万乃至几万块钱才能办下来的婚礼，曾芒芒高勇用不到八千块钱就办理了。他们精打细算，勤俭节约。除了咬牙购买了一套带书柜的组合家具之外，其他能够节省的都节省了。曾芒芒仅仅为自己购买了一套红色的内衣和一件新棉袄。为高勇购买的稍微多一点，里外两套新衣服。所有的旧衣服，曾芒芒用了三天时间，整理缝补洗烫，看上去也有个模样了。新房没有按照流行的时髦标准装修，只是粉刷了墙壁，油漆了地板，疏通了管道，擦亮了玻璃。他们还买了一辆永久牌自行车。男式载重型的，但是曾芒芒也使用。从修整新房到婚礼之前，购物量大大超过了曾芒芒和高勇的想象。光是准备糖果瓜子茶叶香烟，就骑自行车跑了好多趟，因为商品紧俏，品种不全，永光烟是比较高档的香烟，还须凭票或者开后门才能够买到。大白兔奶糖、酥心糖和花生牛轧糖还是拜托了高兰。曾芒芒在床头的台灯下看书的愿望，也跑了许多趟，才得以实现。

曾芒芒的结婚礼服，里面是一套红色的内衣，外面是一件花布棉袄。新棉袄太厚，鼓鼓囊囊的。谁也没有办法让它不鼓囊。被张阿姨发现袜子是旧的。不行啊！张阿姨说：新娘子必须全是新的！曾芒芒只好换了一双崭新的花尼龙袜子。如果说新娘子必须全是新的，那么曾芒芒这套行头，就必须坚持穿上好几天，打发三场婚礼。曾芒芒穿戴的时候，只是瞥了一眼镜子，她不想多看自己的模样，什么新娘子？太荒诞了！

随着改革开放的春风，社会上的婚礼顿时恢复了讲究和豪华，现在黄金首饰盛行。黄金首饰很贵，99足金要一百五十多块钱一克。高勇买不起。高勇就没有提过这档子事情。在商店里，高勇瞟都不瞟一眼首饰柜台，好像首饰这种商品根本就不存在。曾芒芒不好贵重首饰，没有一定要戴黄金项链的欲望。但是她觉得结婚戒指很有意义的。据说左手的无名指有一根血管直接与心脏联系，所以新郎一定要把结婚戒指亲手戴在新娘的左手无名指上。爱你到心里！情愿为你的爱而受戒！

高勇没有为曾芒芒戴上戒指。因为戒指的价格也很贵。

2

最先举行的是高家的婚礼。高家从下午 3 点左右开始来客人。从下午 2 点多钟开始，到晚上 12 点多，新娘子曾芒芒就不曾坐下来歇息过。在这十余个小时里，曾芒芒的脸上，始终要挂出喜悦而讨好的微笑。要礼貌周全，给所有的茶杯添加茶水。要当众称呼高德静为妈妈，称呼任天育为爸爸。谁都问她问题。谁都与她说话。她要非常乐意地回答每一个人，要对每一个提问都充满新鲜感。要好奇，扬起眉毛，睁大眼睛。要目光集中，侧耳聆听，频频点头。背不能佝偻，要端庄。要神采奕奕。全身都紧绷着，处于高度应急状态。这位是伯伯，这位是大姨妈，这位是大姨妈的女儿，而这位，是小姨妈和她的儿子。高德静小声地吩咐：记住小叔叔是个鳏夫，千万不要问"婶婶呢"。迎客的时候弯腰鞠躬，送客也要弯腰鞠躬，高家素来就是有教养有规矩的人家！高德静不断地提醒曾芒芒注意各种礼节。她在新媳妇耳边低语，脸上也挂着和蔼的微笑，好像婆媳的关系亲如母女。喜筵开始之前，出来一个叔叔做司仪，指挥高勇和曾芒芒给父母三鞠躬，夫妻互相三鞠躬，然后再对亲朋好友三鞠躬。曾芒芒任其摆布，始终面含笑容。高勇的笑容简直像是画在脸上的，僵硬，一成不变。但是他还是偷空给曾芒芒递了眼神，对芒芒耐心的配合表示由衷的感谢。高德静自豪地对她的亲戚们说：看看我们高勇千挑万选出来的姑娘怎么样？大家齐声叫好。叫好声中，曾芒芒为小孩子递上糖果，为老人递上香烟，为老太太挑选不粘牙齿的酥心糖。曾芒芒要尽力塑造完美形象，不能让高勇蒙受轻视，不能让任天育校长真诚的喜悦打折扣，不能让高德静的虚荣心受到打击。高勇千挑万选的姑娘？这么说高勇在芒芒之前还有过其他姑娘！可是高勇对此一直持否认态度。相信婆婆高德静？还是相信丈夫高勇？芒芒，现在不能够去想这个问题！现在不能够分心！芒芒，你要是再分心的话，这颗心就要破碎了！

高勇的二姐高梅，是一个性情温和的女子。她丈夫大肆喝酒，她只是扯扯他的衣袖。他把衣袖甩开，高梅也就算了。结果二姐夫喝醉了，10点钟就说动身要走，结果一直走到12点，还没有走出高家大门。他走走又回头说话，走走又回头说话，把他们单位所有的领导都痛骂了一通，责怪所有的领导暗中整他，阻碍他的提升！在这个过程当中，高梅就和她母亲坐在一边看电视，嗑瓜子。曾芒芒高勇被纠缠着，任天育也帮助应酬，无论怎么样，他们都消除不了这位醉酒者对于社会的怨恨。临了，二姐夫还来了一通呕吐，把酒臭熏天的呕吐物，喷溅在曾芒芒的新棉袄上了。曾芒芒必须连夜清洗晾晒，否则，在明天他们曾家的婚礼上，她穿什么？高梅连对曾芒芒道个歉都没有顾及到，只是连连对她丈夫说：你看你！你看你！你看你！高梅的长相与她父亲任天育一模一样，性格也温和，气质却大相径庭。对于曾芒芒，她是可有可无的感觉。不亲。高兰没有被邀请出席。高德静绝对是说一不二的。

曾芒芒希望她的吃苦耐劳，能够让高家所有人皆大欢喜。

第一部分婚礼与第二部分婚礼之间，曾芒芒和高勇只睡了四个小时。第二天清晨，北京方面就来了消息，说是爷爷和红奶奶，昨天就上火车了，今天中午就要到达武昌火车南站。曾芒芒一听这话，困倦立刻没有了，赶紧催促高勇起床。他们得从汉口的高家赶回武昌的新房，做一些必须的准备，带上糖果瓜子香烟，再赶到汉口的曾家。与曾家人会合，商量，再返回武昌，去火车南站接曾分田爷爷。

曾分田爷爷说过的，他要芒芒和高勇接站的。高勇须得让爷爷在婚礼之前过目的。爷爷大约不知道，即使他过目不满意，也无法退还了。但是，芒芒还是要和高勇去接站，这是她愿意为爷爷做的事情，也是她应该为爷爷做的事情。

军区已经安排了车辆。爷爷早对军区明说了，不要什么政委呀等等首长去接站，他有更重要的人去接站，他只要用用车。于是，军区的小车，大早就来到汉口的曾家，等候使用了。司机还把小车的车头上，贴了一只大红的双喜字。曾分田爷爷一旦掺和了什么事情，什么事情就会变得生机勃勃。

忙中添乱的是，曾芒芒和高勇遭遇了小偷。在返回汉口的公共汽车上，高勇在自己口袋里抓住了小偷的手。小偷的手里面什么也没有，钱包已经被转移走了。小偷还嬉皮涎脸，说：老兄，你老是握着我的手干什么？同性恋啊？气得高勇挥拳就给了小偷一个满脸开花。立刻两个男子围了上来，掏出了匕首，胡乱挥舞。高勇只得仓促应战。混战中，高勇的脸颊被划伤了，从耳根到下巴，鲜血淋漓。曾芒芒苦苦哀求司机把车开到最近的派出所去。司机无动于衷。曾芒芒厚着脸皮往驾驶台上放了两袋喜糖，说："我们今天结婚啊，我们这是要回父母家举办婚礼的啊！"司机这才开口帮忙。但是他并没有把车开往派出所，而是大声对小偷说："伙计们，人家今天做好事，这是人生只有一次的事情，你们做事不要太绝了啊！要不我就只好把车开到派出所去了。"司机说完打开车门，小偷一伙人便自觉地跳下车去了。

可是，曾芒芒和高勇的时间来不及了。高勇的伤口流血不止，必须去医院包扎，包扎之后还必须重新返回热电厂宿舍，换掉沾满血污的衣服，新郎官总得要穿着体面一点啊。他们只得分头行动。曾芒芒一个人首先赶到了她父母家。部队的司机已经坐在了驾驶室。曾分地反剪双手，陪着两个焦急的军人在门外等候曾芒芒高勇的到来。道喜的客人陆续进门了。郝毓秀跑出跑进，脸红脖子粗，应接不暇。幸亏还有张阿姨在这里帮助主持家务。常声远林晓玲也来了。常声远前前后后张罗着喜筵的各种事宜。林晓玲乖巧伶俐地帮忙端茶倒水。郝毓秀看见女儿就急了，大声批评道："芒芒！你快点啊！接站的事情，有钟点的，你们也敢拖拖拉拉！快，带上三双套鞋，给爷爷、红奶奶和警卫换上，路上雪水泥泞的，他们一定穿着棉鞋。再带上两只热水袋，天气太冷了，你爷爷都82岁了，我们家里又没有暖气，千万别让他老人家冻坏了！否则你爸爸要责怪我一辈子的！高勇呢？有什么事情比他自己的婚礼更重要？高勇得去接站啊！这么多东西，高勇得拿上啊，爷爷奶奶一下车就得有人照顾，高勇得帮着做啊！芒芒你是新娘子啊，抱这么一大堆乱七八糟的东西，披头散发的，像什么话呢！我女儿结婚就这个形象，让人看见怎么评价啊！芒芒，你能不能把头发重新梳理一下！高勇这个人，真要不得！向来不懂得轻重缓急！"

再怎么批评，高勇也是来不了的了。只得由常声远顶上，抱上大堆的保暖用具，去接曾分出爷爷和红奶奶。

曾芒芒来不及梳理头发了。她的头发是昨天在理发店吹洗过的，涂过了发乳之类的东西，今天已经是僵硬的一块，她自己无法整理。曾芒芒抓了一条纱巾，包住了脑袋。结婚啊结婚，幸好是在冬天。

谢天谢地，火车晚点。曾芒芒一直跑到月台上，然后靠着月台的水泥柱子，不住地喘息。曾芒芒喘息着。一脸茫然。她的面前是一道道的铁轨，再远处还是铁轨。石子。枕木。铁轨。沥青。货车的车厢，孤零零停在远方，顶篷的帆布被北风刮得不住地翻卷，就像痛不欲生的呼号。白雪还没有完全消融，躲在夹缝里，企图挽留自己最后的一点洁白。曾芒芒的纱巾戴不好，怎么也戴不好，她的棉袄太厚了，手套也碍事。新娘子。新娘子这个名词听起来很漂亮。丝绸的绣花嫁衣。红盖头。洁白的曳地婚纱。戒指。就是"文化大革命"中，农村姑娘出嫁，也要请人开脸。开脸就是用棉线铰光脸上的茸毛，同时盘起长发或者剪掉长发。总归出现在婚礼上的新娘子，是一个光光鲜鲜的，旧貌换新颜的女子。新娘子应该是一种形式。曾芒芒没有形式。高勇呢？高勇也不知道怎么样了。高勇脸上要包扎，哪里像新郎？糟糕，曾芒芒的胃部痉挛起来了。一抽，又一抽。一把匕首，开始在芒芒的胃里头搅动。这个时候，远方传来了火车的汽笛声。到了！军人们兴奋地大声说。铁路工作人员开始"去去"地吹哨子，快步跑着，摇晃信号灯。

等火车停稳，曾芒芒已经腹痛得站不起身来了。她蹲在地上，双手捂着腹部，大口哈气，额头鼻尖不住地冒汗。老毛病发作了，精神性胃痉挛，喝点颠茄合剂就缓解了，可是有颠茄合剂吗？没有颠茄合剂，曾芒芒都要第一个迎接她的爷爷和奶奶。常声远急得团团转。芒芒啊！你这个人太倔强了！

在常声远的搀扶下，曾芒芒果然就第一个上去，迎接了爷爷奶奶的到来。爷爷！红奶奶！曾芒芒握住了他们的手，脸色苍白，哆嗦起来，语不成句，整个人往地上出溜。常声远赶紧告诉爷爷和奶奶：没有关系，没有关系，芒芒的胃痉挛突然发作了。常声远把曾芒芒架到了一边，让她蹲着，赶快跑过去搀扶爷爷和红奶奶。"爷爷，红奶奶，"常声远说，"这是热水袋，赶紧抱在怀里！来，你们先上车。我再扶芒芒过来。然后，你们在车上稍坐一会儿，我去车站医务室弄一点药。芒芒这是老毛病了，只要喝一点颠茄合剂就会缓解的。爷爷，红奶奶，你们不要着急，芒芒这几天是太累了。她没有事的！"常声远一一地安排了大家，就跑到车站医务室弄药去了。不一会儿，颠茄合剂居然被常声远弄来了一瓶。常声远一路都在奔跑，脱掉了外套，光穿着毛衣。

小车开向汉口。曾芒芒依偎在红奶奶的怀抱里。爷爷还是中气十足，声音洪亮，笑得那么畅快。欢乐的红奶奶，与爷爷一唱一和。他们对沿路经过的建筑，街道，典故，都如数家珍。这是阅马场，这是辛亥革命的红楼，啊，这是黄鹤楼了！爷爷吟咏起来：昔人已乘黄鹤去，此地空余黄鹤楼；黄鹤一去不复返，白云千载空悠悠。爷爷叹道："好诗！谁还会背诵这首诗？接着念，让我听听。"当兵的司机腼腆地笑了，摇摇头。常声远接了上来：晴川历历汉阳树，芳草萋萋鹦鹉洲；日暮乡关何处是，烟波江上使人愁。"好！"爷爷说，"好啊！"爷爷说："红缨啊，古代的诗人最喜欢游历四方，处处为家，最后还是思念家乡，想落叶归根哪。我看我也该落叶归根了。我应该归根到武汉。我喜欢这座英雄的江城！当年你出生在这里，现在我的孩子们都在这里，孙子辈都出生在这里，这就是我的第二故乡了。将来，我要在这里守护我的孩子们。芒芒听见了我的话，现在肚子一定不痛了吧？"

红奶奶自作主张地说："不痛了。我们不痛了。"其实曾芒芒的腹痛并没有完全缓解。但是她忍不住笑了笑，紧接着就热泪盈眶了。曾分田爷爷啊！他总是气势磅礴。总是以压倒一切的气魄，重新安排旧河山。爷爷在安排他的身后之事。爷爷说得多么自然，潇洒，豪迈并且多情啊！这是长江大桥，这是长江，谁经过这里，都会记得毛泽东。他多次畅游长江。他在武昌桥头堡附近下水，游到汉口的天心洲上岸，要在湍急的波浪中游一个多小时的时间。最后一次的横渡，毛泽东已经是 73 岁的老人了。他们这一辈人，是哪里来的勇气、力量和气势呢？

曾分田爷爷把常声远当成了高勇。爷爷说："高勇啊，芒芒有了你，我就放心了。"曾芒芒自然就十分的窘迫了。对不起，爷爷，这不是高勇，这是常声远。高勇今天出了一点小意外，来不了了。常声远是高勇和曾芒芒的好朋友。为了缓解曾芒芒的窘迫，常声远也连忙道歉：该打该打，爷爷，对不起，我是常声远，一个自以为周到细致的人，今天怎么就犯这么大错误了呢？

曾分田爷爷说话，总是与众不同的。他说："好了。年轻人啊，你们不用这样了。只要真心对我的芒芒好，叫什么名字并不重要。"

红奶奶说："就是。"

红奶奶绝对是曾分田爷爷的影子。

车内的寂静忽如其来。没有谁敢接上爷爷的话茬。芒芒的心后面还有一颗心，一颗小小的额外的心，就是这颗小小的心，"腾"地沉了下去，沉进了无底深渊。

在高家经过了的一系列程序，在曾家又重演了一遍。只是新人首先要给曾分田爷爷和红奶奶三鞠躬。不同之处还有：酒席完毕，曾芒芒和高勇陪爷爷红奶奶上了小车，送他们到了天津路的空军招待所，服侍他们睡下，转身还是回到曾家，招待其他的亲朋好友。

没有人喝醉，但是有人聊天聊得忘记了时间。曾分地的同事和朋友，多是来自于文化系统。好清谈。一谈激动了，就忘记时间了。有茶，有烟，有人伺候，他们便从民间说唱谈到了地方戏剧，从地方戏剧谈到了京剧改革。文化系统，戏是当家菜。只要有好戏进北京，只要有中央首长能够出面来看戏，只要这出戏在北京获了奖，那就算政绩显赫了。曾分地非常高兴女儿的婚礼来了这么多专家和朋友，比正式会议得得还要整齐，气氛又好，实在是一个难得的机会。曾分地也忘记时间了。他说：大家能不能替他出出主意，想想点子，搞几台好戏呢？现代剧现在不好搞，还是三突出，太模式化，没有人情味，服装也不华丽，群众都不太爱看，挖掘古戏新编可能还是一个路子。

诸位，《坐楼杀惜》还可以不可以重新改编？

一位大脑袋粗脖子的京剧专家说：怎么不可以？从前的京戏舞台上，《坐楼杀惜》这出戏里面的宋江，造型太差了！有的像北京前门外逛八大胡同的小开，有的又像上海四马路上歪戴鸭舌帽的白相人。这种形象，怎么也不能够让观众相信他还能够领导'三打祝家庄'，而且能够取得胜利。所以，宋江的形象完全可以重新塑造。要高大，威武，正气凛然。

另外的专家就说了：你说的形象是杨子荣吧？

哈哈哈哈，大家笑了一番。喝茶，吃瓜子和糖果。曾芒芒连忙续水，高勇连忙递香烟。郝毓秀仿佛与高勇亲如母子，拉到一边，悄声吩咐：一定要眼疾手快照顾周到啊，这些人可都是文化人、专家，挑剔得很哪！高勇连连点头。曾芒芒在他家表现得那么好，他在曾芒芒家当然得表现得更好了。反正这辈子也就忍受这一次。高勇倒是不用动脑筋回答大家的提问。基本没有谁与新郎新娘说话。

半夜三更了，曾芒芒与高勇，穿着他们的新衣服，以顽强的毅力，殷勤地守候着一群来庆贺他们婚礼的叔叔伯伯。他们热情而专注，谈论着与新人完全无关的戏剧。

曾分地以忘我的热情说："说到底，好戏还是靠好角。我们有名角啊，麒麟童的弟子啊，《坐楼杀惜》是麒麟童的拿手戏，也就是他弟子的拿手戏了。如果剧本改编得好，我们就有百分之八十的成功把握了。"

唱黑头的京剧演员，说话鼻音重，共鸣腔响亮，震得房间嗡嗡响。他说："说起麒麟童，我倒不敢多话了。为什么？怕呀。我认识麒麟童大师啊，想当年京剧改革，中央首长也鼓励麒麟童改编《坐楼杀惜》，结果他还是没有改出来呀。"

为什么呢？这又是怎样的一说呢？有中央首长支持，又是著名京剧表演艺术家，怎么就改不了一个《坐楼杀惜》呢？

咳，麒麟童又怎么样？还不照样怕犯政治错误啊，群众运动，来了总是先整名角啊。诸位，你们想想，那宋江杀的女人，是阎婆惜呀。阎婆惜是什么人？女人！是什么女人？诸位再想想阎婆惜的家庭成分，阎婆惜出身寒微，是无产阶级啊！你在戏中杀掉无产阶级出身的女人，就不怕妇女联合会提意见吗？

那阎婆惜人品不好啊！

那人家还可以说你是诬蔑妇女呢。那阎婆惜是受到了封建社会的压迫和剥削，才会去唱小曲，爱打扮，勾三搭四不正经的嘛，不是封建社会，她会成为有钱人的玩物和牺牲品吗？

一时间，寂静无声，只有缭绕的烟雾伴随大家的冥思苦想。

行了！曾分地想出了办法。曾分地到底是多年的文化系统干部，他的经验就是比一般人丰富。"各位专家，这个问题不是大问题！我们可以避开阎婆惜的生活作风问题，换一个角度来改编。我们在戏中首先强调阎婆媳的现行行为，这阎婆惜已经下了决心，要向朝廷告发宋江私通梁山晁盖。请问这是什么行为？这是反革命行为！且是现行的反革命行为！既然是现行反革命分子，那还管她是男是女，是无产阶级还是资产阶级呢？"

高！实在是高！大家会心地称赞说：还是曾书记有经验，觉悟高，实在是太妙了！

这婚礼举行得实在太漫长，也实在戏剧化了。

3

第三趟婚礼，倒是最像婚礼了。高勇的一帮朋友、同学和同事，与曾芒芒的一帮朋友、同学和同事们会合了。三十多个男女，年纪大都在 25 到 35 之间。有结过婚的，有没有结婚的。见面三分钟之后，大家就熟悉了，开始打打闹闹。来宾都送了贺礼，高勇在他们热电厂食堂包了四桌酒席。新郎新娘请大家喝了喜酒。曾芒芒没有计较酒席的价格，只是要求菜做丰盛一点。果然菜不错，十道菜，两道汤。酒后上小碟咸菜吃米饭。饭后上大肉丸子和大块油炸酥鱼，这是给来宾带回去的礼物。这是按传统的喜筵安排的菜谱。头一道就是扣菜。扣碗一揭，香气扑鼻，是蒸得又松又嫩热气腾腾的小肉丸子，厨师当场浇卤汁。高勇高兴得给厨师点了一根香烟，送到他的嘴里，另外夹了一支在厨师的耳朵上；曾芒芒则上来给厨师敬了酒。场面顿时一片欢腾。大家大吃大喝，相互灌酒，互相揭短，大谈人生的快乐与艰难。曾芒芒被要求替每一个男性点然香烟。曾芒芒的火柴划着了，刚刚接近香烟，被旁人故意吹熄了；再划火柴，再点。高勇被要求给每一位女性敬酒，要碰杯，如果女的抿了一口酒，高勇就得喝完一杯。曾芒芒和高勇，得在每桌酒席上表演喝交杯酒。两个人要贴得很近，胳膊套在一起，脸对脸地喝。这是冬天，虽然闹得热火朝天，也还是冬天，怎么也要穿毛衣，胳膊很笨拙，交杯酒老是喝得不顺利，大家喝倒彩，罚酒，高勇不胜酒力，满脸通红。婚礼没有那么简单过关的，别想用吃喝来收买朋友。酒席过后，大家拥到新房闹洞房。新房里哪里都是人。找隔壁邻居借了大量的凳子和茶杯。女同学还是需要坐在女同学的腿上，摞着坐。男同学也邀请女同学坐在他们的腿上，女同学红着脸说："呸！"曾芒芒和高勇被推在一起，站在房子中间，同时开始吃一只被吊在空中的苹果，还不许用手帮忙。肖克自愿朗诵诗歌一首，因其诗歌又长又臭，被大家哄下场去。大家要曾芒芒和高勇分别介绍恋爱经过。怎么认识的？谁主动追求谁？准备什么时候生儿子？一起睡觉了没有？有就坦白——没有！没有吗？那好！那你们两人就钻进被子里去，让已婚者教教你们夫妻怎么睡觉。拥抱一个。亲嘴三个。表演一个猪八戒背媳妇。

真是受不了了！曾芒芒脸腮赤红，到处躲藏，被大家拽得跟跟跄跄。高勇活像一个傻子，不住嘴地笑，尽量满足大家的无理要求。热电厂质量检验科的女青年小田，表现得越来越突出。她五官生得格外精致，皮肤似乎根本就没有毛孔，细腻皎白得像瓷器。人们叫她田小小。或者干脆叫小小。喝多了酒的小小，面若桃花，鼻子尖上细细的汗珠闪闪发亮，晶莹可爱。小小穿着一件编织得非常复杂的花毛衣，长长的发辫用崭新的花边手绢系着。她在人群中穿来穿去，轻盈地给大家端茶倒水送糖果。热水瓶在哪里，糖果在哪个抽屉，茶叶又在哪个抽屉，她居然如取囊中之物，比曾芒芒还要熟悉。有好几杯罚高勇的酒，都被小小冲上去，夺了过来，代替高勇饮了。小小说："他不能再喝了！他喝太多了！"小小望着高勇说："喝多了吧？高勇。"小小竖起一根手指，在高勇脸面前摇晃，问："这是几？"高勇说："这是三！"大家快乐地吼叫和跺脚，为他们助兴。

高兰对曾芒芒说："这女孩子喝多了。"

其实高兰也喝多了，依偎在一个少妇肩上，两人絮絮叨叨说话，公然地抹着眼泪。少妇椭圆脸蛋，生得妖媚，但是曾芒芒怎么也想不起来她是谁。少妇含蓄，淡漠，跟谁都不讲话，只是用目光暗中追随高勇。曾芒芒是不是也喝多了？过于敏感？

突然一声爆响，一只玻璃杯摔碎了。小小哭起来，嚷嚷道："我不是故意的。高勇，我真的不是故意的！高勇，你不要责怪我啊！"

立刻就有人把小小架走了。曾芒芒觉得是高勇使了眼色，他的同事才立刻架走小小的。曾芒芒这是初次与高勇的同事们在一起，她与他们都很陌生。怎么她会觉得高勇与他的同事之间有一种不正当的默契呢？

客人陆续告辞。曾芒芒和高勇一起送客。曾芒芒自己的同学，她会多送她们几步。楼梯里没有照明灯光。在一个冷不丁的间隙，曾芒芒发现高勇捏了捏少妇的手。是悄悄地捏，不是正面地握。悄悄地，掩藏在高兰身后。高兰与少妇挽着胳膊，一同离去。"那是谁？"曾芒芒问。高勇说："谁？我大姐的朋友吧，我也不认识。"高勇不认识，他却悄悄捏她的手。曾芒芒是稍微喝多了一点，但是她绝对没有看错。

到了第三趟婚礼的晚上，客人散尽，高勇去卫生间呕吐，曾芒芒昏头昏脑地呆坐在床沿上。这个时候，曾芒芒忽然会意过来：高勇一定有过别的女人！高勇对女人的身体结构那么熟悉，第一次就准确地找到了地方。芒芒听车间的已婚妇女们私下说过：如果是童男子，第一次是绝对摸不到门的！他们的第一次，高勇岂止知道门在哪里！芒芒与高勇谈过这个话题。他们互相开过玩笑，要求对方坦白以前的恋爱史。曾芒芒把自己所有的故事，都讲给高勇听了。她不想隐瞒自己的经历。隐瞒是一种不忠诚，不忠诚是一种不道德。马克思说过，没有爱情的婚姻是不道德的婚姻。依此类推：不忠诚的婚姻也一定是不道德的婚姻。再推：不忠诚的婚姻是没有爱情的。

曾芒芒还是想要爱情的，非常想要。

高勇也是非常想要的。

他们都坦率地承认自己想要爱情。而且都认为爱情是存在的，他们都曾经认真地寻找。言下之意：他们都找到了，那就是你。但是他们并没有这么说。如果高勇不正面地这么说，芒芒绝对不会正面这么说。芒芒是姑娘，芒芒希望男人应该有男人的气概。男人要首先敢于给予，女人则应该敢于接受。

高勇非常宽宏大量，没有进一步追问曾芒芒的任何情节。听完曾芒芒的经历，高勇一句话就给她的历史打上了句号："都是小儿科嘛。"曾芒芒是处女，这是明摆着的，就没有什么值得追查的了。高勇呢？高勇认识曾芒芒的时候，都27岁了。27岁的正常青年没有处过女人吗？高勇说："没有。"

"那你也是处男了？"

高勇说："当然。"

高勇没有表情，说话像背书。他什么时候把回答准备好的？

椭圆脸的少妇为什么流泪？高勇偷偷捏了她的手，却不承认认识她。曾芒芒也不认识她。那么她是谁？小小为什么对他们新房的一切了若指掌？房子从春天分配下来，到这个冬天之前，高勇真的每个晚上都是一个人居住在这里？其间他们分手了一个多月，两人完全断绝来往，高勇是否另有选择？选择，比较，然后还是挑中了曾芒芒，然后请常声远出面说和？高勇重新选择的对象是谁？椭圆脸的少妇？小瓷人田小小？

现在的房间倒是空旷了，婚床却显得特别拥挤。上面堆满了来宾送的贺礼，有成套的玻璃茶具，枕巾，床单；毛茸茸的玩具大熊猫格外显眼，还有好几个毛茸茸的玩具娃娃，他们颜色鲜艳，脸相甜蜜，微笑永恒，定睛看着你，却不负责回答新娘子的任何疑问。

高勇呕吐出来，倒在床上。刚刚洗过的脸，光洁，年轻，手指俊美。头发也湿了，黑油油的，惹人心疼。睡觉吧。高勇说：他简直累死了！曾芒芒也累死了，却兴奋，还想说话。她纠缠着高勇议论今天晚上的来宾，谁谁谁是谁谁谁。谁谁谁怎么样。肖克说他要去深圳了，高兰怎么办？等等。高勇对于高兰的朋友，那个椭圆脸少妇的评价是：妩媚倒也妩媚，只是一看就知道是小市民出身，举止俗了。对于田小小的评价是：太年轻太幼稚，缺乏娴静敦和高贵之气。

三趟婚礼，他们都没有同房。他们筋疲力尽。所谓洞房花烛夜，在当代，早就失去现实意义了。

第十章

1

春天又来了。武汉最早的春意，是由长江传达出来的。江水的流速开始加快，胸怀开始涨满，两岸的沙滩开始湿润，每一片波浪都从梦中醒来，涌动着，飞扬着，旋转着，盛开出嚣张的浪花。如今也只有长江的汪洋恣肆，大气磅礴，激情如故，城市与人，却都不成。

这个春天不美妙。清早寒冷，中午暴热，天空迷迷蒙蒙，空气浑浊得令人不敢畅快地呼吸。高大的厂房又比去年陈旧和破败多了，到处缺损大块的玻璃，烟囱里日夜冒着黑烟、红烟和黄烟。纺织车间的噪声和粉尘把纺织女工们折磨得面色焦黄，城市的美女越来越少。马路似乎也进入衰老期，到处都是坑洼，公共汽车受尽颠簸。交通拥挤，长江大桥永远塞车。警察穷于应付，气急败坏。大街上的汽车、自行车、三轮车、行人，都憋了一肚子的气，互相怨恨，坚决不给对方一点方便。曾芒芒上下班必定要乘坐15路公共汽车。其中有个女司机，从眉眼的标准来说，算得上美人。可就是这位美人，在每天上下班的高峰期，都要使劲拍打汽车喇叭，横冲直撞，把乘客摇晃得东倒西歪。如果乘客有怨言，美人就吼叫道："下去下去！不要坐老子的车！有本事去坐小轿车！"如果乘客善意地提醒她把车开得慢一点，还是安全最重要。美人也恶声恶气地说："安全最重要？妈的个 B，我巴不得死人呢！中国就是人口太多了！咱们怎么都不死啊！"

中国的人口是太多了！汉口的江汉路上，人流永远摩肩接踵，大家都很奇怪对方是从哪儿冒出来的。出行和流通是那么的困难，长江的客轮，连甲板上都睡满了人。长途汽车和火车，都得半夜起床去买票。飞机不是普通人能够乘坐的，县处级以上的干部还需要单位开出证明，才有资格去买票。曾芒芒参加工作这么些年了，除了去过一趟本省大冶铁矿的碧石渡矿山，就再也没有出过公差。市面上的物资供应越来越紧张，十元钱一床的毛巾被，在武汉商场抢得打架。任何必需的日常用品，几乎都得排长队。票证越来越多，花花绿绿的，一大版一大版地发放，复杂得稍有不慎，就会出错。一旦出错，这个月你就没有食油或者鸡蛋吃了。或者过年的一斤花生没有了，半斤糯米没有了，二两小麻油没有了。过年是中国人最大的节日，中国人节日的内容主要就是吃，没有了吃的，中国人怎么过节啊！

曾芒芒的同事教给她一个巧妙的剪裁方法，四尺五寸棉布，用某种方式折叠成三角形状，只要下一剪刀，就可以缝制成为三条三角内裤，一点不浪费布料。用报纸试验的时候，曾芒芒成功了。回家之后，在布料上实践的时候，曾芒芒失败了。这种失败让曾芒芒痛心疾首，好几天闷闷不乐，因为她再也没有布票了！

婚后，曾芒芒居住在热电厂宿舍，她再也无法享受本公司的通勤车。再也不能在厂门口上车，一车就被送到单身宿舍门口。曾芒芒购

买了武汉市汽车公司的月票。开始每天跑月票。定时去挤美人司机的
15路公共汽车。鞋子总是被人踩得灰头土脑。经常遇上掏口袋割皮包
的小偷，还有性变态者。一个男人，轮换地穿着军大衣、雨衣或者风
衣，挤在密不透风的人缝里，把生殖器拿出来，利用公共汽车的颠簸，
在年轻女子的身体上摩擦。曾芒芒也没有逃过这个男人的挑衅。最初，
曾芒芒是那么难堪，面红耳赤，到处躲闪，受到过于拥挤的人们的大
声斥责。男人巧妙地利用了大众的掩护，公然地盯着曾芒芒的眼睛，
用淫荡的眼神疯狂地挑逗。直到有一天，芒芒的裤子被玷污，曾芒芒
终于被逼到了反抗的一步。她在挎包里带上了一把锋利的剪刀。她迎
上了男人的目光，镇定地看着他，把剪刀掏了出来，男人立刻掉开了
眼睛，退却了。曾芒芒没有把这种事情诉高勇。高勇在婚后的重任
是复习考研。她不想让高勇分心。再说，高勇也曾跑过月票，他应该
知道跑月票的艰辛。如果高勇不主动地关心和询问，曾芒芒是不会叫
苦的。别人能够吃的苦，曾芒芒也能够吃下去！曾芒芒吃苦要吃到她
的爱人被感动！

2

有关部门规定：城市青年，在25岁之前结婚，婚假三天。在28
岁之后结婚，再奖励晚婚假日三天。曾芒芒和高勇是当之无愧的晚
婚模范。两人的年龄加起来，都达到了59岁！众人对曾芒芒和高勇，
表示了高度的尊敬。双方的领导，都允许他们自由使用调休。他们于
是获得了十二天的休假了。这简直是太奢华了！常声远林晓玲建议他

们出去旅行，下上海一趟怎么样，去北京一趟怎么样，上一趟庐山怎么样，上有天堂下有苏杭怎么样。他们没有采纳朋友的建议。他们太累了。他们也没有钱了。他们在他们的新家里，大睡懒觉。

事实上真正睡懒觉的是高勇。从最后一个客人离去的那天深夜，他倒头就睡，一直睡到了第三天的上午。像高勇这种不吃不喝，连续睡觉 40 个小时的事情，曾芒芒还从来没有听说过。第三天的清早，曾芒芒看着高勇睡得跟石头一样沉寂，忽然一阵害怕。她害怕高勇会就此不再醒来。

高勇醒来了。在接近中午的时候，高勇醒来，他伸了几个很长很长的懒腰，打了一连串响亮的喷嚏，一手提着裤子，一手撑在窗台上，眼角堆满了眵糊，他呼吸了一口新鲜空气，由衷地说："啊！舒服！舒服舒服！"接着，他又看见了曾芒芒洗涤的衣物，在阳光下飘荡。高勇大为感动，赞扬说："多么勤劳的女同志啊！还是有老婆好啊！"

曾芒芒洗涤的衣物垂挂在晒衣架上。晒衣架是前住户自制的，用角铁焊成矩形，从窗台伸出去，再把竹竿架在上面。晒衣架已经饱经沧桑，不堪重负，锈迹斑斑，风雨飘摇。但是，肮脏的衣物焕然一新，抖得平平整整，洁净，色彩鲜明，看上去的确非常美好。

曾芒芒熟睡了一觉之后，就够了，不再犯困。她把她的二十几本书籍，清理了出来，摆进了书柜。高勇大约有五六本书，也摆进了书柜。退开几步看看，书柜这才有一点像样了。高勇的书籍主要是电器设备方面的专业书籍。曾芒芒的有一部分专业书籍，有一部分文学书籍，还有一点社会科学书籍，比如《逻辑学》。他们还应该有更多的书籍，各方面的书籍，文学和历史方面的书籍，应该多买一点。高勇举双手赞成。在这一点上，他们志同道合。

不小心，书柜的玻璃划破了曾芒芒的手指头，她咧了咧嘴，在水龙头下面冲洗，挤出了血，血还很多。高勇没有注意到这个家里发生了流血事件。高勇注意不到，芒芒绝不声张。注意是一种天然的笼罩。要求笼罩就失去天然了。芒芒不要求。

桌布脏了，衣服脏了，袜子脏了，高勇的衣服上有血迹，要用凉水浸泡一会儿。开水瓶全是空的，得烧开水。邻居的凳子应该及时还掉。俗话说：有借有还，再借不难。刚刚开始的新家庭，应该注意群众影响，建立良好的邻里关系。他们都是大学生，技术员，将来的工程师，他们得有一定的文化教养。茶杯必须洗干净了再还。小小摔破的那个玻璃杯，只得连声道歉，再照价赔偿了。小小！怎么会那么熟悉他们的家呢？小小哭了，我不是故意的！她向高勇表白，眼里饱含乞求："我真的不是故意的！"

为什么小小要这么说话？什么样的男女关系才会这么说话？

高勇小心翼翼地回避这一类的话题。他要复习考研。他想将来让曾芒芒居住更大的房子，阳光从高大的玻璃窗照射进来，地毯像草地一样新鲜和柔软，芒芒细腰上扎着围裙，从书房轻盈无声地闪过。这是多么美好的理想啊！

房间原来是这么容易脏和乱。才两天，桌面上就又布满了灰尘。糖果散乱地扔在桌子上，抽屉没有关严实，家里就显得不整洁了。曾芒芒挽起袖子，洗衣物，抹桌子，把糖果收回到碟子里去，再摆放在桌子的中央，好了。花瓶里的花太鲜艳了，塑料的，车间的同事们送的。还有一束绢花，也是大家送的。大家送的花朵，都是永不凋谢的假花。曾芒芒希望他们家里拥有真实的鲜花。不败的花朵一看就是假的。会凋谢的才是真的。只要是真实的，宁可凋谢。凋谢本身就是一种残败之美。因为有凋谢，才会有盛开。因为预知凋谢，所以会加倍珍惜。被珍惜的感觉多好，双方都陶醉，你好我也好！曾芒芒发呆了。别呆！把塑料花收起来。等待将来的鲜花吧。中国将来会有鲜花上市吗？不知道。先买棵文竹吧。小不丁点的文竹，巴掌大的花盆，摆在窗口，浇水，颜色娇绿娇绿的，叶片细碎得令人心痒痒。简陋的房间因此而平添了一种情调。难怪古人说：宁可食无肉，不可居无竹。中国古人的日子，想必很是浪漫的。唐朝的诗人李白，在黄鹤楼上送朋友孟浩然去扬州旅行，不说保重和再见，说"故人西辞黄鹤楼，烟花三月下扬州，孤帆远影碧空尽，唯见长江天际流"。

曾芒芒和高勇，每周回父母家，都要乘坐轮渡。从长江南岸到长江北岸，在 50 分钟左右的时间里，轮渡突突突地轰鸣，柴油机不断冒烟，黄鹤楼虽在，却很难得见到碧空。人们都把瓜子壳和浓痰吐到江水里。汉阳造纸厂的污水，也是大股大股地，日日夜夜地往长江里头排放。天际不见长江，唯见轮船。轮船没有白帆。记得芒芒与高勇的初次见面，轮渡旁边还追逐着江豚，这才几年，江豚几乎看不见了。常声远告诉我们说：长江里江豚的数量在成倍地减少。

高勇说："芒芒，你太小资产阶级情调了，大资产阶级一点好不好？"

怎么个大资产阶级法？如何又是小资产阶级？

芒芒，记住星期天去新华书店，买一本盆栽花卉方面的教科书，别把文竹养死了。居住在单身宿舍的时候，养死了两盆海棠。现在芒芒结婚了。做事情应该尽量稳妥。

曾分田爷爷落叶归根，要回武汉安家了。爷爷说过的事情，他都会做到。曾分田爷爷不开玩笑。或者说，曾分田爷爷开了玩笑，也敢于把玩笑落实下来，落实落实玩笑又如何？

燕子来到武汉看房子。曾芒芒陪着燕子，看了几处军队干部休养所。她们挑选了武昌卓刀泉干休所。卓刀泉所在的山，名叫伏虎山，名字好得很，与爷爷的气概很相配。卓刀泉是一眼天然的泉水，传说东汉时期，关羽率领大军行进到伏虎山下，人马干渴之极，关羽以刀卓地，大吼一声"水来"，泉水便喷涌而出，卓刀泉便以此得名。后人在此修建了一座关帝庙，以纪念关公的神勇。当然，关帝庙在"文化大革命"中被革命者捣毁了。但是，伏虎山依然秀美。秀美的山，卓刀泉公园，又位于城市的中心地带，生活方便，好地方，爷爷居住这里，恰如其分。

曾芒芒说："燕子你没有赶上我的婚礼。这次我弥补，请你去我那里坐坐，吃顿饭。"

燕子说："我就没有打算赶你的婚礼。"

曾芒芒被噎住了。

燕子的变化越来越大。发型每一次都不同。这次穿一条大花的萝卜裤，把她本来就不够修长的双腿，越发是变成了棒槌。曾芒芒建议燕子还是穿那种修长挺拔的裤子。燕子完全不能够接受曾芒芒的观点。"你老土哪——！"燕子说。燕子标准的北京普通话，开始变成广东普通话，高频率地使用"哪"字，拖腔很长很长，像被水泡软的面条。燕子很遗憾曾芒芒的老土，她说："现在我们深圳非常流行萝卜裤。香港电视台脱口秀明星，都穿这种裤哪——"燕子代表深圳怜悯内地人民，她说：你们的观念这么落后，真叫人受不了。就冲你爸爸妈妈这种因循守旧的人，还有高勇的父母，你们的婚礼，肯定办得特别没劲。因此，我就没有来赶你的婚礼。我不想浪费这个时间。现在我们深圳的口号是：时间就是金钱。

曾芒芒宽容地笑了。她想起了自己的三趟婚礼。她承认自己的婚礼的确是没劲。

咦——燕子说：奇怪呀，芒芒怎么不跟我斗嘴了？芒芒结婚了，受到磨炼了，一副贤妻良母模样了。

曾芒芒说：去你的！

高勇不在家，上班去了，只有一张照片，在迎面的墙壁上，面对燕子，似笑非笑。燕子端详了高勇一刻，说："照片呢，倒也还算体面。人呢，好像不太懂事。"

曾芒芒任燕子评说，不参与意见。怎么回事嘛？芒芒变化很大嘛。燕子以过来人的暧昧，调笑曾芒芒："看来高勇并非只是外表体面，实际上也还是很有作为的，是吧？要不芒芒怎么完全变成一个温柔的小媳妇了？"曾芒芒脸红了。狠狠打了燕子一巴掌。还是姑姑呢，说话不害羞！转眼间，燕子已经兴趣转移。燕子审视着曾芒芒的新房，表情就像在视察非洲饥民。不是我打击你们，芒芒，你们太清贫了！看看你们的新房，简直是家徒四壁哪——芒芒，我真想带你去广东那边看看，看看现在人家怎么结婚，看看人家现在的新房是什么模样！芒芒啊，高勇一个男人，难道就这么甘于清贫吗？现在，就是此时此刻，燕子都可以为曾芒芒提供赚钱的机会：雅尼丝摩儿，美国进口化妆品，用会员制销售，以保证会员获得真正优惠的价格和直接的服务。芒芒推销一套，就可以获得百分之一的报酬。此外，武钢的钢材，曾芒芒批得到多少，燕子就可以要多少，利润的回报高得要吓死芒芒，但是，放心哪——绝对地合理合法哪——。

燕子痛心疾首，指点江山：没有装修的房子，没有电视，音响，电冰箱和洗衣机，我的天，你们是怎么在过啊！信息这么闭塞，对世界上发生的大事一无所知，看不到香港的电视节目，像农民那样，吃了晚饭，天一黑，吹灯，睡觉，生孩子。多可怕！照你们这种活法，中国要倒退到哪里去呀！芒芒，现在要敢于承认钱是个好东西啊！虽说钱不是万能的，可是没有钱，是万万不能的！现在是谁会赚钱谁光荣，邓小平的理论是：不管白猫黑猫，抓得住老鼠就是好猫，明白这话的含义吗？芒芒啊芒芒，你明白不明白，现在的中国，遍地都是黄金，就看你是否愿意弯腰去捡。如果大家都愿意弯腰去捡，中国发展的进程就会大大加快。要我怎么说，你的脑筋才能够开窍呢？

燕子在呼号。燕子为曾芒芒的保守与传统伤透了脑筋。燕子在曾芒芒的陋室里舞动，空气里弥漫着她身上甜腻的香水味。燕子赠送了一瓶昂贵的法国香水，作为曾芒芒的新婚礼物。绝对的世界名牌：克里斯汀·迪奥。燕子不说中文，说：Christian Dior 而这一款香水呢，是迪奥公司 80 年代最新推出的 "Poison"，就是 "毒药" 的意思。这款香水就叫毒药。听听人家取的这名字！触目惊心，灼热，艳丽，诱惑，迷人，具有攻击性，性感极致。芒芒啊，脑子开开窍吧！

燕子当然给芒芒寄了生日贺卡。但是燕子绝对没有重复寄生日贺卡。重复？那怎么可能！燕子的脑袋好使极了。燕子做事非常有条理。芒芒，你知道，有不少男士在追求燕子呢。她目前有一个比较固定的情人。情人！芒芒，这个名词都让你吓一跳吧？有个情人真好啊，谁还想结婚呢？怎么？理解不了吗？芒芒，你就少替我担心了。我还替你担心呢。我又不是没有结过婚的。好不容易出了狼窝，谁还傻得再进虎口啊！芒芒，这可是咱们之间的悄悄话，千万别告诉我爸我妈啊！常声远现在怎么样呢？在做硕士论文。很好。芒芒啊，我得说句不该说的，真的，我第一次看见你们，直觉上就告诉我，你和常声远更好。常声远对你，绝对非同一般。嗨，我的眼睛毒着呢！友谊。革命友谊。当然当然。发乎情止乎礼，中国式的虚伪你们两人都绝对修炼到家。但是，找常声远推销化妆品总是可以的吧？他舍得给女人买东西呀。他的女朋友也是善于交朋结友的人啊。好呢。你已经结婚了。儿女私情就不要多想了，抓住机遇，改革开放，把家庭建设得繁荣富强吧！我走了。

下午，高勇下班回家，进门就到处嗅。

曾芒芒说："别嗅了，燕子来过了。"

高勇说："燕子是不是有一点精神不正常了？怎么在身上乱抹有臭气的东西？"

高勇也不太喜欢燕子。他们两人互不喜欢。燕子连累了深圳。在他们的生活范围里，由于燕子代表着深圳，高勇始终认为：深圳不是那种理想中的好地方。太拜金，太物欲，缺乏文化积淀，胡乱赶时髦。大街上尽是民工和燕子、邝园这样的人。肖克不也是要马上启程了吗？都是这样一些跳跃和偏激的人。物与类聚，人以群分。我们中国人就是这样，做什么事情都是一窝疯，赶潮头，人云亦云。以往所有的政治运动，不都是这样搞起来的吗？所有的盲目崇拜，不都是这样搞起来的吗？历史的经验值得注意，我们得保持自己的沉静，保持自己正常的状态。鉴于燕子是曾芒芒的姑姑，高勇就不发表对她私人生活的看法了。

这瓶"毒药"怎么样？非常漂亮。包装设计非常漂亮，瓶子设计非常漂亮，色彩设计非常漂亮。法国的香水，世界闻名，那有什么话说呢？当收藏品保存起来吧，你就别在身上乱抹了。芒芒抹香水不合适。芒芒的气质是：清水出芙蓉，天然去雕饰。

下班。匆匆奔向公共汽车站。抢车。三步两步上楼。回家。挽起袖子择菜，洗菜，炒菜。吃饭。比在食堂吃得舒服多了，还便宜多了。辣椒炒肉丝，红烧豆腐，清汤一个。好吃！晚饭过后，清理与收拾。大家都动手。轮流洗碗。天已经黑透。曾芒芒想出去散散步。高勇不想出去散步。今天太晚了。天太黑了。马路上汽车太多了。灰尘太多。行人太多。噪声太大。如果有一条幽静的林荫道，那才叫散步。好吧，那就不出去了。晚上八点整，高勇准时收听中央人民广播电台新闻联播节目。半导体收音机上装置了耳机，高勇使用耳机。以免干扰了妻子。曾芒芒伏在餐桌上，写德语作业，嘴唇翕动，小声背诵单词。书桌是留给高勇的。书桌上堆满高勇的复习考研资料和书本。听完新闻联播节目，了解了国内外的基本形势。高勇开始在书桌前复习。在曾芒芒去夜校上德语课的晚上，高勇就去职工大学门口接她，手里托着半导体收音机，靠在院子的栅栏上。他们有台灯。曾芒芒理想的台灯和书柜，他们都有了。曾芒芒躺在床上，把高勇的枕头也拉过来垫在脑袋底下，在台灯下面看书或者编织毛线活。婚后，曾芒芒去图书馆首先借阅了《约翰·克利斯朵夫》。80 年的春天没有看完的小说，86 的春天她得接着看完。一只小巧的笔记本，在手边，随时将小说里面漂亮的词藻抄录下来。

高勇伏案的背影，在房顶的灯光下，安稳，牢固，一成不变，有永恒之感；而在台灯的光影里，晃动，多变，像风像雨又像雾。曾芒芒在书页的翻动声中，安然入睡。

半夜，高勇扳平曾芒芒的身体，把自己的身体压了上去。曾芒芒的眼睛都没有睁开。高勇唶哧唶哧埋头动作，像在勤恳地干着某种体力活。很快，活路就干完了。高勇翻滚下来，鼾声顿起。曾芒芒的眼睛睁开了。高勇发出的鼾声忽大忽小，时轻时重，没有规律，狐狸一样狡猾，让你无法摸透。曾芒芒身体发热，她看着熟睡的高勇，一筹莫展。高勇把被子都裹在自己身上，侧身睡觉，双腿弯着，双肘也弯着，收着下颌，呼吸均匀，好像回到了他母亲的子宫，纯粹得像一个婴儿。宁静的深夜，曾芒芒渴望儿时的生病。发烧，体内充满热烘烘的力量。曾芒芒小心翼翼地钻进被子，每当她拉动一下被子，高勇就哼唧一声。曾芒芒蜷缩在丈夫背后，闭上了眼睛，以为自己愁肠百结，肯定睡不着觉。结果不久，她睡着了。清晨醒来，鸟儿在窗外叫出了一片平和与宁静。高勇伸懒腰，曾芒芒也伸懒腰。上卫生间。梳洗与排泄。吃早餐。杯盘偶尔相撞，叮当一声脆响。高勇感叹：这样的生活，是多么有规律、平静而温馨啊，他非常喜欢！

规律。平静。温馨。是的，曾芒芒点头。然而，墙上的石英钟嗒嗒嗒地走着，不也是规律、平静和温馨吗？时光却在无情地消逝！新婚过后，性生活的频率自动减少，也形成了规律。三四天来一次。不脱上衣了。时光再嗒嗒嗒地走几天，也不脱裤子了。再嗒嗒嗒地，也懒得撩起衣服了，裤子也只是褪下一部分，精确露出要使用的地方。白天，他们闭口不谈深夜的事情。曾芒芒在半夜换下的内裤，早晨来不及洗涤，高勇会在中午回家午睡的时候洗掉。曾芒芒从来没有看见高勇洗涤她的内裤。高勇洗涤女人内裤的时候有表情吗？高勇从来不洗涤别的衣物。有时候，在工作的时刻，深夜的某些片断会忽然浮现在曾芒芒的眼前，真实又不真实，一切都恍然若梦。

春末夏初的一个深更半夜，暴风雨突然来临。窗户被撕扯得噼啪作响。窗户玻璃哗啦一声破碎了。他们跳起来。关窗关门，抢收衣服。

用塑料薄膜封住窗口。他们都淋湿了。急速地跑动。全身心地投入。配合默契，通力协作。闪电一道道，眼睛在瞬间失明，曾芒芒失声发出小孩子般的尖叫。雷声大作，曾芒芒捂住耳朵，害怕得直跳脚。高勇过来，替芒芒捂住耳朵。高勇热热的气息吹拂曾芒芒后颈脖，她全身一阵阵酥麻。空气大量地涌进窗内，好像平时这屋子里本来是没有空气的。饱满的氧气，潮湿，带着泥土和大树的腥气，大口大口灌进肺里，肺叶激动地扩张，充满活力。抢险救灾完毕，曾芒芒浑身颤抖，面对墙壁换掉湿透的内衣。高勇像无声的影子，忽然从芒芒背后包抄上来，捂住了她的两个乳房。高勇用力抖动富有弹性的乳房，一只手窝窝里面一个，饱满，波动，跳跃，呼之欲出，心旌摇荡。曾芒芒生病了，高烧突然袭来，身体反弹得像一张弓箭，腿却软绵绵无力承受。雷雨声中，夹杂着娇滴滴的呻吟。这是谁发出的声音？床板不胜折腾地吱咯吱咯作响。一个从没有见过的高勇在自由高歌。世界沸腾了，宇宙一片热烈的轰鸣。高勇这次不像野马，像骑士，他奔放，狂热，优雅，游刃有余，一切都在他的掌握之中。

暴风雨过去了。暴风雨毕竟只是暴风雨，不会常有。而且自从这次暴风雨之后，他们对于窗户就加倍小心了。晚上睡觉之前，总是要检查一下窗户的插销是否插牢了。因为玻璃损坏之后，修复的过程特别麻烦。

麻烦从暴风雨之后的第一个早晨就开始了。

窗玻璃破损之后，高勇找房管科修理。房管科让高勇写了说明材料，曾芒芒也在说明材料上签了名字，作为证明。科长签字批准之前，还是批评了高勇。科长说：如果大家都这么不小心，厂里需要买多少玻璃，才能应付宿舍？玻璃这个东西就是易碎品，这是常识，谁都应该具备这点常识。

高勇扯过自己写的说明材料，揉成一团，扔进了字纸篓。高勇说："算了。"

算了只是一句气话。窗户上长期没有玻璃，总归是不行的。一块小小的窗户玻璃，市面上还极其难买。曾芒芒再去找科长。科长对曾芒芒抱怨说："哎呀高勇这个同志，脾气还蛮大的，我又没有说什么，也不是不给你们配新的玻璃，就翻了。你们这些知识分子啊！就是不好打交道。损坏了公物，还不能批评。真是的，让我们这些人，怎么搞工作啊！"

我们这些知识分子啊！曾芒芒说："对不起，我们今后一定多加注意。"

事后，过了若干天，房管科的维修工人，才上门来给他们装上新的玻璃。曾芒芒给工人倒了一杯茶，忘记了给香烟。工人马马虎虎地把玻璃装了上去，没有在周边上泥灰。临走还教训了他们，说："以后当心点。别把我们维修工不当人，这么大的厂区和宿舍区，都听任玻璃被暴风雨摔打，那就要累死我们了！"

关上了房门，听着维修工的脚步声消失了之后，高勇才骂了一句："我操他妈的！"

我操他妈的，他们有什么权利这么做？

不知道。

可是，厨房的下水道又堵了。高勇坚决不去房管科。他宁可不在厨房用水，不在家里烧饭。但是，高勇的办法绝非长久之计。曾芒芒只好把他们轧钢厂的师傅请来了。送了一包香烟，还招待了一顿饭。疏通了下水管道。窗台上的晒衣架也不行了，摇摇晃晃的，如果坠落，伤害了下面路过的行人怎么办？晒衣架这种东西，商店里又没有产品出售。高勇又不是电焊工，也没有本事从厂里弄到角铁和管钢。芒芒，你能不能尽量减少晒衣架的使用率？高勇已经忘记曾芒芒的洗涤和晾晒给他带来的欣喜与洁净了。曾芒芒无法忍受了。她一个人的笑脸粉饰不了家庭的太平景象。窗玻璃碎了，下水道堵了，晒衣架坏了，衣物脏了，这都是家庭生活的日常内容，这是谁都回避不了的，夫妻双方应该勇敢地面对，采取鸵鸟政策于事无补。高勇敏感地说："你认为我是鸵鸟吗？"曾芒芒说："你认为呢？"他们争吵了起来。吵着吵着，曾芒芒哭了。考虑到晚上高勇还要复习功课，曾芒芒擦干了眼泪，停止了战争。上床之后，他们和好了。他们曾经约定不要争吵的，对吗？是啊！他们互相检讨自己，互相勉励对方：不要怕他们！生活再困难，别人能够过，我们就能够过！

　　然后，高勇还是一心复习，备战考研。还是曾芒芒，开始在厂里留心谁会做晒衣架，谁又能够弄到厂里的角铁和管钢，并且谁的大卡车能够把这些材料偷偷运出厂门。曾芒芒越发平易近人起来，中午吃饭和休息的时候，和工人们扎成一堆。听工人们说粗鲁的笑话，与大家哈哈大笑。默许他人喝自己的水杯。假装亲热地从司机的饭碗里抢肉丸子吃。功夫不负有心人，曾芒芒最终还是成功地给自己家里装上了崭新的晒衣架。曾芒芒又一次突然发病了。胃部痉挛，上吐下泻。久病成良医的曾芒芒，让医生开了颠茄合剂，然后自己躺上急诊室的病床，挂上了点滴。挂点滴的过程很平静。躺着，微阖眼睛，心如晴日的湖面。只有冰山的尖锋按捺不住，忽而冒出来，忽而冒出来，无情地刺破水面。甩了他！芒芒！有你泪流成河的那一天，芒芒！看来他还不仅只是外表体面，实质上也是有所作为的——暴风雨之夜的激情与奇幻，居然就如那夜的暴风雨一般：风吹走了。雨流淌了。你的脚不可能第二次插入同一条河流！

傍晚，高勇来到急诊室，接走了曾芒芒。还有不舒服吗？没有。高勇礼貌地只对医护人员说："谢谢！再见。"谢谢医院解决了高勇妻子的病痛。

一路上，高勇只说了一句话。他说："你们食堂的卫生是不是有问题？"

曾芒芒回答："哪里。"

他们乘坐公共汽车回家。上车的最初，只有一个座位，曾芒芒坐着，高勇站在她的身边，两手一前一后地抓着椅背，好像随时要拥抱妻子。当然，他没有拥抱。不久有人下车，后排空出座位来，高勇大步上去，坐在了后排。没有人可以在这辆公共汽车上看出他们是夫妻。半途有一对男女上车，年纪不老不少。他们不坐，紧紧贴在一起，女人的身体好像长在男人怀里一样，公共汽车的起伏和晃动，原来正是为他们的亲热而设计的。这对情人将恶劣的客观环境化腐朽为神奇，激怒了车厢里所有的正人君子。等他们一下车，售票员——一个中年妇女，义愤填膺地大声骂道："妈的个骚屄，肯定是一对皮祥！"正人君子们都畅快地笑了。公共汽车穿过白昼进入黑夜。高勇看着窗外，曾芒芒也看着窗外，他们都看着窗外。窗外是喧嚣的大街。他们对喧嚣的内容熟视无睹。城市的喧嚣是他们的一种寂静。

《约翰·克利斯朵夫》终于阅读完毕。"这种静默很奇怪。"——约翰·克利斯朵夫又对曾芒芒说。在事隔六年之后，回想起1980年5月的那个春雨天，曾芒芒才体会到，那青春的，简单的，无所事事的静默算什么奇怪呢？现在这种静默才奇怪。一周又一周，日子过得拮据又飞快。跑月票，上下班，吃饭，睡觉，每天数着那几个铜板，精打细算，今天吃了肉，明天就吃素菜吧。把坏掉的东西修好，修好了之后再等待它坏掉。衣物脏了洗涤，洗涤干净了等待它再脏。扫地，做清洁。灰尘重新落满家具，把抹布打湿，擦去灰尘，做清洁。其实灰尘还是存在于他们的生活里，这是物质不灭定律告诉我们的。我们得相信科学。一切都是枉费，一切都是徒劳。从某种意义上说，所有的动态都是静默，只有生命的悄然消失，才是于无声处听惊雷。

规律，平静，温馨，但是乏味，没劲，绝望。

3

熟睡中，高勇一次次滚到床的边沿，弯成婴儿状，紧紧裹着被子，用后背拒绝全世界。

曾芒芒不得不拿出了另一条被子。

高勇用奇怪的眼神看着这床被子。

曾芒芒解释道："晚上你把被子都裹走了，我没有被子，冷。"

高勇说："对不起，可能是单身汉生活过久了，习惯了，一个人睡习惯了。"

都是一个人睡。谁不是一个人睡呢？哦一个人睡！

高勇没有不同意曾芒芒的做法。他没有从曾芒芒手里拿开另一条被子，扔到一边去，然后拥抱他的妻子，亲她的鬓角，告诉她夫妻是不应该分被子的！告诉她我往后会注意的！或者开个玩笑：我要再这样，你就打我屁股。高勇不开玩笑。高勇几乎从来不开玩笑。高勇认真，敏感，一板一眼，也不太接受玩笑。高勇不再说话。高勇去看他的书。曾芒芒抱着另一条被子，骑虎难下。她的血液忽然变得非常黏稠，梗在心脏里，怎么也流不过去。因此她的四肢，因为缺乏血液的及时供应，苍白发凉，好像发生了渐进性的萎缩。芒芒！芒芒！她暗中呼唤自己！呼唤自己的血液加速流动，否则她就要倒下去了。芒芒不能够在高勇复习的时候倒下。她不想吓唬他，不想打搅他，不想听他莫名其妙地问：好好的，又怎么哪？

从此，他们就开始拥有各自的被子。同一张床，并列两床被子，就像单身宿舍的两张单人床暂时合并在一起。猫在屋顶上悄悄行走，寻觅它的配偶。是不是猫的配偶也酷爱睡觉，所以另一只猫就呜啊大叫呢？曾芒芒不知道。她不懂猫。通俗的说法认为猫是因为发情而呼叫，曾芒芒不太同意这种观点。发情应该唱小夜曲。而她在深夜谛听到的猫叫声，呜啊呜啊，凄厉而愠怒。

第十一章

1

有一天，常声远忽然来了。他要出差一个多月。他要溯江而上，穿过三峡，观察和追踪白鳍豚。白鳍豚也不是鱼，是一种躯体庞大的水生哺乳动物，具有两千多万年的进化史，被称之为历史的活化石。白鳍豚因其古老的生命惹人珍惜。然而它们自己，一定活得非常孤独和痛苦。白鳍豚用肺呼吸，交配受精，十月怀胎，分娩和哺乳。母亲会把她们新生的婴儿驮在背上，以便按时浮出水面，进行呼吸。白鳍豚靠敏锐的声呐系统躲避伤害。而现在长江的航运，实在太密集了。密集的轮船，渔船，渔网，修建大坝，爆炸，挖掘，合龙，还加上水体污染，源头以及沿岸的植被破坏，水土流失。曾经数次发现白鳍豚的躯体的碎片了。怎么办？不知道。白鳍豚的数量在惊人地减少，似乎还只有几头了？或者十几头？不知道。所以常声远要去观察和追踪。

长江中下游是白鳍豚唯一的家园。古老的白鳍豚为古老的中国所独有。这真是具有寓意的童话。庞大，古老，固执，千万年的生命，的确活得太久长了。活成了顶级动物。顶级动物，高处不胜寒。再也没有谁依赖它，只有它依赖别人。这是一种怎样深刻的孤独与苦愁呢？常声远他们要用超声波探测和追踪白鳍豚，租用农民的渔船，下千米的长网，吃渔民在船板上晒干的鱼，风雨无阻地站在船头。他们决心保护白鳍豚。他们准备在湖北的石首县建立一个白鳍豚自然保护区。白鳍豚，让我们送你一个美丽的家园。我们都是古老的动物。让我们互相依赖吧。常声远在做一种神话般的工作。

谁来保护我们自己呢？

常声远为他们送来了一架梯子。家庭用的，铝合金的，小巧又结实。是他们水生所定制的，用于上下鱼池。常声远分发了一只。他用不上。他还没有成家。有了这架梯子，如果房顶上的灯泡坏了，自己换就很方便也很安全，不用去找房管科。曾芒芒把梯子接了过去，说了谢谢声远，然后去为这只漂亮的梯子找一个合适的隐蔽的地方。

高勇和常声远下象棋。曾芒芒给他们沏茶。曾芒芒扎着围裙，戴着袖套，短发垂挂，遮住了半边脸。床上并排放着两床被子，整整齐齐，有一点军营的风格。下棋的人都不说话，他们不时地捋下巴，好像那里长着胡须和智慧。

高勇输了一局，赢了一局。在高勇上卫生间的时候，曾芒芒与常声远谈白鳍豚。曾芒芒对白鳍豚的兴趣异乎寻常。对顶风冒雨站立在船头，穿越长江三峡，充满了向往。常声远说："这不可能。太艰苦了，女人受不了的。"曾芒芒只是笑，用手指把耳边的头发挂上去，又钩下来，挂上去，又钩下来。女人有什么受不了？如果说当年上大学的时候，曾芒芒能够选择，她一定不会选择液压传动。如果说现在她还有选择，她也不会选择每天跑月票去工厂上班，她会选择一个人，独立船头，在波浪汹涌的高山峡谷行进。声远你们能够带我去吗？常声远说：行啊，只要高勇放心，只要你吃得了那个苦。高勇摆了摆手。卫生间的水哗哗冲着。曾芒芒的情绪，总是来自于虚无缥缈的文学，这很可笑。芒芒不是小姑娘了，应该懂得恰如其分，适可而止。

可笑的是谁呢？因为文学并不虚无缥缈。文学只是虚构。虚构的基础还是真实的生活。生活是文学的唯一源泉。是的，芒芒离文学为她描绘的生活非常遥远，但是只是遥远，并非不存在。

高勇说："够了。你没有看见我们在下棋吗？"

燕子居然还是去找了常声远。燕子要找什么人，她一定就要找到。果然，常声远当即就为林晓玲购买了一套美国化妆品。林晓玲激动得在他们银行到处宣传，几天之后，有八个姑娘确定向燕子购买美国原装进口的雅尼丝摩儿。

常声远说："晓玲送了芒芒一套，让我带来了。"

高勇说："声远，你怎么相信这些东西呢？"

常声远说："我哪里是相信这些东西，我是相信生活。"

高勇说："我建议你少掺和她们的事情。"

常声远说："幸亏林晓玲不在场。高勇，她可没有芒芒这么好说话。"

高勇说："声远啊，那你就太不了解芒芒了。晓玲哪有芒芒这么倔强。"

常声远说："谢谢表扬林晓玲！"

曾芒芒也说："我也谢谢。"

曾芒芒谢谢林晓玲送她化妆品。谢谢常声远给她带过来。更谢谢高勇当着常声远的面夸奖她的倔强。常声远知道曾芒芒倔强吗？

高勇说："芒芒，声远又不是外人。这就受不了了？"

曾芒芒说："哪里会呢。"

曾芒芒哪里会受不了常声远呢？芒芒不说话了。芒芒还是沏茶吧。

常声远走得很突然。最后一颗棋子"啪"地打在棋盘上，就站起来说：走了！

曾芒芒以为他要在他们家吃饭的。她把菜都准备好了。特意准备了常声远爱吃的红烧肉。

高勇把常声远送下楼。曾芒芒伏在窗台上，探出头去。高勇和常声远，酷似一对双胞胎。连走路时候，身板的晃动，大体上都是一样。再一细看，高勇要高大和白胖一些。高勇在悄悄发胖。一般双胞胎，块头大的反倒是弟弟，瘦小一些的反倒是哥哥。常声远和高勇正是这样。他们站着说了几句话。常声远跨上了自行车。常声远在骑上去以后，回头与高勇挥了挥手，顺势望了一眼五楼的窗口。曾芒芒没有想到常声远会回望一下。曾芒芒想缩回身体，没有来得及。她想挥手表示再见，也没有来得及。常声远已经踩上踏板，飞快地走了。

长江！长江三峡！川江号子！拉纤者！杜甫的诗！李白的诗！苏东坡的诗！崔颢的诗！长江是白鳍豚古老的江，也是一条诗歌的江。一江的豪情，一江的柔情，一江的爱情。曾芒芒在长江上看中了高勇。杜甫说：蜀道难，难于上青天。李白却说：两岸猿声啼不住，轻舟已过万重山。曾分田爷爷更喜欢李白。曾芒芒也更喜欢李白。然而苏东坡的一句词，却让曾芒芒万念俱灰：大江东去，浪淘尽，千古风流人物。

2

一天，在去食堂吃饭的路上，食堂炒菜的气味飘来，曾芒芒呕吐了。这是猝不及防的呕吐。事先没有任何预兆。狼狈的她，赶紧蹲在路边，对所有同行的同事抱歉，对所有的花草树木抱歉。车间的已婚妇女们立刻指出：芒芒怀孕了。

曾芒芒认为，这是绝对不可能的！已婚妇女们大笑，这有什么好固执的？迹象表明你就是怀孕了。不，曾芒芒不会怀孕的！曾芒芒的丈夫在婚后要考研，所以她不会怀孕。又是大笑。笑得曾芒芒恼羞成怒。你们怎么这么傻呢？非得告诉你们得那么具体吗？好吧，我告诉你们：我们在避孕。

然而，已婚妇女们不屑地说：任何避孕方法，都不是百分之百的可靠。

避孕套，会破裂泄漏。避孕药，很难绝对地按时服用。子宫避孕环，也有戴环受精的例子。就算输卵管结扎，也有自然再通的奇迹发生。怀孕是天意！

怀孕是天意。怀孕叫作"有喜"。曾芒芒啊，你这么大年纪了，结婚好几个月了，也应该怀孕了。不怀孕就是有毛病了。依我们这些粗人之见，我们认为：一个人，没有毛病就是最大福气。千好万好，金雕玉砌，都没有正常和健康好！

曾芒芒冷静地计算了一下：她的月经，已经有三个月没有来了。不过芒芒的月经周期一向不准时。高度的紧张和情绪烦躁，夏季太热和冬季太冷，芒芒的身体都会处于静止状态。但是，芒芒只是进入静止状态，不会呕吐。曾芒芒真的会怀孕？

他们一直在避孕。高勇使用避孕套。他使用的时候给人一种信任感。在他的动作和神态里，有一种客观的态度，是那种技术人员的娴熟和冷静。从来没有发生过破裂或者泄漏，至少高勇从来没有因操作失误慌乱过。曾芒芒怎么可能怀孕？这是一个有计划的时代。没有计划是很麻烦的。

曾芒芒独自一人，悄悄地去了医院。她还是得证实一下。不要凭空闹得人心惶惶。世界上任何事情都有万一。万一是她的身体出了什么别的毛病呢？几个小时的等待，眼巴巴地过去。但凡从视线里经过的，都是小孩子。心慌意乱，不是好兆头。化验单终于出来了，上面盖了一个鲜红的十字。曾芒芒追着问化验员：这红色的加号是什么意思？化验员说：就是阳性嘛。曾芒芒问：阳性是什么意思？化验员像看白痴那样看了曾芒芒一眼，教育她说：怎么连这一点常识都不懂呢？化验单上，绿色的减号就表示阴性，阴性就是正常；红色的加号就表示阳性，阳性就表示不正常。

曾芒芒越发糊涂了：怀孕算是正常还是不正常呢？

曾芒芒不敢再问。其实她明白，她是怀孕了。而对于他们目前的状况来说，正常的情况应该是没有怀孕。

高勇被化验单闹蒙了，倒过来顺过去看了几遍。他的第一句话居然是："怀孕了？怎么可能呢！"

曾芒芒像一个赌气的淑女那样端坐着，腰挺得直直的，双手相叠，放在大腿窝里。她静静地注视着高勇，耐心等待着他的下面的话。

高勇的第二句话是："医院会不会搞错？"

高勇思忖良久的第三句话是："我看医院还是有可能搞错的！"

曾芒芒再也坐不住了。她起身下楼了。曾芒芒在宿舍的小路上踱步，抱着自己的肩，无泪，暗暗抽泣，直到高勇急急忙忙找到她。

"你一个人在这里干什么呢？"高勇说。

曾芒芒不吱声，继续踱步。高勇上前，搂住了曾芒芒的肩膀，说："对不起，是不是我应该首先说恭喜你？无论如何，这总归还是一件喜事。不过，只是这喜事来得太不巧了。"

当晚，高德静就赶到热电厂宿舍来了。高勇给他母亲打了传呼电话。高勇把曾芒芒从楼下带回来之后，自己又下楼去了。他对曾芒芒说："我下楼买一包香烟。"再回来，吸了一支烟，高勇才很不好意思地对曾芒芒说："抱歉啊，我妈可能要赶来了。"

刚才高勇下楼买香烟，经过门房的传呼电话。他一时冲动，给他母亲打了一个传呼电话。怀孕这种事情，毕竟他们老人有经验。对不起，高勇太慌乱了。他只是想请教母亲一下，看看有没有两全其美的办法。高德静性子太急了，一听就把电话挂了，一定要亲自赶来。芒芒，如果我妈说话不怎么样，我希望你能够谅解她。好吗？

难得高勇如此委婉和低声下气。

曾芒芒说："好吧。"

高勇说："我实在不想吵架。"

曾芒芒说："我也不想吵架。"

停了一会儿，曾芒芒说："高勇，你应该事先和我商量一下。"

高勇说："商量什么？"

曾芒芒说："给你妈打电话的事情。因为今天我很累了，我不想见你妈。"

高勇说："好了。刚才我的态度已经向你表明我很抱歉，你怎么还是抱怨呢？下不为例，好吗？我实在不想吵架。"

曾芒芒说："是我在吵架吗？"

高德静一身大汗地进门了。她身上的汗好像不是液体，而是气体。它不仅仅只是流淌在高德静自己身体上，而且还向四周散发浓烈的汗气。高德静使用了香水和痱子粉，她的汗气因此更加复杂难闻。她一只手拎着小包，一只手摇着一把折扇，手表的表带嵌进了皮肤里。皮肤白里透红，脂肪丰腴。高勇给他母亲倒了一杯凉开水。高德静用指头戳了一下儿子的额头，说："你这个浑小子啊！"

你出去散散步吧。高德静对她的儿子说。天气太热了，这房间太小了，三个人挤在一起受不了。再说，她需要单独与曾芒芒谈一谈。谈谈女人的话题。高勇顺从地拿了香烟、火柴和一杯水，下楼去了。高勇不喜欢散步。散步干什么？散步是一种没有结果的活动，走出去又走回来了。宿舍院子的大门口，有一溜棋摊，高勇就在那里下一盘象棋吧。

曾芒芒没有与她的婆婆高德静谈话。之所以这么说，是因为曾芒芒几乎没有说话。所有的话，都是高德静说的。她简直就是作了一场报告。她的报告主要谈了三个方面的观点和建议。

第一：曾芒芒和高勇太草率了。

你们太草率了！我儿子本来是一个聪明小伙子，你呢，我们也认为是一个聪明姑娘，可是，不知道为什么你们在一起，就变得如此糊涂了。事情并不复杂。你们也不是十八九岁的少男少女。高勇要考研，你们就不能够要孩子。要了孩子，就肯定影响高勇考研。其实只要考上了，开始学习了，也就可以怀孩子了。算来也就晚几个月的时间。反正你们已经是这个年纪了，也不在乎再迟几个月吧？把失去的青春夺回来，把失去的机会夺回来，那是要付出代价的。现在我们国家的形势明摆着，没有真本事，没有高学历，将来肯定是没有希望的。当初你们要结婚，我们也是这么一个观点。可是你们坚持要先结婚后考研。看看，现在问题来了吧？你们现在正处在历史的关键时刻，机遇在向你们招手，你们已经草率地结婚了，怎么可以草率怀孕呢？

第二：曾芒芒应该做掉孩子。

作为高勇的母亲，我当然是希望尽早当上你们孩子的奶奶。但是，我还不至于昏庸到支持你们要下这个孩子。就算不考虑高勇的考研，你们这次怀孕的质量也太不高了。芒芒，请原谅我的坦率，好在我们都是女人，我就把话说白一点。因为我发现你在性知识方面，还是比较单纯的，说得难听一点，就是比较简单无知。当然，这不怪你，这只能怪这个时代，或许你母亲也应该承担一定的责任。现在你们都只能生一个孩子。既然只能生一个孩子，那就必须确保质量。应该计算好怀孕的日期，挑选好季节，早在怀孕之前，就多吃蔬菜水果，加强营养，防止感冒。还应该多听音乐，心情舒畅。芒芒，作为准备受孕的妻子，你应该早就开始测量每天的体温，掌握排卵的准确时间，节制房事，确保精液质量。芒芒，你别脸红，这是科学。你们这代人的性无知，实在令我痛心！不瞒你说，当年怀高勇之前，我就是这样做的。你看我们高勇，多么高大健康，皮肤多么洁净，从小到大，从来没有进过医院。而你们，据说还不知道是什么时候怀孕的。这真是太可笑了。万一这个孩子将来有生理缺陷，岂不是你们一辈子的痛苦，孩子一辈子的痛苦，也是我们大家永远的痛苦。芒芒，就把这次怀孕当作失误吧，好在现在人工流产也方便，我建议你尽快去做掉好了。

第三：如果你们一意孤行，一切后果自负。

这个就不用我多说了。因为怀孕是你们的事情，最终还是由你们自己决定。我们只能尽到提醒你们的责任。有句成语，说是一失足成千古恨。俗话也说：世上买不到后悔药。这都是吃过苦头的人，总结出来警告世人的。看看你们这巴掌大的房间，你还要跑月票，你们每月就那几个钱的工资，怎么养活孩子？谁来照顾孩子？你的父母和我们，都是有工作的人，是不可能带孩子的。再说我们年纪也老了，一辈子劳碌辛苦，也带不动小孩子了。你们好好想想吧，别犯糊涂。如果你们犯糊涂，一意孤行，后果真是不堪设想。

整个过程，曾芒芒还是端坐不动，只是脸红了几次——当高德静谈到受孕准备的时候。今天晚上，她执意做一个赌气的淑女。只是在最后，高德静要走了。曾芒芒才起身说了一句："妈妈好走。"

高勇果然下了一盘棋。输了。本来是可以不输的，因为心神不宁。高勇把他母亲一直送到公共汽车站，一路聆听母亲的教诲。高勇送了母亲回来，并没有马上上楼回家。他在楼底下徘徊，以一根电线杆子为半径。路灯把他的影子拉长又缩短，缩短又拉长，折磨个不停。曾芒芒与丈夫的影子告别，把身子从窗口退了进来。洗澡。睡觉。她实在累了。精神倦怠，眼皮打架。按民间的说法，曾芒芒有"喜"了。但是她没有觉得有什么喜。她麻木了。

曾分地不在家，带队上北京会演去了。家里出了这么大的事情，父亲却不在家！郝毓秀劈头盖脑地对女儿说："芒芒啊芒芒，你让我怎么说你才好啊！我真是没有想到，你会糊涂到这种地步。高勇正要考研。你拖他后腿干什么？芒芒啊，你这不是惹得高德静轻视你吗？好像你就是一个婆婆妈妈过小日子的普通人。就算要孩子，也得他们求你呀，你这是给他们高家传宗接代呀！你凭什么就这么贱呢？"

郝毓秀一急，就露了家庭妇女的本色。"文化大革命"去得越远，郝毓秀的本色就露得更多。曾芒芒倒愿意母亲越来越真实。不过，郝毓秀那种家庭妇女加革命干部式的脾气上来，对他人连连质问，曾芒芒就无法忍受了。

郝毓秀说："我问你，你到底是怎么搞的？"

曾芒芒说："什么事情到底怎么搞的？"

郝毓秀说："怎么怀上了还不知道？"

曾芒芒说："就是不知道呀！"

郝毓秀说："这种事情，怎么会不知道？"

曾芒芒说："怎么会知道？又没有教科书，又没有人告诉。"

郝毓秀说："你这是在埋怨我呢？"

曾芒芒说："我没有埋怨谁。"

郝毓秀说："一个女同志，连这一点心眼都没有。这么大年纪了，还人事懵懂的，你是一个傻子！没有吃过肉，看见猪在地上走啊！"

曾芒芒咬住了牙关，不让自己继续说话了。不回答！她要求自己：不要紧接着回答母亲的任何问题！沉住气！芒芒，你怀孕了，你是真正的大人了。曾芒芒端坐着。这是她在怀孕之后才发生的姿态。这姿态使她活像一个深受皇帝宠爱的妃子，她收敛，宽容，但是无法把天下的任何人放在眼里。芒芒忽然开始怜悯母亲。一丝丝强烈的光线，从窗口进来，照在郝毓秀脸上。曾芒芒过于清晰地看见了母亲的皱纹、浮肿和皮肤底下的黄褐斑。郝毓秀的裙子撩在大腿上，小腿肚子上的静脉曲张，越来越厉害了。曾芒芒忽然想起了母亲的年龄，母亲今年53岁了。53岁的郝毓秀并不像老太婆。她信奉革命者永远年轻。曾芒芒还是觉得母亲在衰老。然而母亲的眼神，却依然还是那种青年团干部和女中学生式的，敏感，顽强，自以为是，一触即跳，人不犯我，我不犯人，人若犯我，我必犯人！

曾芒芒不说话。她站了起来，过去倒了一杯凉开水，温和地放在母亲手边，然后从母亲的衣领上拈下一根灰白的头发。郝毓秀审视地看着女儿。她不了解女儿了。曾芒芒知道母亲不了解自己。芒芒不要求母亲的了解。血缘关系与互相理解之间，没有必然的联系。也无须必然的联系。

高勇正式陪同曾芒芒去看妇产科医生。挂号，排队，等候。高勇在外面走廊坐着，曾芒芒掀开一道白色的帘子，进去作检查。气候炎热，时间漫长难熬。检查完毕，曾芒芒出来。高勇谨慎地跟在曾芒芒后面，走进了妇产科诊断室。

曾芒芒试试探探地询问，她是否可以做人工流产。然后，曾芒芒看了看高勇。高勇点点头以示同意。他们面前的中年女医生，看上去心情很不好。她脸色蜡黄，双颊许多褐色斑点，眼睛里是一股被压抑的愤怒。

女医生把笔重重地按在处方笺上，身子往椅背上一靠，对曾芒芒和高勇说："这么说吧，人流当然是可以做的。有什么不可以呢？计划生育是我们的国策，大家都做人流，国家也乐意。但是，我的职责要求我告诉你们，高龄孕妇做人流是非常不安全的。尤其你这种情况，怀孕已经三个月了。你们是不是以为，做人流很简单？我告诉你们，人工流产不是儿戏！它是一种人为的创伤，是有危险性和危害性的。如果你们年轻，身体的恢复和再度怀孕，也许都不是困难的事情。可是你们现在这个年纪，恐怕就不那么容易了。当然，你们要考研，要学习，要上进，要跟着时代进步，我有什么办法呢？难道怀孕不是一项成就和事业？啊，功名利禄嘛！世人总是逃脱不了它的诱惑。但是我要问了：博得功名利禄是为谁呢？好！为了子孙后代。可是假如没有子孙后代呢？还要功名利禄干什么！这个国家，总是不能够有效地按照科学规律办事，观念混乱不堪，提倡什么 28 岁结婚。经过专家论证了吗？专家研究的结论是：女人最好在 25 岁之前生育。随着年龄的增大，身体的生理素质必然下降，胎儿身体素质也必然呈下降趋势。人口素质与生育质量密切相关，人们怎么都不愿意弄懂最基本的道理呢？"

他们终于明白了医生的意思：她还是不同意曾芒芒做人流。

医生绕了一个很大的弯。发表了一大通与曾芒芒怀孕无关的高见。也许她今天正好需要听众。也许这就是她的医疗风格。知了在窗外的梧桐树上高叫。太阳明晃晃地炙烤着大地。蒸汽在半空中颤动。汗水在所有人的皮肤上流淌。武汉的夏天奇热无比。人们都是那么委屈和烦躁。长江的水位迅速升高。高勇下周就要被派去防守江堤，这是武汉市的青壮年男人每年汛期的义务，就像短期的兵役。高勇的复习考研，即便不受到妻子怀孕的影响，势必也会受到长江洪水的影响。

曾芒芒一直等待着高勇的意见。她就那么看着他，保持着高贵的沉默。高勇穿着汗衫，凉鞋里头的脚丫子肮脏不堪。他们站在医院嘈杂的门诊大厅里，巨大的吊扇在他们头顶飞旋。"那就要了吧？"高勇的口吻像一个局外人。

曾分田爷爷勃然大怒。曾分田爷爷气得直拍着桌子，说："你们这是怎么哪？啊？芒芒都 29 岁了，这是多大的喜事啊！我就要有重孙了，四世同堂，这是多大的福气啊！怎么就不知道高兴和珍惜呢？都是傻子？脑子出毛病了？让'文化大革命'耽误了青春，还要让'文化大革命'耽误孩子！毛主席是怎么说的：世间一切事物中，人是第一可宝贵的，只要有了人，什么人间奇迹都能够创造出来！一个男人，如果真的有雄心壮志，什么都妨碍不了他！当年我跟着红军去长征的时候，妻子儿女一大群了，怎么样？我还是成功地走了两万五千里！芒芒，别理睬他们，这个小宝贝，我要定了！"

红奶奶说："我们要定这个小宝贝了！芒芒，我们马上就搬到武汉来了。我们来替你带孩子！"

曾分地拿着电话筒，乖乖地点头。

曾分田爷爷是对的。他总是对的。可是他怎么带重孙子？他83岁了！他都是大家照顾的对象了。当然，怀孕总归是喜事。这个道理，大家都还应该懂的。按道理，大家首先要表示喜悦，要向芒芒和高勇表示祝贺。

曾分地放下电话，文绉绉地对女儿说："祝贺你。"

3

长江的水位猛涨，猛涨。一夜之间，沙滩没有了。再过一夜，江堤之内的所有建筑，都沉浸在水里。屋顶与柳树的枝条，直接从水面上生长了出来，给人童话般的幻觉，看上去很有趣，没有灾难的感觉。半大的男孩子，兴高采烈地游到屋顶上，蹲在那里，企图钓鱼。他们此生将得到一个教训：长江没有可以这样轻而易举钓到的鱼！长江的鱼有如翱翔云天的鸟！傍晚时分，太阳落山，烂漫的余晖映照着浑黄的江水，壮美之态不可言说。这个时候，人们都喜欢从家里走出来，到江边看水。曾芒芒也喜欢。曾芒芒在长江大桥上慢慢地散步。伏在大桥的栏杆上，随着江水，把视线从西头往东头移动，从近处往天边放逐。什么叫作"黄河之水天上来"，这就不难体会了。李白在写这首诗之前，一定没有到过汛期的长江。汛期的长江，是沸腾的火焰，是奔腾的骏马，巨大的漩涡，是最诡秘的陷阱，是地球之巅的那纵情的呼啸。唐朝的小木船，是无法承受长江的激情的！这么写吧：君不见，长江之水天上来，奔流到海不复还；君不见，高堂明镜悲白发，朝如青丝暮成雪。人生得意须尽欢，莫使金樽空对月！

唐朝。中国人的唐朝。一个繁荣富强美丽动人的神话。千年过去，诗歌还在那里闪光，女人低胸裙装里露出的半个酥胸，还在那儿闪光，唐玄宗和杨贵妃的旷古之恋，还在那里闪光。回头一笑百媚生，六宫粉黛无颜色——谁还能美过这个女人？芙蓉帐暖度春宵，从此君王不早朝——皇帝不上班了！皇帝被爱情融化了——中国的男人，谁还能这般潇洒和沉迷？唐朝是中国古老天空的星星，将永远闪灼和炫耀，照亮后代的悲哀。

曾芒芒他们没有金樽，玻璃的酒杯，瓷器的酒杯，都没有。他们没有钱买酒杯。抽屉还是空空如也，四季的衣服，刚好够得上换洗。他们也不需要酒杯，因为他们没有酒。逢年过节，单位的食堂会加餐的。高勇可以去食堂，与他的几个同事围坐一桌，大鱼大肉，高度烧酒，自己带上香烟，哥们痛快喝它一顿。父母家也有酒，如果父亲想喝一口，高勇也可以陪着喝一口，孝子的喝法，唯唯诺诺的，无法尽欢。他们没有人生的得意。人生的什么时刻，才可以算得上得意呢？不知道。工农兵大学生的文凭已经被人瞧不上了，高勇曾芒芒提升工程师的希望，越来越渺茫了。怀孕算人生得意吗？

站在长江大桥上看水。你会觉悟到：长江的水就是天，天就是长江的水，天与水组成了一个循环的圆圈，人成了漩涡最深处的那一点点尘屑。而曾芒芒，是那一点点尘屑中的 12 亿分之一。她渺小。她非常非常渺小。因此，她的怀孕只是她自己的事情，别人的态度与她无关。希望获得欢呼、喝彩、祝福和宠爱，那是她自己太自作多情了。但是，渺小的芒芒可以把这件事情做好。相信不相信？她可以做好！她是一个可以把自己的事情做好的女人。她向长江发誓！

你相信不相信？

洪水下来了。铺天盖地。江面上滚动着树枝，白色塑料快餐饭盒，半截枯木，鼓胀的家畜尸体，匍匐着的人类尸体。一顶斗笠，斗笠尖上的桐油在闪亮，那是一只勤劳的手在每个夏季，都精心上过桐油，才能够获得的光华。那是谁的斗笠呢？

火车来了。老远就鸣叫和震动。长长的一列，黑乎乎，威风凛凛，势不可挡，从北京飞驰而来，穿越武汉市区，穿越长江，向广州飞驰而去，几千公里，一气呵成。毛泽东因此而表扬了武汉长江大桥。苏联人帮助建造的大桥，雄伟而笨重。毛泽东也喜欢用诗词的形式表达情怀，他说：一桥飞架南北，天堑变通途。

曾芒芒闭上了眼睛。她就是天堑。她凌空飘在长江上。她就是长江。火车"呼"的一声钻进她的身体，穿越。穿越。震颤。震颤。骨头咯咯响，牙齿咯咯响，肌肉扭曲，汗毛直竖，乐声轰鸣，风雷激荡。她要粉碎了。

粉碎是一种极致之乐！一定的！

厂计划生育委员会的女工委员庞大姐，给曾芒芒送来了生育指标。

一张粗糙的纸，巴掌大小，写了几个潦草得无法辨认的字，盖了一只圆形的模糊的红印章。这就是一个新的生命准予通过子宫的路条。得放好。小心翼翼夹在笔记本里，放进背包最里面的口袋里，千万别丢了！只有凭借这张纸条，曾芒芒才能够办理指定医院的围产期保健卡，获得定期的检查，最后获得顺利的接生。然后再获得新生儿的户口以及领取特殊的票证，那些票证将为产妇提供专门的红糖和鸡蛋。这一切都很重要。没有医院敢于随便为一个没有证明的产妇接生。

庞大姐与芒芒谈起了她的苦恼。她的家，住在汉阳龙王庙，房子在江堤之内，最近又被淹了。几乎每年的汛期都要淹水。他们一家三口，每年夏天就像逃荒似的。到处借住。多少次睡过大马路了。一张竹床，睡在马路边。早上早点起床，赶到单位，在办公室洗漱。孩子呢，就在江边洗把脸，在路边吃碗热干面，上学去了。

这日子！庞大姐叹道：个婊子养的！

曾芒芒下班回到自己家里。快步上楼。五楼，不会淹水。打开水龙头，随时可以洗漱。真好！比起庞大姐，芒芒很幸福。

生活一切照常。只不过是一个小小的，形状类似于蝌蚪的小家伙，潜入了芒芒的子宫。小家伙在子宫里，熟睡，很小，慢慢长大，要长十个月。不碍事。曾芒芒上班下班跑月票。房顶的电灯泡坏了一次，忽然闪闪就灭了。曾芒芒没有去叫高勇，她搬出常声远送的梯子，爬上去，仰起头，换了一只电灯泡。光明重新来到。三分钟的事情，很简单。尽管过江看望父母的次数越来越少了，也还是有过去的时候。两边的父母，总归都是要看望的。在他们的家庭里，曾芒芒照常进厨房帮厨，择菜，洗菜，炒菜的油烟冒起来了，她也没有表现出恶心呕吐的状态。吃饭的时候，她既不翻胃吐酸水择口，也不贪馋。曾芒芒在秋天出怀，随着衣服的增加和人的日渐消瘦，一般很难看出她是一个孕妇。直到最后一个月，曾芒芒的腹部忽然膨起，腹大如鼓，颜面潮红，嘴唇绛紫。在此之前，曾芒芒简直就不像一个孕妇。好像怀孕是她不慎犯的一个错误，随即就被她自己暗中纠正了。

你相信不相信？

郝毓秀一贯教导女儿：世上无难事，只怕有心人。这个人生信条，很早就渗透到曾芒芒的血液中去了。其实，所有的妊娠反应，曾芒芒都有，但是她能够克服和忍耐。高勇在防汛回来之后，忽然有所歉意。很可能是与男人们呆在一起，大家进行过初为人父的交流，相比之下，高勇觉得自己的态度不妥当。高勇鹦鹉学舌地说："我很高兴我要当爸爸了。"高勇说这话的时候，曾芒芒正在洗头，水搅得哗哗响。她回应说："很好。"她没有说"高勇，你这句话来得太迟了！"芒芒不刻薄。芒芒不敏感。芒芒愿意迟钝一点。迟钝一点，自己不疼，别人也不疼。高勇还是鹦鹉学舌地说："你想吃点什么就说。"曾芒芒说："好的。"可是曾芒芒从来都没有告诉过高勇她想吃什么，高勇的复习考研高于一切。

半夜，曾芒芒饿醒了。曾芒芒想吃用四川泡菜的做法泡制的芹菜根。这是她从来没有吃过的菜，也是她从来没有听说过的菜。在这个夜半之前，她也不知道芹菜根是否可以吃。然而，她饿醒了，睁开眼睛，好像鬼魂附体，认定芹菜根是可以吃的，而且泡成酸菜以后，就是世界上最好吃的食物，也是唯一可以救她一命的食物。芹菜根！哪里有芹菜根呢？熬到天亮，曾芒芒气息奄奄。她用仅剩的生命力，支撑着自己的双腿，挤上公共汽车，奔到厂里，一把抓住庞大姐的手，说："我要吃酸过的芹菜根！"

庞大姐说："好！有组织呢！"庞大姐立刻拿出全厂女职工的登记

表格，把四川籍贯的已婚女职工，用红笔，全部标了出来。然后，挨个往她们所在的岗位上打电话。谢天谢地！打到第三十二个电话的时候，对方操着一口四川话，不紧不慢地说："这有啥子稀奇嘛，我家里的泡菜坛子里，天天都有酸菜。芹菜根？小菜嘛。不稀奇嘛。有的是嘛。"

庞大姐以计划生育办公室的名义，撒谎，找借口。几个女人，被厂里的车载着，直奔轧钢厂的宿舍区。曾芒芒抱着泡菜坛子，热泪盈眶。她看见碧绿的芹菜根了！但是她只吃了一口。一口，就够了，吞咽下去，人就神奇地恢复了冷静。芒芒的灵魂回到了芒芒身上。

东方不亮西方亮。天无绝人之路。中国古代流传下来的哲学观点，曾芒芒全都相信。相信并且身体力行。

曾芒芒还不仅仅是会自己找吃的。她还亲手准备好了小家伙出生以后所需要的一切用品。单尿布 40 块，夹尿布 30 块，棉尿布 15 块，褓褓两个，小铺盖一套，其中床单被套两套，和尚领的小衣服四套，斗篷一件，围在脖子上吃奶的围兜六条，小袜子小鞋子若干。等等。所有这一切，都是利用大人的旧衣服改制的。旧衣服软和。旧衣服还不花钱。旧毛线衣不痒脖子。斗篷是外出戴的，要好看一点，曾芒芒的两条丝绸围巾就当作面料。商店里的斗篷 30 多块钱一件，相当于半个月的工资，实在太贵了！曾芒芒没有学过缝纫。她无须学习。借来小衣服，照葫芦画瓢。以大无畏的精神，果断地下了剪刀。

曾芒芒怀孕六个月，高勇考研落榜。高勇无法相信自己的落榜，因为他考得很好。现场的感觉很是不错。他们会不会把考卷弄错了？会不会是判卷有误？大家都认为主考方会犯各种低级错误。晚上，高家全家人团团围坐在客厅里，紧急磋商怎么办。高勇抽烟，一个劲地抽，指头掐住太阳穴。高德静举了许多例子，证明主考方犯错误的比例之高，高得惊人。任天育向儿子详细地询问了考题，并且与儿子一起，重新解题。后来他们一致决定，设法查阅考卷。按规定，考卷已经封存，是不让本人查阅的。高德静任天育夫妇动用了他们所有的上层关系，曾分地郝毓秀也帮了一点忙，给朋友写了纸条。高德静夫妇每天夜晚出门，轻手轻脚，生怕碰上邻居，他们的包里，提着高级香烟和茅台酒。他们终于从国家高等教育委员会一直攻关到省教委，打通了各处关节。经过反复地核查试卷，他们只好接受了现实：高勇此次考研失败。

在常声远林晓玲结婚的喜筵上，高勇豪饮白酒，谁也阻止不了。然后大着舌头给大家学说各地的方言。说得很糟糕。最后出溜到餐桌底下，睡着了。整个过程，曾芒芒只能端坐着。端坐着，不动弹，不说话，不变脸，保持镇定和微笑。最后帮助常声远将高勇从餐桌下面拉出来，抬到房间去休息。高勇的胡闹让林晓玲不高兴了。曾芒芒只好再三地道歉，然后自己不离开，坚持陪伴林晓玲，竭尽所能，为热闹的婚礼增添热闹，直到常声远找到机会，把曾芒芒带了出来。曾芒芒在酒店的花园里喘息、大口呼吸，她的身体的确是容易疲倦了。曾芒芒喘息着，苦笑着向新郎常声远道歉，催促他赶紧回到舞厅去——林晓玲把他们的婚礼安排得热闹无比，典礼，喜筵，舞会，最后还有闹洞房。让芒芒独自呆一会儿吧，有新鲜空气就行。曾芒芒消瘦，苍白，倦怠，眼圈发黑，但是她克制，隐忍，镇定，微笑，宽宏大量，深明大义，没有半句抱怨，她只要有新鲜空气。你呀！芒芒啊！常声远叹息道。曾芒芒说：声远，别可怜我。常声远轻轻地拍着曾芒芒的后背，想帮助她呼吸舒畅一点。曾芒芒轻轻地移开了身体。去吧！新郎。

是高勇受不了了！他从小到大，在学校的考试中，就没有失败的记录。他经常在玩笑中，与同事吹牛，他说他别的本事没有，就是会考试。热电厂人人都知道高勇在考研。田小小在食堂打饭，看见了高勇，完全掩饰不住她丧魂失魄的留念。这一点，连傻子都看得出来。热电厂新来的厂长，还是不同意高勇带职考研，他认为高勇目前正是最具有实际工作经验，又年富力强的好时候，应该在工作中发挥优势。

高勇说："我又考不上，试试还不行？你怕什么？"

厂长脸都白了，敲着桌子，半晌才说："到底年轻啊，火气旺啊，我怕什么？我反正总是给共产党干活。我是替你怕呀。"

高勇说："谢谢领导关心。"

高勇过于严肃，脸绷着，眼睛不看人，看远方；说完话嘴唇立刻紧闭，嘴角上挑，给人一副傲慢的不客气的印象。高勇在考研之前是不是太趾高气扬了？好像他离开这个破厂，是轻而易举的事情。

一下子，高勇生病了。长了这么大几乎没有生过病的人，生病了。很重的感冒，全身骨头痛，发烧，咳嗽。他还是不肯去医院，只肯在家里吃一些日常感冒药。整天地躺在床上。被子一直捂到下巴底下，直哼哼。曾芒芒问他哪不舒服？他说哪里都不舒服！曾芒芒说："其实无所谓的，现在考研的年龄放宽了，35 岁之前都可以考。机会多的是。身体是最重——"

高勇使劲把床帮子一拍，说："你能不能饶了我？不说这些屁话！"

就在临考之前，高勇复习累了，愿意陪曾芒芒下楼散步。月亮很好，冬青树上缠着的金银花开了，清香扑鼻。曾芒芒挽着高勇。他们款款细语，真是有一点花前月下的情调。曾芒芒说："快要考试了，紧张吗？"

高勇说："不紧张。我这个人，就是会考试。平时学习也不努力，老玩，字也写得不够好，可是临时抱抱佛脚，总是能够考出高分。出题的人，思路就那么一套。这个我还是很有把握的。"

曾芒芒说："这一次考研，是你人生最关键一次，愿上帝保佑我们。"

高勇说："芒芒，上帝一定会保佑我们的。你怀着孩子还在支持我，谁都会感动。"

"高勇！"

"芒芒！"

高勇说："芒芒，我真想让你过上那种生活——宽敞的住房，到处是落地窗帘，书房里的书柜顶天立地，大书桌，堆满书籍和烟头，让你每天收拾。"

"高勇，我爱听这样的话！"

"还有呢，我们的孩子，将拥有自己的卧室，有大客厅，一地的玩具。你放心孩子一个人睡觉吗？"

"我放心。孩子他爹。"

这是他们之间少有的调侃，把气氛调侃得水乳交融。夫妻俩大有推心置腹，相依为命之感。回家上床睡觉，夫妻格外温存。到头来，却发现，原来是一场海市蜃楼。

第十二章

1

高勇的吸烟量忽然增加。本来一天一包，有时候三天两包，现在变成一天两包了。为了不增加家里的经济负担，他降低了香烟的档次。由红双喜变成了红金龙。买一包最新流行的云烟，或者外烟希尔顿，装在外衣口袋里，当着大家的面吸，与大家互相派烟。裤子口袋里，装的却是红金龙。高勇原来主要是饭后抽烟，号称饭后一支烟，赛过活神仙。现在是随时随地叼着香烟。走路的时候像一根移动的烟囱。曾芒芒没有就吸烟的问题发表任何意见。芒芒的女同学和女同事，都约束男人抽烟，芒芒不受影响。高勇最烦别人借着保重身体的由头来规劝他戒烟。一个男人，连一点吸烟的嗜好都不能够有吗？那他不是活得太惨了吗？

一段时间以后，高勇咳嗽加剧。患了支气管慢性炎症。总是有痰黏附在支气管里，需要使劲地咳嗽。咳出来的痰，颜色焦黄。高勇从小所受的教育，是不随地吐痰。现在痰多了，咳嗽频繁了，他也懒得恪守文明举止，有时候干脆和众人一样，把痰吐在马路上。不过高勇还是要找一个僻静的地方，本能地想要把痰藏起来。半夜里，高勇常常咳嗽得坐起来，捶着胸，眼睛珠子都鼓出来了。对不起，高勇看着曾芒芒的大肚子，歉意地说：真是对不起，让你睡不好觉。一天夜里，高勇把手放在曾芒芒的肚皮上，感受到了胎动。他们的胎儿很调皮，喜欢活动。一脚蹬在母亲胃部，把胃部顶得高高的，然后慢慢滑动，一直滑到耻骨联合。高勇断定说：这小家伙在打拳呢。高勇被自己没有见面的孩子感动了。他拉开电灯，庄严地宣布戒烟。

高勇自问自答，说："难道我连这一点克制能力都没有吗？不！"

"难道我不能为自己的孩子戒烟吗？"

"难道我不应该为孩子节约每一个铜板吗？"

"我做得到，芒芒，我真的做得到。我不应该让你和我们的孩子被动吸烟。从现在开始，我这辈子绝对不再吸烟了。"

曾芒芒看着高勇，微笑。

几天之后的一个夜晚，夫妻两人靠在床背上。曾芒芒为孩子编织毛衣。高勇看书。高勇看了一会儿的书，就开始又打哈欠，又打喷嚏，又揉眼睛。

高勇放下书，思忖良久。他说："芒芒啊，你说这人活着，到底图个什么？戒烟是为了什么？为了健康长寿是不是？可是如果人生一点乐趣都没有，健康长寿又有什么用？人生到底是质量重要，还是数量重要？我看质量重要。而且，何以见得吸烟就不健康长寿呢？毛泽东吸烟，邓小平吸烟，你爷爷也吸烟，他们都很长寿啊。"

高勇沉吟了一刻，掀开被子，伏在窗户上，对着外面，吸烟去了。第一口抽得长长的，巴巴地响，憋在胸腔好久才慢慢嘘出来，真他妈的香啊！月亮啊月亮，人生得意须尽欢，莫使金樽空对月。人生不得意更须尽欢，否则，就太不合算了。

　　肖克从深圳回来了。肖克去了不到一年的时间，发生了脱胎换骨的变化。这次回来，是与高兰办离婚手续的。高兰在电话里号啕大哭，死去活来。高勇过汉口，为他大姐高兰找肖克讨个公道。曾芒芒劝高勇多听听情况再说，不要太冲动，人家两口子的事情，只有他们自己心里最明白。高勇当然知道。说是讨公道，其实是主持公道。他也希望好好解决问题，对高兰和肖克都公道。两口子就这么长期分居，肯定是个问题。

　　这一夜，高勇没有回家。第二天，曾芒芒在车间接到高勇打来的电话，说是问题没有解决，今天晚上可能还不回家，高勇还是就近回他父母家睡觉。高勇在电话里说，肖克给了高兰一万块钱，真没有想到，像肖克这样的诗呆子，在深圳，不到一年，就成万元户了，看来深圳这个地方还真不可小看。

　　曾芒芒说："是啊！是不能随便小看什么了。"

　　高勇说："芒芒，现在我醒悟到，金钱的确是一个好东西。如果现在我们有钱，谁还呆在这个破单位受窝囊气呢？"

　　一切都是因为太穷了！

　　一切都是因为太穷了吗？高勇撒谎也是因为太穷了？

　　高勇的谎言是被他父亲无意中戳穿的。就在高勇还是不能回家的这个下午。任天育校长来了。任天育今天在武昌的省教委开会，会议上发了一点水果和奶粉，就顺路送过来了，芒芒，你现在是一个人吃两个人的饭，得加强营养啊。不过，这点小事，就不用对谁说了。

　　曾芒芒点头。她什么都明白。会议上不会发水果和奶粉。是任天育校长自己偷偷买的。任天育校长也在衰老，手背上的老人斑日渐增多，但是依然风度翩翩。任天育校长是那种越老越显轮廓的清瘦老人。因为慈爱，所以有一股高尚之气。任天育校长今天顺路来，主要还想对芒芒解释一件小事。上一次芒芒在帮厨的时候，由于忽略了用手指把鸡蛋壳里面的蛋清彻底地搅出来，受到了高德静的责怪。任天育校长希望芒芒不要往心里去。他知道芒芒不是大手大脚，是习惯使然。许多人打鸡蛋，都是顺手扔掉蛋壳的，很少有人意识到蛋壳里头还可以搅出几滴剩余的蛋清。芒芒。你不知道，德静她是穷怕了。他们家曾经是那么富有，财产说没有就没有了。六十年代初的大饥荒，他们家照样饿肚子。这对他们的打击太大了，他们哪曾想到会落到饿肚皮的地步呢？他们是可以用牛奶洗澡的家庭啊！我这么说，不知道你是否能够体会到德静的感受，还有造成她现在特别吝啬的原因。其实她的心肠是很善良的。平日的积攒，也是为了保护你们的将来。钱财这个东西，生不带来，死不带去，我们留着做什么呢？德静怕啊，怕又忽然遇上饿死人的年代啊！生活经历会扭曲个人性格的，久屈成病梅嘛。总之，芒芒，今天我就想给你说说这个事情。请你原谅德静，原谅我们，好吗？

谢谢爸爸！曾芒芒说，她是真心的感谢。芒芒感谢任天育校长做的和说的一切。她也希望老人能够明白她的感谢发自内心。出于对历史的敬畏，出于对老人的敬畏，出于对不可知的一切的敬畏，无知的芒芒，只有真心实意地感谢爸爸了。

任天育校长能够理解曾芒芒的心情。他们没有血缘关系，但是能够互相理解。

任天育校长要走了。他说："我就不等高勇了。芒芒，有时间，你们还是勤点回家好吗？德静也只是嘴巴厉害，几个星期不见儿子，她还是受不了的。我理解高勇的心情，也理解他的回避。男人有时候，也是很脆弱的，甚至比女人还要脆弱，尤其是当他的理想受挫的时刻。芒芒，你这么迁就高勇，宽容高勇，我真是非常感谢你。等高勇的心情彻底好转了，你带他回家吧。"

再见。

再见，爸爸。

男人脆弱的时候，女人应该迁就他一点，宽容他一点，任天育校长，这里面是否包括男人的谎言呢？高勇显然没有回父母家睡觉。高兰家没有地方可供他睡觉。高勇在哪里睡觉呢？连续两个晚上，高勇睡在一张什么样的床上？谁的床？遇上了这种情况，曾芒芒也还是应该迁就高勇，宽容高勇吗。芒芒不知道。

第二天，曾芒芒过江了。去了汉口的五芳斋甜食馆。高兰在煮汤圆。曾芒芒买的是面条。当面条煮好了，从里面的窗口递出来的时候，曾芒芒面对的是一张熟悉的脸。椭圆形的少妇的脸。她婚礼上的少妇。始终与高兰在一起的少妇。幽怨的少妇。被高勇暗中捏了捏手的少妇。今天的少妇满面春色，是被煮面条的热气熏的？还是别的什么原因？曾芒芒没有立刻去接面条，她定睛注视她，直到少妇忽然意识到曾芒芒是谁。面条的汤，忽然泼洒出来了，少妇的手发抖了。少妇惊慌失措，嘴唇突然张开。少妇的手为什么抖得这么厉害？成天与陌生人和不陌生的人打交道的餐馆服务员，会随便就把面汤抖洒了，至于吗？

曾芒芒坐在餐厅的一个角落，视线通观全局。她在那里吃面条。慢慢地吃，一根一根地挑，想把一团乱麻清理顺当。高兰出来了，眼皮还有点红肿，亲亲热热，大惊小怪。"芒芒！你怎么来了？怎么今天没有上班？怎么想到要吃五芳斋的面条啊？"

曾芒芒看了看高兰，不说话。高兰坐在了曾芒芒的对面，手里甩着一条油腻的抹布，嘘寒问暖，还企图抚摸曾芒芒的肚子。曾芒芒闪开了。

高兰说：高勇还好吧？哦，前天他来了。在我这里，帮我和肖克交涉。肖克有钱了！在深圳电视台搞什么事情。你看这世道，我怀疑太阳要从西边出了。谈好了。离婚。他给我一万五的赔偿。可以了，我一辈子也挣不了这么多。生命诚可贵，爱情价更高。我看我这价格也够高的了。肖克？走人了！前天谈好，昨天就走了。人家现在的时间就是金钱。芒芒。你今天来，是不是想问高勇前天晚上没有回家，住在哪里？我告诉你，他回我们父母家了。

曾芒芒说："大姐，我没有问你什么事情。我只是来吃碗面条的。"

高兰用鼻子笑了笑，用抹布擦桌子，反复擦一块干净的地方。

曾芒芒说："那个煮面条的女人就是陪你参加我们婚礼的女人吧？"

高兰说："是的。我的好朋友，结拜姐妹。怎的？"

曾芒芒说："她人呢？怎么不出来打个招呼？"

高兰说："她上厕所去了。"

曾芒芒说："那我等她。"曾芒芒把一碗面条挑得稀烂，冰凉。

高兰说："芒芒，你该回去了。怀孕的人，心态要平和，要多休息。"

曾芒芒说："高兰，她为什么怕见我？我想听你说点实话！"

高兰把脸仰了起来，眼睛从吊灯一路下溜，然后仜视着曾芒芒，放出了满含锋芒的冷光。

好！好好好！曾芒芒，我就给你一点实话吧。你知道不知道，高勇的压力有多大？这一次考裁了，对于他的一生，又意味着什么？他都32岁了。等到这么大年纪才结婚，怀孕还是偶然的。你知道他在等待什么吗？我弟弟是一个深沉的男人，他不爱说话，他把一切都埋在心底。但是他是一个有理想有抱负有梦幻的人！他也有这个才气和能力。他从小就非常聪明。十岁就自己装了一部半导体收音机。八岁时候，他的航空模型在青少年宫参加比赛，获得中南五省第一名。他五周岁和我外公的合影照片，你注意到了吗？他西装革履，仪表堂堂，完全是一个小绅士。高勇一直在苦苦等待。你以为他真的不羡慕我们的外公吗？你以为他真的没有我们外公的气魄和才能吗？你以为他真的甘心屈居于那些平庸的人之下，甘心自己的老婆每天风尘仆仆地跑月票？而他的孩子，快要出生了，他们却只有十几平米的住房，连一顶婴儿斗篷都买不起！曾芒芒啊，你还不了解高勇。你还不了解男人。如果你了解的话，今天就不会跑到这里来，暗中调查他的去向了。

曾芒芒啊曾芒芒，你很单纯。这是你的优点也是你的缺点。请不要小看我这个卖汤圆的女人。且不说我吃过的好东西，你见都没有见过；我穿的好东西，你做梦都想象不出来。咱们姐俩不说这个。你可知道当年我高兰是武汉市的一枝花吗？你可知道闻名全国的武汉市青年艺术团毛泽东思想宣传队吗？听说过，对吧。很好！那你知道这个团的台柱子是谁？是我，高兰。芭蕾舞剧《白毛女》中的女主角喜儿是谁？《红色娘子军》中的女主角吴清华是谁？阿庆嫂是谁？李铁梅又是谁？17岁就坐上了国际航班，飞到阿尔巴尼亚，为他们的霍查总统演出的又是谁？是我，高兰。高勇没有给你讲过我的故事，对吧？我们不讲。我们姐弟心照不宣，从来都不愿意对任何人炫耀自己辉煌的过去，那是我们心底最深处的伤疤！我的前夫，是一个卓越的政治家，武汉市的"文化大革命"，实际上就是被他掌握着，他那么年轻，就成为了中共中央候补委员。曾芒芒，你喝过几口长江水啊？你跟随毛主席横渡过长江吗？你当然没有。我有。我前夫有。我前夫是自杀的，你不知道吧。"文化大革命"到了尾期，他彻底看透了，他失望了，他的抱负无法实现了，他不意愿苟活，做别人的替罪羊。他当着我的面，举起了手枪。他把手枪顶在太阳穴上，叫我的名字，微笑着，我还以为他在与我开玩笑。他说再见了高兰，我爱你！

紧接着，枪响了。噗，枪响了！那一年，我才24岁，我们的儿子，才两岁。

曾芒芒啊曾芒芒，我的弟媳妇。一个人，千万你不要自以为聪明，不要以为自己纯洁高尚，冰清玉洁，而别人，都是庸常之辈，社会渣滓，都是在偷偷地做坏事，所以你就有责任来维护社会的道德和良心。如果你这么看世界，你就太无知了。我妈是个心高气傲的女人，就是不服气高家的衰落，用她的方式逼迫她的子女成名成家。这一点，想必你已经有所领教了。我们没有母爱。高勇没有母爱。高勇的父亲是个好人，可是他无能为力。我们家和你们家不一样，你们家是新社会的宠儿，是共产党的暴发户，你们四季如春，全都沐浴在党温暖的阳光之下。可是我们高勇是需要母爱的，需要属于他自己的那份母爱，尤其在某些过不去的人生时刻，这很正常，你可明白？

曾芒芒哑口无言。全身的每一个细胞，都发生了一种骇异的震颤，细细密密的骇异，从脚尖到头顶，啮噬着她的肉体，酷似无法抑制的寒冷。

太可怕了！这个世界太可怕了！

高兰站了起来，说她得工作去了。高兰给曾芒芒的最后一眼，那眼神与房顶上悄然行走的母猫一样。冷淡，漠然，蔑视，机警地保持着对一切的距离，随时随地准备孤注一掷。高兰原来是这样的。简直太可怕了。

曾芒芒站了起来，走路有一点摇晃。高兰赶上来，从后面扶住了曾芒芒。曾芒芒不再有力量甩开高兰的搀扶。高兰的声音变得绵软。

芒芒，回家去吧。你是个好女人，这是没说的。我们一看就知道。我只是希望你对高勇好一点儿，不要太苛刻。高勇是非常非常爱你的。也许他不善于表达，但这是事实。他选择了你做他的妻子，并且一直都那么尊重你。这就是事实。我们都要学会承认事实，尊重事实。你说呢？

芒芒，今天你来五芳斋的事情，我不会告诉高勇。今天我们姐俩说的私房话，说到这里，就落到这里了。你也不用对高勇说什么。做人，心里要放得下事一点。现在，我把你送到车站去。回家吧，不要再做傻事了！

曾芒芒哭了。抹泪了。被高兰搀扶着。笨拙地躲闪车辆，穿过马路，时时处处都身不由己。大街上，行人来来往往，车辆川流不息。虽然是被包裹在城市之中，芒芒还是看到了山外有山，天外有天，人外有人。这真是人事有代谢，往来成古今啊！

2

曾分田爷爷已经搬迁到武汉了。居住在武昌卓刀泉的军队老干部疗养所。一栋二层楼的房子，有小花园，有小保姆。红奶奶种了月季花和蔬菜。爷爷和红奶奶都热烈欢迎曾芒芒到他们家去坐月子。房子宽敞，有小保姆，有煤气。只要高家不讲究规矩，一定要芒芒在男方家坐月子，他们保证会照顾好曾芒芒母子。

高德静不讲究。高德静不准备按照风俗习惯，让曾芒芒回婆家坐月子了。尽管她日夜盼着看见自己的孙子，但是她有血压高，怕吵闹，小孩子哭夜起来，恐怕她身体受不了。儿子高勇考研失利，她自己的退休，大女儿高兰被迫离婚，她的心情已经够糟的了。

高勇说："不！我们哪里都不去。我们就在自己家里坐月子！你说呢？"

曾芒芒同意。曾芒芒愿意在任何时候支持高勇。芒芒也愿意在自己家里。芒芒不愿意打搅任何人。爷爷乐意被打搅，芒芒感谢爷爷，但是她还是同意高勇的意见。他们家是狭小的，条件是艰苦的，但这里毕竟是他们的家。

曾芒芒的预产期到了，没有一点动静。高勇却来了一个好差事，要去广州评估一台进口电器设备。厂长不计前嫌，邀请高勇一同前往，因为高勇的确是这方面的专家。他们这一趟，还将顺便去深圳和珠海看看，深圳著名的沙头角中英街，也得去看看，开阔开阔眼界，看看特区到底是怎么回事情。公差，公款，有办公室主任专门伺候，饭店事先都联系好了，坐飞机去。高勇还从来没有坐过飞机。

高勇犹豫不决，反复征求曾芒芒的意见："你说我去吗？"

曾芒芒说："你去吧。"

高勇说："是不是这种一起出差的机会，比较容易和厂长沟通？"

曾芒芒说："肯定是的。你去吧。"

高勇说："可是你的预产期到了呀。"

曾芒芒说："不用担心。这不一点动静也没有吗？你不也就去一个星期吗？"

高勇说："那你要答应我，让声远和林晓玲照顾你。他们与我们相隔不远，声远又可以要到单位的小车，你要答应我，随时随地给他们打电话。"

曾芒芒说："好的，我答应你。"

高勇多像一个男孩子啊！像那种毛头少年，挡不住诱惑，跃跃欲试，稍获青睐就激动不安，无法权衡事物的真正分量。然而，高勇眼角的皱纹已有沟壑状，脸盘的皮肤下面，已经有一层皮下脂肪，他脑袋变大了，脸盘也变大了，皮肤粗糙了许多，不再是清瘦少年了。

然而，高勇，你去吧。去吧！不就是一个星期的公差吗？

当然，曾芒芒很可能就在这个星期分娩。预产期都过了。分娩是随时随地的事情。谁都应该懂得这个道理。

就在高勇出差的当天晚上，曾芒芒发作了。忽然就来了宫缩。宫缩就是子宫收缩，通俗地说，就是小腹疼痛。曾芒芒定期去做围产期检查，她早就学会这些医学术语。来了宫缩，曾芒芒警惕地坐在床沿上，看着手表，静静地等待下一次宫缩的到来并计算间隔时间。她不愿意自己毛里毛糙，把征兆弄错。她一个人在家里，一个人生孩子，她没有机会犯错误。

下一次宫缩来了，很厉害，痛得芒芒抱着肚子倒在床上。宫缩的时间间隔越来越短了。是要分娩了。曾芒芒在疼痛的间隙，利索地背上了大包小包。这是她事先都预备好了的，婴儿服装自己的内衣尿布褯裤，红糖鸡蛋筒面草纸证件钞票，样样俱全。在下一次疼痛的间隙，曾芒芒赶紧锁好房门，下楼，去乘坐公共汽车。半途中，宫缩来了，就蹲在路边哈气。宫缩过去，赶紧起来跑路。晚上10点了，这是15路公共汽车今天的最后一班车了。看见驾驶室的美人司机了。美人准备把曾芒芒忽略掉，一个人等车，算了吧。美人老远就踩油门加速了，她想赶紧回场，早点回家休息。

对不起，今晚曾芒芒就不客气了。曾芒芒走过去，挡在了车头的正中央。

美人急刹车，探出头，怒目圆睁，吼叫道："半夜三更的，找死啊！"

又一阵的疼痛袭来，曾芒芒弯下腰，不由自主跪在了地上。曾芒芒只能哈气，不能说话了。

美人说："哦！妈呀！该不是要生了！"

美人连忙跳出驾驶室，与售票员一道，把庞然大物的曾芒芒架上了车。曾芒芒是要生孩子了！曾芒芒要去他们的职工医院！美人斥责曾芒芒：你怎么不早说啊！曾芒芒咧嘴笑了笑。她的嘴唇开裂了，流出丝丝的鲜血。嘴唇是哈气哈干的，她忘记带水了。

你家男人呢？

出差了。

这狗杂种！

是出公差呢。

知道。我还是要骂这些狗杂种！

美人把别的乘客都赶下了车：下车下车都下车！老娘今天要学雷锋！这个女人要生孩子了！我得赶紧送她去医院！

美人一直搀扶着曾芒芒，为她办理了入院手续。两个女人紧紧握手了。我叫曾芒芒。我叫胡翠芳。胡翠芳说："到医院就没有事了。没事。我生过孩子。生孩子嘛，我们女人份内的事情。你会做得很好。"胡翠芳再次紧紧握了曾芒芒的手。

　　曾芒芒躺在了病床上，直哈气。医生来检查了。宫口才开三指，又是高龄初产妇，没有韧性了，难得开全，早着呢，躺着吧。疼痛就哈气。忍着点，别瞎叫唤。把力气叫没了，到生的时候就无能为力了。曾芒芒很听话，哈气，小声哼哼，把床单抓得嘎嘎响。有两个待产妇，宫缩一来就呼天抢地，求爹爹告奶奶，好像世界末日就此降临。医护人员无法安睡，值班护士很生气，训斥那些待产妇："喂喂，要不要脸啊？快活的时候忘记了！有当初的快活就有今天的疼痛，什么都有代价，懂吧！你们看看，人家多安静，人家还是高龄初产妇呢。如果再这么鬼哭狼嚎，我就不管你们了！"曾芒芒获得了高度的评价。她愈发是不能够叫唤了。她不能够给脸不要脸。这世道，你麻烦别人接生，别人还能够给脸你，这是多么难得的事情啊！这一夜，曾芒芒在撕裂中度过。泪水顺着眼角流淌，眼角湿一阵，干一阵，泪水中的盐粉凝结成了一道细细的槽。晨曦初露的时刻，曾芒芒昏过去了。曾芒芒被医生人员弄醒，他们建议她做剖腹产。你爱人呢？在外面走廊等着吧？让他进来签个字。你年纪太大，宫口难得开全。你这人耐受力也太强，一声不吭，可是胎心已经不正常了，胎儿已经憋得受不了了。剖腹吧。曾芒芒没有爱人签字！没有人商量！外面走廊里，没有曾芒芒的爱人。曾芒芒也不愿意剖腹产。她在之前看书学习过了，书上说，经过天然产道和自然产程出来的婴儿，还是最健康和最正常。曾芒芒要保证她的孩子最健康和最正常。曾芒芒说：我可以自己生的！我行的！曾芒芒说着说着，就拽住了医生白大褂的一角，紧接着，手又垂落了。曾芒芒痛成了一颗核桃。核桃！蜷缩成一团，全是皱褶，肤色呈赭红。护士伸手往下面一摸一看，坏了，都露头了。几个人急忙把曾芒芒连抬带拽，弄到了产车上。一溜小跑，闪开闪开，垃圾桶撞倒了，脚步杂乱，冰凉的铁扶手，油漆斑驳的产台，到处是碘酒烧灼的痕迹。现在，曾芒芒的大喊大叫获得了谅解。曾芒芒无法不叫喊，她在冲锋陷阵。只有拼命呐喊，腹内才充满压力。她得把一个活生生的人，从梦一般隐秘的地方，从世界上最狭小的门里头，挤出去！推出去！阴道侧切，剪刀把肌肉剪得滋滋响，鲜血漫了出来，敷料！把敷料夹在手指上，压迫血管。弯弯的缝合针，每一针下去，鲜血又漫了出来，敷料！敷料！弯盘里堆满了浸透鲜血的敷料，赶快换上新的敷料啊！笨死了！助产士是个实习的小姑娘，浑身发抖。止血钳！止血钳呢？再来一把，啪，打在医生的手掌上。丁零哐啷。金属器械的音响是如此冷酷！冷彻肺腑！生孩子要把内脏一件一件地扯出体外吗？孩子在捉迷藏躲起来了吗？心脏忽悠忽悠地坠落，要离开曾芒芒了。就在曾芒芒也要离开自己身体的那一刻，忽然，仙乐飘飘，巩啊巩啊巩啊——孩子出来了，带着快乐的健康的呼喊，这呼喊好听极了，足以驱散所有的恐怖。医护人员也都是笑脸了。他们其实也很会笑的。护士说：嗨嗨，睁眼看看，你的孩子！看看，这是小鸡鸡啊，男孩子啊！记住了，不要弄错啊！

怎么会弄错？护士说话真逗。她的儿子，芒芒的儿子，她怎么会弄错！这是儿子的小鸡鸡，差一点就杵到了曾芒芒的脸上。作为女性，曾芒芒这是有生以来第一次这么亲密放肆地接触一位男士。她羞涩地笑了。幸福地笑了。真的，这是一种特别的幸福！这幸福特别巨大，专属于她一个人。

曾芒芒没有给常声远打电话。常声远已经结婚了。深更半夜，他们夫妻好好地睡在一起。也许他们正在进行鱼水之欢。曾芒芒对接电话的值班人员怎么说？我是他的女朋友，我要生孩子了，请赶快去叫他，让他尽快赶到我这里。林晓玲会生气的。她会的。嘴里不说，心里也会的。林晓玲会觉得：如果不是曾芒芒太不懂事，就是常声远对曾芒芒太好了。曾芒芒肯定是不会打这个电话的。高勇怎么就不明白呢？

曾芒芒能够把自己的事情做好。你们相信不相信？

天亮了。当深秋的明净阳光，再次洒满病房的时候。曾芒芒已经安详地躺在病床上，腹部平坦，头发顺溜，嘴唇鲜润欲滴，目光迷蒙，超然物外，俨然一个睡美人。

就一个晚上。大家都在睡觉。一觉醒来，曾芒芒为他们奉献了一个大胖小子。

所有的亲朋好友都赶来了。个个都惊异万分。说，笑，哭，不安，感动，内疚，抱歉，褴褓里的新生儿，像一枚硕果，被大家兴奋而珍视地传递。高家有孙子了！曾家有外孙子了！芒芒怎么不声不响地，一下子就改变了我们的世界呢？

美人来了。常声远林晓玲来了。美人拍着胸部说：怎么样？芒芒？我说过你是好样的吧？曾芒芒是好样的。在生孩子的问题上，她做得非常漂亮。曾芒芒把林晓玲羡慕死了。

下午，常声远又来了。他带来了鲜鱼和砂锅。向医院交纳五毛钱，就可以在专门为产妇准备的炉子上炖汤。常声远根据自己的工作经验推论，喝多了鸡汤反而对产妇的身体不利，鲜鱼汤是更好的。常声远把炖好的鱼汤送到了曾芒芒的手里。你呀，芒芒！常声远还是这么感叹。他们不怎么斗嘴了。他们都在收敛自己。他们已经明白他们得拉开并保持距离。友谊，只有友谊是地久天长的。他们都想地久天长。

鱼汤是苦的。常声远哪里会炖鱼汤呢？苦胆都没有取出来。他研究的豚不是鱼。但是，曾芒芒还是把鱼汤喝了。喝的模样非常香甜。常声远摩拳擦掌，很有成就感。

芒芒可以把所有的事情做好，相信不相信？

高天意是高勇和曾芒芒的儿子。儿子的名字是曾芒芒取的。在这一点上，曾芒芒固执地坚持了她的权利。她没有把这个权利让给高勇的父母或者她自己的父母，也没有让给曾分田爷爷和红奶奶他们。她没有征求任何人的意见。她只是把自己的想法与高勇作了一个交流。曾芒芒的怀孕是一种天意。发作和分娩也是一种天意。长江东流是天意。日月辉映是天意。四季循环是天意。阴阳互补是天意。创造人类是天意。没有什么比天意更强大的力量了。因此，芒芒希望他们的儿子名叫天意。

高勇没有不同意的理由。何况高勇是有负疚感的。他恰好出公差了，妻子独自拦公共汽车去医院生孩子。男人们私下说：如果女人生孩子的时候，你没有守在她身边，她会记恨一辈子。曾芒芒会记恨高勇吗？所以，高勇爽快地同意了芒芒为他们的儿子取的名字。

咳，深圳沙头角中英街一条街上，不过就是一条贩卖各种小商品的自由市场，乱哄哄的。高勇给曾芒芒带回了深圳的礼物：一块论斤称的涤纶布料，一打力士香皂，两条黑人牙膏，一包长筒袜。这统统都是改革开放的成果。

3

婴儿与母亲，是一对天生的密友。他们在一段时间里，互为全世界。婴儿不会说话，母亲却觉得他会说话，并且只对她一个人说话。

婴儿所有的话，母亲都懂。母亲抚养婴儿的时候，没日没夜，时间不按常规地行走，生活也不按常规行进，生命的方式是圆的，不是线性的。圆形是饱满，满足，停顿和自我娱乐的标志。

饿了吗？哦，饿了。

尿裤子了？明白了。

要洗澡吗？要洗澡。

耳朵后面痒痒吗？啊，正是。挠得舒服吧？

看看，笑了，他笑了！高勇高勇，快来看，你儿子会笑了！

晚饭之后，高天意牵着爸爸妈妈的手，外出散步，步态蹒跚却充满朝气。不喜欢散步的高勇没有办法，只能迁就儿子。曾芒芒本来就喜欢散步。儿子在完成她的喜欢。

高天意岂止喜欢散步？他对户外的一切，都充满了热望。每天早上一睁开眼睛，他首先就与窗外的麻雀说话。"去去！去去！"天意含糊不清地把出去说成"去去"，但是他的目的非常明确，小手直指窗外，渴望的涎水流了出来，高天意的意志坚定得异乎寻常，只有把他抱到户外，他才肯吸住牛奶瓶的奶嘴，否则，他会再三地把奶嘴顶出来。婴儿做事不计后果，他宁愿浪费宝贵的牛奶，宁愿他娇嫩的脖子被打湿，然后受凉，长湿疹，宁愿牛奶倒灌进鼻子，被呛得大哭。因此，婴儿的意志才不可抗拒。天意那诗人般的激情，流浪者的梦想，都能一一得到实现。高勇急了，就打儿子的屁股。曾芒芒却被儿子的意志迷惑了。她服从着儿子，跟随着儿子，一天到晚都在户外，撅着屁股与儿子一起挖蚯蚓。受迷惑的日子过得飞快，飞快而且快乐，快乐而又平静。

儿子原来就是曾芒芒自己啊！另一个自己。神秘的自己。藏在某个地方。现在跑出来了。

曾芒芒体会到了造物主的神秘力量。她一直以为自己是一个善于克制的人，谦卑多于骄傲。她从怀孕初期开始，她就向往自己的孩子是一个旷达的人，热情奔放的人，敢说敢为，大大咧咧，人们与他一接触，就能够感到他的不可欺辱。结果天意正是这样的一个孩子！他不仅会让别人感觉到他是不可欺辱的，他还要让别人感觉到他的父母也是不可欺辱的。他的方式很原始，就是主动欺辱别人。天意两周岁还不到，还穿着开裆裤，但他要求在腰间扎一根裤带，为的是方便带兵器。他的刀是塑料的，他的利剑是一根柳树枝，他的匕首就是他自己的手指头。天意酷爱冷兵器。喜欢跳跃着，唰唰挥舞大刀或者宝剑。他喜欢刀刃那闪闪发亮的刺目寒光。曾芒芒吃惊地发现儿子的感觉她是这么熟悉，仿佛多年前，他们已经达成共识。曾芒芒是那么喜欢冷兵器形式上的美感。只不过她以前很少涉及到这个话题。她记得她好像与常声远谈起过关于冷兵器的问题，谈过吗？

常声远记得非常清楚。谈过。那一次春游，在东湖。高勇去给林晓玲拍照，常声远和曾芒芒站在湖边，曾芒芒挥动一枝柳条，说："看剑！"

醉里挑灯看剑——芒芒喜欢这种意境。她对常声远说。曾芒芒也想起来了。

儿子让曾芒芒发现了自己。芒芒他们厂，是西德进口的轧钢线，在德国专家休假的日子里，发生了问题只有去请外事局的翻译帮忙。某个翻译的要价之高和态度之傲慢，已经臭名昭著，但是他自己浑然不觉，一次又一次地在曾芒芒他们面前摆谱。终于有这么一天，曾芒芒拿起他翻译错误的技术资料，走进了厂长办公室。曾芒芒的德语已经学得很好了，但是她从来没有在厂里的公众场合开过口。这一天，芒芒忽然开口了。开头一两句还结结巴巴。紧接着，她就非常流利了。"这里错了！"曾芒芒告诉厂长，"他的翻译是错误的！他不懂液压，还骄横跋扈。"芒芒你在讲德语吗？你行吗？曾芒芒告诉厂长：我当然行。至少比他行。你可以找专家考考我。

记得这一天，大家都在热电厂篮球场的阳光下玩耍。一个女人带着一个约莫三岁的男孩子走了过来。曾芒芒以前从来没有见过这对母子。而这个男孩子长得奇怪，五官都非常的小，而且都往脸部中央挤，小眼睛因此显得十分阴险。曾芒芒真是为这位母亲感到难过，她无法相信一位母亲会生出这样的孩子来。就在曾芒芒的意念甫动的时候，玩耍得正起劲的天意忽然感觉到了什么，他停顿了下来，他一眼就看见了那个丑陋的男孩子，并且以迅雷不及掩耳的速度冲了过去，将那比他高半个头的男孩子一把推倒在地。无辜受到突袭的男孩子哇哇大哭，他那孱弱的母亲顿时变成了愤怒的母老虎。

曾芒芒惩罚了儿子。她拎着儿子的耳朵，把他拽回家来，关上了房门和窗户。对于儿子最严重的惩罚，就是收回他户外的广阔空间，只给他一个无法翱翔的狭窄地盘，还听不到鸟叫。天意倔强地矗立着，手把腰刀，拼命眨着小眼睛，不让自己的眼泪流出来。他坚决不肯认错。

"天意！一个人无缘无故地攻击别人，就是不对！"

"妈妈，我没有无缘无故。"

"你还没有无缘无故？我亲眼看见的。"

"我就是没有无缘无故！"

"那你的缘故是什么？"

"是……因为我看他不顺眼。"

不顺眼？因为看他不顺眼！天意两岁还不到，学习说话的历史才几个月，他的语言表达怎么就如此准确。儿子攻击了一个他看不顺眼的大男孩。而事实上，首先是曾芒芒看那男孩子不顺眼的。芒芒的感受发生在心里。一刹那。儿子是曾芒芒心灵的回应。我的上帝啊！

对于那个翻译，曾芒芒最初也就是看他不顺眼！其实最初仅仅就是不顺眼！本来曾芒芒还对自己的德语水平很不自信的。结果，曾芒芒成了他们厂冉冉升起的一颗明星。

第十三章

1

又是一个春天。潮湿得墙面滴水，把人闷得半死不活。好不容易盼来一场大雨，雨后，天气立刻就暴热了。没有毛毛细雨。没有春日的温和。法国梧桐飞扬起的花絮，也无法安稳地落到地面，只得焦躁地弥漫在空中，寻找出路一般钻进人们的眼睛和鼻孔。高勇不知道从哪里找出来一副他小时候学游泳使用过的防水眼镜。很简陋的那种眼镜。他们给户外流浪者高天意，戴上了。以保护他那黑珍珠般的幼儿的眼睛。天意因此而特别兴奋和骄傲，老是把手背起来，或者叉在腰间，因为他认为他是警察了！

天意是警察，那就理所当然地要在户外工作。他得上班。指挥交通。管理大街上混乱的秩序。曾芒芒管不住天意。他像一头发了人来疯的牛犊，跌跌撞撞地奔波在马路上。人们都推开他。也有摸摸他头顶的。这都使天意分外得意。他的理解是：他们绕开他，是因为他有权威；他们摸摸他的头顶，是因为喜欢他。幸福的童年啊！

每一天的晚上，天意都要亢奋地总结一下当天的工作。他特别希望老爷爷老奶奶在场，曾分田爷爷和红奶奶是最宠爱天意的人，他们对于这个重孙子的宠爱，到了不讲原则的地步。天意还希望爷爷奶奶也在，外公外婆也在，常声远叔叔也在。林晓玲阿姨被忽略不计，因为她来得太少。小保姆腊香最好也放下手中的活计，认真地参加开会。人是越多越好。

高天意小朋友的人生刚刚开始，现在大人们给了他一个误会。天意以为生活就是这么热闹的，他们家里经常都是会有这么多人的，大家都是为了他而聚会到一起的。当然，也不能不说是高天意具有强大的凝聚力。随着高天意的诞生，曾芒芒高勇的这个小家庭与他们父母家庭的关系，得到了大大的改善，自然就变得联系密切起来。每个星期，曾分田老爷爷、任天育爷爷和曾分地外公，都会偕老伴们，来看望高天意。过去不太见面的亲戚，却在高天意的小床旁边，经常碰面了。以高天意为核心的热电厂宿舍，就成为了全家的聚会场所。大家看望天意的次数空前密集起来。任天育爷爷，几乎每天下班之后，都要跑到武昌来。曾分田爷爷和红奶奶，有时候就干脆在这里吃晚饭了。曾分田爷爷经常来和重孙子一起吃饭，曾分地自然也就经常过来了。常声远平时是经常来与高勇下棋。高勇无心下棋之后，常声远依然是常客。长辈们都给天意带了好多吃的东西和玩具。红奶奶最爱带蔬菜和肉食，一来就交给小保姆。谁一来首先就要逗逗天意，都渴望被他的那一张巧嘴，逗出发自肺腑的欢笑。然后，大家挤在一起，坐的坐，站的站，观看电视新闻，中国人总是这么热衷于政治。

曾芒芒给大家端茶倒水，然后倚靠在门框上，看着挤满了人的房间，偶尔笑一笑，或者长时间不笑，有人与她说话，她就连忙给个笑脸。曾芒芒基本不发表看法。芒芒不喜欢政治。芒芒是中国的一个普通公民，一个两岁孩子的母亲，一个液压技术员。她渴望自己的国家政治清明，繁荣昌盛，人人都努力工作，多创造生产价值，他们厂的钢板能够行销全世界。她渴望他们的日子不再捉襟见肘，她的儿子天意能够在营养充足的条件下健康成长。

高勇说："女人嘛。这种注重现实的想法可以理解。"

郝毓秀不同意高勇的说法。她说："这个与性别没有关系。芒芒从小就冷静。她也经历了'文革'，也受过冲击。她有自己的思考。我们都是经历政治运动比较多的人了，就都比较谨慎了。对吧？老曾。"

曾分地同意妻子的观点。他建议高勇冷静一点。

高德静的观点是：高勇最好少说为佳，因为高勇的家庭出身并不那么过硬。如果高勇把激情和精力放在做生意方面，恐怕对国家对人民对自己，都更有益处。一个国家的商业不发达，总是富不起来的。

高德静再三建议儿子办个公司，试试做生意，她可以在业务上帮儿子的许多忙的。

相形之下，常声远显得异常沉默寡言。他坐在角落里。远离的神态与整个场面是那么不协调。一旦面对沸沸扬扬的大热闹，常声远的真实性格就显露了出来，这是一副孤儿的眼神，孤单，沉着，多疑，温顺而坚硬，保持自己的意志，绝对不肯轻易相信。

林晓玲不陪常声远了。林晓玲对政治不感兴趣。她的不感兴趣还和曾芒芒不一样，是另外的一种：压根儿就不去想政治是何物。林晓玲的业余时间全部用来做小生意。倒卖一点牛仔裤，发卡发结，书包布娃娃什么的。林晓玲的生意非常忙碌，她基本不来参与聚会。

最镇定的人，是曾分田爷爷。他几乎不参与任何争论。他只是不停地替换老花和放大两种眼镜，力图看清楚电视画面的每一个镜头，还用手指头在电视屏幕上划来划去，仿佛是一个旁若无人的自然科学研究者。

他们家有电视机了。是一台九寸黑白小电视，玩具一样。是曾分田爷爷给他们的。曾分田爷爷说他们要趁搬家武汉的机会，清理掉大量无用的杂物。燕子祝贺父母乔迁，送了他们一台十二寸的彩色电视。"那么，高勇啊，"曾分田爷爷说，"你能不能够替爷爷减轻一点负担，把这个小黑白电视拿走。"高勇再清高，也不得不同意。曾分田爷爷做事情，总是这么漂亮。这台小电视，在高勇和曾芒芒的狭小的家里，还正好合适。他们有了电视，每天傍晚收看中央电视台的新闻联播和天气预报。高勇很快成瘾，每天必看新闻联播。半导体收音机无形之中被淘汰。而曾芒芒，最关注的是天气预报。她依据这个情报，决定明天儿子的衣着。

2

燕子回来了。燕子回来了两天。仅仅两天，一是看望父母，二是路过。路过之后去哪里？要谈一单什么样的大生意？谁都没有记住她的话。

燕子下车伊始，哇啦哇啦。

燕子开始化浓妆了：脸粉白粉白，嘴唇紫得像吃多了桑椹，眉毛修得弯弯的，漆黑如炭。她在皮带上别了一只黑色的小匣子，摘下来给大家看，这叫呼叫器，俗称 BB 机。有人找你，它就 BBB 地响，是最现代化的通信工具，方便极了，任何事情都耽误不了了。它还可以显示天气预报、股市行情等等，总之，功能多极了，它的面世，将为世界有效地提高生产效率。高科技真是了不得啊！

燕子给天意的礼物是一件听装的健力宝饮料，天意礼貌而有距离地说："谢谢燕子。"

是燕子要求高天意称呼她的名字的。她才三十多岁，不想天意当众称呼她为姑奶奶。"国外的女人，年龄是最重要的哪，一定是绝密的。人家也不像中国男人那么没有礼貌，见面就问你多大年纪哪——"燕子说："芒芒，我教你一招。如果有人问你的年龄，你就告诉他，女人只有两个年龄：十八或者八十。"

燕子凑近天意，想亲他一口。天意哭了。成天挥刀舞剑的小男子汉高天意，却非常害怕脂粉。

曾芒芒必须去参加燕子的一个饭局。燕子斩钉截铁地说：必须！

饭局是燕子的工作方式和社交语言。燕子的父母居住在武汉了，需要朋友关照，她不能够相信和依靠她的哥哥曾分地，清水衙门的一个廉洁清官，有事找他，那不是为难他吗？燕子在武汉，也还有好多生意方面的事务需要各方面的朋友关照。所以，今天晚上，曾芒芒必须去帮助燕子料理饭局，同时认识认识燕子的朋友。芒芒啊，一个朋友一条路，朋友多了路好走嘛！芒芒，换一身衣服，抹一点"毒药"，有档次一点，别让你姑姑丢人现眼啊！

傍晚，燕子打的来到热电厂宿舍，强行接走了曾芒芒。曾芒芒当然没有抹"毒药"。高勇说过：曾芒芒是清水出芙蓉，天然去雕饰。燕子不能够强求别人和她一样都是花大姐。

不知道从什么时候开始，燕子的饭局已经升格到星级饭店了。最初是小餐馆，后来是大餐馆，再后来是酒楼，再后来是饭店，现在已经是星级饭店了。

在这个饭局上，曾芒芒遇上了邝园。

燕子诡秘又开心地笑了。邝园现在是燕子的朋友了。什么朋友啊？原来他们就是今天认识的。燕子是个见面熟。无非他们同时乘坐了从深圳飞往武汉的一趟航班。从深圳飞武汉的航班，当然是有许多武汉人的。燕子就这样与邝园攀谈上了。他们的座位号码顺在一起。大约都觉得对方是比较体面的人，于是都猜测对方都是从武汉到深圳做生意的。他们互相赠送了名片。原来燕子在深圳做贸易，邝园在深圳开美容美发店。邝园的美容美发店叫作"金剪子"。哎呀，燕子说：你就是"金剪子"的老板啊！"金剪子"在深圳名气不小，分店好几家，燕子就是在其中的一家分店打理头发和做美容的。这真是太好了！燕子说：邝老板啊，我是你的长期顾客，应该算是你的上帝了吧？这次在飞机上能够坐在一起，又是湖北老乡，也算是难得的缘分啊，怎么样，你该给我派一张贵宾金卡吧？邝园说：好啊！派啊！于是他们聊得更加深入起来。这么一聊，嘿，发现世界真小！他们都认识曾芒芒。燕子是曾芒芒的姑姑，而邝园，是曾芒芒的初恋情人。

"初恋情人"是燕子的说法。燕子想起了邝园来了。曾芒芒说过这个名字的。这是一个比较少见的姓名，燕子当时就印象深刻，燕子想起来了，大约是1981年还是1982年的故事呢？没错！就算初恋情人吧，啊呀往事如烟，劳燕分飞，如今都成为美好的记忆了。燕子嘴快，无遮无挡，邝园笑了。邝园说：哪里哪里。

曾芒芒和邝园突然见面了。两个人都是那么诧异。随即都大方地微笑了。邝园首先伸出了他有力的手掌，说："芒芒你好！"曾芒芒也送过去了自己的手："邝园你好！"握手。惯常的礼节。礼节之后，最初的诧异与尴尬过去了。客人还没有到齐。邝园请曾芒芒坐在沙发上，他们喝茶，说话。邝园的变化太大了。邝园是一个魁梧的中年男人了，面部有了雕塑感，西装穿得很气派，皮鞋很亮，领带也很亮，有缎子的质感，说南腔北调的普通话了，说话一句是一句，句句都蛮有把握，都是他自己的话，充满决定权，只有一头的天然鬈发，依旧如故。锅炉工邝园彻底地消失了！邝园喝茶，抽烟，把二郎腿跷上来，从容不迫地吐烟雾，礼貌地朝着另外的方向，怕熏着了曾芒芒，尽管他抽烟之前征求了曾芒芒的意见："可以吗？"

相比之下，曾芒芒几乎没有什么变化，还是一个年轻姑娘。不不，有变化的，邝园又说。还是有变化的。曾芒芒的变化表现在神态，不表现在年纪。曾芒芒的神态与过去也很不一样了，成熟多了。

"是吗？"曾芒芒微笑，并不继续往下追问。

他们认识多少年了？曾芒芒哪一年进厂的？邝园又是哪一年进厂的？那么，他们认识有十余年了！老朋友了。他们才是老朋友，对不对？这么多年来，你好吗？我好。你呢？我也挺好。听燕子说你有儿子了？有了。你儿子几岁了？都上学了！真快呀！家人都好吗？都好。往事如烟。往事如烟啊！邝园现在要正式给曾芒芒道个歉了。还记得邝园故意找高勇下棋吗？把曾芒芒吓坏了吧？是的，确实受了惊吓。以为邝园要使坏对吗？是的。邝园没有。当然，曾芒芒早就知道邝园没有。曾芒芒还是了解邝园的性格的，邝园不是那种人。只是邝园太鬼精了，喜欢捉弄笨人。哪里哪里。邝园鬼精什么？邝园不鬼精的话，能够有现在？现在有什么？还不是个剃头佬。高勇好吗？高勇的棋，的确是很好的，正规部队，的确是我们乡下孩子无法相提并论的，你们的确是郎才女貌，天生的一对。夫妻就是要讲天生般配的，现在我们总算明白了。黄汉香好吗？她一个典型的武汉人，口味重，爱辣椒，习惯广东的生活吗？邝园自嘲地一笑：芒芒，那就实话告诉你吧，我们已经离婚了。刚离不久，她已经回武汉了，据说也开了一家发廊。儿子跟我，在深圳念书。

离婚了？芒芒的眉毛扬起来了：离婚？当然，离婚也是很正常的。芒芒把自己的眉毛悄然地放平了。

燕子跑过来，要求他们上桌子。朋友都来了。上桌吃饭吧。

燕子说："到底是初恋情人，见面就没完没了。"

曾芒芒无奈地笑了。邝园威胁了燕子："燕子啊，再胡说的话，你就不是金剪子的金卡贵宾了。"

燕子哈哈大笑。吃饭。喝酒。说话。碰杯。朋友们诸事多关照。小姐，打开卡拉OK！燕子给朋友献歌一首《溜溜的她》：我不曾见过你，你不曾见过我，年轻的朋友一见面哪，情投意又合；你不用介绍你，我不用介绍我，年轻的朋友一见面哪，比什么都快乐！

什么时候，燕子这么会唱歌呢？燕子咬着麦克风，眼睛盯着电视屏幕上的字幕，轻轻摇晃身体，十分地投入和忘我。曾芒芒脸红了。芒芒脸红什么？燕子的生活方式让芒芒脸红吗？燕子很自然啊。曾芒芒不知道自己为什么脸红。

是邝园为曾芒芒拉开的靠背椅。邝园为曾芒芒点了饮料。餐具不小心弄掉了，邝园弯腰捡了起来，让小姐再上一双干净的。邝园为曾芒芒布菜。应该是曾芒芒照顾邝园啊，曾芒芒是今天的半个主人啊。邝园说："哪里能够让女士照顾男人呢？我来是应该的。"邝园还给燕子留了菜。原来的邝园还是慢慢地回来了。过去就是他照顾姑娘们。他的照顾一点不做作。他觉得理所当然。只是现在的照顾更周到，更有绅士风度了。

他们碰杯了。最后，邝园坦然地说：他为他们的重逢由衷地高兴！他看见曾芒芒还是这么年轻，这么清纯，家庭和睦，儿子健康又可爱，父母双亲都健在，他打内心里感到踏实和愉快！真的，芒芒！

邝园36岁了，人到中年了，结过婚，也离过婚了，在别人的脸色下讨过生活，现在也可以给别人脸色看了；吃过没有蔬菜的盐拌饭，现在也可以净吃蔬菜，净吃山珍海味，不吃米饭了。邝园可以不可以说一点儿有沧桑感的话了呢？说真的，今天他看见曾芒芒，心里真是格外高兴，真是有老朋友的感觉，他们对于彼此人品的了解，对于彼此的基本信任，还都在那儿，并没有烟消云散，邝园心里，真是温暖、舒坦、踏实、愉快、坦然，这是在生意场上得不到的感觉，芒芒啊，这感觉真好，真的是老朋友啊！

是的，曾芒芒频频点头。芒芒能够体会到邝园的感觉。尤其是前不久张阿姨的突然去世，在芒芒心里还留着新鲜的伤口。张阿姨高高兴兴搬的新家，不辞劳苦装修的新房子，她清早起床，坐在马桶上大便，突然脑溢血，当场死亡。曾芒芒还一再地准备带儿子去看望张阿姨的。张阿姨也一直等待着芒芒。她们是忘年之交的好朋友。她们彼此信任对方的人品。她们在一起，温暖舒坦踏实愉快。可是，张阿姨就这么突然地不辞而别了。邝园的感觉是对的。芒芒乐意接受邝园的感觉。对他人知根知底的感觉真是让人心里头很踏实。芒芒和邝园，的确是老朋友。不是老朋友是什么？当年他们几乎都没有拉过手。现在，他们又成为了彼此的美好记忆和人生历史。朋友啊朋友！为了那纯洁的青春岁月，为了老朋友的重逢，曾芒芒主动要了葡萄酒，端起来，与邝园碰杯。谢谢！谢谢！

燕子的金卡，那没有问题。也请曾芒芒接受一只金卡。邝园这次回来，就是"金剪子"的武汉分店开张了。芒芒，到金剪子来吧，照顾照顾老朋友的生意嘛。反正头发总得要找理发店打理的嘛。

好的。再见！

3

高勇被热电厂保卫科的人带走了。说是进一个学习班，把事情说说清楚就回来。过了一周，高勇转成了逮捕。逮捕证上需要家属签字。曾芒芒去保卫科签的字。曾芒芒握着笔，问："我能不能知道高勇做了什么违法的事情？"

保卫科工作人员都支支吾吾。曾芒芒说："那我不签这个字。"

保卫科长出来给曾芒芒解释，也是支支吾吾的。所有的人好像都不那么好意思。

曾芒芒同志，是这样的：我们也不清楚高勇的问题，估计也没有什么大问题，也不是我们厂里要对高勇怎么样，大概是有群众举报了高勇，需要核实一下吧。只要没有做违法的事情，其实不会有什么大问题。诉诸于法律反而好，法律是公正的。签字吧，这只是一个手续。

曾芒芒从来没有办理过这种手续，在逮捕证上签名。她的丈夫被逮捕了。逮捕本身就是一种羞耻。一般谁都认为，公安机关只会逮捕坏人。高勇的名字将会出现在法院的布告吗？将会贴满这个城市的大街小巷吗？高勇将会成为这个城市的社会渣滓吗？假如高勇被判有罪，那就是他政治生命的终结，也多半是他生活来源的终结。因为一般劳改释放犯，单位随时随地都可以开除他。一般说来，也没有哪个单位还会保留一个罪犯的公职。曾芒芒签字的时候，耳边忽然响起了高兰的声音：噗，枪响了！

芒芒体验到了一种从耳朵到心脏的贯穿痛。

曾芒芒醒来之后，什么都不记得了。她躺在家里的床上。她恍惚觉得自己说了一些什么，做了一些什么，但是怎么也想不起来了。阳光白亮，耀眼。麻雀在窗口跳跃，吟唱着属于它们自己的歌或者是诗。现在是什么年代？什么季节？什么时候？几点钟？天意——天意——芒芒有一个儿子，名叫高天意，才两岁不到呢！天意！曾芒芒忽地从床上坐了起来，失声大叫，惊恐万状。

常声远从厨房跑了过来。芒芒。芒芒。芒芒。常声远正常的冷静的呼唤，把曾芒芒叫回到现实中。现在是上午 11 点。夏天。腊香带天意在户外玩耍。天意健康快乐，已经吃过两顿饭了，早晨乖乖地喝了一大杯牛奶。一切都很好。老人们从最初的打击中，恢复过来了。高勇的母亲高德静出院了。高兰已经回娘家居住，日夜照料她的母亲。芒芒的父母昨天晚上来看过芒芒了。芒芒睡得很熟。曾分田爷爷很镇静，他希望大家都不要急躁，事情没有那么简单，我们要相信群众相信党。常声远也找了公安部门的同学，他们表示，高勇的事情，一定会认真对待，正确处理。燕子在深圳，也打电话找朋友帮忙了，朋友也很热情，据说已经找到有关领导那儿去了。常声远相信，在高勇身上，发生冤假错案的危险几乎不存在了。这么多人的招呼打进去了，他们肯定非常慎重。芒芒，还一个更好的消息，高勇已经有律师了，一个姓王的律师已经去看守所见过高勇了。高勇很好，精神状态不错，问候了你和孩子。所以，芒芒，你可以放心了。

曾芒芒竭力地从遥远的地方回来。她挣扎着，竭力地回来。她认真地把常声远的话都听了进去。曾芒芒聚精会神地看着常声远，要听他说话。声远，你说话。你要不停地说，直到彻底地把芒芒拽回到现实生活中。

芒芒，你有一个老朋友叫邝园，是吗？王律师就是他请的。我们都不太懂法，邝园懂，他知道现在这种状态只有律师才能够见到高勇。所以他立刻替你们请了律师。昨天下午，他也来家里看望你了。你在熟睡。邝园人不错的，很侠义。我要把请律师的费用给他，他坚决不要。他说其实他不仅是你的老朋友，他还和高勇下过棋，还和燕子是好朋友。我知道你是一定要还给他钱的，他说以后再说，他说你有他的电话，找他很容易。

芒芒，这么多人在帮助你，高勇没事的。起床吃饭好吗？

常声远在腊香的协助之下，煨了一罐子排骨藕汤。

常声远林晓玲夫妇是一同来看望曾芒芒的。林晓玲坐了十分钟，曾芒芒还是没有醒来的迹象。林晓玲就先走了。林晓玲的工作八个小时，很严格，不像常声远的工作，有特殊性，时间上灵活一些，所以，林晓玲让常声远留下来照顾曾芒芒。芒芒知道林晓玲业余还在倒腾小生意，她着迷地忙碌着，自己的事情，和公家的不一样，做得废寝忘食。对高勇的事情，林晓玲感到非常难过和同情。曾芒芒懊悔地拍了拍脑袋。该死的冬眠灵，简直把她睡死了。邝园来，她没有见到。林晓玲来，她也没有见到。朋友们特意来看她，她却连道谢的机会都没有，太失礼了。他们在百忙之中，来看望一个罪犯的家属，真是太了不起了。曾芒芒相信日后一定会有机会的。她和高勇，一定有机会感谢和报答朋友们。这些朋友在他们最倒霉时候帮助了他们，他们将永远不会忘记这些朋友的。曾芒芒绝对不是忘恩负义的人，尽管她是罪犯的家属，尽管他们遭到了社会的唾弃。

好了！常声远呵斥了曾芒芒。这是常声远第一次严厉地呵斥芒芒。常声远说：好呢！不要说了！不要说这样一些话！芒芒！你不是这样的人，你没有这么脆弱和矫情！什么罪犯家属，什么社会唾弃，腻腻歪歪的，这是干什么呢！

曾芒芒把手中的一杯凉开水，泼到了常声远的脸上。"不要你管！你不要管我！"曾芒芒哭起来，猛烈地摇头，叫喊着，"你走！不要你管我！我不要听你说这些便宜话！你体会不到别人的心情，事情不是发生在你的身上！你走！"

曾芒芒跳下床，拖鞋都顾不上穿，赤脚踩在地上，往门外推常声远，使劲地推。

芒芒！芒芒！常声远也呼喊着。你清醒一点好不好！你清醒一点好不好！

常声远摇撼着曾芒芒。他们彼此推着摇撼着，发泄着，传递着，那许多说不出的难受，都随着这纠缠散发了出去。力气渐渐没有了。他们拥抱在一起了。这是一种寻找力量的紧紧拥抱。芒芒好像要钻进常声远的身体里面去。她要找个地方躲藏起来。对不起！芒芒说。是我对不起！常声远说。他们互相道歉。再三地道歉。忽然，他们意识到了什么。他们的身体散开了。他们都不看对方，都盯着彼此之间的距离。距离，要拉开距离。好像距离就是唯一重要的、需要好好认识的东西。

曾芒芒在床前坐了下来。常声远为她穿上拖鞋。他怕她脚心受凉。曾芒芒去冲澡，洗脸，梳头。然后，他们坐下吃饭。常声远做的排骨藕汤非常成功，很香。曾芒芒喝汤的时候说了一声："香！"

曾芒芒渐渐心平气和了。她说："声远，现在回头一想，你的冷静是对的。"

常声远打断了曾芒芒的话头："我们现在不说这个话题好吗？事情一定会过去的。相信事实，相信法律，相信历史，好吗？芒芒，还请你相信我好吗？我还是了解高勇的，他不会有破坏行为。他从骨子里头就不是一个粗鲁残暴的人。但是，现在我们不说这个话题，好吗？"

曾芒芒说："好的。晓玲好吗？"

常声远半晌没有回答。之后，常声远说："现在我们也不说这个话题吧？"

曾芒芒低下了头。她明白了。

林晓玲已经好久避而不见曾芒芒了。但是常声远并没有因为林晓玲不见曾芒芒，他也就不见。林晓玲的行为影响不了常声远。常声远不想让妻子的行为影响自己。他不想看妻子的脸色行事。常声远与曾芒芒之间是无可指责的。常声远知道自己无可指责。曾芒芒也知道自己无可指责。他们没有任何行为举止超越了这个社会约定俗成的友谊规范。林晓玲无从指责他们。林晓玲也从来没有指责过。但是，林晓玲用无声的指责在指责。常声远和曾芒芒用无可指责在抵挡。他们对外抵挡，也互相抵挡。

什么都不用说了。现在不是讨论问题的时候。什么问题，现在都不是问题。

芒芒，我只要你冷静，清醒，平静，正常，带好儿子，照常上班工作，等着高勇的结论。

好的。

知了的叫声渐渐高了起来。仿佛成群的知了由远及近。上午的凉爽过去了，炎热来临。巨大的火炉，在向人们靠近。武汉夏季的炎热，只有用精神去抵挡和超越，冬抱冰夏握火，而肉体，总是脆弱的。肉体有时候，它简直不是我们自己的！

第十四章

1

倒是所有安慰性的语言，都灵验了。三个月过去，高勇获得无罪释放。

高勇的后脑勺，有三个发旋。他这天生的少见的发旋救了他自己。那个行凶的男人，与高勇的体态酷似，然而那人的后脑勺上是两个发旋。是曾分田爷爷最早发现这个有力证据的。曾分田爷爷向公安侦查部门提供了他的发现。老人家说话也挺冲，有了道理就天不怕地不怕。他说："我孙女婿后脑勺上面的发旋是三个，这个人后脑勺的发旋是两个。请你们认真核实一下。发旋是天生的，不可更改的，就和指纹一样。你们懂不懂？你们如果不调查清楚，不给我一个交代，我就去找军委了。年轻人，我不是吓唬你们，也不是倚老卖老，我是在维护法律的尊严。"

事情果然没有那么简单。细微之处见功底。所有的人，都没有想到发旋的问题。曾芒芒竟然还不知道高勇有三个发旋，因为其中一个发旋很小，窝藏在其他两个发旋之下。姜还真的是老的辣啊！谁说曾分田爷爷老了。他老人家没有老。曾分田爷爷是不老的！

曾分田爷爷说："我当然不老。我的芒芒说我不老我就不老。假如我老了的话，为什么高天意和我是最要好的朋友呢？"

曾芒芒在常声远的陪同之下，去监狱迎接高勇。常声远找他们所里要了车，以免高勇从监狱出来，还要挤公共汽车回家。

天气不错，一个晴朗的秋日。他们的车，好不容易才找到一个停泊的地方，离监狱至少还有 100 米，就不让民用的车辆接近了。他们踏着沙沙落叶，朝监狱那高高的围墙走过去。围墙是深灰色的，上面有电网。他们没有说话。常声远看了看手表，说："快了。"曾芒芒暗暗地做了一个深呼吸。慢慢吸进去，尽量地吸，然后，再慢慢吐出来。这是曾芒芒通过生育得来的经验。医生说，这是唯一可以缓解疼痛的办法。医生说：有一些疼痛是无法消除也不能够消除也不应该消除的，只有通过疼痛，才能诞生新的生命。曾芒芒觉得，医生有时候像哲学家，有时候又像屠夫。如果经常与医生打交道，人就可以迅速地成熟和坚强起来。深呼吸！高大的铁灰色的铁门。狱警。荷枪实弹。表情冷漠。侧面一扇小门，铁栏杆，有人排着长长的队，几乎全是中老年妇女。她们是罪犯的家属，来送衣物或者等候接见。她们不看别人。她们目光的长度只是保持在她们之间。她们之间也很少说话，但是她们被心心相印同病相怜的氛围所笼罩。她们衣着都松垮晦暗，头发都黯淡无光，两条腿轮流承担身体的重量，身子一会儿歪到这一侧，一会儿歪到另一侧，却绝不埋怨队伍移动得如此缓慢。在她们逆来顺受的表情里，曾芒芒嗅出了一种熟悉的压抑、委屈与不满。她的熟悉感来自于她差一点就成为了其中的一员。深呼吸！

时间到了。高勇没有出现。等着。但凡来监狱的人，都有出奇的耐心。等着。一只看不见的狼狗吠叫了几声。高大铁门上的另一扇狭小的铁门开了。首先出来的是一个狱警。再出来的是高勇，再出来的又是狱警。高勇是被连推带拉弄出来的。高勇不肯出来。狱警漫无目的地高叫：有家属来接吗？

曾芒芒答应说：有。但是她的声音并没有发出来，只是嘴唇动了动。

常声远大声说："有！"

常声远说着就跑了上去。狱警把高勇的胳膊交给常声远。高勇理直气壮地与狱警理论："我不走！你们得告诉我，为什么要我走？凭什么你们说抓就抓，说放就放？"

常声远使劲拽着高勇。"走吧！"常声远用兄长的口气说话，"你和他们讲道理没有用的，他们只是狱警，他们只会执行上级的命令。走吧！回家去吧！全家人都等着你呢！"

没有出现激动人心的时刻和场面。高勇与曾芒芒没有发生拥抱，当然更没有接吻。电影里面有的镜头，现实生活中全都没有。他们的目光接触了，随后便交叉而过。曾芒芒心慌。高勇愤怒。除了心慌，曾芒芒还是那么的恐惧，她生怕狱警冲上来把高勇抓回去，生怕狱警开枪。

愤怒的高勇，频频地回头高喊着，全然是宁死不屈的模样。监狱没有消磨他的斗志，反而磨砺了他的锋芒。高勇以前在公众场合说话都要脸红的。

相信像高勇这么英勇悲壮离开监狱的人，肯定极少。排队的女人们都钦佩地看着高勇，恋恋不舍地目送他远去。狱警的表情毫无改变。

看不见的狼狗再度吠叫。曾芒芒帮助常声远捉住了高勇的另一只胳膊。高勇挣扎的时候，无意间撞痛了曾芒芒的牙齿，曾芒芒没有吭气。司机老早就打开了车门。地上的残叶和灰尘，忽然卷起，旋转着，向远处飘移，好像它们可以无缘无故获得灵魂。

欢迎仪式，在高家举行。高勇的母亲高德静，显示出了她的精细、能干、得体与见识，还有举重若轻的大家闺秀风度。这是曾芒芒头一次全方位领略她婆婆的风采。她心中暗暗惊叹，承认自愧弗如。

高勇到家，是静悄悄的。等待高勇的是他父母的微笑，客厅的鲜花，洗澡的热水，松软的浴巾，熨烫过的干净衬衣，刮胡刀，刀片是崭新的，让高勇自己启封。洗浴之后，喝杯热牛奶吧。高勇，你受苦了。喝杯热牛奶，再小睡一会儿。沙发上的玩具冲锋枪和玩具小汽车，早就准备好了，是高勇带给儿子天意的礼物。集体的谎言是：高勇从深圳出差回来了！

高德静把时间分割得非常合理。曾芒芒和常声远负责去接高勇。高兰负责去接天意和腊香。高勇小睡片刻的时候，曾芒芒帮厨，做饭。一个小时之后，高勇起床，高兰会正好带来天意和腊香。高勇需要和儿子亲热一番。于是，再过大约半小时，曾分地和郝毓秀夫妇将大驾光临。大家在客厅坐上半个小时，拉拉闲话。午饭便好了。再见，声远，今天就不留你吃饭了，阿姨知道你们哥俩要单独相聚。曾分田爷爷这么大年纪，这么高的辈分，又是这么大的恩情，没有说今天让他老人家来迎候晚辈的道理。明天大早，高勇就应该亲自去爷爷家，致谢和问候。

高德静今天大早就去任天堂理发厅洗了头发，花白的发丝，被吹成蓬松的云。大红的毛衣，胸脯丰满，戴了一枚老派的红宝石别针，典雅华贵，是高氏家族的祖传。丈夫任天育，穿银灰色开司米毛衫，高家的高邦派力司马甲。高德静眼含微笑，在百忙中还不忘记走过去，替丈夫整整衣冠。高兰离婚之后，尤其是高勇被捕之后，她们母女俩恩怨尽释，到底是血浓于水。高梅两口子，女的负责厨房，男的负责临时的采买。最后掌厨的，还是任天育校长。高德静说："不是任天育校长亲手掌厨，我们哪里能够吃到世界上最好的美味佳肴呢？"任天育校长说："那是当然的。"

高德静忙而不乱，在宽敞的家里，稳健地走来走去，审视一切，眼到手到，把花瓶摆正，把餐具摆好，景德镇青花细瓷餐具轻轻地碰撞，发出悦耳的声音，清泉的叮咚一般。象牙的筷子也拿出来了，沉甸甸的，是一种含蓄稳健高贵的黄色，风流而蕴藉。今天，当然地要比过年还要重要！今天是我们高勇的新生之日！而鲜花，市面上没有出售的，寻常人家没有谁使用鲜花的。高德静从哪里弄来的呢？红艳艳的花朵，一大蓬，名叫康乃馨，表达祝福和温馨的意思。芒芒啊，今天是一定要有鲜花的！鲜花的感觉是不可替代的。从哪里弄来的？高德静笑而不答，转身，没有忘记用手拉平收缩到了腰部的毛衣，丰硕的臀部，线条圆润，十分的福气。女人的丰韵和魅力，原来没有年龄限制的。曾芒芒年轻，可她今天，除了心慌，就是意乱，不敢想象与高勇相见的那一刻。她年轻，是的。但是，她慌里慌张，丢三落四，想都想不到鲜花从哪里来。她年轻，臀部瘦小，裤子过大，今天早上，随便就套上了一件衣服，她只是注意到衣服必须是干净的，没有想到全身的搭配，没有想到她自己的颜色，就是迎接丈夫的氛围与祝福。

芒芒，明白了吗？女人仅有年轻是不够的！

小睡之后，伸着懒腰从卧室出来的高勇，关节巴格巴格响，精神饱满，颧骨上有一层滋润的蜡光，洁净，文雅，体面，三个月的牢狱生活，已然不见踪影。他走过去，俯身，用手指逗逗康乃馨，这副模样，完全是一个富家公子哥儿。曾芒芒赶紧低下了她的眼睛。她心跳了。她迷恋高勇的这副神态。她为自己的粗糙和简陋深感羞愧。

爸爸！

天意！

爸爸！

我的儿子！

你在深圳发财了吗？

什么叫作发财？

妈妈说发财就是有很多收获。

妈妈说得对，我这次发了一点小财。

那也就行了。

抱抱。举起来，举三次。还要！举五次，每次都要过头顶。骑在爸爸的脖子上好吗？好的。爸爸，我可以把你当战马吗？可以，儿子。那好，我一挥鞭，你就跑步，我们要出发了。

我们去哪里？去桃花岛。桃花岛？爸爸，你怎么这么无知，桃花岛都不知道，就是东邪黄药师的家呀，就是黄蓉的爸爸呀，他厉害极了，武功高强得几乎不用兵器。

高天意小朋友被电视连续剧《射雕英雄传》迷住了。现在他认为用毒比冷兵器还要好。神秘，魔幻，颜色都是紫的，恐怖极了。

天意惹起的笑话，连绵不断。把大人们之间敏感的话题，不妥当的措辞，过分的客气和忽然间降临的沉默，都转移和遮掩了过去。监狱毕竟是不体面的。肮脏，饥饿，挨打，受骂，被呵责，无奈地顺从，都是极其不体面的。所有不体面的东西都不应该和体面的高勇联系在一起。不体面的东西都必须被摒弃在高家之外。曾芒芒非常感激儿子。

儿子真是她心灵的感应和解救她的小天使。天意是小天使，他总是不停地扇动着他的小翅膀，把快乐撒向人间。

夜深了。他们回到了自己的蜗居。高天意大侠，在公共汽车均匀的颠簸下，很快就睡着了。高勇像扛面粉口袋一样把儿子扛上了五楼。他竟然有点喘气。毕竟是三个月的牢狱啊。曾芒芒发现了。"我来吧，"曾芒芒说，"把天意给我，这小家伙越来越沉了。"高勇没有松手。他从来都是一口气把儿子扛上五楼的，他依然年轻健壮。三个月的监牢生活算什么！别碰那些不体面的东西！不谈监狱。不谈屈辱。不谈苦难。伤口血淋淋的，还没有结疤，不要碰它！曾芒芒讪讪地把手收了回来。

他们的家，怎么越来越窄小了呢？高勇进去，连连碰腿。号称一室一厅的房间，其实就是用马粪纸隔开的一个小套间。间隔之间，连门都没有，只有门洞。小保姆腊香来了以后，曾芒芒把门洞上挂了一副布帘子。白天撩起来，晚上放下去。

现在，帘子放下去了。夫妻躺上床了。儿子的小床，紧挨着他们的大床。薄薄的马粪纸那边，紧靠着腊香的沙发床。天意睡得香喷喷的。腊香也没有了动静。他们真睡着了吗？不知道。腊香18岁，青春少女。曾芒芒偎进了高勇的怀里。他们在被子里面偷偷地抱在一起。他们拥抱，脸挨在一起，用手说话。其间，曾芒芒慌乱地垂下了蚊帐的帐帘。不是对付蚊子，是对付天意。千万不能让这个机灵而多嘴的小家伙发现什么。

高勇用脚指头钩住妻子的裤头，急切地褪了下去。小声说："刚才怎么不一起脱掉？多麻烦。"

曾芒芒道歉：对不起！

因为他们早就习惯不脱裤子了。高勇自己不也是穿着裤头吗？高勇示意妻子，也像他这样，用脚指头褪下他的裤头。曾芒芒迟疑了片刻，还是做了。高勇去解妻子的衣服扣子，曾芒芒也照着高勇的做法去解丈夫的衣服扣子。曾芒芒有万语千言，她想说话，悄悄说说怕什么。高勇却说："嘘！"他不想说话，他只想做事。两口子就像在被子里面练轻功，两双巴掌绕着弯推来推去。儿子。18 岁的小保姆。隔壁有邻居，都知道今天高勇出来了。屋顶上有猫吗？高勇翻身压了上来，呼吸粗重。

然而，他软了。

沉默。凝固。僵持。怎么办才是一个好啊！

高勇坐了三个月的牢。应该曾芒芒先开口，因为她没有坐牢，她的姿态应该高一点。曾芒芒说："没有关系。没有关系。睡觉吧。"

高勇滚了下来，躺成大字，胸部起伏。曾芒芒说："睡觉吧。今天都累了。"

"行了！"高勇低低地咆哮起来。"行了，不要再装贤惠好不好？"

没有关系是什么意思？我对不起你，是吗？你原谅我，是吗？这个人坐牢时间长了，不行了，所以你得原谅他，是吗？我让你守寡了三个月，今天是必须满足和补偿你的，是吗？老婆，你怎么不想想，谁来补偿和满足我！我该坐牢的吗？你们谁能够想象什么叫坐牢！坐牢！

曾芒芒用力咽下唾沫，另外的液体却从眼角淌了出来，这是泪。

今夜，芒芒必须无限度地忍耐。她不能再说话。她说什么都容易犯错误。她只是需要忍耐，倾听。高勇需要随心所欲。他受苦了。他受了他不应该受的苦，晚上却还不能尽情尽兴。公平地说，高勇是需要补偿和满足的。高勇的冤枉太大了，他应该获得极大的补偿和满足。

曾芒芒知道高勇非常憋屈，但是她不知道自己怎样才可以做得更好。比起高勇的母亲高德静，芒芒的确自愧不如。她应该就如何取悦丈夫，请教她的婆婆吗？当然不可能。芒芒能够做到的就是理解。理解高勇的烦躁，静静地躺着，缄口不语，老老实实听任丈夫的咆哮。

我明天的行踪，要向你报告吗？后天再后天的行踪，也要向你报告吗？当然。必须报告。在号子里就是这样被要求的：报告干部，我要撒尿，报告完毕。那么，报告老婆，我会去一趟曾分田爷爷家。我会对他老人家感激涕零。然后，报告老婆，我要去汉口的老怡春澡堂泡澡，死死地泡，热气腾腾地泡，泡掉所有的晦气！我要让人捶背，按摩，刮胡子，修鼻毛。然后，报告老婆，我要回到我父母家，睡上三天三夜，允许吗？有关系吗？你一定好奇我怎么知道汉口有个老怡春澡堂吧？报告老婆，号子里的朋友告诉我的。我们大家在号子里，经常交流经验。我们凡是出去了的人，首先就要上老怡春。武汉市只有老怡春没有变，还是那帮老家伙在干活，干得非常出色，爷们在那里都开心、松弛和享受。我们这种坐过牢的人，能够去哪里享受呢？只有老怡春！报告老婆，请问我可以这样做吗？然后，我当然要回来。我的家，老婆，儿子，单位，我得上班，恢复我从前的形象，洗心革面，重新做人。从此学会夹着尾巴做人。允许吗？老婆，报告完毕。

高勇终于说完了。也说累了。之后，起来喝了一口水。把水杯放回去的时候失去方位感，放空了，掉到地上了。天意惊悸地嗯嗯了一声。夫妻俩立刻敛神谛听，儿子，我们不想吵醒你。一点都不想，这是一个意外。请你原谅！高勇没有去捡水杯，也没有穿上内裤。他裹紧被子，滚到床的一侧，还是以他惯用的胎儿的姿势，睡觉了。并且很快就睡着了。快得不可思议。快得像无情的情郎，方才的痛苦诉说，并没有被他挂在心上，它们对于他，只是一个萍水相逢的青楼姑娘。

曾芒芒直挺挺地躺着，不敢动，觉得自己成了一具僵尸。几辆救火车的警笛声由远及近，由近及远，呼啸而过。哪里失火了？能不能起来，疯狂地跟着跑，观看失火的场面？失火固然是灾难，但是失火的场面非常壮观。芒芒喜欢看失火。她小时候看过一次失火，巨大的场面，是一家老剧院失火，烧了几天几夜。火焰在屋脊上跳舞，轻盈又顽强，人们对它无可奈何。烈焰扑面，温暖可人，心脏因此大受刺激，跳动的声音像节日的鼓点。而整个天空，无比地灿烂辉煌。警笛又响起来了，这是医院的救护车，这声音令人黯然神伤。一种类似放鞭炮的声音，隔几分钟就响一次。还有一种马达的声音，不知道来自于何方，就那么不轻不重地响着，慢慢煎熬你的无眠。

夜的城市，太不安静了。似乎城市的本质就是嘈杂，没有别的。谁能够给芒芒一份真正的宁静，让芒芒好好想想：芒芒应该怎么说话。怎么说话，才能够不被误解，释放出去，正好抵达。

2

清早。曾芒芒起床上班。高勇也起床了。腊香从食堂端来了早餐，稀饭和肉包子。两口子默默地吃。曾芒芒指了指电饭煲，让高勇看。电饭煲放在缝纫机上，这是他们家新近添置的家用电器。是曾芒芒用20斤粮票在自由市场换的。广东出产的，半球牌。摊主是农民，他坦率承认是假冒产品，否则不可能这么便宜，但是他保证质量和安全，如果不能把米饭煲熟，可以拿去退货。不过，倒的确是非常好用。现在煮饭忽然变得简单了，把米和水放进去，通电就成了。非常节约时间。为什么动用积攒的粮票呢？因为家里的钱不宽裕，而社会上风传政府要取消粮票了。高勇没有起身去看电饭煲。他瞟了两眼，点了点头。高勇又瞟了一眼缝纫机。缝纫机被一只灯芯绒的罩子罩上了。缝纫机的罩子也是新的。现在缝纫机用得越来越少了。一个原因是厂里交给曾芒芒的工作越来越多，她经常加班和出差。二是最近外面的衣服便宜极了。汉口清芬路，有一个地下旧衣服市场，都是国外进口的旧衣服，市场就设在居民的家里。芒芒和她的同事去过两趟了。衣服的成色都是半新的，价格便宜得不可想象，给腊香买了一条裙子，你猜多少钱？高勇看着曾芒芒，没有猜测。他坐牢三个多月了，他对汉口清芬路市场一无所知。曾芒芒连忙说："才5块钱。"所以，基本可以不用缝纫机了。

高勇对家务琐事没有兴趣。但是他尽量表示了赞许。他说："很好。"

曾芒芒跑月票，早晨的时间紧张，她得走了。曾芒芒背上包，俯身亲了亲熟睡的儿子。

下午，曾芒芒下班回家。腊香告诉曾芒芒。高勇走了。上午就走了。大概要三四天以后回来。腊香说："高勇哥说你知道这事。"

曾芒芒是知道。昨天夜里，高勇咆哮过了。但是曾芒芒以为那是咆哮而已，不会是真的。可是现在看来，是真的。高勇离家三个多月，回来睡了一个晚上的觉，一个不成功的令他恼火的觉，然后就离开了。

凑巧的是，曾芒芒他们厂工会，批发购买了一批洗衣机，为历年的先进生产者提供优惠价格，实际就是变相的发奖金，因为一台洗衣机，只收批发价的半价。厂的先进生产者们都很高兴，人人都乐意买。曾芒芒当然也想买。但是她还是应该和高勇商量一下，家里添置电器大件，那当然是应该夫妻商量的。曾芒芒打发腊香去了高家。曾芒芒留了心眼。她让腊香说只是去拿天意遗忘在高家的玩具的，并且说是腊香自己去的，曾芒芒并不知道，因为天意吵得太厉害了。天意是吵得太厉害。天意要什么东西，那是一定要得到的，天意的意志，超过了他所有的长辈们。

腊香跑了一趟高家，证实了曾芒芒的猜疑。高勇没有像他自己所说的那样，回到他们自己家里睡它三天三夜。高勇的三天三夜在另外的地方睡觉。高兰送了腊香一件她穿小的连衣裙，还有一些发卡之类的小玩意。高兰唯一的要求是腊香不说来过高家了。换个时间，高兰会把天意的玩具送过去的。18 岁的姑娘，也懂了一点事情了。把这一切告诉曾芒芒的时候，同情地哭起来了。曾芒芒替腊香擦干了眼泪，笑着说："这有什么可哭的！"

曾芒芒跑出门，坐上了 15 路公共汽车。是胡翠芳当班。曾芒芒与她的朋友微笑点头，打了招呼。胡翠芳问她去哪里？曾芒芒说："终点。"15 路的终点是遥远的凤凰山，到了这个城市东边的边缘。胡翠芳问曾芒芒去那里干什么。曾芒芒说：有一点小事。

曾芒芒到了凤凰山，在菜农的村庄里胡乱转悠了一通；又往回走，乘车，到江边，坐轮渡，过江到汉口；在汉口随意跳上公共汽车，又到了汉阳；在汉阳古琴台坐了一会儿，买了路边茶摊的一杯凉茶喝了，花红茶，清火的，老人在卖，一毛钱一杯；认真看了古琴台的介绍，记住了一条警句：相识满天下，知音能几人！古人俞伯牙比今人曾芒芒倔强多了，只为一个樵夫知音钟子期，就把好端端的古琴摔了，此生不再弹琴了！曾芒芒转身爬上龟山，登高，望长江，想象俞伯牙的小木船能够停泊在哪里呢？钟子期又在山上的什么地方砍柴呢？

如此嘈杂，俞伯牙的高山流水的琴声，怎么能够传到钟子期的耳朵里呢?哦,那时候的城市一定非常非常非常幽静。幽静的生活,才能够使人彻底单纯。俞伯牙多么单纯啊,知音去世了,他就把琴摔了。就这么单纯很好。很痛快。

龟山上的风很大。是长江的风。长江的风吹乱了曾芒芒的头发。曾芒芒走累了。渴坏了。外衣脱了,搭在肩头,鞋子灰尘满面。最后,曾芒芒拐进了武汉商场。她在商场疯狂购物。把刚刚发的工资,全都用光了。她给自己买了一件西装,腰掐得很细,这是她从来没有穿过的款式,社会上也才刚刚开始流行。芒芒大胆一次又如何呢!曾芒芒还买了配西装穿的衬衣,一条深米色的西裤。天意一直想要遥控汽车,价格太贵,曾芒芒一直下不了购买的决心。现在她也买了。红色的。崭新的。人躲在暗处控制遥控器,小小的汽车就可以自己在大街上行走,把许多人都吓了一跳。

离婚。曾芒芒下了决心。在街边的公用电话亭里,曾芒芒拨通了常声远办公室的电话。常声远的声音传来,曾芒芒把电话扣上了。其实与常声远没有关系,与他商量反而把事情弄复杂了。就这样,单纯一点:离婚!

高勇上班了。三天三夜的行踪,高勇什么都没有说。高兰把天意的玩具送到他们家来了。与曾芒芒闲聊。无意中透露出高勇在家里休养了三天三夜,自以为巧妙地为她弟弟圆谎。曾芒芒只当没有听见。曾芒芒等待着高勇,高勇却没有觉出曾芒芒的等待。曾芒芒一口气把月工资花光了,为什么?高勇没有问。花吧。女人想买漂亮衣服,这是正常的。日出日落,日子在时钟里面准时行进。大家上班,吃饭。下班,吃饭。睡觉。夫妻之间的那档子事情,高勇行了。等到所有白天活动的生物都熟睡了,他们用最快捷的速度,最简便的方式,悄无声息地完成夫妻之间的义务。高勇主动，动作凶猛，带有复仇性质。谁说我不行？他妈的！其实没有谁说高勇不行。但是高勇还是带着复仇的性质。看在历史和现实种种原因的分上，曾芒芒没有反抗，也没有表示出明显的嫌恶。曾芒芒应该给高勇一点时间。曾芒芒白天工作的时候冷着脸，午饭之后，寻个偏僻的墙角坐坐，用报纸盖着脸，欲哭无泪。晚上七点整，高勇还是必须收看中央电视台的新闻联播。七点半，曾芒芒把头探过来看天气预报。一个人关心政治气候，一个人关心自然气候。

热电厂的许多同事和熟人，见到高勇就主动打招呼，加倍的客气里面，有许多敬佩的成分。高勇受到了抚慰。中国到底是在改革开放，人们的思想也解放多了，和以前大不一样了。以前谁敢接近一个坐过牢的人？厂长也和高勇谈话了。很亲切。热电厂又一轮的住房分配开始了。高勇熬到现在，应该可以换上大一点的住房了。在团结友爱的气氛鼓舞之下，高勇也送交了要房报告。现在他们最需要的就是住房。他们一家四口，空间太拥挤了。高天意已经养成了户外生活的习惯。腊香端着饭碗，在大马路上追着喂饭。高天意的胯下夹一根树枝当骏马，成了城市里的游牧民族。

一切都慢慢平静下来了。日常的习惯，统治了一切。习惯是生活的最高统治者。但是曾芒芒要反抗了。这个城市的桂花再度飘香，天空湛蓝如海洋，风中凉飕飕的寒流让人神清气爽，又是初冬了。这个季节不太容易让人因为冲动作出错误的决定。高勇，这荒凉的公园比热闹的公园好，这里清静啊。芒芒，你到底要和我谈什么呢？还值得避开儿子，跑这么老远来走走？累不累呀？

曾芒芒约高勇出来了。曾芒芒认为是时候了。特殊时期过去了。

高勇恢复了。曾芒芒的忍耐是有限度的。

他们坐下，在石头的圆凳上。石头的桌子颓然歪斜着，已有时日，歪斜的阴面长满了青苔。灰喜鹊在不远处跳跃。哇，它们会突然叫一声。曾芒芒看着灰喜鹊，淡然地提出了自己的想法："高勇，如果你另外有女人，我们就应该分手。"

高勇大呼冤枉，说：什么话啊！你这话从哪里说起呢？

曾芒芒安静地说：你自己心里明白。

我明白什么？

什么你都明白！

高勇站了起来，点香烟，滋地吸一口，又坐下。他要说话了。他说：曾芒芒同志，你为什么这样？为什么总是不能够正面地明朗地和我说话？为什么什么事情都闷声不吭地，逼我自己去领会、去琢磨、去猜测。你知道不知道，和你生活在一起，我有多累？你是谁？端什么架子呢？大家闺秀吗？落难公主吗？你不是！你只是一个共产党中层干部的女儿，小官僚的女儿，哪里学来的这种夹生半吊子脾气？像你这样做老婆，请你替我设身处地想一想，她的丈夫累不累？说句不该说的话，你真是矜持得过分了。我从监牢里回来，你连问都不问一声我在里面是怎么过的？你觉得我给你带来了羞耻，是不是？你提都不愿意提"号子"这两个字。你觉得没有脸面，是不是？至今你都不知道我在号子里是否挨过打？是否喝过肥皂水？是否饿过肚子？可是，我在监狱里是靠什么支撑下来的？靠你和儿子！我想我有老婆儿子，我得对他们负责，我不能倒下，不能自暴自弃，我要坚持申诉，哪怕饿死我，我也要申诉到底，我没有罪！所有的威逼利诱都不能使我屈服，我不要有罪，因为我不能够让你们被玷污。这一切，你都知道吗？

都说磨炼有好处。这个论点，在高勇身上得到了充分的证明。想当初，高勇是一个多么寡言少语的男青年。清瘦，有几分俊秀，腼腆，这种腼腆还曾经被曾芒芒误认为是深沉。现在，高勇下巴圆润，有点双层的意思了。他肩膀浑厚，谈什么话题都可以激情充沛，口若悬河，理直气壮。曾芒芒反而越来越口拙了。高勇出狱的第一分钟，她就想扑上去，亲他，想要知道他在监狱中的每一天，都是怎么度过的？他吃了哪些苦头？她想要告诉高勇，她的每一天，都和在监狱一样，过得非常艰难。可是，高勇没有给她机会，高勇在表现他自己的慷慨激昂。芒芒她因为替丈夫担心崩溃过，被强行注射过该死的冬眠灵。芒芒四处奔走。陪着爸爸、妈妈去找公检法系统的熟人。拿着爷爷的纸条，去各级人大。她将各种法律书籍的有关条款，几乎都背诵下来了。她打电话感谢燕子。打电话感谢邝园。她感谢所有帮助他们的人，笑容都用尽了。可是，曾芒芒照样没有机会。出狱的那天，一切都不是她的。高勇的母亲高德静安排了一切。大家都按照高德静的旨意粉饰太平，芒芒惶然不知所措。她做什么都好像不对。这一切，高勇知道吗？

高勇不知道！高勇不乐意曾芒芒责怪他的母亲。他不喜欢一个人把什么责任都推到别人身上。都是别人不给机会吗？现在少给高勇来这一套了。现在高勇是一个成熟的男人了。

一个成熟的男人是否应该更体恤女人呢？花朵没有不愿意开放的，除非它没有阳光雨露和土壤。高勇，这个道理，还用女人自己说吗？夜晚的事情，能够算是曾芒芒有机会而没有好的表现吗？

女人为什么不能够主动开口？

曾芒芒不能够！芒芒不喜欢说话。她希望阳光、雨露和土壤都是自然形成的。她绝对不会开口索要。她就是这种性格。

高勇最受不了的，就是女人强调自己的性格！谁没有性格？谁都有，不用强调！谁不想要无须语言就能够获得的阳光、雨露和土壤？男人就不需要？废话！

好了。芒芒不想吵架了。芒芒作为妻子，能否知道高勇离开家的三个夜晚，在哪里睡觉？以前还有一次，肖克与高兰离婚的那次，两个夜晚，高勇又在哪里睡觉？

不！高勇，你不要说你在事先都告诉我了。不要让谎言出口，高勇，不要让我这个小官僚的女儿为你羞愧！你是破落大家庭的第三代继承人，你应该拥有高秉承的风度与襟怀。好了。请回答我的问题：高勇，你是否在和别的女人睡觉？

灰喜鹊"哇"的一声飞走了。高勇吸烟，觑着一只被烟雾熏着了的眼睛。沉默了几分钟，高勇忽地甩掉了烟头。

高勇说："好！给你一个实话，是的。"

是五芳斋甜食馆的那个女人还是田小小？

高勇意外，一愣，勃然大怒："你居然在背地里调查我？好！好！好！"

曾芒芒啊曾芒芒，我看你本本分分一个女人，却干这种下三滥的事情。调查我，跟踪我。这和他们抓我有什么两样！不就是离婚吗？好！我同意，离！离！

曾芒芒以为自己要晕倒。然而她没有晕倒。她又像怀孕的时候那样，坐得很端正。她高兴自己的本能是正常的，灵敏的，准确的。她没有跟踪也没有调查，她仅仅去过一次五芳斋甜食馆，吃了一碗冰凉的面条。曾芒芒的表现，比她自己预想的要冷静得多。事到如今，她只是不明白一点：既有今天，何必当初！当初高勇为什么要和芒芒结婚？不过是一个小官僚的女儿。

高勇的回答很坦诚：因为那个时候，人年轻，见识少，还是一个十足的理想主义者。她们都不是我理想中的妻子。如果芒芒记忆力好，应该记得高勇早就评价过她们：一个太俗了，一个太幼稚了。也许芒芒接着就要质问：既然如此，你婚后怎么还和她们睡觉呢？这是不是太不道德呢？曾芒芒，我索性就告诉告诉你吧，人是动物，就有动物的本能。如果男女两相情愿，两情相悦，不妨碍他人的家庭稳定，我个人认为，这没有什么不道德的。而你，我的老婆，床上的表现，对不起，实在是不敢恭维。你太矜持了，太不主动，太没有感觉了，你只是表面温文尔雅，看起来有文化有知识，可是实际上，你人事不懂。你没有开化。此外，请原谅我的坦率。我觉得你并不爱我，你更爱自己。你也是按照自己开列的条件选择了我。当然，婚后，你或许恪守了道德规范。可是你恪守道德规范只是为了树立自己的光辉形象，为了给自己一种自豪感，也是为了能够鄙视我。而且，你的恪守也只是所谓的恪守，难道不是吗？你和常声远，难道没有感觉吗？

曾芒芒感到了一针见血的刺痛。这种刺痛是什么意思？

高勇不给曾芒芒喘息的机会，他的火山爆发了。他说："好了。常声远我就不说了。你不用辩护。我知道你们没有实质性的行为。你们只是心照不宣。发乎情止乎礼。我了解常声远。整个学生时代，我和我的父母，对他有多么好，他心里是明白的。他还是懂得知恩图报的。他的良心道德都在约束他，他是不能让自己动朋友之妻的。我们不说常声远了。我不让你难堪好吗？常声远的老婆林晓玲，一个女流之辈，咋咋呼呼的小市民，对你们两人这种所谓高尚纯洁的友谊，都懂得沉默是金。何况我高勇呢？何况他又马上要走了呢？

"好了。曾芒芒，我姑且算你是一个良家妇女，如果你认为我的行为伤害了你，我向你道歉。我为你给我这么一个漂亮的儿子而感谢你！我接受你离婚的要求。现在我反正已经坐过牢了，我还怕离婚吗？但是，曾芒芒，你的确是一个无趣的良家妇女。我不敢想象自己，作为一个男人，我要过一辈子这般无趣的生活。我这么说，讲道理吧？是实话吧？够气魄吧？有大家子弟风范吧？好，我的话，就到此为止了，再也没有一个字了。"

曾芒芒仰着头，看着高勇，好像听得津津有味。天真的无趣的良家妇女！

锻炼身体的老人们，在不远处，拍打自己的胸脯，打得咚咚作响。曾芒芒觉得很奇怪，捶胸顿足的应该是她，哇啊高叫的也应该是她，而不是灰喜鹊。灰喜鹊有翅膀啊，它们可以飞啊，天空是多么辽阔啊。曾芒芒没有翅膀。此时此刻，芒芒认为，没有翅膀是人类最大的悲哀。

3

常声远研究生毕业之后，专业上眼看着一步一个台阶。现在，美国某豚类研究中心邀请常声远去做访问研究员。时间是三年。常声远的妻子林晓玲，也应邀随行。林晓玲高兴极了。高兴得小姑娘一样蹦蹦跳跳，几天里连续设宴，遍请亲朋好友。高勇曾芒芒一家三口，当然是必请的贵客了。林晓玲对曾芒芒格外热情，好像久别重逢的亲姐妹。林晓玲紧挨曾芒芒坐着，口口声声说三年时间太长了，真是舍不得好朋友啊！林晓玲对曾芒芒有说不完的话：芒芒啊，你看这美国人，你看这美国的观念，真是和我们太不一样！居然心甘情愿花钱请我去，在我们看来，他们多傻呀！我们哪个单位送人学习进修出公差，连人家家属都给付帐带上的？可是，人家美国人认为，如果声远在三年里没有夫妻生活，那就太不人道了！他们要请声远，那是必须请他妻子的。芒芒啊，夫妻生活这种话，在我们中国公开这么说，还真有一点不好意思，可是呢，人家美国人就这么公开对我说。我真是被他们弄得脸红啊！

芒芒啊，你看看，我这个人运气真是太好了。我们家，祖祖辈辈，就没有人出过国门。我做梦都没有想到我会去美国生活三年。哎，也说不定更长，据说好多人，出去就没有再回来，人家美国重视人才啊！

芒芒，我还一直说声远呢，我真是想要一个孩子。可是，声远是对的，他这个人，就像长了后眼睛，什么都给你安排得好好的。跟着他，我真是非常幸福。我要当着大家的面，感谢我的好丈夫常声远！声远，你过来！我要敬你一杯酒！

常声远和高勇在他们男性朋友的酒桌上吃饭。哥俩也是紧挨着坐。听见妻子热情的大叫，常声远回头看看，就过来了。大家停下筷子，都看着他们夫妻。林晓玲笑吟吟地迎接着她的丈夫，把胳膊伸进了她丈夫的胳膊弯，林晓玲要喝交杯酒。他们清脆地碰杯了。一饮而尽。朋友热烈鼓掌，纷纷叫好。林晓玲对高勇叫道："高勇啊，照顾声远一点，别让他高兴得喝嗨了。"

高勇说："好嘞，放心吧。"

林晓玲非常高兴。高勇也非常高兴。他们显然也觉察到了他们的默契配合，更高兴。

曾芒芒以为她和常声远不会有单独告别的机会了。可是，常声远还是过来与曾芒芒道别了。他们为什么不能够道别呢！常声远的倔强比所有人都埋藏得深，他很早就是孤儿。常声远捉住了到处乱跑的高天意，抱起来，把他送还给曾芒芒。

常声远说："芒芒，我走了。你多保重。我会和你们保持联系的。"

曾芒芒说："多保重！"

常声远把高天意交给曾芒芒之前，在他脸颊上亲了一下。

具体的离婚协议，一直没有机会出台。首先就是因为没有另外的住房，他们无法立刻分居。好在床上的被子，新婚开始就是两套。他们只好睡在各自的被筒子里，全当暂时睡在夜行的火车上。火车的卧铺也是男女不分，紧紧挤在一起，但是大家都没有邪念，都只盼望着到达自己的车站。其次，高勇的父亲任天育病倒了。任天育校长，过于劳累，病倒在他的办公室里。任天育校长主要负责对外联络，因为他的学生，现在好多是政界、军界、商界和文化界的领导干部或者要人。当年创建圣德女子学校的英国某教会，也发来热情洋溢的文件，感谢任天育校长对于学校建筑的保护，以及对于校风的传承。他们表示要继续投资，修葺和扩建学校，建议互相组团互访。邀请任天育校长率团访问的国际往返机票和在英国境内的费用，一律由英国方面承担。现在改革开放，对外搞活，学校也不例外。圣德中学有这么大好的机会，大家都鼓励任天育校长：抓住机遇，抓住机遇！因此，任天育校长每天都工作到很晚，星期天也不休息，直到任天育校长晕倒在办公室里。大家把他扶起来的时候，他一口鲜血喷了出来。在医院急诊室，又是一阵猛烈的咯血。任天育住院了。几天之内，就像一个风筝扎的纸人了。但是他神态安详，说话风趣，躺在病床上还在与英国通电话，学校书记等一干人，都眼巴巴地围着病床，看着电话筒。谁去看望他，都由他安慰别人。

高德静陪伴了几天，撑不住了，血压升高，无法安睡，得回家好好休息。接着便由高勇和高梅轮流守夜。白天由学校派人照顾。时间一长，高勇高梅也顶不住了，高兰自告奋勇地要求换班。虽然她不是任天育的亲生女儿，但是她还是愿意作为女儿伺候他，任天育老人是一个多么善良和慈爱的人啊。曾芒芒也上阵了，参加了夜晚的轮流值守。开始高勇还坚持不让曾芒芒参与他们家的事情，后来也就顶不住了。看护病人是非常现实和严峻的问题，人手不够，就是忙不过来。

有六家医院，参与了对于任天育校长疾病的诊断。三家医院坚决认定是肺癌。三家医院否定是肺癌。转诊，开医疗联单，请专家会诊，将胸片和病理切片送到北京、上海的权威医院去鉴别。跑卫生局，找熟人通融。跑学校，开证明。检查，拍片，上楼下楼，经费受到限制。需要自费，自费就自费，大家紧急筹措资金。对外的交涉，除了高德静，主要就是曾芒芒。高德静以她父亲的名义，找一些老干部，获得支持。曾芒芒启用了她父母的人事关系。曾芒芒温文尔雅，说话合情合理，还楚楚可怜。很多非常忙碌的专家，因此愿意坐下来，挤出一点宝贵的时间，研究一下任天育校长的病理资料。

离婚的事情，就此搁浅。许多个深夜，高勇与曾芒芒谈起他的父亲，谈起任天育校长这一辈子的隐忍、磨难与埋没，高勇泣不成声，自然地，他就把脑袋放在了妻子的怀里。曾芒芒无法拒绝怀里这颗悲伤的脑袋。她把手插进高勇的头发深处，为他梳理与抚摸。高勇拥抱了妻子。他深深感谢曾芒芒的善良无私和为他父亲所做的一切。这是真心的感谢。

这个冬天十分漫长。被子里头总是潮湿阴冷。在一个大雪弥漫的深夜，高勇钻进妻子的被窝，说是要替她暖暖脚。高勇在妻子的耳边，作出了沉痛的道歉："芒芒，是我对不起你。原谅我吧！"

高勇道歉的声音，亲密，妥协，还有一种男人的撒娇，与此同时，他的身体蓬勃燃烧，异峰凸起，不顾廉耻地诉说着强烈的渴求。曾芒芒整个人，就如户外的大雪一样，再也无力抗拒太阳的融化。并且令她吃惊的是，她居然出现了少有的高潮和快感。

这不合时宜的欢娱令曾芒芒羞恼，她认为这种欢娱是对于离婚决定的不忠。第二天，曾芒芒下班之后没有回家，去胡翠芳家吃喜酒了。胡翠芳的儿子参加征兵，被选拔为空军飞行员，胡翠芳夫妇因此大宴宾客。曾芒芒去吃了喜酒。还喝了白酒。喝多了。走不了了。留宿在胡翠芳家。胡翠芳把她丈夫赶到沙发上去睡觉，她们两个女人并肩靠在床上。曾芒芒说着说着就哭成了泪人。胡翠芳却不住地撇嘴。她认为曾芒芒根本不值得为这种事情苦恼后悔和哭泣。一对男女，长期睡在一张床上，偶尔发生一次肉体关系，这太正常了。芒芒是人又不是神，这事算什么？这事又与离婚有什么关系？像高勇这种不懂得爱惜老婆的男人，自己没有什么本事还觉得自己了不起的男人，是要不得的。一定得离！别搭进去一辈子！胡翠芳说："哭什么哭啊？为他流泪，值得吗？要是我，当初他让我一个人深更半夜去生儿子，我不早就把他一脚踢到长江里去了！"

在胡翠芳这里，曾芒芒的决心再大，一旦面对高勇，她还是无法开口。高勇不是和他病重的父亲在一起，就是和幼小的儿子在一起。只要高勇和这两个人在一起，曾芒芒就无法开口了。

热电厂对高勇的事情，最后还是下了一个结论。大家心里都清楚怎么回事，并不等于组织上就不给你公事公办地下结论了。中国人是谁都逃不掉组织给你下的结论的，因为每个人的档案袋里必须装有阶段性的结论。高勇同志无罪是无罪，但是无罪并不等于无错。错误还是有的，而且还是不小的，教训也是深刻的。高勇同志预备党员的资格应该予以取消，级别晋升也暂时缓办。要求再次分配住房的申请，这次也就暂时不予考虑了，高勇的积分不够。高勇的积分因为他的错误被扣掉了许多。这是没有办法的事情。按政治表现、工作表现和工龄积分，再按积分分配住房，这是非常公正的。这种方式，获得了全厂职工代表大会的一致通过。组织上并没有对高勇一棍子打死。他还是车间的技术员，重大的工作都还是少不了他的参与。厂领导和同事们对于高勇，还是一如既往的热情。公开歧视的情况，那是绝对没有的了。

车间主任的职位上，提升了一个新人。该新人比高勇还要年轻，资历也浅多了，工作能力也不能与高勇相提并论。但是新人的学历是研究生，历史清白，政治成熟，没有参加任何不应该参加的活动。现在时代进步了，提升干部不能再搞论资排辈了。大胆启用和提拔有文化有知识的年轻干部，这是党的中心工作，是我们国家改革开放形势的迫切需要。这是随着社会形势发展而产生的最新理论，逻辑严谨，开明进步，明确地表示了我们党采取的唯才是用的决心。如果谁不满和挑剔，那只能说明谁心胸狭窄，自私自利，要求进步和努力工作的动机都不够纯洁。

高勇只有冷笑。过去他只是抽烟。现在开始嗜酒了。不喝酒他干什么？他不再敢夜不归宿，也没有好朋友下棋了。高勇动不动就喝多了。躺在床上，鼾声大作，有如雷霆。甚至还醉酒呕吐，一个星期身体都复原不了，脸色青灰青灰，下眼睑肿起眼袋，鼻唇沟两侧出现了粗粝的皱纹。男女之事，几乎被高勇遗忘。当高勇心情平和的时候，曾芒芒恍若看见了她公公任天育的某种神态，这使她觉得高勇亲切。亲切得像一个亲戚。

半年之后，任天育校长病故。病故之后的尸检，才找到疾病的原因。不是肺癌。是寄生虫病。肺绦虫。那还是因为多年之前，任天育校长在"文革"之前的"四清"运动中，下放农村劳动改造，在农村饿急了，吃过米猪肉。九十年代的大城市的现代化医院，哪位医生会想到，体面白净的任天育先生，著名纺织大王高秉承的女婿，圣德中学的终身名誉校长，肺里会隐藏和纠结着绦虫呢？这种病，当然不是什么高难度的疾病。遗憾的是误诊了。

这种遗憾的误诊对于高家来说，代价惨重。曾芒芒把小保姆腊香辞退了，这样每月可以节约 20 元钱。高德静祖传的别针卖掉了。珍藏的一匹高邦全毛派力司，也卖掉了。一打象牙筷子，当然，也卖掉了。高德静头发全白，掉得稀稀拉拉，动辄发火，对身边所有的人都吹毛求疵，横加指责。买菜的时候，因为两毛钱的小葱，和人家大打出手。

她买了两毛钱的小葱，嫌少，还伸手去拿，说："添加一根就不行吗？"

卖小葱的粗暴地打开她的手，说："不行不行！"

高德静生气了，说："我看你这个人活该是卖小葱的命，太小气了！"

卖小葱的人破口大骂，说："你妈个老屄！两毛钱的小葱还计较，我看你的命比我还下贱！"

曾芒芒把她的婆婆从菜市场拉回来，给她擦掉被人吐在脸上的唾沫。高德静气得嘴唇乱抖，小孩子一样没有节制地抽泣。曾芒芒的心里，泛起一阵阵的酸楚，一阵又一阵，像长江的波浪一样，再也难以平息。

高德静开始写材料，她要控告医院，要求赔偿；她要向新闻媒体揭露这骇人听闻的误诊事件；她要上至卫生部下到市卫生局，都引起高度的重视。高德静戴着老花镜，伏案写作。老式的格子玻璃窗，高大，但由于不方便清洁，玻璃已经模糊。玻璃模糊，光线昏暗，靠近窗台有一只任天育校长的像框，桌子角落放着一杯冒热气的茶水。高德静时常用指头蘸蘸口水，去翻阅书籍。她需要查阅的法律资料，以及需要了解的有关医疗专业知识，涉及面都非常广泛。到处堆放着资料和书籍。资料和书籍上落满了灰尘。

从殡仪馆回来之后，高勇进屋就坐下了。任天育校长的一只藤椅，被高勇带了回来。高勇就坐在这只藤椅上，面对墙壁，长时间地坐着。香烟夹在他的手指上，忘记了吸，长长的烟灰，岌岌可危地悬在空中。终于，烟灰掉下来了，在油漆剥落的水泥地板上跌得粉碎。

曾芒芒试图悄悄从高勇手里拿走烟头，高勇的眼睛并没有睁开，却说："我没有睡！"

有时候，儿子会打断高勇的静默。天意撒娇：爸爸抱抱。高勇看着儿子，搓搓手掌，用很大的毅力离开藤椅，起身与儿子嬉耍。高勇搓手的那副模样，酷似他的父亲任天育校长。高勇的举止和神态发生了悄然的变化。任天育校长去了，可是他的某些举止特征却遗留了下来，并明显地表现出来了。曾芒芒常常躲开眼睛，她不忍多看。一个死去的人带着沉沉暮气复活，这实在令人感伤和害怕。原来不仅仅是父亲去世了。高勇重新变得寡言少语，是因为他唯一能够彼此调侃的人，不存在了。他的对话，永远失去了对应。带一点撒娇的，带一点任性的，激发你的机智的那种对应，不存在了，那么除了就事论事，你还能够说什么呢？

曾芒芒以一种不应该有的体会，体会到了高勇的感受，比如常声远对于她。常声远去了美国，她就沉默了。封存了一种风格。掩埋了一部分的个性。如果说人是多面的，那么某一个侧面就算坏死了。人们就会认为：这个人真正地成熟了。

他们的同事都这么认为：高勇成熟了。曾芒芒也成熟了。

离婚的事情是这样的：裂缝和鸿沟都已经出现了，无法弥补了，迟早都会去办这个手续。只是他们都变得成熟多了，不着急，为了儿子，大家把日常的生活秩序还是维持好，然后，等时机成熟了，就去办吧。时机也是孩子，也需要一个成熟的过程。

第十五章

1

逢年过节，常声远总要给他们寄来贺卡或者明信片。通信地址这一栏写着：天意芒芒高勇收。高勇总是把卡片交给曾芒芒。曾芒芒坦然收下，按照收到的前后秩序，把卡片放在一起，摞齐，放进抽屉里。然后买一张卡片，写上祝福的话，给常声远寄去。上面写林晓玲常声远收，下面落款写：天意芒芒高勇。林晓玲从来没有寄来过只言片语。

1992年春天，曾芒芒34岁的生日。常声远从美国寄来一只包裹，里面是：送给天意整套的米老鼠唐老鸭卡通画册，送给高勇一盒古巴雪茄，送给曾芒芒的一只风铃。高勇把画册给了儿子，把风铃给了曾芒芒，把雪茄扔到抽屉深处。

曾芒芒把风铃挂在窗前。微风徐来，风铃就发出清脆悦耳的音响。不到三天，高勇就请曾芒芒把风铃摘下来，他的理由是：风铃在不应该响的时候也响，太吵人了。

曾芒芒认为风铃的音响非常悦耳，一点不吵人。

高勇说："你当然认为它非常悦耳。"

什么意思？

你认为呢？

曾芒芒把风铃摘了下来，带到了厂里，挂在了她办公室的窗前。

曾芒芒的工作变动了。或者说她提升了。她被调离了车间。到资料翻译科担任副科长。她在厂机关办公楼上班了，有了自己一个人的办公桌。办公桌前就是一扇窗户。她总是把这扇窗户擦得光洁透明。曾芒芒终于离开了被分配的专业，做上了她自己喜欢的工作：翻译与外事联络。这工作听起来有点花哨，但是实际上就是把他们轧钢厂的德语轧钢线，变成汉语轧钢线。外事联络就是直接与德纳多斯谈种种专业问题。曾芒芒对于具体的工作，并没有超常的兴趣。她喜欢的是这种工作给予她的工作环境、工作方式和由工作所带来的广闻博识。跟着厂长去国内各大城市出公差，成了曾芒芒的家常便饭。去年还很短期地去了一趟德国，为他们厂的轧钢线购买零配件。芒芒慢慢触摸到了这个世界的骨架。钢铁，矿石，龙门吊，罐头钢板，小汽车面板，镀锌薄钢板，集装箱运输，海运，长江航运，倾销，反倾销，成本核算，产值，利润，折旧，返还。芒芒无须弄懂和掌握它们。芒芒只需要它们存在。芒芒熟悉它们，心里就踏实。就像看见了回家路上的街道和楼房。对于它们，芒芒个人是无足轻重的。然而，依据它们，芒芒知道她内心的某些向往，并非无源之水，无本之木。

芒芒记得高勇曾经嘲笑过她对于文学的信赖。现在却没有任何嘲笑可以动摇芒芒的踏实感了。文学给予我们的生活也许是虚构的，但是那些我们所需要的感觉，世界上都存在。

世界上存在的东西，真是太多了。只是你无缘遇上，而绝非它不存在。

又一个金秋季节，曾芒芒去广州参加商品交易会。她带上了一千五百元现钞，准备还给邝园。这笔钱，说来话长，还是四年前，邝园为高勇请律师的时候付的。四年来，曾芒芒就怎么也没有还上邝园的这笔钱。要么邝园出现得突然，曾芒芒手里根本没有足够的钱。要么备齐了钱，一时半会儿又见不到邝园。曾芒芒拜托过燕子，邝园坚决不收燕子的钱。邮寄吧，邝园的公司地址总在变动，租住，买楼，又卖楼，又租住，又买楼。曾芒芒觉得广东做生意的人们，不是在路上走，是在空中飘。现在，据邝园自己宣布，他的"金剪子"公司，终于下决心在广州买了黄金地段的楼盘，权当固定资产的投资，总算安营扎寨了。不管时日过去多久，这笔钱，曾芒芒是必须要归还的。这是她的性格。

邝园还是了解曾芒芒的性格的。他们见面之后。邝园没有多话，坦率地把钱揣进了自己的钱包。"这样你的心里就舒服了吧？"邝园问曾芒芒。

倒是曾芒芒不好意思地笑了。她也承认："当然，舒服了。"

曾芒芒说："邝园你现在是有钱人，不在乎这一点钱。可这并不是钱，是搁在我心里头的一桩事，是欠下的人情债。"

邝园说："我理解你的心情。但是，芒芒，如果你要这么说的话，那你还欠我的。"

曾芒芒随他们厂一行三人，住在钢铁系统自己开办的冶金宾馆。邝园来宾馆看望曾芒芒。他们坐在大堂酒吧说话，各人面前一杯饮料，大堂里也还有一架音调不准的钢琴，在那儿叮叮咚咚地弹。邝园说芒芒还欠他的债。曾芒芒以为他在开暗示性的玩笑，就不接茬，说："邝园啊，今年你也该进 41 岁了，我也 35 了，不要说小孩子的话了。"

邝园没有说小孩子的话。邝园不开玩笑。邝园认真地告诉曾芒芒，正因为他觉得他们都是大人了，甚至都觉得大家在日渐地老去，这才想认真说说往事。否则，恐怕来不及了。曾芒芒千万不要误会。别那么庸俗。邝园没有别的意思。芒芒记得自己 28 岁收到的生日贺卡吗？一张从深圳寄出的生日贺卡，雅致的浅蓝色基调，一束麦芒，一剪柳丝，正在穿越柳丝的是一只燕子。贺卡的印刷体写道：祝你生日快乐，祝你永远快乐！那就是邝园寄的。那是邝园的"金剪子"开始盈利的第一年。邝园多么高兴啊。所以他寄出了那张匿名的生日贺卡。曾芒芒还记得 1984 年，武钢总公司机关大楼门口的橱窗被砸破的事情吗？50 张公司级的先进生产者，被盗走了照片？是他。邝园干的。他在留职停薪之后，要去深圳之前干的。想知道动机吗？芒芒，那时候，只有一个动机：他需要带走曾芒芒的一张照片。我操！想想当年，那是多么可爱的动机啊！一张傻乎乎的黑白登记照，上面的女孩子，远远没有今天芒芒的风韵。芒芒啊！一个背井离乡，口袋里只有 50 块钱的锅炉工，他真是非常非常需要精神力量！否则，他凭什么可以拼死拼活地苦干呢？他得干出个人样来，给瞧不起他的白雪公主看看啊！

往事如烟。往事如烟啊！芒芒，现在，好了，一切早就过去了，一切都物是人非了。现在讲给你听听，是个故事了。邝园自曝家丑，揭个谜底，让你开心一笑。

所以，如果说欠人情债的话，芒芒，你欠我的多了！

曾芒芒吃惊地看着邝园。先生！芒芒心里这么说道。她不知道她为什么会使用这种流行的称呼。邝园先生！这真是天方夜谭。这真是美丽的故事。先生，你知道不知道，这种故事永远不会过时。任何女人，都会乐意做这种故事当中的女主角。虽然那已经是过去的故事，虽然岁月不会倒流，那却是一种格外的甜蜜——因为被她自己一直遗憾的青春时光，那份对于平白无趣生活的怅惋，实质上竟然是意趣盎然的。回味是世界上最美味的东西，知道吗？先生。曾芒芒半晌没有说话。最后，她说："邝园，今天我能请你吃个晚饭吗？"

他们在一起吃晚饭了。邝园安排的饭店。这里的粤菜，据说是广州最到家最精致的。因为鲍鱼需要时间文火慢炖，邝园先把曾芒芒接到了他的一家"金剪子"。曾芒芒在金剪子享受了头发的打理和养护。之后，上楼做了护肤美容。从下午5点到晚上8点，前后一共用了三个小时整。曾芒芒这是生平第一次体会什么叫作顾客就是上帝。发型师说：小姐，这样可以不可以？那样可以不可以？您的脸形配短发很好，但是垂发太厚了，您需要有层次的短发，要打薄，发尖要用斜剪，小角度的斜剪，根根发丝都应该是润滑飘逸的，那您的气质风度就被烘托出来了，可以吗？

芒芒光是听听就觉着非常悦耳。可以。当然可以。洗发，剪出发型，再洗发，养护，上精华素，美国进口的精华素，让营养渗透到发根，让每一根发丝都裹上一层闪亮的生物膜。好了，照照镜子，这是谁呢？这种发型是不是太时髦太漂亮了？芒芒啊，这简直是雾鬓云鬟啊！别忙，还有时间，再做做美容，让皮肤彻底休息。洁白的床，躺下吧，年轻漂亮的女美容师，轻声细语，背景音乐，若有若无，略为冰凉的指头，在脸上滑动，洁面，上面膜，除去鼻子尖的黑头，曾芒芒睡着了。她睡着了一会儿。这是被人伺候着的睡觉，睡得不沉，但特别松弛和舒服。一觉醒来，灯光下，这是曾芒芒的脸庞吗？饱满、光华、洁净、白嫩得叫她自己都认不出自己了。

广州是个不夜城，现在时间正好，他们去吃饭。落座之后，邝园递过来一枝玫瑰花。邝园说：多年的老朋友，好不容易单独在一起吃顿饭，无论如何，一枝玫瑰是应该的。曾芒芒接过了玫瑰。说了谢谢。好像很沉着，其实这是她生平的第一枝玫瑰，芒芒的心里，波浪层层，感慨万千。他们吃了酥而不烂的鲍鱼。喝酒。说话。十几年的话，千头万绪，怎么也说不完。现在，两个人都非常真诚和朴实了。不互相挖苦了。由于见识了"金剪子"，曾芒芒真正认识了邝园。原来，曾芒芒一直以为邝园开的不过就是号称美容美发的剃头铺子。对不起，邝园，我向你道歉。我真是小看你了。现在我真是非常佩服你。你在做一种事业，你在改变中国人的生活方式和人际关系。邝园说：别夸我了。我今天是居心叵测，一定要你见识一下我的金剪子，一定要你服气的。其实，公司的缺陷还很多，漏洞也还很多，经营方面的困难很大，面对的竞争日益强烈，现在摊子铺得太大了，人也疲于奔命，有点力不从心了啊！行行好，别表扬我了。芒芒，你不知道我有多难啊！

邝园，喝酒好吗？再难你也干出来了啊！

他们喝多了。曾芒芒站起来，人就摇晃，只好坐下发呆。于是，邝园就在饭店，为曾芒芒开了一个房间。这是五星级的饭店，邝园开了一个豪华套间。曾芒芒一进门，满眼金晃晃的，洁白的床铺，厚厚的地毯，清香扑鼻，她傻了。邝园说：对不起，芒芒，不是我想摆阔气，我是真的想让你享受一次。彻底享受一次。芒芒啊！我知道你过得不容易。我知道你过得不好，我知道你没有得到你应该得到的东西。我还知道高勇他对不起你。你不用说什么，我都知道。我早就知道。我看你一眼就知道，芒芒啊。邝园在 26 岁那年见到你的第一眼，就像中邪了。从此邝园就一直看着你，现在是 15 年了，你的每一个细微的表情，我都明白那是什么意思。你选择高勇，虚荣心是起了很大作用的。难道不是吗？

曾芒芒受到打击了。这么多年来，没有人这么打击她。可是这打击来得好，敲打在她的痛处了，舒服，痛苦的舒服！曾芒芒跌坐在地毯上。望着邝园。邝园说的句句都是真的。你不能够否定邝园说的事实。芒芒点头了。芒芒对邝园点着头，承认他说得对。

芒芒，我还知道你内心深处的愿望，因为我们从骨子里头是一样的人。

不对。这有点不对。曾芒芒摇头，笑着。

不！对的！从前我们虽然都那么清贫，尤其是我，孤陋寡闻，见识浅薄。但是，芒芒，还记得我们把你的床单和被套，洗涤得多么干净，浆得多么平整吗？对于美好的、美丽的、洁净的、馨香的、享乐的、刺激的东西，你都是由衷喜欢的。难道不是吗？

曾芒芒再次点头了，她得诚实，她在邝园面前得诚实。邝园是最老的老朋友，他几乎比她还了解她自己。是的是的是的，她喜欢！

邝园给曾芒芒看一样东西。邝园慢慢拿出来。那是曾芒芒十年前的黑白登记照。给我看看！曾芒芒说。邝园不给。邝园说：它是我的。

给我。

不给。

我就看一眼。

不给，我拿着让你看。

曾芒芒扑过去。去抢自己的照片。邝园不给。他们在地上滚来滚去。邝园在曾芒芒的耳边告诉她：芒芒，邝园真是想让你享受幸福！哪怕一次！

年轻的锅炉工邝园在说话：芒芒，你受苦太多，邝园只想让你享受幸福，要你高兴，要你舒服，邝园不会怎么你的，邝园只会做你喜欢的事情，他失去你太久太久，他向往你太久太久，他只是要圆他多年的梦想，邝园有能力让芒芒幸福，他有这个能力，别动，放心，芒芒，邝园不会怎么你的，他只会做你喜欢的。

芒芒闭上了眼睛。芒芒脑袋晕乎了。芒芒坠入了一个向往已久的梦中。在这个梦中，年轻的芒芒相信年轻的邝园所有的保证和承诺。芒芒就这样，一直就闭着眼睛，让邝园伺候他的公主。邝园为她宽衣解带，为她放水洗澡，用双手把她托起来，轻轻放在宽大的柔软的洁白的床上。邝园把他的公主搂在怀里，说着悄悄话，倾诉15年的相思，告诉芒芒她有多么美丽动人，坦白他在这么多年里，曾经无数次地幻想与她同床共枕。可以吗？邝园抚摸着芒芒的身体，像那倾慕自己女主人的忠诚侍卫，谦卑而又冲动地说："可以吗？"芒芒想说不可以。她想说的。但是她的身体背叛了她。仅仅是这哀婉的充满情欲的爱慕，就溶解了芒芒，芒芒完全变成了液体，流淌得像一条渴望鱼儿的河流。

2

广州白云机场的女宾洗手间，曾芒芒在梳洗和整理。她要和他们的厂长从这里起飞，回到武汉。换了登机牌之后，时间还相当充裕。曾芒芒把短袖 T 恤换成了长袖 T 恤，再从旅行包里取出一件外套。武汉的气候比广州凉多了。这件长袖 T 恤，是芒芒这次在广州友谊商城买的。品牌的名称叫"真维斯"，是美国在中国广东生产的休闲服装品牌。邝园戏称这是打工妹品牌，因其比较大众化且价格适中。而对于曾芒芒来说，一件长袖 T 恤，50 多块钱，一条牛仔裤 180 块钱，这价格并不适中。曾芒芒理解邝园的说法，理解广州的消费程度，可是他们并不理解，"真维斯"就是芒芒服装革命的开始。曾芒芒过去是没有服装概念的，一件衣服，只用好看不好看来衡量，并且从来没有大众成衣与品牌服装的区别。现在，在广州白云机场第六候机厅的女宾洗手间里，曾芒芒明确发现了自己的服装意识，她明白自己从此再也不会模糊与混淆。

洗手间明净透亮，有化学香精的香氛，每一排盥洗台上面都有高大的镜子，门口还有一面全身的整体镜。明净透亮，镜子很多。曾芒芒从这许多的镜子里，看到了自己的各个侧面。这是一个女人。是的，是女人，不是姑娘或者女孩。这女人穿着非常合身的牛仔裤和一件烟灰色长袖 T 恤。这女人的体重，与二十多岁的时候相比，几乎没有变。但是这女人的臀部丰满了，胸部挺出来了，双腿修长了，而且是笔直的，大腿之间没有难看的缝隙。这女人二十来岁的饱满脸蛋消失了，晶亮的犹疑的慌慌张张大惊小怪的眼睛也消失了，变成了略微消瘦的有细小皱纹的成熟的脸，眼睛平静，视野开阔，只注视自己需要注视的东西。这女人短发飘逸，丝绸一般光滑，头顶上卡着一副墨色太阳镜，不管她自己怎么以为，总之在机场，在这靓女如云的地方，这女人属于那种保守的传统派时尚女人。这种女人拥有她们独特的魅力，再年轻漂亮的姑娘也望尘莫及，因为这是靠漫长的时间和个人的悟性塑造出来的——芒芒刚刚还犯过重大的人生错误——错误就是一把雕塑刀。

芒芒严厉注视着镜子里头的自己，她得承认她犯了错误。禁欲与放纵，挑衅与守卫，芒芒备受煎熬，结果是她倒下了。遭遇一次那从来没有犯过的错误吧——她自己诱惑了自己。这与邝园没有多大关系，芒芒心里明白。芒芒不仅仅是她的丈夫高勇认识的那个女人，她还是另外一个女人，芒芒现在开始认识到这一点了。她是水，也是火，她天生就是，只是从前她看不见自己。芒芒明白了。

作为女人，曾芒芒35岁以后开始出彩。芒芒像一个发育缓慢的女孩子，现在才发育停当。她从洗手间出来，走回候机厅，一路遇到数次的注视。在洗手间，至少有两个女人问她：请问你的头发是在哪里打理的？

曾芒芒礼貌地对陌生朋友微笑着，告诉她们："金剪子。"

城市的改革开放，总是首先表现在市政建设的变化上。武汉开始大拆大盖了。轰隆一声，破旧的老房子一片片坍塌，尘土扬起。不久之后，星级饭店，银行大楼，高档写字楼，一栋栋高楼大厦破土而出。中央终于下决心开放内地城市了。武汉，这个在一百多年前就来过一次改革开放的古老城市，再次开始了新的改革开放。道路在拓宽，长江二桥在兴建，围绕市中心，再开辟一环一环的街道，城市飞快地膨胀和扩大。新型的住宅小区每天都在破土动工。下岗工人成倍增加。农民大量进城经商。满大街都是商业门脸。假冒伪劣的小商品充斥市场。物价飞涨。国家职工的工资也水涨船高。社会秩序空前混乱。名片漫天飞。大街小巷滚动果皮纸屑。民谣四起。人们笑称：如果一盆盆花从公寓楼的阳台上掉下来，打着的人，准定是个经理。

一切都向沿海特区学习。摸着石头过河。广东珠海市重奖了知识分子。因此，曾芒芒也获得了总公司的重奖：分配了曾芒芒一套住房。一套崭新的、正正规规的两室一厅住房，面积88平米。

从广州一回来，颁奖大会就召开了。在颁奖大会上，曾芒芒和其他 15 名为公司作出了突出贡献的知识分子，当场领到了金灿灿的住房钥匙。

曾芒芒尤其引人注目。因为她是女性。在此之前，女性是没有资格参与住房分配的。社会一直遵循男婚女嫁的传统原则，住房分配给男人，女人从娘家出嫁到男方的住房里去。总公司是有意打破这个传统原则的，他们以曾芒芒为榜样，意在鼓励全公司的女性在工作中建功立业。由于曾芒芒的德语自学成材，又精通专业，她为轧钢厂带来的直接利润，每年至少十万。还有间接利润呢？出差德国，出差广交会，出差哪里哪里，都可以少带一个翻译和少带一个工程师，机票和住宿费用都不知道节省了多少。而且，过去的住房分配原则，是男女双方只能享有一次分配机会。但因为这是奖励，曾芒芒现有的住房，就忽略不计了。在中国现行的住房分配制度中，曾芒芒获得了破格的待遇！

高天意上幼儿园了。家里只有他们夫妻二人。餐桌上摆满了酒菜。高勇开启了一瓶红葡萄酒，为妻子倒了半杯，为自己倒了半杯。

高勇端起酒杯，与妻子碰了碰，说："祝贺你！"

高勇说祝贺你，没有说祝贺我们。

曾芒芒说："谢谢！"

高勇喝了一口，努力笑了笑，在阳光下，转动酒杯。葡萄酒的红色，被光线切割，像红宝石一样闪光。

高勇对妻子说："你的发型非常漂亮。简直像换了一个人。"

曾芒芒说："谢谢！"

曾芒芒也笑了笑。曾芒芒说：高勇，我学德语的这么一些年来，多亏了你的支持。没有你，我肯定坚持不下来。还记得我开始上夜校的时候，你经常去接我吗？所以，其实这房子应该是我们共同的。

高勇继续转动酒杯，盯着酒杯，好像很入迷。高勇说："芒芒，谢谢你的善解人意。善解人意是你一个特别大的优点，也是一个特别大的缺点。你应该了解我，我不喜欢别人的恩赐。恩赐是一种居高临下的态度，知道吗？"

曾芒芒急忙说："不！我没有恩赐的意思。"

高勇说："我没有说你有恩赐的意思。我说的是别人。我指人与人之间相处的时候，应该注意自己的态度。"

他们的说话，再度陷入困境。曾芒芒放下了酒杯。巨大的快乐，从她神态中一点一点消退。现实在离间他们。对于住房，从前他们拥有一个共同的理想。在这个理想中，曾芒芒很自然地从属于高勇。高勇所有的努力和奋斗，其中就包含着为妻儿获得更好的住房。而现在，他们忽然获得了住房，房主却是曾芒芒。理想之花，忽然在曾芒芒头顶上盛开了。理想分裂了。而且是在这种时候，是在他们多次出现离婚危机的时候。离婚的可能性，曾经因为住房的缺乏，几度变化，搁浅的婚姻，也有可能因为客观条件的不允许，重新驶向大海，因为谁都不知道，人生潮汐会在什么时候出其不意地来了呢？他们夫妻也并非有深仇大恨，而且还有一个可爱的儿子。然而，现在，曾芒芒拥有住房了。

一颗清泪，挂在曾芒芒的眼帘上。他们完全地文不对题了。如此巨大的喜事，如此意外的惊喜，如此的骄傲与自豪，无人喝彩，无人致贺，无人分享。为什么曾芒芒就不能够盛开理想之花呢？是不是曾芒芒为他们厂作出了突出贡献，房子还是应该奖励给她的丈夫高勇？

人家高勇没有这么说。他什么都没有说。他只说了"祝贺你"和"你的发型很漂亮"。高勇说的话，听起来无可指责。

曾芒芒推开酒杯，站了起来，她准备离去。

高勇过来，攥住了妻子的胳膊。"对不起！"他说。

高勇把妻子重新按到座位上，两只巴掌扶着她的肩膀，说："芒芒，我真的很高兴。我为我们一家三口高兴。我们应该好好吃完这顿庆祝的饭。然后去幼儿园接天意。把这个好消息告诉他。天意将会多么高兴啊！这小子早就在羡慕别人家，现在立刻，他就可以让别人羡慕了。他会到处炫耀和吹牛的，他炫耀和吹牛的样子，真是可爱极了，据说和我外公喝多了的样子一模一样。"

高勇妥协了。他这是为了儿子。为让儿子在正常的生活流程之中健康成长，不受意外刺激。曾芒芒也善解人意地点了头。高勇重新落座。高勇再次认真地倒酒，然后把半杯葡萄酒送到曾芒芒面前，脸上挂着平静的笑容。

欣喜若狂的是郝毓秀。曾分地的内心一定也欣喜若狂，但是他表面还比较冷静，不过从眼睛里面还是看得出来。曾芒芒是他们的女儿！郝毓秀退休的时候，遭到了极其不公正的待遇。她干了十几年的副处，居然没有在退休之前，给她提成正处。一般说来，稍微有人情味的单位，都会为退休干部考虑到这一点。反正人都退休了，又不给权利又不占岗位了，送个人情，何乐而不为呢？至少是对这个退休干部多年工作的肯定吧？但是，他们没有给郝毓秀正处。郝毓秀的工作一向出色，一辈子勤勤恳恳，他们没有肯定她的价值。郝毓秀当然找了各级领导，也找了组织部门，领导和组织倒是都高度地评价了她多年的工作，但是，他们还是没有给她正处。在郝毓秀看来，他们的理由很荒唐：因为他们单位恰好没有提干指标了。提干也是有指标的，正处级干部的配备，在一个单位，也是有严格的比例的。不巧的是，当郝毓秀退休的时候，他们单位女干部的正处级已经超标。组织部门，那是有铁的纪律。比如说，一个国家只能有一个主席，总不能因为两个人都够资格，都有同等的贡献，就安排两个主席的位置吧？难道郝毓秀想当国家主席吗？废话！

郝毓秀退休之后，疾病就来了，胆囊炎、肾炎、胃炎、子宫肌瘤等等，疾病绵绵不断。郝毓秀曾经是那么壮实的身体，男人一样只流汗不流泪的人，不得不趴下了。她无法不流泪，现实太冷酷了。她为自己的理想奋斗了一辈子，忘我工作到了连烧菜都不会的地步，结果就是这么一个下场。郝毓秀经常找女儿抹眼泪了。曾芒芒变成了母亲之后，她母亲就变成孩子了。

曾分地是刚刚退居二线。倒是从正局级的职务上退下来的，办公桌并没有马上撤掉，还给他一个调研员头衔，同时还给了一个市政协常委的位置。但是，曾分地有他更大的遗憾，只差五个月的时间，他将来就可以算作离休，而不是退休了。离休干部的工资奖金和医疗都是全额并且确保国家给的待遇，那与退休就不是一个档次了。曾分地就是 16 岁参加的工作，1949 年 10 月份之前，他参加工作五个月了。后来填写正式表格的时候，他把年龄写成 17 岁，那是怕人家嫌他太小。结果，这就说不清了。组织部门就按照他的年龄推论，核定他 17 岁参加工作，必定就是 1950 的春天了。历史啊历史！谁能够说得清楚呢！

曾芒芒的父母，正好都处在情绪低落的时期，女儿因为有突出贡献而获得重奖的消息，对于他们来说，简直是太好太好了！

看新房的那天，曾分地郝毓秀夫妇赶来了。

　　这是新近落成的生活小区，有花园、草坪、亭台、曲径，有专门的自行车车棚，有门卫，有幼儿园、小学、菜市场和商店，公共汽车一直开辟到了小区的大门口。这一天天气晴朗，阳光很好，虽说是深秋，草绿花还红。

　　这是真正的正规的两室一厅，坐北朝南的好朝向，房间光线充足，阳光普照，卧室，客厅，阳台。浴缸，马桶，洗脸池。洗衣机，电冰箱和电视机都预留了专门位置。高天意小朋友和他的妈妈曾芒芒，他们俩从这个房间跑到那个房间，打开每一处的开关，打开每一个水龙头。高天意嗷嗷欢叫。曾芒芒在阳台上展开双臂，好像要飞翔。多好的房子！多大的房子啊！曾分地细致察看房子的细节。郝毓秀激动得有点慌慌张张了。他们给女儿女婿提了许多宝贵的装修建议。这次的房子，一定一定要好好装修！听听别人装修房子的声音，这是电钻在响啊！大家都在热火朝天地装修啊！房子对人是太重要了啊！借钱都要装修，他们愿意借钱给高勇！

　　高勇说：好的。我一定尽力而为！

　　郝毓秀说："我的天，这个壁柜真大，我简直太喜欢了。芒芒，你一定要好好装修啊！现在有多少人看着你啊！老曾，这看了这房子，我睡了都要笑醒。我心里舒坦，解气，这是我女儿获得的奖励啊！谁有这么好的女儿？啊！女儿这么争气，这么出息，我还烦恼什么还要求什么？啊！我还怕谁的轻视？啊！老曾啊，我该没有过高地估计我们芒芒吧？芒芒从小就是一个好孩子，从小就比好多男孩子强！"

　　曾分地用手势再三提醒老伴：她的话，说过头了！高勇在这里呢！

　　郝毓秀说："我就是要说！"

　　郝毓秀说："高勇啊，你妈妈他们怎么不来看看新房啊？"

　　曾芒芒跑过来，喝道："妈妈！"

郝毓秀说："什么呢？你获得了一套新房，这难道不是全家的大喜事吗？高德静有你这样的媳妇，她难道不感到自豪吗？芒芒，从你嫁给高家的那一天起，她就省心，她就省钱，就一毛不拔，现在不就是更省心了吗？"

曾分地发脾气了。"老郝！"他说。

曾芒芒只好跑到高勇的那里，请他原谅。高勇说："没事。老人嘛。再说，她的话也没有错啊。我们家是对不起你，你也的确是比我强啊。"

高勇！

高勇说："好了。别说了。我们具体商量装修的事情吧。过来，儿子，你说你想把房间的墙壁上画上米老鼠吗？"

为曾芒芒的获奖，红奶奶特意做了一顿好饭。曾分田爷爷也想天意了。曾分田爷爷再不服老，也是89岁的老人了，最近牙齿掉了好几颗，出门散步差点摔跤了。红奶奶不让曾分田爷爷出门乱跑了。曾芒芒便经常带天意过来看望曾分田爷爷。好在现在交通改善多了。外资注入了公共交通系统，马路上出现了那种新型的无人售票专线车，价格并不贵多少，但是车厢高大、宽敞、卫生，又准时。何况出租车也兴盛起来了。有了急事，挥手就可以打的。胡翠芳辞掉工作，贷款买了一辆红色夏利，也干出租车了。

芒芒想起了小时候玩过的一种玩具：万花筒。通过一个小小的圆孔，转动万花筒，你就可以看到许多奇妙的彩色图案。可是，小时候玩万花筒，只有好奇，没有情绪的波动。现在就不成了。

燕子在家。燕子回来一周了，为父母做一些日常的事情。带父亲去镶牙。带母亲去精益眼镜店配老花镜。还带母亲去吃一碗正宗的热干面。现在眼镜店很多，大街上的摊贩都卖眼镜，可是红奶奶认为，只有精益眼镜是可以信赖的，因为过去孙中山先生都在这家店里配眼镜。吃热干面嘛，红奶奶一定要去江汉路的上海街。上海街街口子上有一家居民委员会开的餐馆，非常不起眼，但是都是老汉口人在做热干面，做得好。蔡林记的热干面馆都被服装商店租走了门面，不可信赖了。燕子知道，哥哥曾分地不可能为父母做得这么细致。何况红奶奶不是哥哥的生母呢。红奶奶从来不要求这个儿子。燕子啊燕子，许多事情，芒芒是可以做的呀。得了。芒芒能够做什么？自己拖儿带女，还跑月票，老在出差，口袋里又没有钞票，做什么！还是燕子来吧。是燕子的父母，燕子天经地义。燕子有钱啊，燕子也豪爽啊，舍得为老人花钱啊，燕子可以为母亲配最好的眼镜，为父亲镶进口的牙齿，你们怎么弄？

饭后，老的小的都午睡了。燕子把曾芒芒叫到了园子里。芒芒，你坐下，我要和你谈谈。

红奶奶的大丽菊开得漂亮无比。燕子坐着，不住逗弄漂亮的花朵。燕子的浓妆风格已经定型了，嘴唇上的口红，吃饭都不会掉的。曾芒芒已经忘记燕子的本来面目了。燕子好像本来就是这么艳丽。燕子现在的化妆术，业已成熟，早期那厚厚的脂粉，已经被淘汰。燕子服装的风格，还是花大姐，因为她与专业的服装师切磋过，服装师认为燕子就是适合这种风格。但是燕子的脸，不再化大姐了。注重养护皮肤，定期在金剪子做美容，化妆的重点，在于保持好的眉形，再就是嘴唇。

她们在一起，曾芒芒几乎开不了口，都是燕子讲话。现在的燕子，成熟得似乎过分了。一身真理在握、世界在胸的气魄，一旦说话，便气贯长虹，别人休想打断她，激烈的时候，便难免露出女光棍的神态来。

这次，燕子要为高勇说话了。

芒芒，你现在春风得意了，高勇是比较落魄。但是，你不能这么对待高勇。人呢，三十年河东，四十年河西，都是说不准的。咱们做人不能够这么着。我看现在的高勇，倒真正有一股深沉之气了，他也不是那种久居人下的人，人家到底是大家子弟，一直都是很有理想和抱负的，只是运气不好而已。你们关系不好，这我知道。打打闹闹要离婚，这我也知道。最初我就不看好你们的婚姻。所以你们到底怎么处理婚姻问题，我不干涉。我很开明。离婚不是什么了不得的事情。但是但是，芒芒啊，我要说的是，你不能用这种态度对待高勇，这不公平。

曾芒芒不明白燕子到底要说什么？她怎么不公平地对待高勇了？

燕子说：你一定要我说白了？

曾芒芒点头。

燕子说：邝园。

曾芒芒的脸，唰地红了。不过对不起，芒芒并不以为她和邝园的事情与别人有什么关系。那只是芒芒和邝园两个人的事情。也许芒芒犯了错误，但是与别人没有关系。正如高勇与别的女人睡觉，也认为与曾芒芒没有关系一样。也许曾芒芒下意识地在报复高勇？她不知道。但是，燕子的矛头显然刺错了方向。没有人能够准确地领会一对男女之间的感受。没有。一对男女是一个没有窗口的小世界，别人进不去的。

提起邝园，燕子气不打一处来。邝园简直不是个东西！简直不知好歹！毫无文化，不懂现代社会的基本游戏规则，对人太轻慢了。邝园不就是一个剃头佬吗？他以为他是谁呢？他有几个钱？

燕子说：芒芒，你太得意了。你换了个人似的。你被宠得一副对什么都不屑一顾的样子，你自己感觉不出来吧？你以为邝园真的可以全心全意宠爱你吗？你以为你们合适吗？那就你太不了解邝园了。他在广东拼搏到这种分上，还会那么单纯吗？梦是很快就会醒的，芒芒！你们是被青春的梦幻一时迷惑了。顺便告诉你，你们这次广州的相会，正在邝园第二次婚姻的蜜月之中。怎么？邝园没有把这个喜讯告诉你？

万花筒。生活酷似一只万花筒。转动这只万花筒的，是一只看不见的手。这只手越转越快了。芒芒想要保持儿时的心态，那是不可能的了。倒是在燕子自以为是的说教里，芒芒捕捉到了一点真知灼见：女人是应该获得宠爱的。有宠爱的女人与没有宠爱的女人就是不一样。没有获得宠爱的女人总是难免焦急和烦躁，喜欢教训和抢白他人，见人就提要求，永远地愤世嫉俗。有宠爱的女人呢，就好比深秋的一潭水了。不管是什么性格，她都是一潭秋水。

曾芒芒是犯错误了。但是错误可以引申出真理，对吗？

曾芒芒需要纠正自己的错误。

邝园来到了武汉。

曾芒芒去饭店看望邝园。敲门，门开了。邝园用下巴示意曾芒芒进来。邝园在用手机打电话。有手扶椅。曾芒芒自己坐下了。自己倒了茶水。邝园很歉意，用空闲的一只手帮着忙来忙去。邝园的电话是生意上的事情，很紧急，好像是海关将渔船带进来的美国护发精华素全部扣了，邝园在找朋友帮忙疏通。一个电话说完之后，还有一系列电话。邝园对曾芒芒道了一个歉。曾芒芒说没有问题，我没有什么急事，你办正经事吧。邝园接着又打了若干电话。赔笑脸的电话，凶狠的电话，软硬兼施的电话，布置具体行动的电话，答应马上飞回广州的电话。终于，邝园把手机往旁边一扔，倒在手扶椅里。他妈的！他妈的！他说。

好了。邝园坐了起来：芒芒。不管这些破事了。说真的，我想死你了。

曾芒芒说：邝园，我不要你这么说话。

你怎么哪？不想我？经过了广州那样的夜晚，还不想我——

曾芒芒说：邝园！拜托了，不要这么说话。不要提广州。不要亵渎一些美好的东西。

邝园仰面朝天哈哈地笑。他轻车熟路，过来就搂抱芒芒。芒芒推开。邝园不理会。芒芒用力地推开。邝园也使出了力量。曾芒芒倒在了床上。曾芒芒说：邝园你不要！我要和你谈谈。邝园在动作的同时，断断续续地说：以后再谈。你看见我有多忙。你看见了我的焦头烂额。我得马上回广州。我没有时间了。我们得快一点！曾芒芒真的不要！曾芒芒要和邝园好好谈谈！邝园撕开曾芒芒的衣服。芒芒，我求你，别闹别扭了，这种时刻，你要理解我，给我鼓劲，战胜他们！没有什么困难能够难倒我邝园！没有！现在，我他妈的真想让他们看看，让当年所有认为我们不般配的人看看，现在我邝园在干什么！看哪！邝园在干什么！在和谁睡觉！

曾芒芒对着邝园的嘴巴，狠狠地打了上去。曾芒芒狠狠地抽打着，同时哭泣起来。

邝园停顿下来了。邝园捉住了曾芒芒的手，把它们撇在了两边。

曾芒芒一丝一毫都不回避地看着邝园的眼睛，她说：邝园，这是你说的话吗？你这还叫人话吗？

邝园起身。去了卫生间。卫生间传出哗哗的水声。一会儿，邝园带着一颗湿漉漉的脑袋出来了。他的衣服穿整齐了，脑袋湿漉漉的。

邝园坐回手扶椅里，给自己点了一支香烟。

看来，有时候，错误无须人为去纠正。在聪明人之间，错误自己会发现，会消失，会自动破裂。就像五彩的肥皂泡，再绚丽，也会悄无声息地破灭。

邝园说："芒芒，原谅我吧。我是一个粗人。"

曾芒芒要走了。她说："就不用多说了。谈不上原谅不原谅。以后你自己多保重就是了。"

站住！邝园说。芒芒你给我站住！芒芒，你不愿意听男人说实话吗？至少我他妈的对你说的都是实话！都是一个男人真实的感受！抱歉我的真实感受让你难受！可是男人就他妈的是这么个货色，他就是要获得战胜感！他死也要争口气！你明白吗？

曾芒芒说：明白了。

邝园胳膊放在手扶椅上，好强但也不失沉着地说：芒芒，我希望你别走。我相信我们真的能够成为很好的朋友。但是如果你一定要走，我也不会强迫你留下。

曾芒芒当然是真的要走了。曾芒芒头都不回地走了出去。走出套间，走出客厅，用均匀的脚步，一直走到门口，拉开门，出去了。芒芒径直走到电梯口，上电梯，下楼，到大堂，要出租车。芒芒上了出租车，出租车在大马路上奔驰。芒芒看着窗外，路边的建筑物统统变成阴影，从她的眸子里一一闪过。十字路口，等红灯，三五个姑娘紧紧挤在一起横穿马路，裙子束缚了她们的腿，她们碎步跑着，两边看车，披肩发在北风中飞舞，口红鲜亮；她们人跑过去了，说话的声音还回荡在马路上：烦死了！才讨厌啊！太恶心了！绿灯亮了，出租车载着曾芒芒，迅速地抛却了姑娘们青春的话语。

3

这年冬季的第一场大雪。他们是在新家里迎接的。天意清早起来，跑到阳台上抓了一把雪，塞进了高勇的被窝。高勇惊叫道：你这个孩子！你这个孩子！

天意芒芒高勇，新年快乐！

晓玲声远，新年快乐！

我们搬了新家，还是在武昌，名叫钢花新区，离你们水生所的宿舍，更近了。

热烈祝贺乔迁之喜！三年过去了，我们就要回来了！

雪后的天气，比下雪的时候更加寒冷。有水的地方都结冰了。整个武汉三镇，到处都传出破碎的声音。冻结，破碎。冻结，破碎。太阳无能为力。一觉醒来，洗脸的毛巾也僵硬地冻着，拒不接受使唤。为了不让儿子听见父母的谈话。他们假装散步，到外面去谈。儿子到底是谁的？我的！两人都这么说，坚决不让步。两人都表示，对于这个家庭的任何财产，他们都可以放弃，就是不能放弃儿子。我是儿子的母亲！我是儿子的父亲！谈判再次出现比冰冻还坚硬的僵局。曾芒芒穿着厚厚的羽绒袄，戴着羽绒袄的帽子，外面再加上一条围巾，仅仅露出一个鼻子尖。毫无表情的冰凉苍白的鼻子尖。高勇就对这只鼻子尖坚定地说：儿子绝对是我的！你曾芒芒，你就不要幼稚了！儿子当然是父亲的。否则，什么叫传宗接代，什么叫子承父业，什么叫香火传人，什么叫荫及子孙？

我提醒你，高勇，现在是新社会，叫作社会主义社会，不是封建社会了！

那又怎么样？你以为现在不是封建社会了吗？

曾芒芒说：放屁！

她急了。也说粗话了。原来，人一急得没有办法，自然就说粗话了。

新房的装修竣工之后，高勇只是象征性地回来居住，以免引起儿子的猜疑。高天意是个非常敏感而且爱管闲事的孩子。他问高勇："你每天都下班，为什么不是每天都回家呢？"

高勇回答儿子："跑月票太累了。热电厂那边也还有我们的一个家呀，我就在那个家里休息了。"

高天意说："汪涛的爸爸跑月票。任博的爸爸也跑月票，他们每天都回家。但是我知道，人和人不一样，对吗？"

高勇说："对极了，儿子。"

高勇没有正面向曾芒芒解释他想继续居住热电厂宿舍的原因。与儿子的对话，高勇放大了声音，故意让在另外房间的曾芒芒听见。

曾芒芒也从来不问原因。原因是一个可怕的东西。

田小小早就结婚生子了，当然还在热电厂，中午也去食堂吃饭。五芳斋卖面条的少妇，不知道怎么样了。奇怪的是，曾芒芒对于高勇的个人生活，是否和别的女人睡觉，她一点都不往心里去了。即便高勇回家，他们仍旧是两套被子。这是一个形成了自然的老习惯了。现在的星期天，如果高勇不下棋的话，都回他母亲家去。与他母亲、姐姐们一起吃饭。聊天。高德静依然鼓励儿子经商。高勇肯定有经商的才能，这是有遗传保证的——高德静反复说。曾芒芒也偶尔带着儿子，与高勇一起回家。但是因为曾芒芒太忙了，也经常不跟高勇一起回去。高德静对曾芒芒非常客气。不喝茶吗？喝点喝点！她客气得有一点做作了。高兰不客气。看来高兰心里什么都明白。呀，稀客啊！芒芒。高兰说。高兰还说：芒芒现在一天一个样，越来越漂亮了。我怎么觉得芒芒过去没有这么漂亮的啊？

　　1994年夏初，曾芒芒决定在家里装一部电话。随着改革开放的深入发展，政府取消了使用电话的等级制度。电话通信成了商品。公民成了消费者。谁只要出钱，就可以报装电话。有电话的人多起来之后，没有电话的人就显得很不方便了。曾芒芒她提出这个想法，与高勇商量。高勇说："行啊。"

　　曾芒芒说："可是，费用还是很贵的。"

　　高勇说："只要你想装，贵就贵呗。"

　　曾芒芒说："那就装了啊。"

　　高勇说："行啊。"

　　说话之后，好像事情就过去了。高勇没有行动。曾芒芒等了好多天。高勇闭口不谈报装电话的事情。高勇下班回家，总是非常疲劳的样子。晚饭之后，便是抽烟，看报纸，看中央电视台的新闻联播节目，偶尔看电视连续剧，与儿子说说话，闹一闹。夜深，曾芒芒睡觉了，高勇大都要在他父亲的藤椅上，静静地坐上一刻。他们结婚八年以来，厨房下水道的堵塞，厕所的堵塞，晒衣架的坏掉，窗玻璃的破碎，自行车车闸失灵，等等，高勇都很厌烦。他不喜欢琐碎的家务事。不喜欢因为这些事情去和别人打交道，拉拉扯扯没完没了。现在外面的人，越来越不讲道理了。曾芒芒也很不喜欢，但是一个家庭，总有许多这样的事情，总得有人做才是。

曾芒芒自己去了电信局。初装费是两千五百元。电话机是一百多。需要付出的费用还有预交电话费，购买电话号码簿费。等等，一共是将近三千，真是贵得叫人心疼啊！

高勇说：哦。

然后，回家等候电信局上门安装。据说有的一等就是几个月，曾芒芒就去找朋友帮忙。胡翠芳的小姑子就在电信局工作。她们约好，一起去见面。谈了情况之后，中午曾芒芒请客，到电信局对面的"老通城"吃了豆皮。不久，工单就开出来了，电话就装上了。高天意抢着打了第一个电话。他打给曾分田爷爷。曾芒芒给父母家里打了电话。高勇没有给谁打电话。

七月初，曾芒芒二季度的奖金发下来之后，她去张罗着购买了一台冰箱。以方便儿子在夏天随时随地吃到冰棍和雪糕。别人有的东西，高天意没有，他会非常吃惊，会对原因穷追不舍。汪涛的妈妈身体有病，只有他爸爸一个人工作，他们家怎么早就买了冰箱呢？为什么韩啸的父母结婚的时候，他的爷爷奶奶送他们冰箱，而我的爷爷奶奶怎么没有送呢？为什么……打住，我的小伙子，别问为什么了，我们马上就会有冰箱了。从前我们不想要冰箱，原因就这么简单。那么，妈妈，我要问，为什么不想要冰箱呢？这是家里需要使用的东西，又不是玩具。

当然，高勇也不反对购买冰箱，反正他每月的工资都是放在了抽屉里的，曾芒芒就统筹安排吧。

曾芒芒在胡翠芳的陪同下，去了商店，选购了一台单门冰箱。她们俩将冰箱抬进胡翠芳出租车的后备箱，拉了回来。曾芒芒再花五块钱，请马路边的扁担将冰箱抬上楼。捶捶腰。洗把脸。喝口水。成了。

家里有冰箱了。

高勇回家，对新的冰箱没有兴趣。他又不是不认识什么是冰箱。高勇奄头奄脑，萎靡不振，好像对这个世界上的一切都失去了兴趣。

曾芒芒把各种发票收好，叠在一起，放进专门的抽屉，以备不时之需。这只抽屉里还放着常声远的一摞明信片和贺卡，像图书馆的卡片，整整齐齐，像年复一年的一年四季。一年四季，一点不会错的，时间就需要这样一点一点地挨过去。有时候，时间慢得简直停滞了，声远。

酷暑季节，人人都热得只能喘气。高勇忽然活跃起来，频频使用电话，忙出忙进的。燕子也来了，与他一起商量各种事情。燕子说：芒芒，我要高勇帮助，你不会不高兴吧？曾芒芒说：哪能呢。燕子要去海南发展了。深圳的公司，燕子还是需要自己人盯着的，因此她建议高勇去深圳替代她。深圳是个好地方，改革开放的最先锋，现在已经是一个文明化程度很高的城市了，基本没有像武汉市这种随地吐痰、乱扔垃圾的现象。她已经鼓动了他们好几年了。他们的无动于衷真叫人不可思议。如果这次机会高勇还不抓住，过了这个村，就没有这个店了。手无寸铁，没有本钱，想干什么都是不可能的，燕子提供的机遇，绝对是千载难逢的了。高勇先去，打下江山，然后再接去老婆孩子，现在好多人都是这么干的。

高勇的母亲和姐姐，都赞成高勇抓住这次机遇。高勇自己掏机票钱，与燕子去了一趟深圳，算作考察。回来之后，高勇就下定了决心。他吁出长长的一口气，说了一句近年来最激昂的话。高勇说："早就应该离开这个破厂了！天涯何处无芳草，哪里的黄土不埋人！"

高勇临走，忽然表现出了前所未有的细致与温情。他带上妻子和儿子，去了曾分田爷爷家，看望，说话，吃饭，嘘寒问暖。还是带上妻子和儿子，去了岳父岳母家，看望，说话，吃饭，嘘寒问暖。对于郝毓秀刁钻的提问，高勇都极有涵养地微笑。曾分地的谆谆教导，他都一一谨记。最后去的是他们自己家。高德静又拿出了全身解数，张罗了一桌饯行的酒宴，家里也着实布置了一番，但毕竟是太老的房子，长年失修，怎么都消除不了沉沉的暮气了。高勇与他的家人，倒是没有那么殷勤和亲热。他埋头吃饭。饭后跷腿抽烟。你们就不要去火车站送行了。高兰高梅两个姐姐，无论如何要照顾好妈妈。另外，大姐，我给妈妈装了一部电话。这是电信局的发票和一部电话机。手续我都办理好了，只等他们上门装机了。以后有事就打电话。

儿子，爸爸要去深圳工作了。很长时间才能回家一趟。你也是小学生，大丈夫四海为家，这句话懂吗？

爸爸，你太小看我了。大丈夫四海为家，横刀跃马走天下。

好！我的好儿子！爸爸就是要做这样的男子汉。

高勇一直和儿子说话。后来教儿子下象棋。直到熬得高天意眼皮打架。

夜就深了。高勇上床之后，说："太晚了。睡吧。"

曾芒芒说："睡吧。"

如果不是太晚，那又怎么样？

在他们一家三口从汉口返回武昌的轮渡上，曾芒芒一直依靠着船舷。她一直在江面上搜寻。她想念那憨态可掬的江豚。然而，再也看不见江豚了。也不知道从哪一天开始，坐轮渡的人们再也没有被江豚激起的惊喜了。世事如烟啊！

第二天，曾芒芒带着儿子，把高勇送到了火车站。

曾芒芒说："高勇，一个人在外面，一切都多加小心，注意身体健康。"

高勇说："谢谢。其实不过是出差而已。"

高天意非常高兴这种送别。这对他来说，是一个新鲜的大场面。高天意迫不及待地跳上列车，很快就找到了父亲的铺位。爸爸，这里！这里！我找到了。高天意帮助父亲把行李放上行李架，踮着脚，挣得脸红脖子粗，肚子都露出来了。根本用不着曾芒芒动手。一切就绪，看看手表，还有十余分钟。他们只好先下来，免得妨碍别的乘客。下来之后，他们站在站台上。他们管不住儿子，只好任凭他去跑前跑后，上蹿下跳。高勇抽烟，曾芒芒就这么站着，眼睛随便看哪里。哪里都是人。有人急急上车，有人急急下车。去深圳的火车，年轻人很多。年轻姑娘尤其多。在卧铺这几节车厢上下的年轻姑娘，大多都是城市女孩。她们化着漂亮的妆，时髦的衣服，叮玲咣啷的首饰，浑身都是劲。她们大声说话，道别，嘎嘎地笑，彼此叫唤，完全无法克制她们的兴奋。干什么的工钱是多少，你赚多少钱，她赚多少钱，哪家饭店的工钱最高。"钱"这个字眼，在即将开动的火车旁飘来飘去。高勇的眼睛不可能不看她们。紧绷绷的屁股。蹦蹦跳跳的乳房。衣服都是那么短小，裤子都是那么紧张。脸蛋比苹果还要光滑和鼓胀。高勇将和她们一同乘车去往同一个地方。他们成了一个无形的集体。被一种无形的气氛熏陶。高勇并没有像年轻人那样喜形于色。但是他的喜悦在骨子里头，远远甚于年轻人。人年轻的时候，喜悦都是那么肤浅。高勇只是看手表，掌握开车准确时间，看火车的车头，弹掉落在身上的烟灰，下意识地对着火车的车窗玻璃，理理并没有乱的头发，用表面平淡的目光一次次浏览他的同伴们。高勇就是与妻子没有话说。对于高勇来说，深圳不是一个城市，而是一个自由，一个解放，一个可能，一个悬念，一个心情，一根救命稻草。

汽笛响了。儿子跑回来了。高勇终于轻松了。

高勇说：再见，芒芒，儿子就辛苦你了。

曾芒芒说：再见！

高勇捉住儿子，狠狠亲了一口。然后上车了。在车厢旁边用拥抱送别的人们，被列车员无情地催促着。再无情的催促，还是有难以割舍的离别。指尖与指尖勾连着，最后的撕开，还是要靠火车的强大力量。当然，高勇上去之后，一眨眼，火车就走出老远了。

第十六章

1

　　曾分田爷爷做完九十大寿，顺利地进入九十一岁，全家人都欢欣鼓舞。曾分田爷爷也自豪地宣布说：他要争取做一个跨世纪人才。可是，初冬的一天，就在来自于西伯利亚的寒流第一次袭击武汉之后，曾分田爷爷病倒了。旧病复发。肺气肿急性发作了。曾分田爷爷虽然高龄，虽然是军队高级干部，却没有任何富贵病，是非常普通的老年性疾病：老年性慢性支气管炎继发肺气肿。这病已经上身20多年了。每一次，曾分田爷爷都成功地战胜了疾病。但是，这一次，曾分田爷爷一病不起，频频告病危。

　　红奶奶不理睬病危通知单。她成天守候着曾分田爷爷，半步也不肯离开。她只相信自己的观察。曾分田爷爷不能说话，一开口就喘。红奶奶就这么看着他，戴着老花镜，长久地看着，脑袋还不时地歪一歪，好像在探究曾分田爷爷脸上深奥的秘密。直到有一天，曾分田爷爷忽然对她笑了。曾分田爷爷摸索着，握着红奶奶的手，开玩笑地说：

"红缨啊，马克思要见我了。"

红奶奶这才点了点头。然后，红奶奶离开了病床，回家。

红奶奶在家里召集了一个家庭会议，不慌不忙地给大家布置了各种任务。每项任务的指向，都是为曾分田爷爷准备后事。

燕子去接北京的陈灿阿姨。曾分地和他的兄长们回福建老家，去接他们的生母曾林氏。

曾分田爷爷这辈子的私人生活故事，一一展现在他的子孙后代面前。据说陈灿在当年，非常漂亮，在投奔延安的4万左右年轻人里面，陈灿名列百名美女之一。曾分田爷爷长征到达陕北之后，在延安工作了五年。这五年，曾分田爷爷白天工作，晚上学习文化，那么晚上在他身边红袖添香的文化教员，就是陈灿。

福建老家的曾林氏，今年84了。是曾分田爷爷的发妻，是他三个儿子的母亲，1952年，曾分田爷爷在北京与曾林氏离婚。离婚前后，曾林氏还在北京居住了三个多月，替曾分田清洗晾晒了所有的衣物。曾林氏个子矮小，身体结实，双腮饱满，眯眯的笑眼睛，目光炯亮，性情格外温和，一直独自居住，坚持自食其力，只要天气晴好，她每天清早都要出去捡粪。曾林氏在村里德高望重，受到族人的衷心爱戴。现在的曾林氏，还是深蓝色的大襟衣裳，发髻，银簪子。

最动人的故事是红奶奶红缨。红缨是北平城里的大家闺秀。大学时代投笔从戎，勇敢地参加了抗美援朝战争。做了第46军战地文工团的团长兼歌舞演员。多次在大榆洞志愿军总部，为彭德怀总司令员和国际友人演出。朝鲜人民的领袖，金日成将军非常欣赏红缨，在演出结束之后，紧紧握住红缨的手不放，告诉她：全朝鲜人民都热爱她！请留在朝鲜吧！彭老总用开玩笑的方式告诉金日成：我们的红缨来朝鲜之后取了一个朝鲜名字，叫作金不换！彭老总的秘书张养吾，立刻就设法让金日成将军明白什么叫作"金不换"。美名传遍了朝鲜战场的红缨，亲自来到马踏里东南山的猫耳洞为我军将士慰问演出。这里与美军的前沿阵地，相距还不到300米。为了配合板门店谈判和中线部队反击作战，迫使美军在停战协定上签字，我军将十，在那无法直腰的猫耳洞里潜伏了几天几夜了。红缨一定要进去，她既然冒死来到前沿，就一定要演出成功！她必须进洞，哪怕坐在洞里头演唱。爷爷说："战士们都躺着，一个挨一个。我这个指挥员，也得躺在洞口，给他们下达命令。因此，金不换啊，我只得坦率地告诉你，如果你一定要进去演唱，就得从战士们的身体上爬进去。首先就从我这里开始。你能够做到吗？"红缨看着爷爷的眼睛。他们对视着。对于战场的前沿来说，那是漫长的对视。那是惊心动魄的对视。红缨的眼睛越来越大胆和明亮。最后红缨说："我能够做到！我敢冒着枪林弹雨来到前沿，难道还不敢从你身上爬过去？"了不起的红缨！就从爷爷身体上开始爬进猫耳洞。一段姻缘，就此玉成。红缨是中国典型的新女性！她最爱唱的歌曲是：新的女性，在斗争中挺起胸，冲破牢笼，要砸碎千年的枷锁，人民解放，赢得妇女的新生——这是红奶奶最爱的歌曲，也是她的座右铭。中国妇女受了几千年的封建压迫，现在还冲不破牢笼吗？爱上了曾分田就是爱上了，要红缨离开曾分田，除非你们把红缨枪毙了。

三位老太太，都来到了曾分田爷爷的病榻前。三位老太太都银发飘拂。这是一个具有先锋意味的古典场面，它客观地向革命者的儿孙后代们重新解释一个被误解的故事。曾分地夫妇最是目瞪口呆，他们无法相信父辈们的生活作风是如此的浪漫和潇洒。

陈灿问曾分田是否还记得《延安颂》？曾分田爷爷非常肯定地点

头，他用眼睛与陈灿微笑。陈灿与红奶奶手拉手，唱起了他们年轻时候的歌：啊，延安！你这庄严雄伟的古城！到处传遍了抗战的歌声。啊！延安！你这庄严雄伟的古城，热血在你胸中奔腾。

曾分田爷爷的手指，在白色的床单上弹动，他在打拍子。陈灿摸摸这手指，摇晃着头，笑了。曾林氏带来了曾分田爷爷的寿衣和寿鞋，是她早年亲手织的布，粗粗的厚厚的棉布，就是棉花那温和的白色。孩子他爹可满意？曾分田爷爷非常满意，他当然是要穿家乡的土布寿衣入土的，这是毫无疑问，这是从生下来就决定了的。

曾分田爷爷，在热爱过他的三个女人的陪伴下，在几个子女的守护下，在一群孙子重孙的重叠环绕之下，溘然长逝。他的身体，最后也没有太大的痛苦。他一直睁开眼睛，望着所有人。他的手，一直握着红奶奶的手。最后，他呼出一口很长的气，安详地合上了眼睛。

医院人员纷纷说：老爷子真有福气！

曾芒芒看着他们，不知道他们怎么这么说话。

郝毓秀最愤怒了。曾分田爷爷的生病，是冻病的，暖气管破裂，入冬了还无人修理。你们干休所是要负责任的！

郝毓秀死活就不明白，这世道怎么变成这样了！在职干部的住房都装修得富丽堂皇，而劳苦功高老干部的住房，改革开放以来，就没有装修过。你们还来悼念，悼念什么！生前怎么不把人照顾好一点？看看，大家看看，这是曾分田爷爷的地板，塑料地板，现在还有谁用塑料地板，都是实木或者大理石啊，就是塑料地板，也早都坏了，老化了，一块块地在破碎。这墙壁上，刷的什么？不是最新的防水的涂料，而是石灰呀！难道现在就没有标准了？我们曾分田爷爷的住房，够他的装修标准吗？现在屁大的干部，办公室都装修得大款一样。空调，沙发。电脑台。大班桌。我要问：你们装修的钱，从哪里来的？
我们曾分田爷爷装修的钱，又被挪用到哪里去了？啊！

　　追悼会，许多的人，遗体告别。爷爷被化妆了。嘴唇红得过分了
一点。曾芒芒提出了这么一个问题。化妆师接受了。但是没有人去改
变。大家都忙得一塌糊涂。花圈，挽联，鲜红的党旗覆盖，青松翠柏
和鲜花。反复回响的哀乐。报纸和电视上的新闻讣告。党的好儿子，
忠诚的革命战士，坚定的马克思列宁主义者，共和国的奠基人之一，
与我们永别了。繁琐的模式化过程。曾分田的家人与许多穿军装和不
穿军装的人握手。数不清的小汽车纷纷开进殡仪馆，追悼会之后，又
纷纷离开殡仪馆。有专门的警察来调度车辆，他们很生气一些不守规
矩的车。红奶奶始终冷静，任人摆布。燕子在张罗一切，大滴的眼泪
掺杂着微笑，她应酬得很周到。殡仪馆的工作人员你们能不能当心一
点啊，不要太马虎了好不好？殡仪馆的玻璃上布满了灰尘，别人追悼
会上的花圈搬到这里来了。
　　追悼会结束。人们纷纷离去。在走出殡仪馆之前，许多人都摘下
了胸前挂的小白花。小白花遍地都是，越来越多，到处滚动和被脚踩
扁。空中覆盖着乌云。云团缓慢移动。没有风，树梢也会忽然颤动，
好像被谁勾起了伤心的往事。
　　一切都像一场游戏。高天意对于游戏有特别的敏感。他也懂得装
出表面的悲伤了，但是他在人缝里到处钻来钻去，爬上警车按响警笛，
饶有兴致地观察来宾中军官的军衔等级。

　　遗体火化的时候，就没有多少人了。炉膛的门突然打开，里面烈
焰熊熊。曾芒芒突然扑了上去，抱住了曾分田爷爷。不！曾芒芒变调

的嗓子叫喊道："不要烧！不要烧！"众人一片惊慌，七手八脚拉开曾芒芒。哐铛一声炉门关上了。遗体没有了。铁床很快就被拉走了。屋顶上的烟囱，开始升起冷漠的灰烟。最疼爱芒芒的曾分田爷爷没有了。芒芒的脑袋里一片空白。回首向来萧瑟处。归去。也无风雨也无晴。三个美丽的老太太静静地坐在车里。芒芒真想与爷爷开个玩笑，说他美女如云，说他一生真是生得其所，死得其所。但是芒芒说不出来。曾分田爷爷已然归去。一个世界无声地关闭了。

下雨了。冰冷的冬雨。大滴大滴，稀稀疏疏。

回来。曾芒芒给常声远打了一个电话。这是她第一次打越洋电话。曾芒芒得告诉常声远曾分田爷爷逝世的消息。当常声远清晰的声音在耳边响起的时候，曾芒芒惊异地看着电话筒，接着，她踏踏实实地哭了。常声远说了一些什么，曾芒芒一点没有记住。她记住的是声音。熟悉的声音。常声远仿佛就在隔壁。在这种非常时刻，芒芒冲动地叫了一声"我要你回来"吗？曾芒芒自己都拿不准了。

胡翠芳的出租车，一直跟随着曾芒芒。邝园的小车，也一直跟随着曾芒芒。曾芒芒接受了胡翠芳的车，对邝园说："谢谢。不必了。你回去吧。"邝园急了，摔烟头，说："芒芒，你这是干什么！现在你们家正是用车的时候呀，你让我做个正常人，朋友有事情了，帮忙办办好不好！"燕子过来了。对邝园说："好啊。过去我们说，人走茶凉。现在是人还没有走，茶就开始凉。公车不好使了。你来得正好。你也是我的朋友，不用看芒芒的脸色。"

后来的事实证明，没有胡翠芳和邝园的车，还真是转不开。胡翠芳看出了曾芒芒与邝园的过节。她直言不讳地责备了曾芒芒。谁都有

过年轻的时候，谁都有过年轻的朋友，到头来，是什么缘分就是什么
关系，衣服是新的好，朋友当然还是旧的好。胡翠芳简直就不理解曾
芒芒的做派。有缘就应该珍惜，人生一场不容易。曾分田爷爷活得多
潇洒多明白啊，你还是他最喜欢的孙子呢！曾家的做派哪里去了？得
用你们知识分子的话刻薄刻薄你：矫情！

　　曾芒芒矫情吗？芒芒也许是矫情了。

　　高勇赶回来晚了。得到消息的时候，他人在香港，舟楫不便，他
失礼了。

　　曾芒芒陪高勇去了曾分田爷爷的墓地。高勇献了鲜花，磕了头。
曾芒芒一身黑衣，站在一边，身后是无数坟墓和荒山树林。胡翠芳为
他们开车。高勇在回来的路上，与胡翠芳感叹说：如果一个人一辈子
功成名就，寿终正寝，倒真是天大的福气啊！

　　曾芒芒听了，心里一阵难受。高勇怎么和外人的看法一模一
样呢？

　　高勇的情况嘛，很简单，没有什么可以多说的，都是非常具体的
事情。开始比较陌生，现在慢慢熟悉人头了，局面渐渐打开了，生意
还行。但是，现在生意不好做了，他有个想法，得开自己的公司。高
勇从密码箱里取出了一沓钞票，放在桌子上，这是给曾芒芒的钱。曾
芒芒说："不用这么多，你留着自己用吧。在外面总归需要花钱的。"
高勇说："你就别客气了。作为男人，我养家糊口理所当然。家里该添
置什么，你就添置吧。"夫妻俩分开时间久了，见面反倒礼貌周全了。
大有相敬如宾举案齐眉的意思。他们曾经有过一次相敬如宾举案齐眉，
那是在他们婚前发生的，是他们的第一次真亲密。那肺腑相知与现在

的隔膜冷淡相比，已经是遥远地平线上的最后一抹暖色了。对此，芒芒毫无办法。高勇皮带上面挂上呼机了。呼机经常地滴滴响。高勇也有手机了，黑乎乎的，像一块会闪光的砖头，高勇把它竖在桌子上。高勇也穿西装了，系领带，领带一律地素雅，似乎高勇在塑造自己的服装风格。西装是高勇以前从来没有的装束。以前高勇对西装革履嗤之以鼻：商人的工作服！高勇现在是商人，当然就穿商人的工作服了。高勇穿得很自然。高勇穿西装，肩膀宽宽的，平平展展，的确很帅。虽然西装的质地很一般，的确很帅。现在高勇尤其注意头发的打理，冬天里也每天洗头。高勇开始使用男性面霜。他自己皮包里随身带来的。美国进口产品，曾芒芒不认识这种品牌。曾芒芒没有问，高勇没有说。高勇去深圳去对了！这是一个崭新的高勇。几乎每一个零部件都是崭新的。曾芒芒看着丈夫在家里活动，感觉是家里添置了一样新的大件。

高勇的新形象让他母亲高兴得涕泪交加。高德静抓住儿子的手，就再也舍不得放开。怎么样？高德静对儿子的断言，那还是比较准确的：高勇具有经商的细胞遗传，这真是没有错的。高勇不忍心拒绝母亲的要求，在家里住了两天。他带上儿子一起住。他得享受天伦之乐。然后，高勇只有一天的时间了。这一天的晚上，高勇要与燕子以及武汉的生意朋友相聚。燕子叫上了邝园。邝园与高勇在酒桌上相遇，两人追忆往事，称兄道弟。吃饭喝酒，深夜才回家，喝得浑身发软。高勇很郑重地向妻子道歉："非常对不起了！"高勇说："芒芒你知道的，人喝高了，就软了，软了就什么事情也做不了了。对不起啊！"高勇现在办事很精密，事事都说明原委，产品质量要实行三包，就像曾芒芒是他的客户，他对她是有义务和责任的，但是抱歉，因为高勇今天晚上喝高了。男人喝高了做不了事情，这属于不可抗拒因素。合同都有这么一条：除非遇上不可抗拒因素。

既然高勇酒气熏天，高勇就睡沙发吧，别不小心把家里的床弄脏了。

曾芒芒说：好的。

曾芒芒依然是那么善解人意。或者，装得更加善解人意了。

清早，高天意在阳台上练习萨克斯。他经过书房来到阳台上。他发现父亲睡在书房的沙发上。高勇被儿子嘀嘀嘟嘟的吹奏声唤醒了。儿子是自己要求学吹萨克斯的。萨克斯太酷了，能够表达无法表达的许多东西。

"是吗？"高勇说。

儿子严肃地回答："是的。"

高勇说："那我请你到深圳去听萨克斯演奏。"

儿子回答："我接受你的邀请。"

高天意的圆脸蛋瘦削了下来，面部表情变得淡漠，一种男性的淡漠；目光里有了一种忧郁的神情。对于高勇，不再撒娇了，谨慎地开一点玩笑，努力保持着男人之间的距离，举止之间，开始流露对于母亲的呵护。

"爸爸，你马上就要走了，不拥抱妈妈一下？"高天意开玩笑说。

高勇说："当然要拥抱妈妈了。"

高勇过来，对曾芒芒说："来吧。"

曾芒芒说："什么？"

高勇拥抱了他的妻子。然后，乘坐飞机，返回他的深圳。

2

曾芒芒养了不少盆花。玻璃海棠，竹节海棠，文竹，仙人球，金边吊兰，银边吊兰，龟背竹，石榴，太阳花，等等。曾芒芒家的阳台上，满是花草。年轻的时候，在曾芒芒手里死掉的花草，现在全部复活。从前没有阳台，没有空间，理想被憋屈在深夜的梦中，现在全部苏醒。每天下午下班回家，曾芒芒首先就是打理花草，为盆花浇水。星期天，曾芒芒戴上工作手套、草帽，穿上工作服、胶鞋，像一个全副武装的野战士兵，穿行在丛林里，为她的花草剪枝，上肥，换盆。

理想是毛茸茸的。理想是一片原始森林。一个人的理想多得胜过了天上的星星。即便是让玻璃海棠的花朵更加红艳艳，也是一种理想，也得为此付出心思和精力。然而，所有的理想，都必须有一种不可缺少的肥料，那就是爱。真的。就是爱。你不爱什么，什么就枯萎。

他们还相爱吗？说起这个词语都感到可笑了。但是他们没有提离婚的事情。两人都闭口不谈，仿佛这个问题从来就不存在。冷战。恢复邦交。笑里藏刀。胶着状态。高勇在等待什么？曾芒芒又在等待什么呢？高勇是为什么？曾芒芒又是为什么？

阳台上的花草打理完毕，曾芒芒打开电视机，放大音量，让电视机演唱流行歌曲，她则翻阅有关书籍，研究什么酸性土壤、碱性土壤、挂果、保果、缺铁性黄叶等技术性问题。穿背带裤戴眼镜的胖青年配乡下妹子，故意不对称，一种时尚的审美感觉，他们告诉听众：天不下雨天不刮风天上有太阳，妹不开口妹不说话妹心怎么想，走了太阳走了月亮又是晚上，哥哥什么时候才能回到我的身旁。芒芒则随波逐流地想：世事多变，那谁知道呢？武汉歌手高枫则与长江同慷慨：我们都有一个家，名字叫中国，兄弟姐妹都很多，景色也不错。芒芒不无自嘲地想：真是大实话啊，中国这个家庭可真是太大太大了！邻居不知道谁的家里有音响设备，他们在听邓丽君：你问我爱你有多深，我爱你有几分，你去想一想，你去看一看，月亮代表我的心。这遥远的歌声，顿时带来了从前的时光。书籍搁在腿上了，斜看夕阳，忽然心动，这才觉出：青春的岁月，过去将近二十年了！邓丽君是芒芒的青春背景，70年代后期，中国大陆整个弥漫邓丽君，之后，在不知不觉中，蜂拥而出的歌星遮蔽了邓丽君，最近因为她的猝死，复又引起一阵忆旧的热潮。42岁，在泰国清迈，气喘病发作，猝死，报纸上都是这么说的。现实在这里定格。一切都成为了历史。

邓丽君比芒芒大5岁，比高勇大2岁，比常声远大1岁，比燕子小1岁，比邝园小2岁，比胡翠芳小3岁。他们同时代的人开始死亡了。当然，胡思乱想！哪个时代的人都有死亡。别胡思乱想了，天不早了，该给孩子烧饭了。

夏天，胡翠芳出事了。她开出租车，遭遇了劫匪。其实胡翠芳已经是够精明的司机了。到了晚上，胡翠芳不跑长途，不跑郊区，不搭载不三不四的人，不搭载两个以上的男人。但是，这天晚上，拦车的是一个清纯的女孩子，女大学生模样。胡翠芳当然就让她上车了。出租车开到大学校园与校园之间的偏僻地带，女孩子说她到了。出租车一停下，女孩子打开车门，三个男青年就钻进了车。胡翠芳情知不妙，但是已经毫无办法。她只来得及说：别杀我，想要什么就拿什么。四个年轻人打昏了胡翠芳，用透明胶带封住了她的嘴巴和眼睛，把她拖出了出租车，扔在路边的树林里。年轻人抢走了胡翠芳的出租车和钞票，还抢走了胡翠芳耳朵上的耳环和脖子上的项链。

无论大家怎么安慰胡翠芳，她都痛不欲生，她的经济损失太大了，大得让他们家庭承受不了。购买出租车欠下的一屁股债，怎么办？欠债还钱，杀人偿命，这是天经地义的，胡翠芳他们一家人怎么办？就算把他们全都贩卖了，也卖不出这个价钱来。何况，胡翠芳没有工作了。她在短期内，无法再开出租车。而胡翠芳的丈夫说永远都不让他妻子开出租车了！

曾芒芒陪伴着胡翠芳。与他们全家一起渡过着这非常时刻。一天一天，焦虑，泪水，哭号，埋怨，争吵，后悔，茶饭不思，通宵难眠，想各种各样的办法，连跳楼的心思都有了，日子竟是如此的难熬。在这种日子里，所有的好话，温暖的语言，都失去了作用和意义。陪着胡翠芳打麻将，故意让她和牌，依然收效甚微。最后，曾芒芒只好找了邝园。邝园爽快地同意借钱给胡翠芳还债。此外，还聘请胡翠芳做了他们家的司机，月工资八百。邝园的现任太太徐沙沙是武汉姑娘，她已经为邝园生了一对双胞胎儿子。她愿意定居武汉，与她的父母居住在一起，方便抚养两个小家伙。徐沙沙与胡翠芳见面之后，两人也有缘分，说了几句话，一拍即合。

胡翠芳的事情，就这么过来了。

曾芒芒却觉得还是有哪里不妥当。她约了邝园喝茶。她还是有话要对邝园说明。

松竹梅茶楼，两杯清茶，三碟小点，四面笙歌。

邝园，我们之间就不用多说什么了。你能够这么帮助我的朋友，我非常感谢。我就知道你这个人是个好人。邝园，你是个好人，这是没有错的。可是，我希望你做这件好事，不是为了我。如果你纯粹是为了讨好我，我就没有办法面对你了。因为我不能还你这份人情。你要求的回报，我做不到。

我操！邝园说：芒芒啊，你还没有长大啊？你还是这么幼稚啊？你还没有认识我啊？我算什么好东西我？你怎么还对我说这种酸倒牙齿的话。

邝园点燃他的香烟。吸着。说话的时候，手指在桌子上点着节奏。邝园的手指被烟熏得黧黑，关节粗大，手背的皮肤浮肿，类似于老年斑的斑点明显出现在皮肤上。这只手戴了两枚戒指，一只大约是结婚戒指，黄金的；一只是宝石戒指，猫眼绿。这只手的小拇指，养着长长的指甲，又长又弯又尖，方便随时挖耳朵。曾芒芒的目光，一再地躲开这只手。芒芒真是不敢恭维邝园的手。芒芒是非常挑剔男人的手的。邝园不是芒芒的男人，所以芒芒不应该挑剔邝园。

邝园说：芒芒，现在你听听我的心里话吧。

我现在已经是一个做生意的机器人了。现在我酷爱做生意。为什么？较量，拼搏，斗智斗勇，这才刺激，好玩，有价值感啊！钱是什么？钱是他妈的王八蛋，只有花了人才安静得下来，身上有钱就烧得慌。我邝园现在已经不是为了赚钱了。真的，也许你不相信。但是这就是事实。女人与爱情——亲爱的——我已经看穿了。你是认识黄汉香的。黄汉香谈得上什么呢？普通女工一个。我是一口气赌了上来，才和她结婚的，这个你心里有数。好吧。有钱了，漂亮小姐投怀送抱了。看看老婆黄汉香那一张嘴脸，到底还是不甘心啊。有钱了嘛，烧得慌嘛，蠢蠢欲动嘛。自以为是啊，以为这天底下还找不到一个爱我的漂亮姑娘吗？徐沙沙出现了。徐沙沙年轻，漂亮，性感，有文化，又主动爱我，主动追求，寻死觅活，就像电视连续剧嘛。这样，离婚，再婚，徐沙沙又为我生了一对双胞胎儿子。结果，现在怎么样？

离婚时候黄汉香要钱。结婚时候徐沙沙要钱。现在孩子他妈徐沙沙还是要钱。徐沙沙要公司的股份，要我立遗嘱，我成天飞来飞去的，每次都不忘记提醒我买保险，如果遇上了空难，好给儿子留笔钱。我承认徐沙沙都是对的。的确是科学的态度。但是我心里就是高兴不起来。尽管徐沙沙口口声声地爱我，还是把房子的产权证都换成了她自己的名字。徐沙沙是爱邝园的，可是邝园太花了，靠不住，得把事情办得保险一点，因为他们有一对儿子，儿子将来受教育的费用都是惊人的呀！芒芒，我的贝比，现在邝园要养活两个老婆、三个儿子啊！我累不累啊！现在漂亮姑娘越来越多，你看这茶楼，咯咯笑的，偷送眼风的，不多的是吗？我的贝比，现在就是天仙化人扑进我的怀里，我他妈的也不动真格了。以为女人不一样，婚后发现还是一样。AA制，每月的零花钱，美容月票，健身俱乐部的卡，小车。我没有精力了。徐沙沙是我儿子的母亲。我得好好养着她。徐沙沙还是爱我的。不是女人有问题，不是徐沙沙有问题，是这个社会有问题！现实就是这样的，把人逼成这样了。芒芒啊，我现在只想拼命地做事了，赚钱是做事的结果。其实我就是想用自己的劳动和智慧，赢得尊严、尊重、献媚、讨好，包括友谊。

怎么样？贝比，现在明白了吧？我自愿帮助胡翠芳。我愿意享受他们一家人的感恩戴德。我为我儿子积善积德。我看中了她的开车技术。再说，钱最终还是回来了嘛，人家又不是不还钱的。我是个生意人，这个算盘，我是最划算的。芒芒，现在明白了与你无关吧？

芒芒，你就把心放回肚子里去吧。我对你没有任何要求。只是希望你过得好。到底你和我不是一样的人。我是生猛海鲜，你是金鱼。贝比，告诉你吧，邝园无法回头。邝园改变不了了。邝园走上一条绝路了。是他自己找的。他的全部希望，就寄托在他的儿子身上了。

初秋时节，常声远回来了。

常声远没有事先通知曾芒芒。当曾芒芒接到电话的时候，常声远已经在武汉的家中。他们已经休息过了，时差都倒过来了。常声远说他们要来看望曾芒芒和她的儿子。他们，就是他们夫妇。常声远和林晓玲。曾芒芒说：好吧。怎么常声远回来了，反而觉得他很远了呢？

常声远和林晓玲来了。带来了在美国购买的礼物。坐下。寒暄。站起来。四处参观。这房子真是不错。装修得也不错。常声远老了。芒芒怎么会这么想呢？奇怪，42岁的人不能够说老。作为博士，他很年轻。原来常声远不断延期，是在读博。林晓玲更喜欢说话，更热情洋溢了：声远读博嘛，很平常的事情，在美国不算什么，就是正常的，人家那氛围就很容易让你想到要读博；我们没有及时告诉你们，主要是怕刺激高勇。是不是？声远。当然，现在才知道高勇也干得很好了。他妈妈已经把高勇的情况详细地告诉我们了，这就太好了！只是非常遗憾现在见不到高勇。大家五年多不见了。一晃就是五年，还是让人很那个什么的。是不是？声远。而且这期间还发生了不少的事情。高勇的爸爸和你的爷爷——Sorry！对不起！

OK！我们不谈伤心事了。说高兴的。天意都上学了，长这么高了，多漂亮的小伙子啊。而你，芒芒，怎么一点没有变化呢？还是这么年轻！一点都没有发胖！而且，说实在的，我第一眼看见你，觉得好像又回到了美国，你和那些走在美国大街上的华人，没有什么区别呀，你现在多洋气啊。啊，你还养了这么多盆花，我真是太喜欢了！中国就是绿化太差了。空气不好。怎么？窗户上都装了铁栅栏，社会治安不好吧？中国就是这点比较可怕。唉，我给你一点建议，芒芒，这只花瓶应该放在书房，这里，这就对了。沙发的颜色没有选好，如果是白色，那就会雅致得多了，你说呢？芒芒。

基本都是林晓玲在说话。林晓玲发胖了，烫了蓬松的卷发，唇膏艳红，涂得很厚，唇线画得十分突出，乳白色休闲裤，乳白色软皮旅游鞋，宽大的牛仔外套，项链，戒指，香气扑鼻，说话看着你，眼睛眉毛都参与对你的交流，让你尽量感受到她的真诚与善良。林晓玲变化很大，活像那些在黄鹤楼公园，从外宾旅游车上下来的海外女侨胞。

不变的是，林晓玲依然深谙用什么东西来保持她丈夫与曾芒芒的正常距离。她那么多话，其实她懂得沉默。更懂得运用沉默。

这个秋天深远漫长。尽管城市的树林越来越少，突兀地伫立在某个机关院子里的一两棵苍松，总是那么郁绿。登高望远，可以看见东湖一带繁茂的植物，色彩斑驳，红的醉人，绿的依然也醉人。在太阳好的天气里，曾芒芒到顶楼的平台上去晒棉被，就会凭栏远眺。她什么也不想。鸽群扑扑地飞过她的头顶，一次又一次。鸽子闪动的翅膀，好似一种无声的笑。长空里，飞机缓缓划过，留下一道白色的线条。大雁列队南飞，整齐得让人觉得它们具有缜密的思想。到处都是脚手架。新老建筑物拥挤在一起，呈现互相侵略的态势。从房顶上往下看这个城市，你会觉得心里乱极了。那些房顶破旧不堪，胡搭乱盖，防盗的铁栅栏铁刺什么的，锈迹斑斑，张牙舞爪，毫无规律地横行霸道。废旧塑料袋挂在电线杆上。麻将声几乎超过了城市的噪声。日子就这么一天天过去。

常声远回来等于没有回来。他回来之后，要忙碌一阵子。他们通过几个电话。问候之后便是寂然。电话不能解决问题。畅谈或者斗嘴，电话里做不到。是他们年纪大了？谈话方式改变了？还是他们的关系有了实质的改变？芒芒不知道。心里堵得慌。晚上，曾芒芒守候儿子，辅导他的功课；常声远则与妻子共享一个空间。

林晓玲是一个合格的卫兵，庄严地守卫着她的婚姻，<u>丝毫没有懈怠</u>。在夫妻关系上，林晓玲没有错误。她让丈夫交朋结友。她不追问。不调查。不给丈夫脸色看。她与丈夫心仪的女人结为挚友。哪怕是单方面的挚友。十几年来，始终如一，从不出错。她总是笑嘻嘻的，丈夫随便可以训斥她。她总是以丈夫为骄傲。承认自己的弱小与依赖。她懂得享受丈夫的给予也懂得感恩，好脾气，装糊涂。她没有孩子，无法生育，已经年过 40 了，后半辈子更加依赖丈夫了。对于甘为弱者的女人，对于无限宽容的女人，对于装聋作哑的女人，常声远能够怎么办？你可以对自己不仁义，也无法对这种女人不仁义啊！常声远这个人，高勇了解他，难道曾芒芒就不了解他？曾芒芒非常了解。高尚的感觉可以消解人生的痛苦。有一种人，对于高尚的需要超过其他一切。比如常声远。

生活其实是精神的，不是物质的。

3

这年春节，应高勇的邀请，曾芒芒带着儿子到深圳过年。与他们母子同行的是高德静高兰母女。高德静在火车上欢天喜地主动告诉陌生的乘客，说他们一家四口，去深圳过年。

乘坐长途火车旅行，对于高天意来说，是世界上最幸福的事情。他从火车的车头，一直巡视到最后一节邮政车厢。于是，很快就掌握了火车的结构体系和工作运作方式，厕所，开水房，餐车，列车长办公处，广播室，乘警配备，硬卧，软卧，等等，高天意了如指掌，并且进入沉思与研究。芒芒认为儿子比自己强多了，也比丈夫强，这孩子集中了父母的优点。对什么都好奇，都有兴趣，善于研究，胆大包天，不像芒芒那么情绪化。芒芒的生活，一个错误接着一个错误。用以纠正上一个错误的竟然就是下一个错误。芒芒似乎找不到正确的科学的方法。可是她的儿子，高天意同学，人生才刚刚开始，态度科学而冷静，理直气壮，做什么都有主宰感。

高兰料理一切。给每个人泡方便面。一趟趟扶她母亲上厕所。与同行的乘客打扑克。芒芒除了睡觉就是长久地坐在窗口，看着窗外。窗外景色平庸。不同的地区之间大同小异。只有人的形象在悄然变化，越是接近广东，人的肤色黑起来，个子小下来，脸上的颧骨高起来，眼睛凹进去。神态却都一样。淡漠而茫然。全国人民的神态，都差不多。曾芒芒混迹其中。

和所有人一样。高勇和所有在深圳工作的人一样，同时扮演儿子丈夫父亲兄长的角色，不辞劳苦地带领着大家游玩，参观，深圳民族文化村，世界之窗，水族馆，拍照，吃早茶，室内滑冰。曾芒芒也和所有的妻子母亲媳妇弟媳妇一样，竭尽所能，让大家高兴。对并不使她惊讶的东西不断表示惊讶，给每个人购买小小的有趣的千篇一律的旅游纪念品，在虚假仿冒的世界著名建筑前面照相，笑，一，二，三，说声"茄——子"。据说一个人在发音"茄子"的时候，口型最好看。所以，全中国人民，无论是龅牙突嘴，还是反牙瘪嘴，大家都说茄子。高德静老人的门牙掉了一颗，说话不关风，高勇还是不停地提示她母亲说茄子。高德静说茄子的时候，模样认真得可笑。曾芒芒忍住了，她一次都没有发笑。芒芒不能这么不懂事，照片好看不好看，那是另外的一回事情。玩的时候就是图个开心。开心就好。

总是天黑了才回来。除了高天意，其他人都筋疲力尽。拖着疲乏的脚步。哎呀叫累的声音里还是透着高兴。高勇的住房是一个不大的套间，集体活动，按性别住宿，三个女的睡在里面的卧室，两个男的睡在外面的小厅。开地铺，行军床，沙发也可以睡人。

有一天。高德静提议去儿子的公司参观。一直处于亢奋状态的高德静像一个小女孩，冒出了新鲜念头，就一定要实现。高勇这天要处理一点紧急事务，他已经到公司上班去了。这是高勇一直没有安排的项目。为什么呢？妈妈，因为高勇的公司很小，很简陋，刚刚起步，与你们想象的完全不一样，明年再来看吧。高德静说："不行！我真的想去看一看。我们都是自己人，又不是外面的参观者。他的公司越是简陋，越是艰难，我们越是要去，用实际行动给他一个巨大的支持和鼓舞。天意，我们不通知你爸爸，给他一个惊喜，好吗？"

高天意雀跃道：好！

高天意对于所有没有见过的事物，都充满了新鲜感。作为母亲，曾芒芒没有理由说不。但是她本能地知道，高德静的此举，很难说给了儿子一个惊喜。

果然，高勇傻了。一幢高高的写字楼，大厅便有高勇公司的铭牌，铭牌上注明了楼层。22 楼。他们家没有人在这么高的楼层里工作过。电梯很快。电梯里头明净晃亮，大家的眼睛都虚着。高德静扶住额头，头晕，这电梯太快了。高天意去看电梯的牌子，他认为这电梯质量很不错。两扇玻璃门一打开，值班台小姐礼貌微笑，但是绝不失职，拦住这群男女老少：对不起，这里是办公区域，请问找谁？找高勇。高经理吗？对不起，高经理今天不在。怎么不在？我是他妈！哦对不起，我失礼了，失礼了！这样，请你们先跟我到会客室休息等候，我们高经理正在接受电视台采访。电视台采访？高德静捂住了胸口，简直不敢相信自己的耳朵。高勇这浑小子，他谎报军情了！他想埋头苦干，一鸣惊人。作为母亲，高德静最了解儿子了。她就是感觉到儿子已经很有成绩了。他的公司虽然不大，但是并非他说的那么简陋。这是高勇的一贯个性，每逢大事有静气！绝不张扬。绝不炫耀。你们看，电视台都来采访他了！没有突出的成绩，电视台会来采访吗？高勇——高德静的声音响彻楼宇。高勇急忙出来，他傻了。最初一瞬间的表情，那简直是天塌地陷。

高勇没有必要天塌地陷吧？也许他们夫妻分开得太久了，曾芒芒不了解她的丈夫了。但是，无论如何，都不至于天塌地陷。

但是，曾芒芒很快就明白了事情的原因所在。芒芒还是了解她丈夫的。多年的夫妻，关系再不好，也还是彼此的一张网，每一个感觉都无法从对方的视线里逃逸。

高勇很快就镇静了，换上了笑脸。把执意要看现场采访的母亲以及她的随从们，带到了他的办公室。办公室也不大，但是绝非简陋。落地大窗，百叶窗帘，大沙发，办公桌上的仙人球碧绿，顶上开着一朵艳丽的红花。墙角有肥硕的发财树。巴西木，长青藤，茶几上一束红色的玫瑰。玻璃茶杯非常洁净透明，仿佛水晶。高勇的办公室有一种绿水青山温情脉脉的味道，可是他做电器设备进出口代理，枯燥的专业。高德静上去就和女主持人握手，由衷感谢他们电视台对于高勇的支持和肯定。高勇索性大方地向各位介绍了女主持人：这是沈慧然小姐。沈慧然小姐非常高挑，年轻漂亮，一张瘦条脸，忽闪忽闪的长睫毛和大眼睛，化着专业的工作妆，嘴唇亮得像水晶制品。你们好！沈慧然与高勇的母亲、妻子、大姐一一握手，摸了摸高勇儿子的脑袋。沈慧然小姐的手冰凉，软得像面条，握手的时候只给你几个指头。沈慧然小姐非常干练。然后说：请大家给个配合，不要发出声音，我们继续。高德静大声说：好！都不出声了。他们的采访继续。高勇与沈慧然小姐对谈。一问一答。高勇不那么流畅了，老是说错话。沈慧然小姐说：OK！暂时停一下。摄影师拍一组公司的镜头，我出画面。高勇背过身，用纸巾擦了擦额头。沈慧然小姐介绍着高勇的公司，溢美之词充满感情，好像就是她本人的公司。我们充满信心地看到，高勇总经理给公司灌注的理念是：卓越，完美，诚信，效率。

一根什么在沈慧然小姐的背后呢？高勇急忙过去，轻轻地从她背后拈了下来。沈慧然似乎浑然不觉，她不知道高勇从她背后拈下了头发丝或者头皮屑吗？沈慧然只对镜头，只与摄像说话。可是，沈慧然是知道的。正常的情况应该是：她回头说一声谢谢，或者点头致个意，或者转个身，问：是什么？沈慧然没有。她要装出什么都不知道的样子。而高勇，对于沈慧然身上看不见的东西的看见，并且忘形地去拈了下来。这细腻，敏感，全心全意的殷勤，是他从来从来都没有过的！高勇原来的性格当中没有这种东西，原来他讨厌琐碎的一切，而现在，他被激发了，被挖掘了，他呵护沈慧然的欲望，怎么都掩饰不住。他们两人的眼神、目光、举止、动作，都在掩盖和回避。他们早就认识了！这一点毫无疑问！

曾芒芒不要看他们的采访了。芒芒退了出来，来到写字楼的走廊尽头。这里是落地窗户，外表是玻璃幕墙。从22层高的楼房里眺望这个城市，才觉得城市是一个压抑与烦闷。深圳是一个崭新的现代化的城市，也许它更集中体现着崭新的现代化的压抑与烦闷。深圳密密麻麻的高楼，都争先恐后，指向苍穹。然而，即便是现代化的城市，也还是逃不出围困，四周还是山。山，海，树林。高楼崛起，再崛起，要与自然界一争高低。好像越是现代化的城市，高楼越是发奋要刺破青天。

中午吃饭，高勇带着家人到了豪华的海鲜城。高勇非常注意他的周到，点了很多菜，曾芒芒只要动一动，他就赶紧问她需要什么：胡椒？盐？洗手间？曾芒芒刚刚上过洗手间呢。曾芒芒不吃胡椒呢。高勇与芒芒夫妻十几年，还不知道芒芒不吃胡椒？高勇心慌意乱，内疚，抱歉，矛盾，领带都歪了。高德静偏偏要谈沈慧然，聪明的高兰竭力扭转话题。高勇仓促应付。有时候会在低头吃东西的时候，忽然傻笑一下，然后赶紧收敛。快吃完了，高勇自己居然都还没有醋碟和绿芥末。心不在焉。忘形。顾此失彼。过于耐心。一切都不用追问，也都不用解释了。

就算是风流韵事，这里却含着真情。高勇从来没有发生过的率真之情。有一种单纯得让人感动的东西。芒芒无法不承认自己的感动。感动却又厌恶，感动与厌恶并存。

曾芒芒单位来电话，催促她回去，单位有急事。曾芒芒松了一口大气。她可以先离开深圳了。临走，曾芒芒对高勇说："如果你需要，我随时都愿意办理离婚手续。"

高勇慌乱地支吾说：我？你怎么哪？

春节之后不久，胡翠芳火急火燎找到曾芒芒。邝园不好了！邝园住院了。邝园早几年就患了乙型肝炎，现在是肝硬化腹水了。曾芒芒当时就扔下手里的一切，赶到了医院。邝园已经处于昏迷状态。昨天半夜昏倒在家，送到医院，就再也没有醒过来。医院非常明确地诊断，邝园是急性肝坏死。死亡率几乎百分之百。现在正在抢救，到处插满了管子。邝园黄肿黄肿的脸，被医疗器具分割，再也不像一个人。徐沙沙瘫在一边，只是恸哭。胡翠芳在跑前跑后。曾芒芒不知所措。曾芒芒摸着邝园的手，胳膊，脸。芒芒在一声声呼唤：邝园！邝园！邝园一点反应都没有。医护人员走马灯地来。大家赶快散开，然后紧紧盯着，盼望奇迹出现。因为邝园才 44 岁。当然，邓丽君才 42 岁呢。他们都是年富力强的阶段，死亡来得不在道理啊！可是，死亡不讲道理。

第三天的上午，太阳刚刚出来。邝园停止了呼吸。

黄汉香号啕大哭，在地上打滚，责骂医院没有尽职，责骂徐沙沙没有照顾好邝园，只知道搜刮他的血汗钱！徐沙沙不和黄汉香争吵，她就跟没有听见一样，并且已经晕厥过去好几次了。老人们把邝园的三个儿子紧紧揽在怀里，但是，邝园 15 岁的大儿子，倔强地掰开了老人的手。这一头自然鬈发的小伙子，倔头倔脑地站在一边，不哭，脸色铁青，嘴唇上新生了一圈黑色的茸毛，是男人胡子的雏形。

曾芒芒生病了。还是精神性腹泻和胃痉挛。但是非常严重，颠茄合剂根本缓解不了。急得胡翠芳嘴唇都起了燎泡，眼睛肿得几乎没有视线开车了。生活，我操！燕子抽烟了。燕子回来不住家里了，住五星级饭店。燕子抽着香烟，反复教导芒芒：一个人，就是应该该吃的吃，该喝的喝，该住的住！一个人，什么都可以没有，就是不要没有钱；什么都可以有，就是不要有病！

邝园真的就这样消失了？芒芒真的不敢相信。真的真的！

1998 年 7 月 21 日凌晨 5 点，天空亮得奇异，是一种明黄色的亮。

曾芒芒惊醒了。这又是要出什么事情了？曾芒芒穿着睡衣，奔到了阳台上。远处传来激越的鼓点，好像这个城市被搬到了非洲的丛林。鼓点跑马一般地铺盖过来，原来是雨！雨点打在阳台上，碗口大，简直大得惊人。顷刻间，暴雨瓢泼，铺天盖地，大街上腾起巨大的水雾，雨声赛过了万马奔腾。

也就只有几个小时，武汉三镇便沦为泽国。交通受阻，曾芒芒无法上班，打电话请假。

据当地媒体报道：这场暴雨为武汉市历史上所罕见，其降雨强度、连续降雨时间、降雨量等均改写了该市本世纪最高纪录。

天气炎热得无法形容，连续有中暑的狗暴毙街头。老人们跑到豪华商城的楼梯旁躺着，在中央空调的呵护下喘息。

曾芒芒目瞪口呆。她站在他们家的阳台上，胆战心惊地看着这个城市，看着狂风暴雨和洪水践踏和蹂躏这个城市。她不知道大自然是为什么？不知道。难道大自然也与芒芒一样，心中的淤积太多太多吗？大自然是因为什么呢？原因真是一种可怕的东西！

大街上的汽车纷纷抛锚。人力三轮带客的价格暴涨。

17 条轮渡航线停航。22 条渡船停航。

30 多条公交线路被水淹没，汉口的新机场天河国际机场，不得不暂时关闭。

这个城市的解放大道，建设大道，中山大道，鹦鹉大道，汉阳大道，临江大道，和平大道全部变成了浊浪翻滚的河流。高天意与他的同学在广场上抓鱼。居民们用脚盆、门板、小划子出行应付急事。出租车司机不愿坐以待毙，他们把双脚伸进水中踩着油门和离合器，同时请乘客则将双腿抬起来，搁到挡风玻璃前。

长江的洪水来了！

长江武汉关水位超紧急水位。环绕武汉三镇的长江、汉水和府河的水位，都已经高出城区地面3米以上，所有通往长江、汉水、府河的自排闸口全部关闭。到处是水！水！头顶的骄阳似火，知了空前地聒噪。长江第三次洪峰通过武汉，武汉关水位最高时达28.92米，这个数字不是一个平凡的数字，它是这个城市133年以来的历史第二高水位。海陆空部队全上了。曾芒芒也上班了。上班就是上堤。军民联合，组成了人墙。8月1日，这是一个可怕的日子，晚8点30分左右，湖北嘉鱼簰洲湾决口。两个镇子被淹没，好几万人被洪水围困。直升机在天空盘旋，飞机终于主宰了天空。暴雨久久徘徊在川、湘、鄂、赣、皖长江沿线。流经武汉的长江暴涨！汉江暴涨！东荆河暴涨！府澴河暴涨！金水河暴涨！巡司河暴涨！滠水河、倒水河、举水河暴涨！长江卷起一次次洪峰。长江疯了！8月10日，长江第四次洪峰将武汉关水位推到29.38米的高度。长江成为悬河，随时想破堤而出，吞没这个城市。连续的高温！摄氏40度。空气都要着火了。守护大堤的人们不断中暑倒下。市长悲壮地告诉这个城市的人民：我们丢掉幻想吧。丢掉幻想，背水一战，严防死守，死保死守。这是一个古老的城市，一个特大的城市，这个城市是我们国家交通的中心枢纽。这个城市是结构复杂的人生迷宫，是人类横向欲望的纵向表达，这个城市其实就是我们自己！是曾芒芒自己以及她所有的亲朋好友。曾芒芒成了37万防汛大军中的一员。渺小的一员。虽然渺小，但是她在。她想保卫她的记忆，保卫她的出生、成长、恋爱、错误，以及一切。这是50多天的对峙与决斗。无法正常睡觉和吃饭。皮肤晒伤了，一层层蜕皮，火辣辣疼痛，然后像一个黑人，只有牙齿是洁白的。9月19日，武汉关水位退出警戒水位。在警戒水位以上持续83个昼夜的洪水终于过去了。大海容纳了它们。长江冷静了。

从大堤上回来之后，曾芒芒倒头就睡。睡得昏天黑地。醒来之后就饿了，连吃三碗米饭。吓得她儿子连连惊叫。高天意真是少见多怪！芒芒笑话儿子：妈妈让你吃惊的事情还多着呢！人生还那么漫长，难道不会再有奇迹？曾芒芒觉得她浑身是劲。

睡好吃好之后，曾芒芒给常声远打了一个电话。问他："你明年还去长江捕豚吗？"

常声远当然还要去长江捕豚。保护白鳍豚，是他终身的理想。曾芒芒说："那好。你做好准备吧，带我一起去。"

真的？

真的！

是真的，曾芒芒已经决定了。从 1980 年 5 月的那个春天开始，到 1998 年的初秋，芒芒清醒地，坦然地，坚决地作出了她人生的第一个明确决定。

写于汉口

初稿于 2001 年 5 月 8 日

完稿于 2002 年 4 月 9 日

首次出版于 2002 年 4 月（当月由北京华艺出版社出版）

再版以及三版由人民文学出版社出版于 2004 年与 2008 年